国家出版基金项目
NATIONAL PUBLICATION FOUNDATION

文化自信与中国散文丛书

吴周文
王兆胜 陈剑晖 主编

『和而不同』与中国散文

『HE ER BU TONG』
YU
ZHONG GUO SAN WEN

李继凯 任竞泽 马杰 等著

SPM
南方出版传媒
广东人民出版社
·广州·

图书在版编目（CIP）数据

"和而不同"与中国散文 / 李继凯，任竞泽，马杰等著. —广州：广东人民出版社，2020.3

（文化自信与中国散文丛书）

ISBN 978-7-218-13923-4

Ⅰ. ①和… Ⅱ. ①李… ②任… ③马… Ⅲ. ①散文—文学研究—中国 Ⅳ. ①I207.6

中国版本图书馆CIP数据核字（2019）第244819号

"HE ER BUTONG" YU ZHONGGUO SANWEN

"和而不同"与中国散文

李继凯　任竞泽　马　杰　等著

出 版 人：肖风华

责任编辑：古海阳
特约编辑：向路安
责任校对：黄炜芝
排　　版：奔流文化
装帧设计：礼孩书衣坊
责任技编：周星奎

出版发行：广东人民出版社
地　　址：广州市海珠区新港西路204号2号楼（邮政编码：510300）
电　　话：（020）85716809（总编室）
传　　真：（020）85716872
网　　址：http://www.gdpph.com
印　　刷：广东鹏腾宇文化创新有限公司
开　　本：787毫米×1092毫米　1/16
印　　张：19.75　　插　　页：2　字　　数：300千
版　　次：2020年3月第1版
印　　次：2020年3月第1次印刷
定　　价：58.00元

如发现印装质量问题，影响阅读，请与出版社（020-85716808）联系调换。
售书热线：020-85716826

总 序

　　散文在中国源远流长、历史悠久、积累丰厚。它不仅博大精深，是中国的特产，是受西方文艺思潮影响最小的文体，而且是中国人的文化读本，也是中华民族精神的主要载体。可以说，中国散文在中国文化中占有重要的地位，是中国最大的一笔文学遗产。但是，过去我们对散文研究不够，更没有从民族复兴、当代文化建设，尤其是从国家文化战略、文化自信的高度来研究散文。有鉴于此，丛书立足于传统与现代、历史与现实，将散文看作一种精神纽带，将其同当代文化建设、民族复兴、文化自信，以及整个中华民族国民素质、精神文明水平的提高联系起来。

　　本丛书的理论起点，是基于中国散文与中国文化的一种内在逻辑关系。这种关系主要体现在三个层面：一是中国文化为散文的发展提供了丰厚的土壤，而中国散文则是中国文化的组成部分，是中国文化的一种载体；或者说，是将中国文化具体化、书面化和审美化的一种文体。二是散文与文化处于一种共构共荣、相长相生的状态：它们既共同承载着一个国家、一个民族的精神追求，体现了一个社会共同的价值标准，又是现代人的精神、感情和心灵的栖息地。三是中国文化和中国人文精神唯有在散文这种文体里，才能得到最为充分、扎实的传承和发展，这是其他文体所无法比拟的。

当前的中国已进入商业和高科技主导的信息时代，在文化转型的时代急变中，特别在物质文明取得高速发展的同时，要保证国民的精神不空虚、价值不迷失、道德不沦丧、理想不失落、审美不麻木，就必须重新发现中国散文的价值，发掘中国散文丰沃的思想文化和审美资源，以此助益当代文化建设。因此，本丛书的学术价值与现实意义主要体现在：其一，在中国传统散文中挖掘文化的价值。其二，塑造一种新的、符合现代性要求的文化人格，在反思文化中激发对文化生命理想的追求。其三，建构一种适合时代要求，能有效提高国民精神和审美感知水平的审美文化。其四，拓宽散文研究视野，改变传统散文研究就散文论散文的狭小格局。

同时，本丛书还具有较强的创新意识和体系意识。这主要从五个维度的展开与"散文文化"的提出这两个方面体现出来。

五个维度，指的是传统散文的维度、社会性的维度、中西文化融合的维度、国家文化战略的维度、精神建构与审美感知互补的维度。

"散文文化"概念是第一次提出，此前国内尚没有人提出这一概念。在此，我们有必要对"散文文化"进行一点阐释。

以往我们一般提"诗文文化"，但由于我国有强大的诗歌写作传统，且诗歌一直被视为最高级的文学样式，所以在许多研究者那里，诗被抬到了至高无上的地位，而"文"却越来越边缘化。事实上，自唐代举行科举考试后，人们便越来越重视"文"，由是散文的作用也就越来越大。及至"桐城派"，散文更是影响了一个时代的文风。所以，从文学史的演进发展来看，"文"对中国文化和人们日常生活的影响最大，它比小说、诗歌更全面、更深刻地影响着当代文化。尤其在信息化的互联网时代，因全民性的网上写作，散文更是全方位地影响着当代的日常生活。

中国"散文文化"的价值，首先体现在它与普通人的日常生活的关系上。散文既是一种文学写作，又是一种文化操作实践，一种面对现实生活和广大民众的独特发言。从古至今，散文都是从中国文化最根基性的部位，真实记录历史、社会和普通人的日常生活的。散文作为一种根基性写作，作为中国文化的一部分，已渗透进每一位中国人的精神血脉之中。它在不同的领域被应用，并以其潜在、缓慢又富于韧劲的特有气质参与到当代文化建设中。

其次，"散文文化"是中华民族情感的结晶。我们看历史上那些优秀的散文，无不体现了中华民族的感情结构和心理结构，正所谓："读诸葛孔明《出师表》而不堕泪者，其人必不忠。读李令伯《陈情表》而不堕泪者，其人必不孝。读韩退之《祭十二郎文》而不堕泪者，其人必不友。"可见，散文这种文学形式在整个中国文化当中占据非常重要的地位，它凝结着中国人的思想价值、文化理想，渗透进了中华民族浓浓的情感基因。从这个意义上说，我们研究中国散文就不仅仅是研究一种文字的写作，而是探究一种深植于文化中的大爱和人文情怀。我们的散文研究，要尽量透过散文作品的表层文字，挖掘出深藏于文字背后的民族情感原型和精神原型，使其更好地融入当代文化建设中。

再次，"散文文化"还凝聚着中华民族的智慧。中国的散文里充满了一种东方式的智慧，这种智慧有两个特征：一是"以寓言为广"。如《庄子·养生主》中的"庖丁解牛"，就相当典型地体现出庄子诗性智慧写作的特色，这个寓言主要通过庖丁高超的解牛技巧来隐喻某种生存之道。二是倾心于"平常心是道"的禅风与"以心传心，不立文字"的直觉思维方式。柳宗元的《始得西山宴游记》、苏轼的《记承天寺夜游》都是颇具"禅味"的散文小品。

中国的"散文文化"犹如一条大河，它时而波涛汹涌，时而涓涓细流，时而泥沙俱下，时而明净清澈。但不管如何曲折和难以辨析，"散文文化"都是中国人不容忽视的一笔精神财富和文学遗产。梳理、辨析"散文文化"传统的同时，再看看中国当代文学，我们深感中国当代文学从新时期之初开始，骨子里就缺乏一种文化自信和文化自觉。由于缺乏文化的主体性，才会一切唯西方马首是瞻，抱着如此矮化自己的奴性心态，中国当代文学怎么有可能进入“世界文学之林”？所以，在当下这样一个互联网、新媒体和传统文化相碰撞、相融会的时代，中国当代文学的确有必要回归到产生诗性的原初之处，回归到我国“散文文化”的伟大文学传统中。我们当下的文学创作与研究只有从“散文文化”中获取营养，才能使自己孱弱的身体强壮起来，在实现中华民族伟大复兴的新时代中精神饱满地再出发。本丛书的出版即是在这方面作出的有益尝试和探索。

吴周文　王兆胜　陈剑晖

2019年10月20日

目录
contents

上编

古代散文观专题探讨

下编　现当代散文透视

引　言

"和而不同"是一种境界

　　提起"和而不同"，确有很多问题值得探讨，诸多命题如"和"是古老的中国智慧、孔子和而不同观、和而不同与世界大同、天地人之关系的和谐说、和合观念与大生态意识的源远流长、各体文章论述的丰富性、古今散文中的和而不同描写、文体形式的和而不同、现代文化磨合策略与和而不同、文学语言发展与和而不同、命运共同体与和而不同、和为贵斗则亡、家和万事兴，等等，都有绵延和言说不尽的意蕴。在笔者的联想中，充满魅性的"和而不同"就是一个美好理想，也是一种通达境界，甚至也是一种宽容胸怀……能够真正达至"和而不同"的境界，人类甚至"万类"即可相安无事而又美美与共。而相安无事、有事同做、有福同享且安于和谐的和平幸福，恰恰是在"和而不同"的追求中才能实现的。"和而不同"不仅仅是社会的、人类的非常崇高的理想境界，也会成为人们非常现实的日常追求，从而具体而微地体现于擅长书写创作的文人之间、流派之间、风格之间、朋友之间甚至也体现于异性之间、恋人之间、家人之间。窃以为，如今我们也要在文化传统、文化自信乃至人类命运共同体、宇宙生命体的层面充分言说这一"和而不同"的话题了……

　　孔子曰："君子和而不同，小人同而不和。"这主要是伦理道德抑或人生哲学层面的言说，人们据此对人生和社会提出了诸多要求。从先哲那里，人们获得了许多启示，有人以为，和而不同提示着如何做人做事；有人以为，和而不同提示着可以包容和理解。在对抗和斗争风气弥漫之时，尤其需要提倡这种包容精神，无论是政治家还是文人，都要有海纳百川的胸襟、包容万物的气度。和而不同也意味着要有不同的思考和声音。所谓"兼听则明，偏信则暗"，只有一种声音，就是万马齐喑；兼容并包，百家争鸣，才有了先哲诸多学说的诞生和五四新文化的激活与发展。时至今日，和而不同的思想文化传统，给我们带来的有益启示无疑仍是多方面的：小到人与人之间的亲疏远近，大到民族文化、人类社会的和谐发展；小到文人书写的手稿样式和语言风格的差异，大到"心事浩茫连广宇"的宇宙以及神秘莫测的彼岸世界，先哲的和而不同思想对现代人都依然有着重要的启示作用。让我们努力继承和发展和而不同的思想文化传统，坚定中华文化自信，努力促进人与人、人与自然、人与社会的和谐发展，为建立一个和谐多元多样的天人世界、和谐多元多样的人类社会而不懈努力。

奉行"和而不同"往往可以别开生面，反之，贯彻"不同则斗"往往会两败俱伤。有人介绍，当年在极为困难的国内外环境中，周恩来总理提出了后来闻名世界的，各国纷纷效仿的"和平共处五项原则"，而那背后的思维逻辑就是"和而不同"。此后几代中国政治家寻求的国际局势改善，借重的文化思想其实也是"和而不同"。事实上，明智的现代人都能认识到：和谐而又不千篇一律，不同而又不相互冲突；和谐以共生共长，不同以相辅相成，正是同在感和共命运的体验促成了"共同体思想"。可以说，和而不同，确是古今哲人揭示的社会事物和社会关系发展的一条重要规律，也是人们处世行事应该遵循的准则，是人类各种民族文化、文明协调发展的真谛。也有人认为，中国的传统文化本身就是"和而不同"的最好注脚。佛、儒、道三家，教义由来不同，本是相互冲突的文化派别，差异非常明显。然而在中国传统文化的"大传统"环境之中，三家学说通过文化磨合，形成了兼容三家乃至"百家"的文化生态，这三大文化流派不断地相互影响，相互吸收和融合，在三家皆存、三教合一的发展过程中，更加丰富了中华文化，并最终形成了佛教中国化、道教世俗化和儒教道禅化的三家互补互存，互相繁荣的文化格局。这点从中国古代文化名人或作家文人通常三家皆精，或兼容三家学说且能达到很高的人生及文学境界的特点上就可以清楚地看到。

我们在中国从古到今的众多文化名人或作家文人留下的散文世界里，就可以充分领略到他们不同的精神风貌和文章风格，体会到和而不同的境界是那样客观地存在着，并散发着无穷无尽的魅力。如果说中国文化具有宝贵的"和而不同"的传统精义，那么中国文学的"文以载道"就充分体现了这种宝贵的文化精神。尤其在"万类霜天竞自由"的散文世界里，古今文人作家的理论思考和创作实践都得到了充分发挥，产生了许多不同的文论观点和众多风格各异的作品，总体上体现了和而不同的文化气象，彰显了中国古今散文的丰富性。真的是千姿百态，分外妖娆！中国作家协会副主席阎晶明在《数字时代的文学新生态》一文中说，如今"在中国，文学的繁盛超出了许多人的预想。传统的纸质文学依然具有强大的影响力，在艺术上，在思想与艺术的融合上，起着重要的示范作用。网络文学异军突起，众多的写作者通过网络文学发现和证明着自己的创作才华，网络文学也拥有广大的受众，尽管他们是以分众式的选择呈现的，但毫无疑问，因为网络文学的出现和逐渐发展，形成了文学阅读人群的几何式扩充。……总而言之，现代科技和现代传媒彻底改变了文学的生态，但它们不是使文学式微，而是使文学插上了科学的翅膀，开始了更有力、更高的飞翔"[1]。实际情况确实如此，文学的生生不息和依然重要让某些急于宣布文学死亡的人失望透顶了，空前的"文学大众化"尤其是"散文大众化"在当下时代悄然实现。尽管严厉的批评家会从个人理想或理念的角度，对文学的历史和现实都会指出存在的种种不足，但笔者更愿意在文化磨合、人文存续、中华特色等意义上，了解和理解文化、文学，包括散文的"和而不同"及其丰富性。

---

① 阎晶明：《数字时代的文学新生态》，《中国文化报》，2019年8月28日。

国人常常称道西方大作家雨果的名言：世界上最宽阔的是海洋，比海洋更宽阔的是天空，比天空更宽阔的是人的心灵。其实，中国先哲的"天人合一""心游万仞"等也特别强调了精神上的宽广和包容。其中，中国古代人文学说崇尚"和而不同"即可谓是一个"优秀的传统"，在文化实践尤其是现实政治层面也许存在各种局限，但在精神文化尤其是文学艺术领域，确实做到了"和而不同"，即使在"封建时代"，亦能流派纷呈、美美与共。显然，从"和而不同"视角考察中国古代散文，可以看到极为丰富的"大文学景观"，从文体上看，有骈文、说、表、序跋、铭、疏、杂记、游记、寓言，等等，五花八门，丰富多彩；从内容及文风上看，也是天文地理、社会人生，究天人之际，通古今之变，书人间冷暖，事无巨细，情有万端，客观上也构成了"和而不同"的散文世界。中国古代散文世界浩渺无边，限于篇幅，本书未能全面、细致地考察古代散文的方方面面，只能在文学理论与实践的基础上，对古代文论中的和谐论、古代文体的和而不同现象，以及部分文论名家、散文高手等进行一些较有深度的专论，或有管中窥豹之效果。

　　比较而言，本书涉论古代，侧重于理论层面，对相关文论进行了探讨；涉论现代（大现代），则侧重于实践（创作）层面，多以作家作品为例进行个案分析。

　　在笔者看来，到了思想更加现代化，语言更加"白话化"的"大现代"，其实中国传统中的"和而不同"观念总体看并没有式微，尤其是五四时期和改革开放以来的"新时期"和"新时代"，和而不同的理念更加深入人心，与中国现当代散文也建立了更加密切的关系。在笔者看来，在"大现代"中国有一种客观存在的"文化磨合思潮"，对中国现当代散文产生了广泛而又深入的影响。由此可以考察文化磨合思潮影响下的散文，进而涉论近现代以来兴起的文化磨合思潮、文化磨合思潮对现代散文观念的影响、中国现代散文的"和而不同"境界等。由此可以看到纪实散文的和而不同、艺术散文的和而不同、议论散文的和而不同、现代文化视域中的"大散文"等文学现象。具体论述时，也会涉及相关的现代纪实散文的发展变化、和而不同与纪实散文的兴衰、散文作家群与纪实散文的风格、现代景观散文的万千气象、现代抒情散文的多样风格、区域文化视域中的艺术散文、议论散文的和而不同、现代杂文家散文的丰富多样、现代学者散文的思想性和艺术性、政论家散文的使命感和文学味、现代文化视域中的"大散文"、古今贯通的"大散文"观念、现代语境中的"大散文"实践、散文名家的文化视野和散文书写、不同地域散文的艺术气象等众多问题。当然，同样限于篇幅，也很难逐一缕述，也只能"选点"例述。

尽管如此，我们却可以借此接近"和而不同"境界，走进古今联通的散文理论及创作文本世界。

上
编

古代散文观专题探讨

第一章

宋初"和而不同"的文道关系论

　　自郭绍虞先生在1930年发表《中国文学批评史上文与道的问题》以来，文道研究随着中国文学批评史与中国古代文论的学科建设而逐渐重新受到关注，而文与道的问题是中国文学批评史上最重要的问题之一。自五四运动到20世纪80年代初的新时期文学思潮，人们对"文以载道"的批判经历了一个历史的循环，但是不管怎样批判，"道"作为中国文学的传统，也是文人的自觉意识中固有的一部分，是不可能被各种运动摧毁的。在提倡弘扬中华优秀传统文化的当下，文道关系问题仍然值得关注。文道关系中"文"与"道"的内涵关系十分复杂，追溯其根源可上溯至《易传》和《荀子》。《易传》中已然出现了目前文道关系意涵的雏形，而在《荀子》中则形成了明道、征圣、宗经的萌芽。儒学复兴则是加剧文道关系发展的重大推力。自王通以降，重建儒道就已经成为儒生的共同追求。古文运动虽然肇始于唐代，盛唐气象关注的重心却并非儒道。释道思想在唐代风靡一时，儒学并未受到宋代那般尊崇。宋初的古文运动作为宋代古文领域文道关系的发生现场，因此，从中可见文道关系的各种因素。宋初的文道关系具有承上启下的重要意义，因此格外值得关注。虽然文道关系问题一直备受关注，但是不同时期、不同理论家的文道所指各有不同，然而其中又存在传承和延续的共性。纵观文道关系问题的发展始末，历代理论家文道观的确是和而不同的。正是源自和而不同的理念，古代散文理论和散文创作才出现了百花齐放、百家争鸣的局面。本章试图在辨别宋初古文理论的差异中，探绎宋初"和而不同"文道关系的表现与影响因素。

第一节 "和而不同"的基础：抨击时文，力振古文

宋初的文学延续了晚唐五代以来的卑弱文风，前期表现为"五代体"的风行，后期则是学习晚唐李商隐的"西昆体"流行。宋初的古文家如柳开等人并非如《宋史·文苑传序》所言反对以杨亿、刘筠为代表的"西昆体"，而是反对与其主张背道而行的"五代体"。在宋初，主张并且创作古文的仍为少数。宋白的文风即为当下时文的写照，如《宋史·宋白传》称，宋白"属文敏赡，然辞意放荡，少法度"[①]。赵邻几"为文慕徐、虞及王、杨、卢、骆之体"，"属对精切，致意缜密"，"及掌诰命，颇繁复冗长，不达体要，无称职之誉"[②]。和㟒"虽幼能属文，殊少警策。每草制必精思讨索而后成，拘于引类对偶，颇失典诰之体"[③]。即便是被认为在宋初沿袭五代"文体卑弱"之际，"与高昉、柳开、范杲"一起"习尚淳古，齐名友善"的梁周翰，仍然"以辞翰为流辈所许"[④]。据柳开《答梁拾遗改名书》中称，梁周翰与柳开学韩愈为古文的态度迥异，那么其为文观念也必然不同。《四库全书总目·骑省集》提要称徐铉的文章"常曰文速则意思敏壮、缓则体势疏慢。故其诗流易有余而深警不足"，"当五季之末、古文未兴、故其文沿溯燕许、不能嗣韩柳之音。而就

---

① 脱脱等：《宋白传》，《宋史》卷四三九，中华书局1977年版，第12999页。
② 脱脱等：《赵邻几传》，《宋史》卷四三九，中华书局1977年版，第13009页。
③ 脱脱等：《和㟒传》，《宋史》卷四三九，中华书局1977年版，第13015页。
④ 脱脱等：《梁周翰传》，《宋史》卷四三九，中华书局1977年版，第13004页。

一时体格言之、则亦迥然孤秀"①。由此可见，虽然宋初的有识之士已然发现了延续五代文风的弊端，主张古文的意识逐渐觉醒，然而实际效果却十分有限，文坛的主流仍然是"五代体"，古文的力量仍然势单力薄。

宋初古文家普遍反对时文，强调以古文恢复道统。宋代古文运动的一大标志就是尊韩，他们主张继承、修复韩愈的文统和道统。首先大力举起反对时文而倡导古文大旗的是柳开。其《上王学士第三书》中指斥时文之弊称："代言文章者，华而不实，取其刻削为工，声律为能。刻削伤于朴，声律薄于德。无朴与德，于仁义礼知信也何？其故在于幼之学焉，无其天之性也，自不足于道也，以用而补之；苟悦其耳目之舐，君子不由矣。"②其后的王禹偁则更为明确地提出反对五代文风的问题。他在《东观集序》中说："天未厌德，付于李唐。然而三百年间，圣贤相会，事业之大者，贞观、开元；文章之盛者，贞元、长庆而已；咸通而下，不足征也。"③在《送孙何序》中王禹偁也表示了对时文的批判："咸通以来，斯文不竞，革弊复古，宜其有闻。国家乘五代之末，接千岁之统，创业守文，垂三十载，圣人之化成矣，君子之儒兴矣。然而服勤古道，钻仰经旨，造次颠沛，不违仁义，拳拳然以立言为己任，盖亦鲜矣。"④范仲淹亦有"懿、僖以降，浸及五代，其体薄弱"⑤之语。范仲淹在《唐异诗序》中同样指出五代以来文风不振的问题，"五代以还，斯文大剥；悲哀为主，风

① 永瑢等：《四库全书总目》卷一五二，集部五，中华书局1965年版，第1305页。

② 柳开：《上王学士第三书》，《河东集》卷五，《钦定四库全书》影印文渊阁本，第一〇八五册，上海古籍出版社1989年版，第267—269页。

③ 王禹偁：《东观集序》，《小畜集》卷一九，《钦定四库全书》影印文渊阁本，第一〇八六册，上海古籍出版社1989年版，第182—183页。

④ 王禹偁：《送孙何序》，《小畜集》卷一九，《钦定四库全书》影印文渊阁本，第一〇八六册，上海古籍出版社1989年版，第188—189页。

⑤ 范仲淹：《尹师鲁河南集序》，《范文正集》卷六，《钦定四库全书》影印文渊阁本，第一〇八九册，上海古籍出版社1989年版，第617—618页。

流不归"①。虽然宋代开国之后，力振文风，然而收效甚微。罗根泽
先生认为，柳开指斥时文的重点在于揭发华侈伤德，而范仲淹则是重
在强调宋初对五代的模仿有失真之嫌。②

在反对五代文风的同时，宋初的有识之士皆重视道统的恢复和
重建。柳开指出了其道统和文统的渊源，"吾之道，孔子、孟轲、
扬雄、韩愈之道，吾之文，孔子、孟轲、扬雄、韩愈之文也"③。柳
开以继承韩愈之道统为己任，称："自韩愈氏没，无人焉。今我之
所以成章者，亦将绍复先师夫子之道也。"④在宋初之时，继柳开之
后，很多古文家都自觉地阐释古文与古道。修复失传已久的文统和
道统，亦成为宋初以降的重要问题，不仅儒士关注，甚至连佛门弟子
也颇为重视这一问题，释智圆就是很好的例子。释智圆首先分别明确
指出古文和古道的内涵，"夫所谓古文者，宗古道而立言，言必明乎
古道也"，"古道者何，圣师仲尼所行之道也"，"仁义五常谓之古
道也"⑤。赵湘也反对后世之文，他指出后世之文脱离了"道"，即
"后世之谓文者，求本于饰，故为阅玩之具，竞本而不疑，去道而不
耻，淫巫荡假，磨灭声教"⑥。田锡亦重"道"，他肯定了儒家的教
化之道，称其为"夫人之有文，经纬大道。得其道，则持政于教化；

───────────

①　范仲淹：《唐异诗序》，《范文正集》卷六，《钦定四库全书》影印文
渊阁本，第一〇八九册，上海古籍出版社1989年版，第618—619页。

②　参见罗根泽：《中国文学批评史》，上海人民出版社2015年版，第554
页。

③　柳开：《应责》，《河东集》卷一，《钦定四库全书》影印文渊阁本，
第一〇八五册，上海古籍出版社1989年版，第244页。

④　柳开：《答臧丙第一书》，《河东集》卷六，《钦定四库全书》影印文
渊阁本，第一〇八五册，上海古籍出版社1989年版，第275—277页。

⑤　释智圆：《送庶几序》，曾枣庄、刘琳主编《全宋文》卷三〇八，第
一五册，上海辞书出版社、安徽教育出版社2006年版，第190页。

⑥　赵湘：《本文》，《南阳集》卷四，《钦定四库全书》影印文渊阁本，
第一〇八六册，上海古籍出版社1989年版，第335—337页。

失其道，则忘返于靡漫"①。王禹偁也认为文道缺失日久，他指出，"咸通以来，斯文不竞，革弊复古，宜其有闻"。宋代开国三十余年之后，"圣人之化成矣，君子之儒兴矣"。然而以古道古文为己任者鲜，而孙何即是其中的凤毛麟角，"然而服勤古道，钻仰经旨，造次颠沛，不违仁义，拳拳然以立言为己任，盖亦鲜矣。富春孙生有是夫"。王禹偁高度赞扬孙何之文，称其"皆师戴六经，排斥百氏，落落然真韩、柳之徒也"。②孙何则认为"道"乃"天下重器"，"非力古而经、勇乎义而仁者，殆弗克荷"③。姚铉指斥宋初文风云："五代衰微之弊，极于晋、汉，而渐革于周氏。"④

在北宋初期，古文家致力于道统和文统的恢复与重建之际，文坛上的主要力量是白体、晚唐体和西昆体的相继盛行。宋初诗坛上，声势最为壮大的非西昆体莫属。西昆体的兴起和风靡也昭告了宋初古文运动的挫折进程，在柳开、王禹偁之后，后续力量不足，这是西昆体成为主流的客观因素。然而，不可忽视的是，即便是西昆体的翘楚杨亿，在《西昆酬唱集》外，他也有一些诗作直接反映现实、关心民瘼，如《闻北师科捷喜而成咏》《狱多重囚》《民牛多疫死》等。杨亿作品多散佚，然而从保留下来的文章看，涉及赋、策、诏、表、状、奏、书、启、序、记、颂、赞、碑铭、墓志铭、祭文、述、赞文、疏、致语等文体。观其序言、墓志铭以及书信，多为骈文，亦非流于形式的创作。其文气势雄厚，感情真挚。如《武夷新集自序》称："予亦励精为学，抗心希古，期漱先民之芳润，思窥作者之壶奥，而志力浅局，襟灵底滞，大惧夫绝脤于龙文之鼎，伤吻于蚁封之

① 田锡：《贻陈季和书》，《咸平集》卷二，《钦定四库全书》影印文渊阁本，第一〇八五册，上海古籍出版社1989年版，第381—382页。

② 王禹偁：《送孙何序》，《小畜集》卷一九，《钦定四库全书》影印文渊阁本，第一〇八六册，上海古籍出版社1989年版，第188—189页。

③ 孙何：《上杨谏议书》，曾枣庄、刘琳主编《全宋文》卷一八五，第九册，上海辞书出版社、安徽教育出版社2006年版，第196—197页。

④ 姚铉：《唐文粹序》，《唐文粹》卷首，《四部丛刊》，第1页。

垺。"①《送进士陈在中序》开篇便提及"昔孔子五十而读《易》，以至韦编三绝，然后知天命之始终。自卫反鲁，删《诗》定《书》，乐正雅颂，各得其所"②，皆可反映杨亿治学的内容与为文趣尚。此外，尽管杨亿为文多为后人批评为雕饰辞藻忽略内容，但是不难看出，在宋初文道缺失的时代，杨亿仍然以儒家学养为基点，追求儒家所倡导的文学形式与内容相统一的境界。这何尝不是杨亿的和而不同之处呢？杨亿《家训》云："童稚之学，不止记诵，养其良知良能，当以先入之言为主。日记故事，不拘古今，必先以孝悌忠信、礼义廉耻等事，如黄香扇枕，陆绩怀橘，叔敖阴德子路负米之类。只如俗说，便晓此道理，久久成熟，德性若自然矣。"③《家训》道出了杨亿重视日常勤学诵记、善于求知的学习态度，恪守儒家的孝悌忠义、礼义廉耻的思想观念。儒家的道德修养已然成为杨亿性格中的一部分。杨亿提倡为诗要以宣导王泽为准的，在其《温州聂从事〈云堂集〉序》中云："若乃国风之作，骚人之辞，风刺之所生，忧思之所积。犹防决川泄，流荡而忘返；弦急柱促，掩抑而不平。今夫聂君之诗，恬愉优柔，无有怨谤；吟咏情性，宣导王泽，其所谓越风骚而追二雅，若西汉中和乐职之作者乎！"④换言之，西昆体作家仍然以儒家思想为学养，诗文和思想中儒家思想根深蒂固。宋初儒士在恢复儒道和强调教化等方面已然达成了共识。这也是宋初文道观和而不同论的基础。

然而，《宋史·苏舜钦传》云："当天圣中，学者为文多病对

---

① 杨亿：《武夷新集自序》，《武夷新集》卷首，《钦定四库全书》影印文渊阁本，第一〇八六册，上海古籍出版社1989年版，第354页。
② 杨亿：《送进士陈在中序》，《武夷新集》卷七，《钦定四库全书》影印文渊阁本，第一〇八六册，上海古籍出版社1989年版，第426—427页。
③ 杨亿：《家训》，曾枣庄、刘琳主编《全宋文》卷二九七，第一五册，上海辞书出版社、安徽教育出版社2006年版，第5页。
④ 杨亿：《温州聂从事〈云堂集〉序》，《武夷新集》卷七，《钦定四库全书》影印文渊阁本，第一〇八六册，上海古籍出版社1989年版，第425—426页。

偶，独舜钦与河南穆修好为古文、歌诗，一时豪俊多从之游。"①在
《答乔适书》中，穆修也批评了由于"古道息绝，不行于时已久"以
致于为文"习尚浅近"的风气，而"其间独敢以古文语者"②则备受
排挤。可见，即便是古文家做出了很多努力，文风并未为之改变。西
昆体是宋初古文运动中的第二个障碍，也是古文家继反对五代文风之
后另一主要攻击对象。宋初祥符年间，曾经下诏禁文体浮艳，"国家
道莅天下，化成域中……而近代以来，属辞多弊，侈靡滋甚，浮艳相
高；忘祖述之大猷，竞雕刻之小技。爰从物议，俾正源流。咨尔服儒
之人，示乃为学之道。夫博闻强识，岂可读非圣之书？修辞立诚，安
可乖作者之制？必思教化为主，典训是师；无尚空言，当遵体要。仍
闻别集众制，刻镂已多，傥许攻乎异端，则是误于后学。式资诲诱，
宜有甄明。今后属文之士，有辞涉浮华，玷于名教者，必加朝典，庶
复古风。其古今文集可以垂范，欲雕印者，委本路转运使部内文士
看详，可者，即具本以闻"③，大概是针对西昆体的浮靡文风而言。
张綖在《西昆酬唱集序跋》中指出西昆体的流弊在于"盖学义山而过
者"④；从西昆体的兴废历程上看，张綖承认了文学的"游于艺"特
性，纵观杜甫、王安石和欧阳修的文道观念，诚如"子美云：'文章
一小技，于道未为尊'。夫惟达宣圣游艺之旨"⑤。据《四库全书总
目·西昆酬唱集》提要称，"所作皆尊李商隐体，大抵音节铿锵，词
采精丽。后欧、梅既出，诗格一变，亿等之派遂微。然其组织工致，

①　脱脱等：《苏舜钦传》，《宋史》卷四四二，中华书局1977年版，第
13073页。

②　穆修：《答乔适书》，《穆参军集》卷中，《钦定四库全书》影印文渊
阁本，第一〇八七册，上海古籍出版社1989年版，第12—13页。

③　石介：《祥符诏书记》，《徂徕集》卷一九，《钦定四库全书》影印文
渊阁本，第一〇九〇册，上海古籍出版社1989年版，第361—362页。

④　张綖：《西昆酬唱集序跋》，杨亿编，王仲荦注《西昆酬唱集注》，中
华书局1980年版，第340页。

⑤　张綖：《西昆酬唱集序跋》，杨亿编，王仲荦注《西昆酬唱集注》，中
华书局1980年版，第340页。

锻炼新警之处，终不可磨灭，故至今犹有传本焉”①。

据田况《儒林公议》，他认为西昆体不止于杨亿、刘筠、钱惟演等人的诗歌，还应该包括赋、颂、章、奏等文体，一方面指出了西昆体的局限是“伤于雕摘”，另一方面也指出西昆体的意义在于“五代以来芜鄙之气，由兹尽矣”②。田况指出首先抨击西昆体的是陈从易，其次是石介，“陈从易颇好古，深摈亿之文章，亿亦陋之”，“近山东石介尝作怪说以诋亿，其说尤甚于从易”③。其中给予西昆体致命一击的，则非石介莫属。石介指斥西昆体云：“文之弊已久。自柳河东、王黄洲、孙汉公辈相随而亡，世无文公儒师，天下不知所准的。……文之本日坏，枝叶竟出，道源益分，波派弥多，天下悠悠，其谁与归！轻薄之流，得斯自骋，故雕巧篆组之辞遍满九州而世不禁也；妖怪诡诞之说，肆行天地间而人不御也。”④在其《上张兵部书》中，又谈道：“今斯文也，剥已极矣而不复，天岂遂丧斯文哉？斯文丧，则尧舜禹汤周公孔子之道不可见矣。”⑤他指出了宋初文坛的弊病在于文道久不复，若要振兴文坛，就要复古道为古文。《怪说下》中还说“杨亿以淫巧浮伪之言破碎”了“万世常行不可易之道”。“吾以攻乎坏乱破碎我圣人之道者，吾非攻佛老与杨亿也”，可见石介显然以儒家卫道者自居。“吾学圣人之道，有攻乎我圣人之道者，吾不可不反攻彼也。吾亦有死而已，虽万亿千人之众，

① 张綖：《西昆酬唱集序跋》，杨亿编，王仲荦注：《西昆酬唱集注·附录二》，中华书局1980年版，第346页。
② 钱若水修，范学辉校注：《宋太宗皇帝实录校注》卷三一，中华书局2012年版，第250页。
③ 钱若水修，范学辉校注：《宋太宗皇帝实录校注》卷三一，中华书局2012年版，第250页。
④ 石介：《与裴员外书》，《徂徕集》卷一六，《钦定四库全书》影印文渊阁本，第一〇九〇册，上海古籍出版社1989年版，第298—299页。
⑤ 石介：《上张兵部书》，《徂徕集》卷一二，《钦定四库全书》影印文渊阁本，第一〇九〇册，上海占籍出版社1989年版，第265页。

又安能惧我也。"①

《宋史·石介传》称"介为文有气，尝患文章之弊、佛老为蠹，著《怪说》《中国论》，言去此三者，乃可以有为。著《唐鉴》以戒奸臣、宦官、宫女，指切当时，无所讳忌"②。石介指斥杨亿及西昆体时称，"昔杨翰林欲以文章为宗于天下，忧天下未尽信己之道，于是盲天下人目，聋天下人耳"③，并指出以杨亿为代表的西昆体已然独霸文坛四十年之久，这十分不利于文道缺失的北宋初期修复文道传统，以至于石介认为"使天下人目盲，不见有杨亿之道；使天下人耳聋，不闻有杨亿之道"。宋初致力于恢复和重建道统之士，只有"俟杨亿道灭，乃发其盲，开其聋，使目惟见周公、孔子、孟轲、扬雄、文中子、吏部之道，耳惟闻周公、孔子、孟轲、扬雄、文中子、吏部之道"。石介又进一步指出"道"的内涵，即"周公、孔子、孟轲、扬雄、文中子、吏部之道，尧、舜、禹、汤、文、武之道也，三才、九畴、五常之道也"。④石介指斥当时的文风云："今之为文，其主者不过句读妍巧，对偶得当而已；极美者不过事实繁多，声律调谐而已。雕镂篆刻伤其本，浮华缘饰丧其真，于教化仁义礼乐刑政，则缺然无仿佛者。"其实质仍然在批评西昆体偏重形式的文风，忽视了文学有补于世的教化作用。石介进而探寻今之文风的成因："盖其弊由于朝廷敦好时俗，习尚染积，非一朝一夕也。不有大贤奋袂（一作臂）于其间，崛然而起，将无革之者乎？"⑤

----

① 石介：《怪说下》，《徂徕集》卷五，《钦定四库全书》影印文渊阁本，第一〇九〇册，上海古籍出版社1989年版，第217页。

② 脱脱等：《石介传》，《宋史》卷四三二，中华书局1977年版，第12833—12834页。

③ 石介：《怪说中》，《徂徕集》卷五，《钦定四库全书》影印文渊阁本，第一〇九〇册，上海古籍出版社1989年版，第216—217页。

④ 石介：《怪说中》，《徂徕集》卷五，《钦定四库全书》影印文渊阁本，第一〇九〇册，上海古籍出版社1989年版，第216—217页。

⑤ 石介：《上赵先生书》，《徂徕集》卷一二，《钦定四库全书》影印文渊阁本，第一〇九〇册，上海古籍出版社1989年版，第262—265页。

石介的重要意义集中表现在反对和批判以杨亿为代表的西昆体上。他指出以杨亿为代表的西昆体的特点是"穷妍极态，缀风月，弄花草，淫巧侈丽，浮华纂组；刓锼圣人之经，破碎圣人之言，离析圣人之意，蠹伤圣人之道"①，并且指斥天下文风因之而变的怪现象。然而，石介对西昆体的批评似乎过于极端。作为与石介的同年好友，欧阳修肯定了石介的为人，但是不同意石介的险怪文风及其文学批评观点。欧阳修在《与石推官第一书》中说："近于京师频得足下所为文，读之甚善。其好古闵世之意，皆公操自得于古人，不待修之赞也。然有自许太高，诋时太过，其论若未深究其源者。"②欧阳修认为石介对杨亿的批评太过偏激。然而，石介却不以为然，他在《答欧阳永叔书》中辩解道："仆诚亦有自异于众者，则非永叔之所谓也。今天下为佛老，其徒嚣嚣乎声，附合响应，仆独挺然自持吾圣人之道；今天下为杨亿，其众哓哓乎口，一倡百和，仆独确然自守吾圣人之经。凡世之佛老、杨亿云者，仆不惟不为，且常力摈斥之。天下为而独不为，天下不为而独为，兹是仆有异乎众者。然亦非特为取高于人，道适当然也。苟必欲取高于人，古之圣人莫如周公、孔子；古之大儒，莫如孟轲、扬雄；古之贤圣，莫如皋陶、伊尹。天下之所尊莫如德，天下之所贵莫如行。今不学乎周公、孔子、孟轲、扬雄、皋陶、伊尹，不修乎德与行，特屑屑致意于数寸枯竹、半握秃毫间，将以取高乎？又何其浅也。"③这是石介对欧阳修"特异与世异"的回复，石介认为他反对佛老是源于其有碍"吾圣人之道"，反对杨亿则是出于"守吾圣人之经"。应该指出的是，石介反对西昆体的态度的确激烈，然而西昆体末流之弊也确实需要石介的抨击。所以石介称

① 石介：《怪说中》，《徂徕集》卷五，《钦定四库全书》影印文渊阁本，第一〇九〇册，上海古籍出版社1989年版，第216—217页。

② 欧阳修：《与石推官第一书》，曾枣庄、刘琳主编《全宋文》卷六九八，第三三册，上海辞书出版社、安徽教育出版社2006年版，第72页。

③ 石介：《答欧阳永叔书》，《徂徕集》卷一五，《钦定四库全书》影印文渊阁本，第一〇九〇册，上海古籍出版社1989年版，第288—290页。

使天下人不闻杨亿之道，攻击的矛头似乎更倾向于西昆体末流，其《怪说下》云"吾以攻乎坏乱破碎我圣人之道者，吾非攻佛老与杨亿也"，从石介的自我辩护中，可以得出他之所以以卫道者自居的原因在于：佛老之杂与西昆体流弊严重威胁到了刚刚修复且初见成效的儒家道统。而石介抨击西昆体流弊，也是出于西昆体独霸文坛长达四十年之久，古文家苦心经营的古文风气几乎为之扫尽，石介的痛心疾首确实是出于对圣人之道和圣人之文的考虑。

伴随着五代体、白体、晚唐体、西昆体的相继落幕，宋初的古文运动正在曲折中发展。即便以西昆体为代表的骈俪文风盛行一时，但是不得不承认，古文的势力在不断壮大。这与孙复、石介、胡瑗作为太学教授不无关系，太学文风越发鲜明，逐渐成为"太学体"，并且深深地影响了科举文风。这也引起了同为范仲淹举荐和赏识的欧阳修的强烈不满，《宋史本传》云"欧阳修，嘉祐二年，知贡举，时士子尚为险怪奇涩之文，号'太学体'，修痛排抑之"①。行政手段，的确是最为强劲有力而又立竿见影的改变文风的方式。科举取士的标准，亦是文风重要的指挥棒。然而，这一切得以施行，皆有赖于赵宋王朝的稳定治世。在北宋初期古文运动的曲折进程中，古文家前仆后继力图通过修复道统和文统重振古文，以改革五代文风和西昆体的流弊。然而结果却是古文仍然偏居文坛一隅，虽然他们举起韩愈的旗帜，但是不可否认的是在北宋文道关系的初期，古文家的重心在恢复道统，而事实上，文坛仍然是缺失道统、注重形式的主流文风，此时的文只是辞章之文。必须承认，在北宋文道关系的初级阶段，经历了文与道的两次较量之后，道统仍未得到修复，除了明确继承韩愈的文统之外，亦无显著成效。

尽管宋初古文运动并没有彻底扭转文风，但是在打击时文方面，起到了突出的成效。其中，尤以石介对西昆体的打击效果最为明显。

---

① 脱脱等：《欧阳修传》，《宋史》卷三一九，中华书局1977年版，第10375页。

宋初的文人，不论是时文的代表，还是如释智圆一样的佛门弟子，抑或是致力于古文的儒士，他们皆深受儒家思想影响。在宋初古文领域的文道探索中，在针砭时文之弊的同时，既有对王通以来儒道的继承与恢复，也有对治道的推崇，他们强调文章的教化与致用。他们的出发点，都是不满于时文的言之无物。因此，宋初古文家们实际上也在修复文统。如，柳开就明确地以继承孔子至韩愈的道统和文统自居。除了释智圆之外，此时古文家们并没有明确地指出"道"的内涵。

第二节　"和而不同"之"道"：重建道统

在宋初，首先致力于古文写作和阐释古文理论的就是柳开。柳开认为："古文者，非在辞涩言苦，使人难读诵之；在于古其理，高其意，随言短长，应变作制，同古人之行事，是谓古文也。"[①]柳开强调"欲行古人之道"，就应当"从于古文"，且"以此道化于民"。[②]古文以"古其理，高其意"为内容，以"随言短长，应变作制"为形式，以"垂教于民"为目的。柳开还指出了古文与今文的差异，称"文取于古，则实而有华；文取于今，则华而无实。实有其华，则曰经纬人之文也，政在其中矣；华无其实，则非经纬人之文也，政亡其中矣"[③]。柳开虽然强调道统，但是他也提倡学习古文的华实兼顾，肯定"政在其中"的人文。

在学韩之初，柳开曾兼顾韩愈的"道统"与"文统"，但是纵观其理论，他未能将文、道兼顾的观念一以贯之，中途转而认为道与文皆出自圣贤。具体而言，柳开认为，学古圣贤之道，便有其文，道

---

① 柳开：《应责》，《河东集》卷一，《钦定四库全书》影印文渊阁本，第一〇八五册，上海古籍出版社1989年版，第244页。

② 柳开：《应责》，《河东集》卷一，《钦定四库全书》影印文渊阁本，第一〇八五册，上海古籍出版社1989年版，第244页。

③ 柳开：《答臧丙第二书》，《河东集》卷六，《钦定四库全书》影印文渊阁本，第一〇八五册，上海古籍出版社1989年版，第277页。

即是文，文即是道。他在《答臧丙第三书》中曰"经圣人之手者，文无不备矣。文苟不备，则不得为世之法也，何足为圣人乎"，柳开称其"专于政理之文，是我独得于世而行之"①，表明其旨趣不在文学之辞章，而韩柳文标榜辞章，所以柳开对韩文始尚后弃，转向彰明儒道之文。柳开已经不满足于韩愈之文，他意欲更进一步，崇尚圣人之道、政理之文，继而探绎"天地之真，海之容纳，经之所出"②，即表现出了探寻天地运行之道理本源的想法。

继柳开之后，赵湘亦不满于北宋初期延续五代卑弱文风，所以强调文之本在"道心"，所以"将欲尽万物之情性，发仁义礼乐之根蒂"。他进而指出圣贤之心乃圣贤之文的关键，"其圣贤者心也，其心仁焉义焉礼焉智焉信焉孝悌焉，则圣贤矣"。他认为今人欲为圣贤之文，唯有"以其心之道，发为文章，教人于万世，万世不泯，则固本也"。其实，赵湘所强调教化的内涵即"仁、义、礼、智、信、孝"，也即"古之仁义之道"。"道且固矣，然后发辞以为文，无凌替之惧引人，本末斯盛，虽曰未教，吾必谓之教矣"，这也是赵湘文道观的表现，即以教化之道为本，"然后发辞以为文"。③赵湘在论述其文道观时征圣且宗经，圣人之文乃以道为本、兼顾文道的理想范本，六经之文则应当被后人奉为圭臬。赵湘指出道为文之本，"灵乎物者文也，固乎文者本也。本在道而通乎神明，随发以变，万物之情尽矣"。他进而指出，圣人生于天地之间，其文灵且存乎道。他认为圣人之文的根本在于"由是发其要为仁义孝悌礼乐忠信，俾生民知君臣父子夫妇之业，显显焉不混乎禽兽。故在天地间，介介焉示物之变"。赵湘强调夫子之言兼顾了"文""道"，即"大哉夫子之言，

① 柳开：《答臧丙第三书》，《河东集》卷六，《钦定四库全书》影印文渊阁本，第一〇八五册，上海古籍出版社1989年版，第278—279页。

② 柳开：《东郊野夫传》，《河东集》卷二，《钦定四库全书》影印文渊阁本，第一〇八五册，上海古籍出版社1989年版，第245—246页。

③ 赵湘：《本文》，《南阳集》卷四，《钦定四库全书》影印文渊阁本，第一〇八六册，上海古籍出版社1989年版，第335—337页。

皆文也，所谓不可得而闻者，本乎道而已矣"。①赵湘的文道观较之于柳开，似乎更重视教化。赵湘的独特之处是他提出了"道心"乃文之本，然而其实质仍然不脱儒家仁义之道。

虽然《四库全书总目·南阳集》提要认为，赵湘为文"与镂琐碎、务趋僻涩者迥殊"②，然而从他继承扬雄、李翱、皇甫湜、孙樵之遗风来看，其文难脱艰涩窠臼。对扬雄的推崇与过誉，显然不是柳开或赵湘个人的喜好，而是"北宋儒者所见如斯，不能独为湘责，知其所短则可矣"③，可见在北宋初期确实有一股崇尚扬雄的风潮。

赵湘之后，致力于道统的是释智圆，其自称"于学佛外，考周、孔遗文，究杨、孟之言，或得微旨"④。释智圆重视"为文之志"，同时也指出了古文的特点，"古文之作，诚尽此矣，非止涩其文字，难其句读，然后为古文也"⑤。然而释智圆更强调古文"根仁柢义"，"模贤范圣"，"益于教化"，"夫为文者，固其志，守其道，无随俗之好恶，而变其学也"⑥。在先儒古文之"杂"与"纯"的问题上，释智圆态度鲜明地肯定了"先儒文之纯"⑦。释智圆还将"三不朽"引入文学，在《答李秀才书》中指出："愚窃谓文之道者三：太上立德，其次立功，其次立言。德，义之本也；功，文之用

---

① 赵湘：《本文》，《南阳集》卷四，《钦定四库全书》影印文渊阁本，第一〇八六册，上海古籍出版社1989年版，第335—337页。

② 永瑢等：《南阳集》，《四库全书总目》卷一五二，集部五，中华书局1965年版，第1307页。

③ 永瑢等：《南阳集》，《四库全书总目》卷一五二，集部五，中华书局1965年版，第1307页。

④ 释智圆：《送庶几序》，曾枣庄、刘琳主编《全宋文》卷三〇八，第一五册，上海辞书出版社、安徽教育出版社2006年版，第190页。

⑤ 释智圆：《送庶几序》，曾枣庄、刘琳主编《全宋文》卷三〇八，第一五册，上海辞书出版社、安徽教育出版社2006年版，第191页。

⑥ 释智圆：《送庶几序》，曾枣庄、刘琳主编《全宋文》卷三〇八，第一五册，上海辞书出版社、安徽教育出版社2006年版，第191页。

⑦ 释智圆：《送庶几序》，曾枣庄、刘琳主编《全宋文》卷三〇八，第一五册，上海辞书出版社、安徽教育出版社2006年版，第191页。

也；言，文之辞也。"①"德"即"所以畜仁而守义，敦礼而播乐，使物化之也"，"功"即"仁义礼乐之有失，则假威刑以防之，所以除其蓄而捍其患也"，"言"即"述其二者以训世，使履其言，则德与功其可至矣"②。他强调文章以儒家仁义道德作为内容，故将儒家修身、治国的理论引入文学，希冀文学能够有益于修身、治国。对于文道之间的关系问题，释智圆认为"若将有志于斯文也，必也研几乎五常之道"，"道既得之于心矣，然后吐之为文章，敷之为教化，俾为君者如勋华，为臣者如元恺，天下之民如尧、舜之民，救时之弊，明政之失，不顺非，不多爱"。③释智圆认为古文是"五常之道"的载体，主张道即文章，要有补于教化。

《四库全书总目·孙明复小集》提要指出孙复与尹洙继续柳开、穆修等人未尽的古文事业，尤其强调了孙复的文章与欧苏文章的不同在于"儒者之言"："盖宋初承五代之敝，文体卑靡。穆修、柳开始追古格，复与尹洙继之。风气初开，菁华未盛。故修之言云尔。然复之文，根柢经术，谨严峭洁，卓然为儒者之言。与欧、苏、曾、王千变万化，务极文章之能事者，又别为一格。修之所言，似未可概执也。至于扬雄过为溢美，谓其太元之作非以准易，乃以嫉莽。则白圭之玷、亦不必为复讳矣。"④这段话道出了宋初文风革新的曲折历程，除了肯定孙复的文章特色之外，也指出了孙复溢美扬雄的问题。孙复感叹六经之文"下衰也久"，"国朝自柳仲涂开、王元之禹偁、孙汉公何、种明逸放。张晦之景既往，虽来者纷纷，鲜克有议于斯文

① 释智圆：《答李秀才书》，曾枣庄、刘琳主编《全宋文》卷三〇七，第一五册，上海辞书出版社、安徽教育出版社2006年版，第185页。

② 释智圆：《答李秀才书》，曾枣庄、刘琳主编《全宋文》卷三〇七，第一五册，上海辞书出版社、安徽教育出版社2006年版，第185页。

③ 释智圆：《送庶几序》，曾枣庄、刘琳主编《全宋文》卷三〇八，第一五册，上海辞书出版社、安徽教育出版社2006年版，第191页。

④ 孙复：《孙明复小集》，永瑢等《四库全书总目》卷一五二，集部五，中华书局1965年版，第1312页。

者，诚可悲也"。①孙复指出了北宋初期以来强调并且身体力行六经
之文的古文家只有柳开、王禹偁、孙何、种放和张景等人，在张景之
后缺乏有力的继承人，古文的形势并不乐观。

　　孙复自称"乐古圣贤之道与仁义之文"，他对文道的认识可概括
为"道"本"文"用，即"夫文者，道之用也。道者，教之本也。故
文之作也，必得之于心而成之于言"。孙复指出"文"的标准是"同
归于道，皆谓之文也"，"若肆意构虚，无状而作，非文也，乃无用
之瞽言尔"。他认为六经皆文，且乃"圣人之文也"。孙复亦重视文
章的治用和教化功用，"明诸内者，故可以适其用；见诸外者，故可
以张其教"。他主张后学要"潜其心而索其道"，强调文章要有益于
教化，根本仁义，推崇董仲舒、扬雄、王通和韩愈，"至于终始仁
义，不叛不杂者，惟董仲舒、扬雄、王通、韩愈而已"。从中可知，
孙复提倡"不叛不杂"以"仁义"为本的文章。②所以，他在宋初普
遍尊韩的风气之外，还推尊董仲舒、扬雄和王通，强调"夫子之道"
乃"治天下，经国家，大中之道"。因此他也提倡六经之文，"其道
基于伏羲，渐于神农，著于黄帝、尧、舜，章于禹、汤、文、武、周
公。然伏羲而下，创制立度，或略或繁，我圣师夫子，从而益之损
之，俾协厥中，笔为六经。由是治天下，经国家，大中之道，焕然而
备"③。

　　《宋史·石介传》云："自（石）介而下皆以先生事复。"④首
先，石介师事孙复，进一步将韩愈推尊为孔子之后的贤人，认为韩愈
为孟子的继承者并且做出了卓越贡献，"若孟轲氏、扬雄氏、王通

---

①　孙复：《上孔给事书》，《孙明复小集》，《钦定四库全书》影印文渊
阁本，第一〇九〇册，上海古籍出版社1989年版，第172—173页。

②　孙复：《答张洞书》，《孙明复小集》，《钦定四库全书》影印文渊阁
本，第一〇九〇册，上海古籍出版社1989年版，第173—174页。

③　孙复：《上孔给事书》，《孙明复小集》，《钦定四库全书》影印文渊
阁本，第一〇九〇册，上海古籍出版社1989年版，第172—173页。

④　脱脱等：《石介传》，《宋史》卷四三二，中华书局1977年版，第
12833页。

氏、韩愈氏，祖述孔子而师尊之，其智足以为贤。孔子后，道屡废塞，辟于孟子，而大明于吏部。道已大明矣，不生贤人可也。故自吏部来三百有余年矣，不生贤人"①。其次，石介表明以继承和发扬道统为己任。《四库全书总目·徂徕集》提要云："介传孙复之学，毅然以天下是非为己任。然客气太深、名心太重，不免流于诡激。"②四库总目提要寥寥数语，既道出了石介的长处又指出了他的弊病。石介与孙复的相似之处在于他们主张儒学的纯粹化，不同之处则在于石介对西昆体的彻底批判。又因为"孙复、石介、胡瑗皆居太学"，他们的古文主张深刻地影响了太学诸生的文风，以至于"太学体"兴起并且成为科举士子的主要风格。这也引起了知贡举的欧阳修的强烈不满，欧阳修通过科举彻底打击了太学体，文风随之大变。

柳开的转变，恰恰表明了宋初古文家对"道"认识的深化。他们不满足于文统的修复，而是要去探寻"道"的深刻内涵，"道"逐渐指向了圣人之道、治世之道，甚至是天地运行之道。相应地，文也就开始指向了六经，即圣人之文。此外，赵湘等人推崇以"仁、义、礼、智、信、孝"为内容的教化，认为教化乃道之本。这是对治道的强调。而释智圆的"三不朽"论，强调以仁义道德为本，重视文章的功用，认为文已经退为言辞，只是立德、立功的手段，而忽视了文本身的文学属性。在他看来，文的概念又回到文学自觉之前的广义含混状态。

通过柳开、赵湘、释智圆等古文家对古道的探索，以仁义道德为内涵的儒家之道得到了北宋初期古文家的广泛认同，这可以视为宋初古文家完成了修复儒道的时代使命。③继柳开、赵湘、释智圆等人

---

① 石介：《尊韩》，《徂徕集》卷七，《钦定四库全书》影印文渊阁本，第一〇九〇册，上海古籍出版社1989年版，第227页。

② 永瑢等：《徂徕集》，《四库全书总目》卷一五二，集部五，中华书局1965年版，第1312页。

③ 参见张翼驰、党圣元：《北宋初期古文家韩愈观异同论》，《河北学刊》2017年第6期。

之后，又有孙复、石介和胡瑗等人的开拓和发展，使得"文即道，道即文"的文道观逐渐成形，并且成为理学文道观的萌芽。而理学又是宋代学术的重要代表，尤其是自柳开至石介等人的文章，也可作为宋代学术散文的滥觞。而宋初古文家的分歧，其实也是宋代学术之争的预演。

第三节　"和而不同"之"文"：修复文统

由于北宋时期士人具有多重身份，文学家同时也是官员，甚至政治家同时也是文学家，比如范仲淹和王安石等人，每个人的文道观又必然是其身份和地位在某种程度上的反映。这些主张以古文恢复道统和文统的古文家的共同之处即皆饱受儒家思想的浸染，因此，他们对圣人之道和圣人之文的态度相近。在重建道统之际，文学家也重视文统的修复和重建，他们虽然认同古文是重建道统和文统的有力手段，然而更在意文学自身的特性，其古文创作也倾向于从文学实际出发，肯定文学抒写性情的特点，强调文学的价值和地位。虽然文学家的文道观念和而不同，然而他们似乎并不认同文是道的附庸。在宋初之际，持此观点的典型代表有田锡、王禹偁、孙何和穆修等人。

柳开的古文主张以维护道统为重心，认为"文章为道之筌也"，"文恶辞之华于理，不恶理之华于辞也"。[①]柳开强调文章对传道的作用，却忽视了文辞华美是文学自身的特点，对骈俪文风有矫枉过正之嫌。同样的古文取向也反映在姚铉的《唐文粹》中。《唐文粹》的选文标准是"止以古雅为命，不以雕篆为工"[②]，对文辞华美的四六骈文与近体诗一概不选。《四库全书总目·唐文粹》提要称姚铉如此选文的原因在于，"非不究心于声律者，盖诗文俪偶，皆莫盛于

---

① 柳开：《上王学士第三书》，《河东集》卷五，《钦定四库全书》影印文渊阁本，第一〇八五册，上海古籍出版社1989年版，第267—269页。

② 姚铉：《唐文粹序》，《唐文粹》卷首，《四部丛刊》，第1页。

唐。盛极而衰，流为俗体，亦莫杂于唐。铉欲力挽其末流，故其体例如是"①。这表明姚铉主张文章有补于世、有益于"道德仁义"的教化。

首先，肯定文的地位与价值，强调文的独特性，承认文源于性情的，是宋初的田锡。在他看来，"道"乃"任运用而自然者也"。其文道观则主要表现为"以情合于性，以性合于道"，田锡亦关注"道""性""理"之间的关系，称"如天地生于道也，万物生于天地也，随其运用而得性，任其方圆而寓理"。②其次，田锡指出，虽然文学内部体裁多样，然而万变不离其宗的却是"氤氲吻合，心与言会"。③他还认为"使物象不能桎梏于我性，文采不能拘限于天真。然后绝笔而观，澄神以思"，与以上强调文之特性的观点一脉相承，足以见得田锡重视文学地位的主张。田锡在《贻陈季和书》中指出道对文的作用时称："夫人之有文，经纬大道。得其道，则持政于教化；失其道，则忘返于靡漫。"再次，亦肯定文之"常"与"变"皆为文学的形态，"迩来文士，颂美箴阙，铭功赞图，皆文之常态也。若豪气抑扬，逸词飞动，声律不能拘于步骤，鬼神不能秘其幽深，放为狂歌，目为古风，此所谓文之变也"，其实质则是肯定了文的发展，是以通变的思想来看待文，肯定了"艳歌不害于正理"。④

宋初延续卑弱的五代文风，以至于诸多古文家一味强调文章要本于教化义理之道，在这种背景下，田锡强调文学源于性情的独特性尤为难能可贵。对于后来以欧阳修和苏轼为首的古文家重塑宋文的旨归起到了重要作用，使得重文之余脉得以延续。田锡文道观的独特之

① 永瑢等：《四库全书总目》总集，中华书局1965年版，第1692页。

② 田锡：《贻宋小著书》，《咸平集》卷二，《钦定四库全书》影印文渊阁本，第一〇八五册，上海古籍出版社1989年版，第382—383页。

③ 田锡：《贻宋小著书》，《咸平集》卷二，《钦定四库全书》影印文渊阁本，第一〇八五册，上海古籍出版社1989年版，第382—383页。

④ 田锡：《贻陈季和书》，《咸平集》卷二，《钦定四库全书》影印文渊阁本，第一〇八五册，上海古籍出版社1989年版，第381—382页。

处在于他肯定了儒家教化的同时还强调文学源于性情的特点，尤其是肯定了文学风格的变化是文学发展的常态，肯定了"艳歌"作为文学形式并没有影响"正理"的表达，这在宋初之时极具胆识，见解可谓独到。

在宋初，兼顾古文理论与古文创作的则非王禹偁莫属，他的古文创作可谓完美诠释了其古文理论。《四库全书总目·小畜集》提要称："宋承五代之后，文体纤俪，禹偁始为古雅简淡之作。其奏疏尤极剀切。《宋史》采入本传者，议论皆英伟可观。在词垣时所为应制骈偶之文、亦多宏丽典赡、不愧一时作手。"①王禹偁强调"文"的属性在于"传道而明心也"。此外他提出了"易道易晓"说，认为"近世为古文之主者，韩吏部而已。吾观吏部之文，未始句之难道也，未始义之难晓也"。他还赞赏韩愈诲人不倦，奖掖后学，称赞"樊宗师之文必出于己，不袭蹈前人一言一句；又称薛逢为文，以不同俗为主"②，也强调了文学创作中的原创性和反对俗文的主张。

王禹偁的重要之处还在于他为学习古文指明正确的方向，力图破除对扬雄的迷信。从上文可知，在北宋初期，崇尚扬雄不是个例，而是已经蔚然成风。在柳开的极大影响下，孙何也推崇扬雄之文。得益于王禹偁嗅觉敏锐，他直指扬雄之文的问题所在。加之，田锡和王禹偁的重文主张，使得在文与道的关系方面，孙何似乎比较客观，既指斥俗儒的做法，又反对"好文之徒"的"组心绣口，俪字偶句和之，苟探声利""移之于经风纬教"，批评"宗权尚伯、构空架虚"之"杂"的风气，其真正的用意在于强调和提倡"知文之为"，即"非独鬻声光、禄宗族而已，必将振拔尧舜周孔"，再以"道""法

---

①　永瑢等：《四库全书总目》卷一五二，集部五，中华书局1965年版，第1307页。

②　王禹偁：《答张扶书》，《小畜集》卷一八，《钦定四库全书》影印文渊阁本，第一〇八六册，上海古籍出版社1989年版，第175—176页。

于世"。①王禹偁认为张生过誉扬雄之文，则不过是"扬雄自大之辞也，而非格言也，不可取而为法矣"，"仆谓扬雄之《太玄》，乃空文尔，今子欲举进士，而以文比《太玄》，仆未之闻也"。②王禹偁对扬雄的批评，有效地遏制了北宋初期崇尚扬雄之风。王禹偁在《送谭尧叟序》中指出，古今为学的目的迥异，科举以文学取士对当时的文学标准产生了重要的影响。在王禹偁看来，本于六经的文学，能使由此从政者根本于仁义，这也是其治用思想的表现。反之，杂于百氏的文学，从政者则非贪则察。王禹偁认为，这是导致"取士众而得人鲜矣，官谤多而政声寝"③的原因。在继承和修复文统方面，王禹偁的意义主要表现在主张学习韩文，诗法六经，提倡"易道易晓"，对盲从扬雄之文风进行拨乱反正，在宋初为古文后学扫清学习障碍，明确了学习古文的轨范。

孙何在《评唐贤论议》中也强调"文"的重要地位，即"夫治世之具，莫先乎文"。孙何论述"文之道"，指出"文之隆浅，系乎王政之厚薄"，将"文"看作"炳天蔚地，括群品、贯五常之器"，提出了文与理的关系即"文之要，莫先乎理"，重点论述议论之理对于文章的关键作用。他认为"道"是"源经范圣、指仁写义"，进而论及文的标准是"尚其意不专其词谓之工，取其词忘其意谓之剽"，可见孙何对"意"与"词"的关系有了进一步认识。

孙何自述文道观念时称："凛然有志于古，不幸耻所谓杂而好所谓道者，每为文必遏毫措墨，冥探广虑，索乎难，抉乎前哲未瘳，以求合经附圣，大尧舜周孔之心。"他也表达了对古文的期望，"尊

① 孙何：《上杨谏议书》，曾枣庄、刘琳主编《全宋文》卷一八五，第九册，上海辞书出版社、安徽教育出版社2006年版，第196—197页。

② 王禹偁：《再答张扶书》，《小畜集》卷一八，《钦定四库全书》影印文渊阁本，第一〇八六册，上海古籍出版社1989年版，第176—177页。

③ 王禹偁：《送谭尧叟序》，《小畜集》卷一九，《钦定四库全书》影印文渊阁本，第一〇八六册，上海古籍出版社1989年版，第188—189页。

吾道、扶圣教，则文存焉；追骚雅、寓比兴，则古调存焉"①，即强
调古文既要本于儒家教化，又要兼顾诗骚传统。同时孙何对五七言
律诗的观点，也代表了宋初古文家对律诗的普遍看法，"私试赋，
无足采，适以娱悲豁愤，备举试而已"，即不以诗赋为能事，认为
其不过是应试之技巧。这与姚铉的《唐文粹序》有异曲同工之处，他
认为"徐、庾之辈，淫靡相继"，"世谓贞元、元和之间，辞人咳
唾，皆成珠玉"，姚铉以为唐代诗赋选集"率多声律，鲜及古道，盖
资新进后生干名求试者之急用尔，岂唐贤之文，迹两汉，肩三代，而
反无类次"。可见，姚铉提倡以六经五常为内容的文章，反对偏离雅
正的淫邪之文。姚铉指出宋代开国以来文风为之一变，"我宋勃兴，
始以道德仁义根乎政，次以诗书礼乐源乎化；三圣继作，晔然文明。
霸一变，至于王，王一变，至于帝，风教逮下，将五十年"。②姚铉
《唐文粹序》不乏歌功颂德的成分，对宋代的右文政策和恢弘的政治
称颂，这也是《唐文粹序》得以顺利编纂和宋代右文政策得以实施的
制度保证。姚铉《唐文粹序》的选文标准为"以类相从，各分首第门
目，止以古雅为命，不以雕篆为工，故侈言蔓辞，率皆不取"，而关
键在于"古道"。其选文则为"气包元化，理贯六籍，虽复造物者，
固亦不能测研几而窥沉虑；故英辞一发，琼出千古"③。一方面，姚
铉的选文标准是重视古文风气的体现；另一方面，其选文标准也陷入
了绝对化的局面，对诗赋的评价有失公允。不可否认的是，姚铉古文
理论存在缺陷，虽然继承了柳开重视道统的主张，然而没有借鉴田锡
和王禹偁等人的文道兼顾观念。

　　《四库全书总目·河南集》提要云："其（尹洙）为正人君子
所重，与田锡相等。至所为文章，古峭劲洁，继柳开穆修之后，一挽

---

　　①　孙何：《上杨谏议书》，曾枣庄、刘琳主编《全宋文》卷一八五，第9
册，上海辞书出版社2006年版，第196—197页。

　　②　曾枣庄、刘琳主编：《全宋文》卷二六八，第一三册，上海辞书出版
社、安徽教育出版社2006年版，第281页。

　　③　姚铉：《唐文粹序》，《唐文粹》卷首，《四部丛刊》，第1页。

五季浮靡之习，尤卓然可以自传。……盖修与洙文虽不同，而修为古文则居洙后也云云。盖有宋古文，修为巨擘，而洙实开其先。故所作具有原本。自修文盛行、洙名转为所掩。然洙文具在，亦乌可尽没其功也。”①这里肯定了尹洙在古文方面的先导作用。《四库全书总目·穆参军集》则指出柳开的意义在于开拓古文，而穆修的意义则是传承古文：“宋之古文，实柳开与修为倡。然开之学，及身而止。修则一传为尹洙，再传为欧阳修，而宋之文章于斯极盛。则其功亦不鲜矣。”②穆修的《唐柳先生集后序》，较之于柳开、姚铉的古文观念有其进步性，对李杜价值的关注与田锡肯定文学抒发人的性情亦不乏相通之处。《宋史·穆修传》称，“修性刚介，好论斥时病，诋诮权贵。人欲与之结交，往往拒之”③，并且结合穆修编辑整理韩柳文并刻印售卖的情况可知，当时能够阅读古文的尚为少数，更遑论能够创作古文者。“自五代文弊，国初，柳开始为古文。其后，杨亿、刘筠尚声偶之辞，天下学者靡然从之；修于是时独以古文称，苏舜钦兄弟多从之游。修遂穷死，然一时士大夫称能文者必曰穆参军。”④可见，穆修作为宋初古文的第二梯队，在西昆体盛行之际，坚守古文的阵地，并且将古文的圣火传递下去，这是穆修的重要贡献。尹师鲁“从穆伯长游，力为古文”，“遽得欧阳永叔从而大振之，由是天下之文一变，而其深有功于道欤！”⑤《四库全书总目·苏学士集》提要称：“宋文体变于柳开、穆修，舜钦与尹洙实左右之。然修作洙墓

　　①　永瑢等：《河南集》，《四库全书总目》卷一五二，集部五，中华书局1965年版，第1311—1312页。

　　②　永瑢等：《穆参军集》，《四库全书总目》卷一五二，集部五，中华书局1965年版，第1308页。

　　③　脱脱等：《穆修传》，《宋史》卷四四二，中华书局1977年版，第13069页。

　　④　脱脱等：《穆修传》，《宋史》卷四四二，中华书局1977年版，第13070页。

　　⑤　范仲淹：《尹师鲁河南集序》，《范文正集》卷六，《钦定四库全书》影印文渊阁本，第一〇八九册，上海古籍出版社1989年版，第617—618页。

志，仅称其简而有法。苏辙作修墓碑，又载修言于文得尹洙，孙明复犹以为未足。"①联系以上可知，穆修、尹洙、苏舜钦等人对古文的继承和传承功不可没。

《四库全书总目·宋景文集》提要评价宋祁的古文时云："以今观之，殆以祁撰《唐书》雕琢劖削，务为艰涩，故有是言。实则所著诗文，博奥典雅，具有唐以前格律。残膏剩馥，沾丐靡穷，未可尽以诘屈斥也。"②可见，应该辩证客观地评价宋祁的文风。宋祁论文主张有为而作，提倡"雅正"之文。他重申文章与天地神明的同构关系，同时也注意到了诗文既是内在感情的抒发又是风俗的写照，即"窃唯吟咏之作，神明攸系。内导情性，旁概谣俗"③。此外，他也十分强调文章讽喻世事、探究万物的功能，"造端以讽天下之事，变义以更万物之蕴"④。夏竦认为文章应当"标义以为辙，设道以为辔，使忠信驱于其前，规诫揭于其后"⑤。《四库全书总目·文庄集》提要称："其文章则词藻赡逸，风骨高秀，尚有燕许轨范。"⑥与宋祁几乎同时的夏竦在《学校部雠嫉篇序》中也指出了文学内部流派纷争带来的弊端。不得不承认，经过宋初古文家的大胆尝试和努力探索，他们在文道兼顾的问题上做出了很多理论和实践的尝试，比如讨论文章的标准、选文的标准，文学的地位、价值和功能等问题，较之于柳开、石介等人，已经明显地表现出对文学自身特性的关注。

---

① 永瑢等：《苏学士集》，《四库全书总目》卷一五二，集部五，中华书局1977年版，第1313—1314页。
② 永瑢等：《宋景文集》，《四库全书总目》卷一五二，集部五，中华书局1965年版，第1310页。
③ 宋祁：《座主侍郎书》，曾枣庄、刘琳主编《全宋文》卷五〇三，第二四册，上海辞书出版社2006年版，第78—80页。
④ 宋祁：《座主侍郎书》，曾枣庄、刘琳主编《全宋文》卷五〇三，第二四册，上海辞书出版社、安徽教育出版社2006年版，第78—80页。
⑤ 夏竦：《与柳宜论文书》，曾枣庄、刘琳主编《全宋文》卷三五〇，第一〇七册，上海辞书出版社、安徽教育出版社2006年版，第140—141页。
⑥ 永瑢等：《文庄集》，《四库全书总目》卷一五二，集部五，中华书局1965年版，第1309页。

在宋初，修复和重建道统已然成为大家的共识，然而由此也引发了俗儒之论的问题。文学家们纷纷表达了自己对"俗儒"的看法。孙何反对俗儒"悖古以顺今，弃义以全媚"的至道方法，所以孙何"不敢效俗儒之事，惧被佞合之罪，惟一矩于古道，以为进说之阶焉"。①范仲淹在《唐异诗序》中指出虽然宋代开国之后，力振文风，然而收效甚微，"皇朝龙兴，颂声来复。大雅君子，当抗心于三代。然九州之广，庠序未振，四始之奥，讲议盖寡。其或不知而作，影响前辈，因人之尚，忘己之实。吟咏性情而不顾其分，风赋比兴而不观其时。故有非穷途而悲，非乱世而怨。华车有寒苦之述，白社为骄奢之语。学步不至，效颦则多。以至靡靡增华，愔愔相滥。仰不主乎规谏，俯不主乎劝诫。抱郑、卫之奏，责夔、旷之赏，游西北之流，望江海之宗者有矣"。②无独有偶，不仅范仲淹意识到了俗儒"效颦"的问题，后世何景明《与李空同论诗书》中也对此有所关注，"仆观尧、舜、周、孔、子思、孟氏之书，皆不相沿袭，而相发明，是故德日新而道广，此实圣圣传授之心也。后世俗儒，专守训诂，执其一说，终身弗解，相传之意背矣"。③这也表明了文学家对众多力振古道以儒家卫道士自居却人云亦云的儒士的怀疑。

宋初古文家在修复文统方面的贡献，除了王禹偁的古文理论与实践统一之外，其他人似乎仍然在强调文的作用，指出文章的作用不局限于言辞，如田锡进一步指出文出于性情的特性。即便是王禹偁，亦十分重视文的作用。孙何则以强调文用来达到王道、治道、教化的效果。孙何的观点中出现了追求儒道纯粹化的萌芽。

---

① 孙何：《上杨谏议书》，曾枣庄、刘琳主编《全宋文》卷一八五，第九册，上海辞书出版社、安徽教育出版社2006年版，第196—197页。

② 范仲淹：《唐异诗序》，《范文正集》卷六，《钦定四库全书》影印文渊阁本，第一〇八九册，上海古籍出版社1989年版，第618—619页。

③ 何景明：《与李空同论诗书》，《何大复先生全集》卷二三，辞策堂本。

第四节　"和而不同"之影响因素：政统、道统与文统

兼顾文道却"和而不同"的文学观，首先就是重视文道观念演进中的变化和差异，这也使得道统、文统意识逐渐深入人心。宋初虽然未能完成重建文统的任务，但是对后世的启发和影响亦意义深远。自柳开至石介等人和而不同的"文即道，道即文"观念指导下的古文主张，在反对时文方面有着积极作用，也为后来的古文运动提供了经验。诚如刘祁在《论历代文风》中指出："宋初士大夫复驰骋智谋，厥后混一，其风大变，经术文章，不减汉唐，名节之士，继踵而出。大抵崇尚学问，以道义为光，故维持国家，亦二百载，虽遭丧夺，尚能奄有偏方。大抵天下乱，则士大夫多尚权谋智术，以功业为先。天下治，则士大夫多尚经术文章学问，以名节为上，国家存亡长短随之，亦其势然也。"[1]得益于赵宋王朝开国以来的稳定的政治环境，以及右文和优待士大夫的政策，即治统成为了宋代文学和学术得以繁荣发展的有力保障。这也是和而不同的文道观念得以争鸣、并存的有利条件。宋初古文家除了关注道统和文统的修复和重建之外，十分重视学术和思想领域的问题，尤其在经学、数学等方面，如《四库全书总目·穆参军集》提要中所反映出来的那样，"修受数学于陈抟、先天图之窜入儒家、自修始"[2]。所以，宋初学术思想的萌芽，亦逐渐发展成为理学家的学术兴趣。"文即道，道即文"的重道轻文观念，也逐渐成为理学家文道观念的典型代表。文道兼顾的文学观在古文运动的进程中，随着欧阳修和苏轼的上台，逐渐发展为重文的文道观，其中的道又有了新的内涵，彼时文道抗衡的表现形式也更为多样。也正是出于"文""道"内涵的多元，让后人无法一刀切地对和而不同的文道关系概而论之。

---

① 刘祁：《论历代文风》，《归潜志》卷十，《四库全书》影印文渊阁本，第一〇四〇册，台湾商务印书馆1986年版，第316页。

② 永瑢等：《穆参军集》，《四库全书总目》卷一五二，集部五，中华书局1965年版，第1308页。

宋代散文中，曾屡次明确提及"和而不同"，如司马光在《与王介甫书》中承认他与王安石的政见"和而不同"，范仲淹在其《水火不相入而相资赋》中论述了水火"其性相反，同济于用"的"和而不同"之处。"和而不同"贯穿了有宋一代之文，其内容涵盖了思想、文化、政治、科技诸多方面。有宋一代的右文政策和优待文士的文化氛围使得宋代文人拥有"前无古人，后无来者"的文化自信与哲学上的宽阔胸襟。然而宋代自开国以来就面临着积贫积弱与外患不断的局面，在思想上，这也使得宋代文人身上洋溢着强烈的时代使命感，以挺立士风为己任。有宋一代的文人皆以"横渠四句"——"为天地立心，为生民立命，为往圣继绝学，为万世开太平"为人生信条，这是宋代思想、文化、政治研究的前提。而本节所关注的宋初古文家的文道观的共同基础就是这些古文家皆为饱受儒家思想浸染的有识之士。虽然古文之道几乎不复，然而韩愈以来的"道统"观念在柳开之后便依赖古文家身上时代使命与人生信条得以重建。而这也是有宋一代文道观的基础，即"和而不同"之"和"。与此同时，得益于宋人的文化自信，多样化的文道观得以并存，而其中的细微差异，文道抗衡、骈散并存共荣、理学的兴起、重道轻文、重文轻道则是其"不同"的具体现象。

文道关系历来备受关注，然而文道并非二元对立关系，其影响因素复杂且难以厘清，似乎很难一概而论，"和而不同"却是一个比较适合"文道关系"的形容词。文道关系从来不是一成不变的，在不同的阶段，在具体的文学样式中，文道二者此消彼长。甚至在同一时期，也会有不同的文道状态并存。就本节所论宋初文道关系而言，文与道的抗衡、重道轻文、重文轻道状态之间并没有明确的界限，而是几乎同时存在于宋初古文之中。这些古文家的文道观也不是一成不变的，而是随着文人自身对文学、社会、思想、政治等因素的深入理解而变化。在具体考辨宋初古文家文道观的"和而不同"时则可以略见宋初文道关系的发展演变规律。文道关系在"一代有一代之文学"中将长久地存在并继续发展，即便对文道关系研究存在偏见，文道关系仍是无法回避的重要问题。

综观历代文学史与文学批评史，文道关系问题如同文学发展的永动机。文体发展就伴随着文道盛极必衰的发展规律，每个朝代的文学都是对前朝文道关系的拨乱反正。几乎每一个历史时期，文学自身都经历过文道的盛衰之变。如有宋一代始于文盛道衰，经历了文道合一、最为繁盛的文道兼顾的平衡时期，最终又走向道衰文盛。然而，这并不意味着宋末道衰文盛与宋初文盛道衰是同样的文学水平。宋代文学的全盛时期只是在文道兼顾阶段。辽金元文学中则经历了一个追求"正统"的过程，然而同样的则是由文盛道衰走向了道盛文衰。相对于宋代著名的文字狱，辽金元文学似乎比较幸运，获得了一个相对宽松的环境。直接影响或者决定文道关系发展最为有效的行政手段，并非掌握在文学家与理论家手中。本节所论宋初文道关系的"和而不同"关注对象是古文家的理论与创作。而从古至今的文道关系演进则可以视为文学与政治关系的风向标。宋初古文中"和而不同"的文道关系则已经表现出宋代文学中各种势力的滥觞，而"和而不同"的文道观就是我们看待宋初文学的一条重要线索。

在文史哲不分、诗乐舞一体的时代，文、道似乎就与政治结下了不解之缘。在《易传》《尚书》之中，文、道就存在于天、地、人的原始关系之中。而联结天地人的形式，也即文、道的形式中就先天地带有政治色彩。至今，天、地、人的关系仍然是文学、历史、政治、哲学等领域中的重要议题。就此而言，文道关系并非单纯的文学与政治的关系，而是政统、道统与文统的动态关系。因此，很难厘清其中起决定性作用的一方。文道与政治的先天联系则尤为值得关注。得益于政治的安定统一以及优待文人的政策，宋代士大夫得以与皇帝"共治天下"，获得前无古人的政治地位。皇帝仍然掌握最为有效的行政手段，如《祥符诏书记》中指斥时文的诏书。宋初未修复的文统最终通过欧阳修的行政手段得以完成。因此，政统可以作为文统的有力保障。然而，在元祐党禁等文字狱中，政统亦可成为文统的枷锁。道统则是维护政统的武器，如宋初重建的儒家道统就尤其重视文章的教化功用。重建道统、推行儒家的政治教化，对于抨击时文起到了关键作用，如石介对西昆体的有力打击。然而重建道统也导致了"文即道，道即文""六经皆文"的文学观念的退化，影响了文统的延续，文学也退化为"言辞"。而文章不仅具有维护道统、政统的作用，也有怨刺、讽谏功能。文章既有作为言辞的工具属性，也有作为文学的独立属性。自孔孟至韩愈的文统，既强调文学属性，主张文质彬彬，又重视文学的社会、教育功能。文统可以反映政统。五代余风与西昆体的纤巧、浮靡的文风，体现了宋初百废待兴、积贫积弱的局面。唐代文学的自信、气势恢宏、兼容并蓄的姿态则是大唐盛世的精彩写照。宋初古文中"和而不同"的文道关系则已经表现出宋代文学中各种势力的滥觞，而"和而不同"的文道观就是我们研究宋初古文的一条重要线索。

第二章

辨体破体与"和而不同"：欧阳修的文体通变观

　　欧阳修作为宋代古文运动的领袖，其文学思想可以说是扭转宋初颓靡文风的一面旗帜，相关研究成果也颇为丰硕，诸如文学思想、文学理论、文艺思想、女性诗学思想、公文思想、文学阐释思想、书法批评思想、书学思想、词学思想、诗学理论、散文理论、传记文学理论、文道观、词学观、文章论、画论、小说观念、文艺价值观等等。而文体学思想是其文学思想的重要组成部分，他引领时代风气的文学革新思潮从某种意义上来说就是文体上的变革创新，但迄今对其文体学系统全面的研究尚付之阙如。相关文体学研究主要集中在文体形态和题材内容上，如散文、古文、诗歌、辞赋、词、艳词、书信、书简、骚体、骈文、公文、四六、祭文、七律、七绝、雅词、游记、碑志文、碑铭文、金石文、哀悼文、记体文、艳情词、恋情词、闺情词、题跋文、唱和诗、祝祭文、帖子词、风物诗、赠序文、咏物诗、分题诗、分韵诗、序跋文、山水诗、政论文、咏物词、豪放词、小品杂记、应用文体、批评文体、传记文学、以诗论诗、山水游记、禁体物语诗等。文体学理论方面的只有数篇关于"以文为诗""以诗为词""西昆体""太学体"的论文，①这远不能反映欧阳修系统的

---

　　①　参见葛晓音：《欧阳修排抑"太学体"新探》，《北京大学学报》1983年第5期。郑孟彤：《论欧阳修"以文为诗"的美学价值》，《文学遗产》1987年第1期。李晶晶：《浅论欧阳修"以文为诗"的诗学理论》，《黑龙江教育学院学报》2009年第5期。刘越峰：《论欧阳修的文体创新及其文学史意义》，《泰山学院学报》2009年第5期。

文体学思想。欧阳修的文体学思想大体包括辨体尊体和得体合体，变而不失其正的变体破体，文非一体鲜能备善的文备众体，不喜杜诗与文如其人，古文时文辨体，《醉翁亭记》的文体学意义及经典化过程等。综合来看，欧阳修文体学思想的主要特征就是"和而不同"的通变观念。"和而不同"思想的原初内涵在不同语境中具有不同含义，内容丰富，但最为常见的释读就是融合统一中包含差别对立，继承之中有所革新，这与文学发展上的"通变"观很接近。如张岂之称："'和而不同'这一命题本身就表明'和'包含着差别和对立，包含着革新和发展。因此文化思想中的'和而不同'是一种继承前人文化思想并有所创新和发展的进步的文化观。"[①]汤一介在分析"和而不同"的原始文献后提出了他对"和而不同"的理解。《左传·昭公二十年》："和与同异乎？"对曰："异。和如羹焉……宰夫和之，齐之以味，济其不及，以泄其过。君子食之，以平其心。君臣亦然。……若以水济水，谁能食之？若琴瑟之专一，谁能听之？同之不同也如是。"《国语·郑语》："夫和实生物，同则不继。以他平他谓之和，故能丰长而物归之，若以同裨同，尽乃弃矣。故先王以土与金、木、水、火杂，以成百物。"孔子《论语·子路》："君子和而不同，小人同而不和。"从以上几段话看，"和而不同"的意思是说，要承认"不同"，在"不同"基础上形成的"和"（"和谐"或"融合"）才能使事物得到发展。如果一味追求"同"，不仅不能使事物得到发展，反而会使事物衰败。[②]我们通过全面搜罗、分析、总结欧阳修自身的及历代批评家的相关文体批评文献，进而构建欧阳修的文体学理论批评体系，总结分析其文体通变观的"和而不同"特征，从而看出他的文体学思想在宋代文体学思想及其文学思想研究中的历史地位和深远影响。

---

① 张岂之：《我国古代"和而不同"的文化观》，《孔子研究》1986年第3期。

② 参见汤一介：《"和而不同"原则的价值资源》，《学术月刊》1997年第10期。

第一节 对立角色与"和而不同"："先体制而后工拙"
的辨体论

宋代辨体蔚成风气，祝尧称"宋时名公于文章必先辨体"，如
《古赋辨体》"宋体"序云："王荆公评文章尝先体制，观苏子瞻
《醉白堂记》曰：韩白优劣论尔。后山云：退之作记，记其事尔。今
之记乃论也。少游谓《醉翁亭记》亦用赋体。范文正公《岳阳楼记》
用对句说景，尹师鲁曰'传奇体尔'。宋时名公于文章必辨体，此诚
古今的论。"①而欧阳修正是他所指的王荆公"评文章尝先体制"这
一辨体思潮中"宋时名公"的关键人物之一。值得注意的是，欧阳修
在宋人这一辨体思潮中是以辨体的对立者即破体的面目出现的，成为
宋代"辨体为先"这一思潮的"背景"。这最能反映欧阳修在宋代文
学革新和文体革新中的领袖地位，同时也是其"和而不同"思想观念
的集中体现。

第一，欧阳修在宋人"先体制而后工拙"这一辨体论中的理论
地位和对立角色。祝尧所论的原始文献来自黄庭坚，后者《书王元之
〈竹楼记〉后》云："或传王荆公称《竹楼记》胜欧阳公《醉翁亭
记》，或曰：'此非荆公之言也。'某以谓荆公出此言未失也。荆
公评文章，常先体制而后文之工拙。盖尝观苏子瞻《醉白堂记》，戏
曰：'文词虽极工，然不是《醉白堂记》，乃是韩白优劣论耳。'以
此考之，优《竹楼记》而劣《醉翁亭记》，是荆公之言不疑也。"②
在这一经典辨体文献中，王禹偁、王安石、欧阳修、苏轼、黄庭坚
的确是"宋时名公"，可以说以五人之力足以左右北宋乃至整个宋代
的政治和文学走向。该文虽短，仅百字，却行文曲折，波澜起伏，人
物关系微妙复杂，欧、王、苏、黄，每一个在宋代文学史上都举足
轻重，而其中所蕴含的文体学内蕴和辨体论纲领，其意义更是非同

---

① 祝尧：《古赋辨体》卷八，《钦定四库全书》影印文渊阁本，第
一三六六册，上海古籍出版社1989年版，第817页。

② 洪本健编：《欧阳修资料汇编》，中华书局1995年版，第134页。

寻常。

这里的"先体制而后工拙"的辨体观就是一种尊体观，指每一种文体都有它内在的恒定不变的体制规范，这种体制规范决定着它与其他文体的界限和区分度，也就是文体的内在规定性，要求作者在创作时必须严格遵守。"记"体文和"论"体文有着不同的体制规范，"记"以叙事为主，不可杂以议论。如吴讷《文章辨体序说》"记"条云："《金石例》云：'记者，纪事之文也。'西山曰：'记以善叙事为主。'《禹贡》《顾命》，乃记之祖。后人作记，未免杂以议论。"①王安石认为王禹偁《竹楼记》胜欧阳修《醉翁亭记》，就是因为《竹楼记》遵守"记"体规范，而《醉翁亭记》和《醉白堂记》都"杂以议论"，打破"记"体文体制规范，似记实论。据此，吴讷亦云："迨至欧苏而后，始专有以论议为记，宜乎后山诸老以是为言也。"②吴讷所谓"宜乎后山诸老以是为言也"，指陈师道《后山诗话》所言"退之作记，记其事尔；今之记乃论也。少游谓《醉翁亭记》亦用赋体"③。作为"江西派"的"三宗"之一，陈师道受黄庭坚影响，坚持辨体尊体观念，上所引记、论之辨与《书王元之〈竹楼〉后》如出一辙，也提到欧阳修《醉翁亭记》。像这种严辨记、论文体界限并显示优劣的辨体论，在宋代主要以诗文之辨和诗词之辨为主，而陈师道所言尤为经典："退之以文为诗，子瞻以诗为词，如教坊雷大使之舞，虽极天下之工，要非本色。"④对此，吴承学先生云："'先体制而后工拙'，即考察是否符合文体的规范，然后再考虑艺术语言、表现技巧等方面问题。这是中国传统文学批评中一种带普遍性的批评原则。"⑤再如他称"辨体"，就是"坚持文各有体的

---

① 吴讷著，于北山点校：《文章辨体序说》，《文章辨体序说·文体明辨序说》，人民文学出版社1962年版，第41页。

② 吴讷著，于北山点校：《文章辨体序说》，《文章辨体序说·文体明辨序说》，人民文学出版社1962年版，第42页。

③ 何文焕：《历代诗话》，中华书局1981年版，第309页。

④ 何文焕：《历代诗话》，中华书局1981年版，第309页。

⑤ 吴承学：《文体学源流》，《中山大学学报》1993年第1期。

传统，主张辨明和严守各种文体体制”①。

《书王元之〈竹楼记〉后》的核心是黄庭坚提出的“荆公评文章，常先体制而后文之工拙”这一经典辨体论断，开宋人辨体风气之先，并成为此后历代古今学者引用最多的辨体文献。

关于欧阳修在这一辨体理论文献中的地位和关系，可以这样来看：在关于辨体破体这一创作、批评和理论的链条中，王禹偁、欧阳修、苏轼是创作者，王禹偁《竹楼记》是在创作中遵守“记”体文体制规则的尊体辨体典范；相反，欧阳修的《醉翁亭记》和苏轼的《醉白堂记》是打破“记”体文体制规范的破体变体代表；而王安石则是文体批评者，首先看到欧、王之记的辨体和破体的区别，以及苏轼“记”而杂以议论的不遵守体制规范之弊，并通过辨析优劣高下之辨体批评来表明他对辨体破体所持的褒贬态度；黄庭坚则是辨体理论的总结者，他在辨析王安石的文体批评的基础上，总结出了“先体制而后文之工拙”这一中国古代辨体批评的核心理论范畴，影响深远。

颇有意味的是，元代刘埙所记载的同样涉及欧阳修、王安石、黄庭坚三者的辨体批评文献与《书王元之〈竹楼记〉后》极为相似，可以对照参看，刘埙《隐居通议》云：“欧阳公作《五代史》，或作序记其前，王荆公见之曰：‘佛头上岂可著粪？’山谷先生叹息以为名言，且曰：‘见作序引后记，为其无足信于世，待我而后取重耳。’”②欧阳修作《新五代史》，其前自作序记，王安石认为这不符合史书和序记的文体规范，即“佛头上岂可著粪”，是破体，而黄庭坚“叹息以为名言”，这正与《书王元之〈竹楼记〉后》中同意并肯定王安石的观点相对应。而该文中“见作序引后记，为其无足信于世，待我而后取重耳”以具体的辨体事例为证也正与前文中“荆公评文章，常先体制而后文之工拙”的辨体理论概括相吻合，可见欧阳修

---

① 吴承学：《辨体与破体》，《文学评论》1991年第4期。
② 洪本健编：《欧阳修资料汇编》，中华书局1995年版，第452页。

在宋代辨体理论批评中的重要地位和对立角色。

　　关于黄庭坚所记载的王安石对欧阳修《醉翁亭记》的文体批评，在当时引起了很大争论，诸如前所记述王安石、苏轼、黄庭坚、陈师道、秦观等文坛领袖都参与其中，形成了一股强劲的辨体批评风气，宋代辨体批评及其文体学理论的繁荣可以说便肇端于此，而欧阳修及其《醉翁亭记》在这股文体思潮中的导火索作用不言自明。而同时或稍后的相关文献记载和评价争论则绵延不绝。如秉持与王安石、黄庭坚等相反意见，对《醉翁亭记》的破体意义大家赞赏者有之。如王若虚《滹南遗老集》卷三六："宋人多讥病《醉翁亭记》，此盖以文滑稽，曰：'何害为佳，但不可为法耳。'"①"荆公谓王元之《竹楼记》胜欧阳《醉翁亭记》，鲁直亦以为然，曰：'荆公论文，常先体制而后辞之工拙。'予谓《醉翁亭记》虽浅玩易，然条达逃快，如肺肝中流出，自是好文章。《竹楼记》虽复得体，岂足置欧文之上哉？"②再如陈鹄《西塘集耆旧续闻》卷十记载评论：

　　东坡云："永叔作《醉翁亭记》，其辞玩易，盖戏云耳，又不自以为奇特也。而妄庸者乃作永叔语云：'平生为此文最得意。'又云：'吾不能为退之《画记》，退之亦不能为吾《醉翁亭记》。'此又大妄也。"陈后山云："退之作记，记其事尔；今之记，乃论也。"少游谓《醉翁亭记》亦用赋体。余谓文忠公此记之作，语意新奇，一时脍炙人口，莫不传诵，盖用杜牧《阿房赋》体，游戏于文者也，但以记号醉翁之故耳。富文忠公尝寄公诗云："滁州太守文章公，谪官来此称醉翁。醉翁醉道不醉酒，陶然岂有迁客容？公年四十号翁早，有德亦与耆年同。"又云："意古直出茫昧始，气豪一吐闾阎风。"盖谓公寓意于此，故以为出茫昧始，前此未有此作也。不然，公岂不知记体耶？

---

① 洪本健编：《欧阳修资料汇编》，中华书局1995年版，第432页。
② 洪本健编：《欧阳修资料汇编》，中华书局1995年版，第432页。

观二公之论，则优《竹楼》而劣《醉翁亭记》，必非荆公之言也。①

第二，欧阳修的文体批评和辨体言论。北宋孙升还谈到过欧阳修的辨体批评事例，亦与《书王元之〈竹楼记〉后》有相通之处，如《孙公谈圃》卷上云："荆公为许子春作《家谱》，子春寄欧阳永叔，而隐其名。永叔未及观，后因曝书读之称善。初疑荆公作，既而曰：'介甫安能为？必子固也。'"②孙升于元丰八年（1085年）宋哲宗即位后任监察御史。元祐年间，历任殿中侍御史、知济州、提点京西刑狱、金部员外郎、中书舍人、知应天府等职。因被列入元祐党人，于绍圣初被外贬。孙升为与欧、王、苏、黄等同时人且有所交集，其所谈录当为可信，从中也可看出当时这种"辨体"风气的流行和兴盛。

再如北宋藏书家董逌在《广川书跋》记载过两则关于欧阳修文体批评的事例，如《韩明府碑》云："汉韩明府《修孔子庙碑》，其文虽剥缺，然可句读得之。明府名勑，字叔节。欧阳永叔尝谓：'书传无以勑名者。秦制：天子之命为勑。汉用秦法，当时岂臣下敢以勑自名者也？考之字书，'勑'字从'束'，谓诚也，王者出命令以诚正天下者也。'"③再如董逌《桐柏庙碑》云："唐元稹《修桐柏庙碑》，昔欧阳永叔谓刻铭于碑，谓之碑文、碑铭，后世伐石刻文，既非因柱，已不宜谓之碑，则稹书此为碑过矣。古者，庙中庭谓之碑，故以碑为节，然独不可以石刻文遂谓之碑。"④欧阳修辨析了铭、碑与碑文、碑铭的文体同异，进而指出元稹《修桐柏庙碑》文体之过失。上述两文董逌在记录欧阳修的文体批评的同时，也给出自己独到的辨体见解，进一步说明了北宋蔚成风气的辨体风尚。

---

① 洪本健编：《欧阳修资料汇编》，中华书局1995年版，第393页。
② 洪本健编：《欧阳修资料汇编》，中华书局1995年版，第133页。
③ 洪本健编：《欧阳修资料汇编》，中华书局1995年版，第205页。
④ 洪本健编：《欧阳修资料汇编》，中华书局1995年版，第206页。

此外，北宋末南宋初年的王观国也在其《学林》中记载了两则欧阳修的辨体批评文献，弥足珍贵。如《学林》卷五云："欧阳公《诗话》曰：'平明谏草朝天去'，诗虽美，而入谏固不可用草稿。观国按：《论语》曰：'为命，裨谌草创之。'草创谓制作也。古之命令，后世改为制诏。"再如《学林》卷六云："欧阳文忠公尝谓王勃《滕王阁序》类俳，盖唐人文格如此，好古文者不取也。"①无论是辨析诗与谏草之别还是序文类俳的古文骈文，都能看出欧阳修的鲜明辨体意识。当然，从以上董逌和王观国用不同例子不约而同地对欧阳修辨体上的过失进行指摘，可见欧阳修并不善于辨体批评。关于这一点，清洪亮吉云"欧阳公善诗而不善评诗"当不无道理。②

欧阳修辨析书简状牒之文体源流，如其《与陈员外书》："……寓书存劳，谓宜有所款曲以亲之之意，奈何一幅之纸，前名后书，且状且牒，如上公府。……而削札为刺，止于达名姓；寓书于简，止于舒心意、为问好。惟官府吏曹，凡公之事，上而下者则曰符、曰檄；问讯列对，下而上者则曰状；位等相以往来，曰移、曰牒。……故非有状牒之仪，施于非公之事，相参如今所行者。其原盖出唐世大臣……及五代，始复以候问请谢加状牒之仪，如公之事，然止施于官之尊贵及吏之长者。其伪缪所从来既远，世不根古，以为当然。居今之世，无不知此，而莫以易者，盖常俗所为积习已牢，而不得以更之也。"③再如《州名急就章并序》云："急就章者，汉世有之，其源盖出于小学之流，昔颜籀为史游序之详矣。"④辨急就章的文体源流。论行状志文辨体，如《与杜论祁公墓志书》："……如葬期逼，乞且令韩舍人将行状添改作志文。修虽迟缓，当自文一篇纪述。……

---

① 洪本健编：《欧阳修资料汇编》，中华书局1995年版，第215页。

② 洪本健编：《欧阳修资料汇编》，中华书局1995年版，第1163页。

③ 欧阳修著，洪本健校笺：《欧阳修诗文集校笺》，上海古籍出版社2009年版，第1818页。

④ 欧阳修著，洪本健校笺：《欧阳修诗文集校笺》，上海古籍出版社2009年版，第1541页。

若以愚见，志文不若且用韩公行状为便，缘修文字简略，止记大节，期于久远，恐难满孝子意。但自报知己，尽心于纪录则可耳，更乞裁择。"①对此辨体观点，姚鼐持有异议，如《古文辞类纂序》："余撰次古文辞，不载史传，以不可胜录也。惟载太史公、欧阳永叔表志序论数首，序之最工者也。……志者，识也。或立石墓上，或埋之圹中，古人皆曰志。为之铭者，所以识之辞也。然恐人观之不详，故又为序。世或以石立墓上，曰碑，曰表，埋乃曰志。乃分志、铭二之，独呼前序曰志者，皆失其义。盖自欧阳公不能辨矣。"②

　　第三，欧阳修创作中的合体得体现象。与此矛盾的是，自北宋以来，许多批评家诸如吕本中、罗大经等都普遍认为欧阳修的创作是符合"先见文字体式"和"文章各有体"这一辨体尊体理论的，所论大多针对的都是他的"文"体，这也从侧面反映了欧阳修在古文创作中一直秉持"和而不同"的思想观念。如同为"江西派"人士，吕本中就与黄庭坚和陈师道的看法相左，认为欧、苏文章皆符合体制规范，是学者"先见文字体式"的辨体榜样，如《童蒙诗训》"文字体式"："学文须熟看韩、柳、欧、苏，先见文字体式，然后更考古人用意下句处。"③

　　再如罗大经引述杨东山"文章各有体"的辨体论，认为欧阳修之所以为"一代文章冠冕者"，是因为其诸体如诗、碑、铭、记、序、《五代史记》、四六、《诗本义》、奏议、小词等诸体兼善，是"得文章之全者"，而且最重要的是"其事事合体故也"，而得体合体即辨体尊体。如罗大经《鹤林玉露》："杨东山尝谓余曰：'文章各有体。欧阳公所以为一代文章冠冕者，固以其温纯雅正，蔼然为仁人之言，粹然为治世之音，然亦以其事事合体故也。如作诗，便几及李、杜。作碑铭记序，便不减韩退之。作《五代史记》，便与司马子长并

---

① 欧阳修著，洪本健校笺：《欧阳修诗文集校笺》，上海古籍出版社2009年版，第1842页。

② 洪本健编：《欧阳修资料汇编》，中华书局1995年版，第1149页。

③ 洪本健编：《欧阳修资料汇编》，中华书局1995年版，第194页。

驾。作四六，便一洗昆体，圆活有理致。作《诗本义》，便能发明
毛、郑之所未到。作奏议，便庶几陆宣公。虽游戏作小词，亦无愧唐
人《花间集》。盖得文章之全者也。其次莫如东坡，然其诗如武库矛
戟，已不无利钝。且未尝作史，藉令作史，其渊然之光，苍然之色，
亦未必能及欧公也。……'又云：'欧公文，非特事事合体，且是和
平深厚，得文章正气。'"①且与吕本中观点相同，认为欧、苏都是
"文章各有体"和"事事合体"之"得文章正气"正体的尊体者。

除了以上引述吕本中、罗大经文献集中体现欧阳修较为全面的辨
体思想外，宋金元明清以来众多批评家在评价欧阳修具体的某种文体
或某篇作品时，往往以"得体"来代指其创作中的尊体辨体，涉及各
种文体。

在南宋，韩淲、楼昉、吴沆等对欧阳修的墓志、议论文、记等进
行评价，认为其"得体""正体"，如韩淲《涧泉日记》卷下："欧
阳公作孙泰山、胡翼之墓志得体。"②楼昉《崇古文诀》卷一九云：
"《丰乐亭记》，不归功于己而归功于上，最为得体。"③再如北宋
司马光《温国文正司马公文集》卷七九《书孙之翰墓志后》评《尚书
刑部郎中充天章阁待制兼侍读赠右谏议大夫孙公墓志铭》云："昔蔡
伯喈尝言：'吾为碑铭多矣，皆有惭德，唯郭有道无愧色耳。'观欧
阳公此文……可谓实录而无愧矣。"④所谓碑铭"实录"，即为"得
体"，而蔡邕碑铭多阿谀失实，已自失体。吴沆《环溪诗话》卷中：
"环溪云：荆公置杜甫于第一，韩愈第二，永叔第三，太白第四，盖
谓永叔能兼韩、李之体而近于正，故选焉耳。"⑤
在金元，金代李冶《敬斋古今黈》卷八："欧阳永叔作诗，少

---

　　① 洪本健编：《欧阳修资料汇编》，中华书局1995年版，第389页。

　　② 洪本健编：《欧阳修资料汇编》，中华书局1995年版，第365页。

　　③ 洪本健编：《欧阳修资料汇编》，中华书局1995年版，第368页。

　　④ 欧阳修著，洪本健校笺：《欧阳修诗文集校笺》，上海古籍出版社2009
年版，第880页。

　　⑤ 洪本健编：《欧阳修资料汇编》，中华书局1995年版，第386页。

小时颇类李白，中年全学退之，至于暮年，则甚似乐天矣。夫李白、韩愈、白居易之诗，其词句格律各有体，而欧公诗乃具之，但岁时老少差不同，故其文字，亦从而化之耳。"①意即欧阳修诗具备"词句格律各有体"的尊体特点。元郝经《郝文忠公陵川文集》卷三一："《述拟》：李唐以来，对属切律，遂为四六，谓之官样。或为高古，以则先汉，依放《盘》《诰》，则以为野而非制，故皆模写陈烂，谨守程式，不遗步骤。至于作者，如韩、柳、欧、苏，亦不敢自作。强勉为之，而世谓之画葫芦。行之千有余年，弗可改已。……要之典雅古赡，情实感激，得体而已。"②他认为欧阳修四六文"得体而已"。元王恽《秋涧先生大全文集》卷九十四："欧公文尊经尚体，于中和中做精神。"③王恽所谓"欧公文尊经尚体"对欧阳修的"尊体"说得尤为简洁明了。

在明代，茅坤赞其"得体"处最多，归有光、艾南英也有所评论。茅坤对欧阳修各体文诸如序、记、论、表等反复称赞"得体"，最为代表，如"得记文正体""议论得大体""最得体处""故为得体"等。如茅坤《唐宋八大家文钞》论例："《燕喜亭记》：淋漓指画之态，是得记文正体，而结局处特高。欧公文，大略有得于此。"④"《五代史梁太祖论》议论得大体，而文殊圆转淡宕。"⑤"《谢氏诗序》为女氏序，从兄之诗、母之墓铭来，得体。"⑥"《相州昼锦堂记》冶女之文，令人悦眼，而最得体处，在安顿卫国公上。"⑦"《龙冈阡表》幼孤而欲表父之德也于其母之言，故为得体。"⑧"《宋廖道士序》文体如贯珠，只此一篇开永

① 洪本健编：《欧阳修资料汇编》，中华书局1995年版，第437页。
② 洪本健编：《欧阳修资料汇编》，中华书局1995年版，第441页。
③ 洪本健编：《欧阳修资料汇编》，中华书局1995年版，第441页。
④ 洪本健编：《欧阳修资料汇编》，中华书局1995年版，第560页。
⑤ 洪本健编：《欧阳修资料汇编》，中华书局1995年版，第569页。
⑥ 洪本健编：《欧阳修资料汇编》，中华书局1995年版，第571页。
⑦ 洪本健编：《欧阳修资料汇编》，中华书局1995年版，第573页。
⑧ 洪本健编：《欧阳修资料汇编》，中华书局1995年版，第577页。

叔门户。"①归有光《古文举例》评《春秋论上》云："凡作辨论文字，须设为问难，而以己意分解。如此，非惟说理明透，而文字亦觉精神。如欧阳永叔《春秋论》、王阳明《元年春王正月论》是也。"②归有光《古文举例》评《泰誓论》云："欧阳文忠《泰誓论》凡七段，首六段六缴语相同。此种文法于论体最切，陈止斋《山西诸将孰优论》即是学此。"③艾南英《天佣子集》卷五《再与陈怡云公祖书》："传志一事，古之史体，龙门而后，惟韩、欧无愧立言。"④

在清代，爱新觉罗·弘历、沈德潜、姚鼐、王元启、林云铭、王符曾、浦起龙、吴汝纶、何焯、卢元昌、吕葆中等也对其文能"得体"尊体多有评论，往往称"立言有体""乃得大体""得雅、颂之遗""此体为宜""是为正体""深得立言之体""立言尤有体也""祭文中正体逸调""尤为得体""各得其体""文字照应处得大体""立言曲而有体""最得奏对之体"等，兹撮举几例列于下，以见大概。如爱新觉罗·弘历敕编的《唐宋文醇》卷二二云："《明用》：朱子谓，用九用六，欧公之说得之。此文云，不谓六爻皆常九，则本陆绩九已在二初即非九之义。文体绝似明初制义，盖制义本是宋人经义之变，说经之文理当如是。……录之，使读者知制义之源。"⑤"《丰乐亭记》。圣祖御评：归美国家太平，以为丰乐之由。立言有体，而俯仰处更多闲情逸韵。"⑥沈德潜《唐宋八大家文读本》评语卷一二评《观文殿大学士行兵部尚书西京留守赠司空兼侍中晏公神道碑铭并序》云："通体从旧学作意。晏元献无甚显

① 洪本健编：《欧阳修资料汇编》，中华书局1995年版，第560页。

② 欧阳修著，洪本健校笺：《欧阳修诗文集校笺》，上海古籍出版社2009年版，第549页。

③ 欧阳修著，洪本健校笺：《欧阳修诗文集校笺》，上海古籍出版社2009年版，第562页。

④ 洪本健编：《欧阳修资料汇编》，中华书局1995年版，第629页。

⑤ 洪本健编：《欧阳修资料汇编》，中华书局1995年版，第932页。

⑥ 洪本健编：《欧阳修资料汇编》，中华书局1995年版，第945页。

功，然能使众贤聚于朝廷，则荐贤为国之功不可泯也。奉诏撰文自
应端重醇正，得雅、颂之遗。"①姚鼐《诸家评点古文辞类纂》评语
卷三评《为君难论下》："欧公之论，平直详切。陈悟君上，此体
为宜。"②王元启《读欧记疑》："公志墓文，纯用史公纪传体，可
云波澜莫二。"③王符曾评云："衬托既绝工，立言尤有体也。"④
浦起龙《古文眉诠》评语卷六二评《祭资政范公文》云："祭文中
正体逸调。"⑤卷五九："《外制集序》：序为自作，而体近承制。
一路顺叙，风度雍容；风度其本色，体制则式后矣。"⑥"《内制集
序》：掌制之作，所谓官样文章也。其按之也，以还体裁；其扬之
也，以志遭遇，笔笔回翔。""《太子太师致仕杜祁公墓志铭》：此
亦志墓大篇最雅洁者，不多涉议论激宕，是为正体。"⑦吴汝纶《诸
家评点古文辞类纂》评语卷四五评《集贤校理丁君墓表》云："荆公
所为墓志，代发不平之鸣；此则立言含蓄，尤为得体。"⑧《集贤院
学士刘公墓志铭》："其为文章，尤敏赡。一日，追封皇子、公主九
人，公方将下直，为之立马却坐，一挥九制数千言，文辞典雅，各
得其体。"⑨何焯《义门读书记》卷三八评《夷陵县至喜堂记》云：

---

① 欧阳修著，洪本健校笺：《欧阳修诗文集校笺》，上海古籍出版社2009
年版，第647页。

② 欧阳修著，洪本健校笺：《欧阳修诗文集校笺》，上海古籍出版社2009
年版，第534页。

③ 洪本健编：《欧阳修资料汇编》，中华书局1995年版，第998页。

④ 欧阳修著，洪本健校笺：《欧阳修诗文集校笺》，上海古籍出版社2009
年版，第1083页。

⑤ 欧阳修著，洪本健校笺：《欧阳修诗文集校笺》，上海古籍出版社2009
年版，第1233页。

⑥ 洪本健编：《欧阳修资料汇编》，中华书局1995年版，第854页。

⑦ 洪本健编：《欧阳修资料汇编》，中华书局1995年版，第854页。

⑧ 欧阳修著，洪本健校笺：《欧阳修诗文集校笺》，上海古籍出版社2009
年版，第710页。

⑨ 欧阳修著，洪本健校笺：《欧阳修诗文集校笺》，上海古籍出版社2009
年版，第929页。

"文字照应处得大体，所记虽止一堂，仍非独为吾一人之私也。"①
卢元昌《山晓阁选宋大家欧阳庐陵全集》评语卷一："《论美人张氏
恩宠宜加裁损劄子》：至末仍结到亏损圣德，立言曲而有体。"②赵
士麟《读书堂全集》卷二五："永叔正文体，不顾士子言。"③吕葆
中《唐宋八家古文精选》："《论台谏官唐介等宜早牵复劄子》：
就已然之实事开陈启发，以听人主之自悟，最得奏对之体。"④林纾
《古文辞类纂选本》评语卷八评《梅圣俞墓志铭并序》："文精神
全聚前半，入后则金石之例应尔。读者当于前半篇涵泳，始知立言
之得体亲切处。"⑤缪荃孙《云自在龛随笔》卷一："马迁至欧阳修
十七史，皆出一人之笔，虽美恶不等，各有体裁。"⑥王元启《真州
东园》："议论极正大，如此结束，乃得大体。"⑦张伯行《唐宋八
大家文钞》："《吉州学记》归美李侯意，只带叙于其间，文之得大
体者。"⑧林云铭《古文析义》评《泷冈阡表》："句句归美先德，
且以自己功名皆本于父母之垂裕，深得立言之体。"⑨不可赘举。例
文迤逦而下，一方面可以看出清代学者对欧阳修文得体尊体的普遍认
可，这在清代批评家古文评点繁荣的态势中能够异口同声，差无异
议，是个值得关注的文论现象；另一方面也能从中看出诸如此类的本
文的文体文献价值。

　　欧阳修自己在文中也数次提到过"得体"，虽为就事而论的得

---

　　① 欧阳修著，洪本健校笺：《欧阳修诗文集校笺》，上海古籍出版社2009
年版，第997页。

　　② 洪本健编：《欧阳修资料汇编》，中华书局1995年版，第720页。

　　③ 洪本健编：《欧阳修资料汇编》，中华书局1995年版，第721页。

　　④ 洪本健编：《欧阳修资料汇编》，中华书局1995年版，第847页。

　　⑤ 欧阳修著，洪本健校笺：《欧阳修诗文集校笺》，上海古籍出版社2009
年版，第885页。

　　⑥ 洪本健编：《欧阳修资料汇编》，中华书局1995年版，第1280页。

　　⑦ 洪本健编：《欧阳修资料汇编》，中华书局1995年版，第1006页。

　　⑧ 洪本健编：《欧阳修资料汇编》，中华书局1995年版，第784页。

　　⑨ 洪本健编：《欧阳修资料汇编》，中华书局1995年版，第822页。

事之体，但与文章得体是相通的。如《归田录》卷上："太祖皇帝初幸相国寺，至佛像前烧香，问'当拜与不拜'，僧录赞宁奏曰：'不拜。'问其何故，对曰：'见在佛不拜过去佛。'赞宁者，颇知书，有口辩，其语虽类俳优，然适会上意，故微笑而颔之，遂以为定制，至今行幸焚香皆不拜也，议者以为得体。"再如《归田录》卷上："李文靖公为相，沉正厚重，有大臣体。尝曰：'吾为相无他能，唯不改朝廷法制，用此以报国。'士大夫初闻此言，以为不切于事。及其后当国者，或不思事体，或收恩取誉，屡更祖宗旧制，遂至官兵冗滥，不可胜纪，而用度无节，财用匮乏，公私困弊。推迹其事，皆因执政不能遵守旧规，妄有更改所致至此，始知公言简而得其要，由是服其识虑之精。"再如《归田录》卷下："仁宗初立今上为皇子，令中书召学士草诏。学士王当直，诏至中书谕之。王曰：'此大事也，必须面奉圣旨。'于是求对，明日面禀，得旨乃草诏。群公皆以王为真得学士体也。"①

　　第四，欧阳修文集中还有很多效某某体、学某某体、拟某某体等诗词之作，所谓效、学、拟某体，首先要求作者必须对所要效、学、拟的文体特征和文体风格极为熟悉和了解，具有强烈的辨体意识和辨体功夫。同时在继承模仿前人文体上要有所变化，而非亦步亦趋，应该融入自己的风格特色，也即"和而不同"。根据时代顺序，共拟效之体包括六朝的玉台体、谢灵运体，唐代的太白体、韩愈体、韩孟联句体、孟郊体、贾岛体、李长吉体、王建体，宋代的圣俞体等，具体包括文集中的《拟玉台体七首》②、《将至淮安马上早行学谢灵运体

　　①　欧阳修：《归田录》，《钦定四库全书》影印文渊阁本，第一〇三六册，上海古籍出版社1989年版，第532—550页。
　　②　欧阳修著，洪本健校笺：《欧阳修诗文集校笺》，上海古籍出版社2009年版，第1257页。

六韵》①、《春寒效李长吉体》②、《弹琴效贾岛体》③、《刑部看竹效孟郊体》④、《鹎鸠词（效王建作）》⑤、《栾城遇风效韩孟联句体》⑥、《寄题刘著作义叟家园效圣俞体》⑦。

其他如后世学者所分析的，如陈善《扪虱新语》上集卷二："韩文公尝作《赤藤杖歌》云……欧阳公遂每每效其体，作《菱溪大石》云。"⑧清翁方纲《石洲诗话》卷三"太白戏圣俞"条云："欧公有《太白戏圣俞》一篇，盖拟太白体也。"⑨清褚人获《坚瓠集》补集卷五："'银蒜'欧阳永叔仿玉台体诗：'银蒜押帘宛地垂'。"⑩

此外，通过分析鉴赏以上的拟效六朝唐宋诸家诗体，我们还可以窥见欧阳修的诗体风格之承传源流。如清鲁九皋《诗学源流考》："及欧阳公出，始知学古，与梅圣俞互相讲切。欧诗长篇多效昌黎，间取则于太白；梅则于唐人诸家，不名一体，惟造平淡。"⑪归有光《欧阳文忠公文选》评语卷九评《梅圣俞墓志铭并序》："通篇以诗

①　欧阳修著，洪本健校笺：《欧阳修诗文集校笺》，上海古籍出版社2009年版，第1308页。

②　欧阳修著，洪本健校笺：《欧阳修诗文集校笺》，上海古籍出版社2009年版，第1352页。

③　欧阳修著，洪本健校笺：《欧阳修诗文集校笺》，上海古籍出版社2009年版，第100页。

④　欧阳修著，洪本健校笺：《欧阳修诗文集校笺》，上海古籍出版社2009年版，第179页。

⑤　欧阳修著，洪本健校笺：《欧阳修诗文集校笺》，上海古籍出版社2009年版，第250页。

⑥　欧阳修著，洪本健校笺：《欧阳修诗文集校笺》，上海古籍出版社2009年版，第330页。

⑦　欧阳修著，洪本健校笺：《欧阳修诗文集校笺》，上海古籍出版社2009年版，第239页。

⑧　洪本健编：《欧阳修资料汇编》，中华书局1995年版，第204页。

⑨　欧阳修著，洪本健校笺：《欧阳修诗文集校笺》，上海古籍出版社2009年版，第150页。

⑩　洪本健编：《欧阳修资料汇编》，中华书局1995年版，第910页。

⑪　洪本健编：《欧阳修资料汇编》，中华书局1995年版，第1151页。

作案，此昌黎《贞曜志》体也。"李之仪《又与友人往还》："近时欧阳文忠公《秋声》乃规摹李白，其实则与刘梦得、杜牧之相先后者。"①

第五，《诗本义》中的诗学辨体观念。《诗本义》中，所谓"诗非一人之作，体各不同""古诗之体，意深则言缓，理胜则文简""一篇之诗，别为三体"云云，都体现出鲜明的辨体意识和文体观点。如卷六《鸿雁》："诗非一人之作，体各不同，虽不尽如此，然如此者多也。"卷八《何人斯》："论曰，古诗之体，意深则言缓，理胜则文简，然求其义者，务推其意理，及其得也，必因其言，据其文以为说舍此，则为臆说矣。"卷一四《豳问》："或问：七月，豳风也，而郑氏分为雅颂。其诗八章，以其一章二章为风，三章四章五章六章之半为雅，又以六章之半七章八章为颂。一篇之诗，别为三体，而一章之言，半为雅而半为颂，诗之义果若是乎？"卷一五《诗解统序》："二雅混于小大而不明，三颂昧于商鲁而无辨，此一经大概之体，皆所未正者。"②

第六，《集古录跋尾》中的书法辨体理论。欧阳修的辨体批评理论最为集中地体现在《集古录》中的辨书法方面的书体之异同、风格，以及在此辨体基础之上的辨书法真伪优劣，如卷十《小字法帖》："余尝辨锺繇《贺捷表》为非真，而此帖字画笔法皆不同，传模不能不失本体，以此真伪尤为难辨也。"③其中通过辨析字画笔法之不同，进行真伪"辨"体，最为代表。他如卷六《唐石璧寺铁弥勒像颂》："然其所书刻石存于今者，惟此颂与安公美政颂尔。二碑笔画字体远不相类，殆非一人之书，疑模刻不同，亦不应相远如此。又疑好事者寓名，以为奇也，识者当为辨之。"卷一《秦泰山刻石》：

---

① 洪本健编：《欧阳修资料汇编》，中华书局1995年版，第97页。

② 欧阳修：《诗本义》，《钦定四库全书》影印文渊阁本，第七〇册，上海古籍出版社1989年版，第223—294页。

③ 欧阳修：《集古录》，《钦定四库全书》影印文渊阁本，第六八一册，上海古籍出版社1989年版，第137页。

"今俗传《峄山碑》者，《史记》不载，又其字体差，大不类泰山存者，其本出于徐铉。"卷三《后汉残碑》："复知为后汉时人，而隶字在者甚完，体质淳劲，非汉人莫能为也。"卷九《唐李藏用碑》："玄度以书自名于一时，其笔法柔弱，非复前人之体，而流俗妄称借之尔。故存之以俟识者。"①所谓二碑笔画字体远不相类、识者当为辨之、"又其字体差，大不类泰山存者""其笔法柔弱，非复前人之体"云云，都体现了欧阳修的辨体理念。如此颇多，列于下，以见大概：

集古录卷九：唐高重碑。唐世碑刻，颜柳二公书尤多，而字体笔画往往不同，虽其意趣或出于临时，而亦系于模勒之工拙，然其大法则常在也。此碑字画锋力俱完，故特为佳，矧其墨迹，想宜如何也。

集古录卷七：唐颜真卿小字麻姑坛记。或疑非鲁公书，鲁公喜书大字，余家所藏颜氏碑最多，未尝有小字者，惟干禄字书注最为小字，而其体法与此记不同，盖干禄之注持重舒和而不局蹙，此记遒峻，临结尤为精悍，此所以或者疑之也。余初亦颇以为惑，及把玩久之，笔画巨细皆有法，愈看愈佳，然后知非鲁公不能书也，故聊志之以释疑者。

集古录卷九：唐沈传师游道林岳麓寺诗。独此诗以字画传于世，而诗亦自佳，传师书非一体，此尤放逸可爱也。

集古录卷三：后汉元节碑。碑无年月而知为汉人者，以其隶体与他汉碑同尔。

集古录卷五：隋老子庙碑。道衡文体卑弱，然名重当时，余所取者特得字画近古，故录之。唐人字皆不俗，亦可佳也。

集古录卷五：隋龙藏寺碑。字画遒劲，有欧虞之体。

①　欧阳修：《集古录》，《钦定四库全书》影印文渊阁本，第六八一册，上海古籍出版社1989年版，第125页。

集古录卷五：唐薛稷书。薛稷书刻石者，余家集录颇多，与墨迹互有不同。唐世颜柳诸家刻石者，字体时时不类，谓由模刻，人有工拙。昨日见杨褒家所藏薛稷书，君谟以为不类，信矣。凡世人于事，不可一概，有知而好者，有好而不知者，有不好而不知者，有不好而能知者，褒于书画好而不知者也。画之为物，尤难识其精粗真伪，非一言可达，得者各以其意，披图所赏，未必是秉笔之意也。昔梅圣俞作诗，独以吾为知音，吾亦自谓举世之人知梅诗者莫吾若也。吾尝问渠最得意处，渠诵数句，皆非吾赏者。以此知披贞观永徽之间图所赏，未必得秉笔之人本意也。

集古录卷六：唐裴大智碑。以余之博求而得者止此，故知其不多也。然字画笔法多不同，疑模刻之有工拙。惟此碑及独孤册碑，字体同而最佳，册碑在襄阳而不完，可惜也。

集古录卷六：唐西岳大洞张尊师碑。慈之书体兼虞褚，而道丽可喜。

集古录卷六：唐群臣请立道德经台奏答。今经注字皆一体，疑非诸王所书，而后人追寓其名尔。

集古录卷六：唐郑预注多心经。盖开元天宝之间，书体类此者数家，如《捣练石》《韩公井记》《洛祠志》，皆一体，而皆不见名氏，此经字体不减三记，而注尤精劲，盖他处未尝有，故录之而不忍弃。

集古录卷九：唐法华寺诗。右法华寺诗唐越州刺史李绅撰。似绅自书，然以端州题名，较之字体殊不类。

集古录卷九：唐玄度十体书。二家之本，大体则同，而文有得失，故并存之，览者得以自择焉。

集古录卷九：唐山南西道驿路记。公权书往往以模刻失其真，虽然其体骨终在也。

集古录卷十：遗教经。右遗教经，相传云羲之书，伪也，盖唐世写经手所书。唐时佛书，今在者，大抵书体皆类此，第其精粗不同尔。近有得唐人所书经题，其一云薛稷，一云僧行敦，书者皆与二人他所书不类，而与此颇同，即知写经手所书也。然其字亦可爱，故录之。盖今士大夫笔画能仿佛乎此者鲜矣。[①]

所列文献中诸如："而字体笔画往往不同""而其体法与此记不同""传师书非一体""以其隶体与他汉碑同尔""道衡文体卑弱""字画遒劲，有欧虞之体""字体时时不类""然字画笔法多不同，疑模刻之有工拙""字体同而最佳""慈之书体兼虞褚，而遒丽可喜""今经注字皆一体""书体类此者数家，如《捣练石》《韩公井记》《洛祠志》，皆一体，而皆不见名氏，此经字体不减三记""较之字体殊不类""大抵书体皆类此""皆与二人他所书不类"，等等，都体现了欧阳修鲜明的辨体理论批评意识。文艺理论是相通的，中国古代文学辨体的一些概念范畴诸如破体、得体、失体、变体等多源于书法理论，故而欧阳修的书法辨体理论无疑是他文学辨体理论和文艺思想的重要组成部分，理应受到重视并进行深入研究。

第二节　"和而不同"与文体通变："公于文章变而不失其正"的破体论

辨体和破体是中国古代辨体理论批评中一组对立的概念范畴，二者在文体观上是诸如继承与创新、保守与激进、遵守与打破、常与变、正与变、通与变等二元对立的辩证关系，是尊体和变体的关系。正如吴承学《辨体与破体》云："宋代以后直到近代，文学批评和创作中明显存在着两种对立倾向：辨体和破体。前者坚持文各有体的传统，主张辨明和严守各种文体体制，反对以文为诗，以诗为词等创作手法；后者则大胆地打破各种文体的界限，使各种文体互相

---

①　欧阳修：《集古录》，《钦定四库全书》影印文渊阁本，第六八一册。

融合。"①如吴先生所言，这一对立文体理论范畴在宋代各种文学流派、文学运动和文学思潮的论争中具有催化剂般的重要作用，是贯穿整个宋代文学史和文学批评史的核心理论要素。其中，欧阳修和黄庭坚是开风气之先并左右文坛辨体风尚的关键人物。在这一对立范畴中，欧阳修在创作上明显秉持"变而不失其正"的文体通变观并以破体变体为主，这与他的政治和文学的改革家身份是相契合的。

需要指出的是，"和而不同"观念与"通变""正变"思想有相通之处。如张岂之云："我国古代思想史常常涉及'和'、'同'。'和而不同'是一种做人的道理，也是一种文化观。这种文化观要求思想家既不能同前人思想雷同，又不同他人思想绝对对立，而是既有所继承和吸收又有所创新和发展。战国时代的'百家争鸣'就是'和而不同'文化观的具体体现。当时的大思想家大多兼综百家，同时又有创新精神，这种精神为后世思想家所继承。今天我们应在马克思主义指导下，继承古代'和而不同'文化观的优秀传统，并增加新的内容，以利于批判继承中国古代文化思想遗产。"②"通变"作为一个对立统一的辩证范畴，出自《周易》，最早由刘勰引入文学批评，指出文学创作和文学发展中的继承和革新之间的关系。《周易·系辞上》曰："通变之谓事。""一阖一辟谓之变，往来不穷谓之通。"《文心雕龙·通变》篇赞语云："文律运周，日新其业。变则可久，通则不乏。"《周易·系辞下》亦曰："易，穷则变，变则通，通则久。"《周易·系辞上》："日新之谓盛德，生生之谓易。"《通变》篇云"凭情以会通，负气以适变"，《系辞下》云："易之……为道也屡迁，变动不居，周流六虚，上下无常，刚柔相易，不可为典要，惟变所适。"《文心雕龙·通变》篇云："参伍因革，通变之数也。"《易传》云："参伍以变，错综其数。通其变，遂成天地之

---

① 吴承学：《辨体与破体》，《文学评论》1991年第4期。
② 张岂之：《我国古代"和而不同"的文化观》，《孔子研究》1986年第3期。

文。极其数，遂定天下之象。""天地革而四时成，汤武革命，顺乎天而应乎人。革之时大矣哉！"对照可见刘勰所论通变与《易传》的渊源关系。《周易》的基本观念就是"变"，万事万物变动不居，时刻处于变化之中，没有一个固定的地位和永恒的标准，唯一的就是去适应变化。《周易》哲学体系包含了一些朴素的辩证法思想，如天地、日月、阴阳等。"穷"与"通"相对，是矛盾运动的无穷往复，而"通变"本身并不构成矛盾。《文心雕龙》中，刘勰为了表达他辩证的文学史观，创造性地将二者对举成文，"通"指会通，指文学发展中的继承；"变"指变易，指文学发展中的革新。"通"和"变"就是文学发展过程中继承与革新的关系问题。刘勰在论述通变时引入了几个对立范畴，如有常之体与无方之数、本与末、同与异、质与文、古与今、远与近、雅与俗、因与革、会通与适变、定法与制奇等，这是理解通变内涵，理解文学创作和文学发展中的继承与革新的关键。①大体来说，"和"对应通、会通，"不同"对应适变、变，这样，欧阳修的"变而不失其正"的文体通变观就具有了与其"和而不同"思想的某种相通之处，也是我们深入理解其"和而不同"观念的一个很好视角和有效途径。

首先，变而不失其正。虽然欧阳修文总的来说是破体多于尊体，但也还是以破中有辨和变中有正的辨体通变观为主要特征，即清何焯所谓"变而不失其正"，其《义门读书记》卷三九评《秋声赋》云："虽非楚人之词，然于体物自工。至后乃推论人事，初非纯用议论也。讥之者只是不识，公于文章，变而不失其正尔。"②

其一，欧阳修自己的变体破体理论也是关乎书法的，这与前边所论辨体批评主要出于《集古录》跋尾的书体理论是一致的，当然书体与文体艺术上是相通的。他主张既要尊体守法，又要出乎笔墨蹊径

---

① 参见党圣元：《通变与时序》，《西北大学学报》（哲学社会科学版）2015年第6期。

② 欧阳修著，洪本健校笺：《欧阳修诗文集校笺》，上海古籍出版社2009年版，第480页。

之外，最终又要不离乎正，即核心书体理论"古之善书者必先楷法，渐而至于行草，亦不离乎楷正"，但整体是更欣赏"老逸不羁"的变体书法。如欧阳修《跋茶录》云："善为书者以真楷为难，而真楷又以小字为难。……君谟小字新出而传者二，《集古录目序》横逸飘发，而《茶录》劲实端严，为体虽殊，而各极其妙。……古之善书者必先楷法，渐而至于行草，亦不离乎楷正。张芝与旭变怪不常，出乎笔墨蹊径之外，神逸有余而与羲、献异矣。"[1]所谓"古之善书者必先楷法"，指楷书体制最规范，是学书的基础，所以"善书者必先楷法"，与"学诗者必先体制"的辨体尊体之论断是完全一致的。接下来，所谓"渐而至于行草"，"行草"是书法上楷书的变化，尤其草书是"破体"极致，是一种"变体"，所以说欧阳修在"书体"发展演进上是主张循序渐进，有正有变，即先楷书之辨体，继而草书破体的。但这个"行草"变体是一个有限度的变化，不可走向极端，即"亦不离乎楷正"，这正是何焯所总结的"变而不失其正"理论。在这个书体变化基本原则之下，他还是更倾向和欣赏变化不常的书体风格，张芝、张旭就是代表，所谓"张芝与旭变怪不常，出乎笔墨蹊径之外，神逸有余而与羲、献异矣"。

这一书体理念在《集古录》中有进一步的申述，如卷六《唐美原夫子庙碑》云："邕天宝时人，字画奇怪，初无笔法，而老逸不羁，时有可爱，故不忍弃之，盖书流之狂士也。文字之学，传自三代以来，其体随时变易，转相祖习遂以名家，亦乌有法邪？至魏晋以后，渐分真草，而羲、献父子为一时所尚，后世言书者非此二人皆不为法，其艺诚为精绝，然谓必为法，则初何所据？所谓天下孰知夫正法哉！邕书固自放于怪逸矣，聊存之以备传览。"[2]他认为"文字之学"自古以来就是"其体随时变易"，变化不常是一种常态和发展趋

---

[1] 欧阳修著，洪本健校笺：《欧阳修诗文集校笺》，上海古籍出版社2009年版，第1937页。

[2] 欧阳修：《集古录》卷六，《钦定四库全书》影印文渊阁本。

势，没有一个固定的体制规范必须遵守，用三个问句诸如"亦乌有法邪""然谓必为法，则初何所据""所谓天下孰知夫正法哉"层层递进，以说明他对魏晋以来"羲、献父子为一时所尚，后世言书者非此二人皆不为法"的固守法度而不知变化生新的书坛态势的不满，也因此对"邕""字画奇怪，初无笔法，而老逸不羁"和"自放于怪逸"的书体风格由衷喜欢，认为"时有可爱"。当然，所谓"故不忍弃之""聊存之以备传览"云云，"不忍""聊存"之语又能看出他对"奇怪、老逸不羁、怪逸"这类"变而失乎正"的书法的某种警惕和秉持保留态度的审慎。

其二，与书法辨体论上既秉持"变而不失其正"的纲领，又倾向于某种程度上激赏"老逸不羁"的"怪奇"风格不同，在著名的古文运动文体变革中，欧阳修则坚决贯彻"变而不失其正"的辨体通变观。其过程众所周知，即先"变"西昆体轻媚萎靡的卑弱文风，但以石介为代表"太学体"在变革中走向极端，有陷入"怪癖"的弊端，即变而失正，欧阳修此时再次借知贡举之机，深革其弊，最后使"文格遂变而复正"，趋向平淡自然。

关于欧阳修领导的古文运动这一螺旋式上升的"变而不失其正"的辨体革新过程，在当时北宋，便由众多与欧阳修关系密切的大家从文体革新的变体破体角度提出，虽然这些文献已屡为文学史批评史所引述，但是我们完全从文体学的视域来观照，会有不同的学术创获，而且这也是我们研究其文体学思想不可或缺的一大板块，很有必要进行列举，以见概貌。

在北宋，韩琦、吴充、苏轼、苏辙、杨杰、叶涛、欧阳发等都有全面的总结，影响深远。苏轼所论最为代表，如《谢欧阳内翰书》云："自昔五代之余，文教衰落，风俗靡靡，日以涂地。圣上慨然太息，思有以澄其源，疏其流，明诏天下，晓谕厥旨。于是招来雄俊魁伟敦厚朴直之士，罢去浮巧轻媚，丛错采绣之文，将以追两汉之余，而渐复三代之故。士大夫不深明天子之心，用意过当，求深者或至于迁，务奇者怪僻而不可读。余风未殄，新弊复作。"①吴充《欧阳公行状》："嘉祐初，公知贡举，时举者为文，以新奇相尚，文体大坏，公深革其弊，前以怪僻在高第者，黜之几尽，务求平淡典要。士人初怨怒骂讥，中稍信服，已而文格遂变而复正者，公之力也。"②苏辙《祭欧阳少师文》："嗟维此时，文律颓毁，奇邪谲怪，不可告止。……号兹'古文'，不自愧耻。公为宗伯，思复正始，狂词怪论，见者投弃。"③苏辙《欧阳文忠公神道碑》："二年，权知贡举。是时进士为文，以诡异相高，文体大坏，公患之，所取率以词义近古为贵，凡以险怪知名者黜去殆尽。榜出，怨谤纷然，久之乃服，然文章自是变而复古。"④叶涛《重修（神宗）实录（欧阳修）本传》："时文士以磔裂怪僻相尚，文体大坏，及是，修知贡举，深革其弊，前在高第者尽黜之，务求平淡典要。士人初怨怒骂讥，已而文格卒变。"⑤欧阳发《事迹》："嘉祐二年，先公知贡举，时学者为文，以新奇相尚，文体大坏。公深革其弊，一时以怪僻知名在高等者，黜落几尽。……而五六年间，文格遂变而复古，公之力也。"⑥

对这一文体革新上的"变而不失其正"的变体过程，诸如沈括、叶梦得、陈振孙等文史大家也多有论述，如沈括："嘉祐中，士人刘几，累为国学第一人，聚为怪险之语，学者翕然效之，遂成风俗，欧阳公深恶之。会公主文，决意痛惩，凡为新文者，一切弃黜，时体为之一变，欧阳之功也。"⑦叶梦得《石林诗话》卷上："至和、嘉祐间，场屋举子为文尚奇涩，读或不能成句。欧阳文忠公力欲革其弊，既知贡举，凡文涉雕刻者，皆黜之。"⑧陈振孙《直斋书录解题》卷

① 洪本健编：《欧阳修资料汇编》，中华书局1995年版，第88页。
② 洪本健编：《欧阳修资料汇编》，中华书局1995年版，第57页。
③ 洪本健编：《欧阳修资料汇编》，中华书局1995年版，第107页。
④ 洪本健编：《欧阳修资料汇编》，中华书局1995年版，第112页。
⑤ 洪本健编：《欧阳修资料汇编》，中华书局1995年版，第102页。
⑥ 洪本健编：《欧阳修资料汇编》，中华书局1995年版，第128页。
⑦ 洪本健编：《欧阳修资料汇编》，中华书局1995年版，第73页。
⑧ 洪本健编：《欧阳修资料汇编》，中华书局1995年版，第173页。

四论《刘状元东归集十卷》云："始在场屋有声，文体奇涩，欧公恶之，下第。"①

明清以来，诸如李贽、茅坤、胡应麟、蔡世远、程廷祚等也有相似的说法，如明李贽《史纲评要》卷二九："嘉祐二年，以翰林学士欧阳修知贡举。先是，进士相习为奇僻之文，渐失浑淳。修深疾之，痛加裁抑，时所推誉，皆不在选。浇薄之士候修晨朝，群聚诟斥之，然文体自是少变。"②清吕葆中《唐宋八家古文精选》："《泷冈阡表》：至其称美先德，只举一二事以概，其余更不多及。立言之体固各有所当也，否则或近乎略矣。荆川《文编》评之曰'变正'，谓其与他墓表不同耳。"③

其次，欧公特变前人法度，古文运动带来文体变革。欧阳修在文学史上的最瞩目之处是他的古文运动，这一文学运动是他"庆历新政"政治运动的组成部分，而文体革新则是文学革新的实质，可用朱弁的话来概括，如《风月堂诗话》卷上："前辈云，按柏梁之体，句句用韵，其数以奇，韩、苏亦皆如此。然欧公作《孙明复墓志》，乃与此说不同，又未知如何也。岂欧公特变前人法度，欲自我作古乎？当更讨论之耳。"④

其一，欧阳修自己的文体革新思想言论文献。欧阳修有感于唐太宗政治隆盛，但"独于文章不能少变其体"，"而惟文章独不能革五国之弊"，认为其原因是"其积习之势，其来也远"，"盖习俗难变"，而最根本的难点在于"而文章变体又难也"，所以文体革新"则不可以骤革也"。他在《集古录》中曾对此两发感慨，如《集古录》卷五："南北文章至于陈隋，其极矣。以唐太宗之致治，几乎三王之盛，独于文章不能少变其体，岂其积习之势，其来也远，非久而

① 洪本健编：《欧阳修资料汇编》，中华书局1995年版，第397页。
② 洪本健编：《欧阳修资料汇编》，中华书局1995年版，第595页。
③ 洪本健编：《欧阳修资料汇编》，中华书局1995年版，第849页。
④ 洪本健编：《欧阳修资料汇编》，中华书局1995年版，第197页。

众胜之，则不可以骤革也。"①《集古录》卷七："唐自太宗致治之盛，几乎三代之隆，而惟文章独不能革五国之弊，既久而后韩柳之徒出，盖习俗难变，而文章变体又难也。"②书中所论处处围绕文体变革之难，当然也坚定了一个改革家的变体决心，从而带来宋代古文的革新和繁荣，并以此引领了整个宋代辨体变体的兴盛和繁荣。

他自己关于不满于宋初"西昆体"时文流行而进行古文文体改革的言论则集中体现在《记旧本韩文后》《苏氏文集序》两文中，这也是文学史、批评史著作中经常引用的反映他文学思想的名篇。从文体的角度看，这两篇的变体意义巨大，不可或缺，故录于下。《记旧本韩文后》："是时天下学者杨刘之作，号为时文，能者取科第，擅名声，以夸荣当世，未尝有道韩文者。……后七年，举进士及第，官于洛阳。而尹师鲁之徒皆在，遂相与作为古文。……其后天下学者亦渐趋于古，而韩文遂行于世，至于今盖三十余年矣，学者非韩不学也，可谓盛矣。"③欧阳修《苏氏文集序》："天圣之间，予举进士于有司，见时学者务以言语声偶摘裂，号为时文，以相夸尚。而子美独与其兄才翁及穆参军伯长，作为古歌诗杂文，时人颇共非笑之，而子美不顾也。其后天子患时文之弊，下诏书讽勉学者以近古，由是其风渐息，而学者稍趋于古焉。"④

其二，关于欧阳修这次彪炳史册的文学文体革新运动贯穿于有宋一代，论者颇多，直接着眼于文体变革的，如谢伋、李焘、叶适、岳珂等所谓"一洗西昆磔裂烦碎之体""然文体自是亦少变""惟欧阳修欲驱诏令复古，始变旧体""以崇雅黜浮，期以丕变文格"

---

① 欧阳修：《集古录》卷五，《钦定四库全书》影印文渊阁本，第六八一册，上海古籍出版社1989年版，第70页。

② 欧阳修：《集古录》卷七，《钦定四库全书》影印文渊阁本，第六八一册，上海古籍出版社1989年版，第102页。

③ 欧阳修著，洪本健校笺：《欧阳修诗文集校笺》，上海古籍出版社2009年版，第1927页。

④ 欧阳修著，洪本健校笺：《欧阳修诗文集校笺》，上海古籍出版社2009年版，第1064页。

云云，如谢伋《四六谈尘》："本朝自欧阳文忠、王舒国，叙事之外，自为文章，制作混成，一洗西昆磔裂烦碎之体。厥后学者，益以众多。"①叶适《习学记言》卷四八："惟欧阳修欲驱诏令复古，始变旧体。"②岳珂《桯史》卷九："文忠方以复古道自任，将明告之，以崇雅黜浮，期以丕变文格。"③朱熹云："文气衰弱，直至五代，竟无能变。至尹师鲁、欧公几人出来，一向变了。其间亦有欲变而不能者，然大概都要变，所以做古文自是古文，四六自是四六，却不滚杂。"④叶梦得《避暑录话》："文章之弊，非公一变，孰能遽革？"⑤陈善《扪虱新语》说"欧阳公不能变诗格"，"欧阳公诗犹有国初唐人风气，公能变国朝文格，而不能变诗格。及荆公、苏、黄辈出，然后诗格遂极于高古"。⑥

其三，着眼于这次文体变革的大家在宋代以后还有很多，元明清以来代不乏人。如赵孟坚称"其风稜骨峭，摆落繁华，亦一代之体也"，方回称"历五代至于欧阳公，文风始大变革""力变昆体"，刘壎称"而文体自是一变，渐复古雅""杨、刘昆体固不足道，欧、苏一变，文始趋古"，脱脱等称"然声屋之习，从是遂变"，等等，都从文体革新的角度加以评论。明清以后，所论尤多，如明李贽《藏书》卷三九："是时进士为文，以诡异相高，文体大坏，修所取率词义古质者，凡险怪知名士，一切不录。……然文章自是变矣。"⑦明唐枢《杂问录》："文章之变，以顺时明道为本。韩、柳、欧苏诸大家，能顺其词气于时，惜乎于道或有戾，故恐非垂宪之言耳。"⑧

① 洪本健编：《欧阳修资料汇编》，中华书局1995年版，第239页。
② 洪本健编：《欧阳修资料汇编》，中华书局1995年版，第355页。
③ 洪本健编：《欧阳修资料汇编》，中华书局1995年版，第375页。
④ 洪本健编：《欧阳修资料汇编》，中华书局1995年版，第333页。
⑤ 洪本健编：《欧阳修资料汇编》，中华书局1995年版，第167页。
⑥ 洪本健编：《欧阳修资料汇编》，中华书局1995年版，第205页。
⑦ 洪本健编：《欧阳修资料汇编》，中华书局1995年版，第593页。
⑧ 洪本健编：《欧阳修资料汇编》，中华书局1995年版，第540页。

在清代，如清吴乔"欧、梅变体而后"①，清胡寿芝"欧阳文忠尊李，王文公尊杜，一时风气振刷，诗格大变焉"②，清林纾"欧阳力变其体，俯仰夷犹，多作吊古叹逝语，亦自成一格"③，等等，不可枚举。

此外，欧阳修虽致力于变革"西昆体"时文，但又不绝对地对杨亿及其时文加以否定，同样有所肯定和赞赏，从中也能看出他变体的辩证通变观。如欧阳修《与荆南乐秀才书》："夫时文虽曰浮巧，然其为功，亦不易也。"④如《六一诗话》云："杨大年与钱刘数公唱和，自《西昆集》出，时人争效之，诗体一变，而先生老辈患其多用故事，至于语僻难晓，殊不知自是学者之弊。如……虽用故事，何害为佳句也？又如……其不用故事，又岂不佳乎？盖其雄文博学，笔力有余，故无施而不可，非如前世号诗人者区区于风云草木之类，为许洞所困者也。"⑤

再次，以文为诗，以诗为词，以文为赋，以文体为四六，以及其他文体的变格、变调、变体。黄庭坚《书王元之〈竹楼记〉后》提到，宋代"文章以体制为先"的辨体风气蔚成风气，其中欧阳修《醉翁亭记》以赋体为文，杂以议论，是一种破体变体。吴承学先生云："先体制后工拙是传统文学批评的一条普遍原则。然而宋代以后，破体为文成为一种风气：以文为赋、以文为四六、以文为诗、以诗为词、以古为律等在在可见。"⑥对此，欧阳修是这方面破体创作的代表，涉及各个方面。以下详而论之。

关于"以文为诗"，如王十朋《读东坡诗》："学江西诗者谓苏

---

① 洪本健编：《欧阳修资料汇编》，中华书局1995年版，第652页。

② 洪本健编：《欧阳修资料汇编》，中华书局1995年版，第1171页。

③ 洪本健编：《欧阳修资料汇编》，中华书局1995年版，第1290页。

④ 欧阳修著，洪本健校笺：《欧阳修诗文集校笺》，上海古籍出版社2009年版，第1174页。

⑤ 何文焕：《历代诗话》，中华书局1981年版，第270页。

⑥ 吴承学：《从破体为文看古人审美的价值取向》，《学术研究》1989年第5期。

不如黄，又言韩、欧二公诗乃押韵文耳。予虽不晓诗，不敢以其说为然。"①清吴乔《围炉诗话》卷一："李、杜之文，终是诗人之文，非文人之文。欧、苏之诗，终是文人之诗，非诗人之诗。"②

关于"以诗为词"，如李清照《词论》："至晏元献、欧阳永叔、苏子瞻，学际天人，作为小歌词，直如酌蠡水于大海，然皆句读不葺之诗尔，又往往不协音律。"③李清照认为欧阳修词为"句读不葺之诗尔"，"又往往不协音律"，不够本色当行。清代贺贻孙同意其观点，如清贺贻孙《诗筏》："李易安云：'而欧阳永叔、苏子瞻词，乃句读不葺之诗耳。'又尝记宋人有云：'昌黎以文为诗，东坡以诗为词。'甚矣词家之难也！"④但周济则持相反态度，认为欧阳修词遵守词的体制规范，当行本色，而韩琦、范仲淹的词如其文，"故非专家"。如周济《宋四家词选》目录序论："韩、范诸巨公，偶一染翰，意盛足举其文，虽足树帜，故非专家；若欧公则当行矣。"⑤

关于"以文体为四六"，如陈善《扪虱新语》上集卷一"文体"条云："以文体为诗，自退之始；以文体为四六，自欧公始。"⑥吴讷《文章辨体序说》："祝氏曰：宋人作赋，其体有二：曰俳体，曰文体。后山谓欧公以文体为四六。夫四六者，属对之文也，可以文体为之，至于赋，若以文体为之，则是一片之文，押几个韵尔，而于《风》之优游，比兴之假托，《雅》《颂》之形容，皆不兼之矣。"⑦

关于"以古入律和以律入古"，欧阳修赞同"以律入古"，如吴

① 洪本健编：《欧阳修资料汇编》，中华书局1995年版，第247页。
② 洪本健编：《欧阳修资料汇编》，中华书局1995年版，第652页。
③ 洪本健编：《欧阳修资料汇编》，中华书局1995年版，第194页。
④ 洪本健编：《欧阳修资料汇编》，中华书局1995年版，第678页。
⑤ 洪本健编：《欧阳修资料汇编》，中华书局1995年版，第1205页。
⑥ 洪本健编：《欧阳修资料汇编》，中华书局1995年版，第200页。
⑦ 洪本健编：《欧阳修资料汇编》，中华书局1995年版，第503页。

可《藏海诗话》："欧公云：'古诗时为一对，则体格峭健。'"①
这与"破体之通例"是相左的，如吴承学云："于是出现了一种破体
的通例……更为具体地说，以文为诗胜于以诗为文，以诗为词胜于以
词为诗，以古入律胜于以律入古，以古文为时文，胜于以时文为古
文。"②

关于"以文为赋"的，明孙鑛《山晓阁选宋大家欧阳庐陵全集》
卷十："《秋声赋》，果是以文为赋，稍嫌近切，然说意透，亦自俊
快可喜。"③

关于"以论为记"的，欧阳修所作"记"体文颇多，并多以论
为记、以赋为记的变体变调，如《醉翁亭记》等，并都因此成为经典
名篇，为历代批评家所瞩目和品评，多以诸如"此别是一格""自
是一体""始尽其变态""为体之变也，则记体之变"等变体之语
为评，如宋楼昉《崇古文诀》评语卷一九评《有美堂记》："此别是
一格。"④明茅坤《唐宋八大家文钞》："若史迁之传伯夷，却又通
篇以议论为叙事，正与此互相发明。"⑤金人瑞《评注才子古文》卷
一二大家欧文评语："《梅圣俞诗集序》：不知是论，是记，是传，
是序，随手所到，皆成低昂曲折。"⑥吴讷《文章辨体序说》："然
观韩之《燕喜亭记》，亦微载议论于中。至柳之记新堂、铁炉步，则
议论之辞多矣。迨至欧、苏而后，始专有以论议为记者，宜乎后山诸
老以是为言也。大抵记者，盖所以备不忘。如记营建，当记月日之久
近，工费之多少，主佐之姓名，叙事之后，略作议论以结之，此为正

① 洪本健编：《欧阳修资料汇编》，中华书局1995年版，第190页。
② 吴承学：《从破体为文看古人审美的价值取向》，《学术研究》1989年
第5期。
③ 吴承学：《从破体为文看古人审美的价值取向》，《学术研究》1989年
第5期。
④ 欧阳修著，洪本健校笺：《欧阳修诗文集校笺》，上海古籍出版社2009
年版，第1037页。
⑤ 洪本健编：《欧阳修资料汇编》，中华书局1995年版，第568页。
⑥ 洪本健编：《欧阳修资料汇编》，中华书局1995年版，第655页。

体。至若范文正公之记严祠、欧阳文忠公之记昼锦堂、苏东坡之记山房藏书、张文潜之记进学斋、晦翁之作《婺源书阁记》，虽专尚议论，然其言足以垂世而立教，弗害其为体之变也。"①

　　"记"文变体之外，当以墓志、墓表、碑铭之变体变调为最多，以明清批评家之批评为主，多以变调、变体、变格、创格、创例、变例等为评，如明茅坤《唐宋八大家文钞》论例："《北海郡君王氏墓志铭》通篇以众所称许为志，一变调。"②"《太常博士周君墓表》，变调。"③清王元启《读欧记疑》卷三评《胥氏夫人墓志铭》："此文虽云'藏于墓'，其实是哀辞，与后篇《杨夫人志铭》殊体，当改题《胥夫人哀辞并序》。"④清章学诚《文史通义》外篇二"墓铭辨例"："铭金勒石，古人多用韵言，取便诵识，义亦近于咏叹，本辞章之流也。韩、柳、欧阳恶其芜秽，而以史传叙事之法志于前，简括其辞以为韵语缀于后，本属变体；两汉碑刻，六朝铭志，本不如是。"⑤储欣《六一居士全集录》评语卷三："《翰林侍读学士右谏议大夫杨公墓志铭》：杨次公知兵可传，文亦离奇，志铭中一变格也。"⑥清鲍振方《金石订例》卷二《母郑夫人石椁铭》："石椁有铭，创例也。"⑦《陈文惠公志》："书三代爵土阶官，本赠而不曰赠，变例也。"⑧清吴闿生《古文范》卷三《柳子厚墓志铭》："欧公作墓铭，乃专用平日条畅之体，以就己性之所近，而文体遂为

---

　　① 洪本健编：《欧阳修资料汇编》，中华书局1995年版，第503页。

　　② 洪本健编：《欧阳修资料汇编》，中华书局1995年版，第576页。

　　③ 洪本健编：《欧阳修资料汇编》，中华书局1995年版，第577页。

　　④ 欧阳修著，洪本健校笺：《欧阳修诗文集校笺》，上海古籍出版社2009年版，第1654页。

　　⑤ 洪本健编：《欧阳修资料汇编》，中华书局1995年版，第1160页。

　　⑥ 欧阳修著，洪本健校笺：《欧阳修诗文集校笺》，上海古籍出版社2009年版，第786页。

　　⑦ 洪本健编：《欧阳修资料汇编》，中华书局1995年版，第1232页。

　　⑧ 洪本健编：《欧阳修资料汇编》，中华书局1995年版，第1232页。

所坏。"①

其他各种文体的破体变体也很多，如序为列传体、赋为制诰体、文而似骚似赋、右语变进书表文之体、歌行体变调、序中略带传体等等，不可枚举，择其要者列于下，如明徐文昭评《释惟俨文集序》云："竟是列传体，其奇伟历落亦从太史公《游侠传》得来者也。"②清李调元评《畏天者保其国赋》云："宋欧阳修《畏天者保其国赋》，虽前人推许，然终是制诰体，未敢为法。"③清张伯行评《祭石曼卿文》："似骚似赋，亦怆亦达。"④明胡应麟《诗薮》外编卷五："欧阳自是文士，旁及诗词。所为《庐山高》《明妃曲》，无论旨趣，只格调迥与歌行不同。"⑤清沈德潜《唐宋八大家文读本》卷一一评《释惟俨文集序》："序中略带传体，又是一格。"⑥

关于"和而不同"与"通变""正变"的关系，有学者已经认识到并有所论述："'和而不同'，就是任何事物应以开放的态势包容新的外来因素，在生命运动的吐故纳新状态中达到和谐的完美境界。任何事物的存在、发展，都必须在不断汲取新的外来因素的过程中进行新陈代谢，封闭必然导致僵化、失去新陈代谢的生命活力。'和而不同'是实现生命延伸的保障机制。'通变则久'，指一切事物的生命状态都处在变化发展之中。与过去的联系是'通'；不同于过去的今天是'变'；'久'则是指生命力未来的持续状态。变则生。变化是绝对的，不变化就没有发展，没有未来，不可能持久。'和而不同'与'通变则久'是一切事物生命运动的辩证法。为了'通

————————

①　洪本健编：《欧阳修资料汇编》，中华书局1995年版，第1323页。

②　欧阳修著，洪本健校笺：《欧阳修诗文集校笺》，上海古籍出版社2009年版，第1056页。

③　欧阳修著，洪本健校笺：《欧阳修诗文集校笺》，上海古籍出版社2009年版，第1971页。

④　洪本健编：《欧阳修资料汇编》，中华书局1995年版，第586页。

⑤　洪本健编：《欧阳修资料汇编》，中华书局1995年版，第601页。

⑥　洪本健编：《欧阳修资料汇编》，中华书局1995年版，第837页。

变则久’，必须‘和而不同’；只有‘和而不同’，方能‘通变则久’。"①这可以有助于理解欧阳修"变而不失其正"的文体通变观与其"和而不同"思想之间的相通关系。

第三节　兼综百家与"和而不同"：欧阳修文备众体与不喜杜诗的文体观

欧阳修在文学史上的成就可以用宋人诸如苏轼、曾巩、吴充、欧阳发、李纲、王十朋、刘克庄、罗大经等对其"集文体之大成"之众口一词的赞誉来概括，这既是欧阳修综融儒释道思想而又独具特色的具体反映，也是宋代"集文化之大成"的集中体现，而这与"和而不同"之兼综百家的文化观亦息息相关，正如张岱之所云："'和而不同'的文化观要求兼综百家之学，反对狭隘的门户之见。"②

"文备众体"和"偏长某体"是中国古代文体学上的一对对立范畴，最早由曹丕在《典论论文》中提出："文非一体，鲜能备善""此四科不同，能之者偏也，唯通才能备其体"。③大多数作者之所以不能兼备众体而是偏长某体，曹丕认为，一个是因为古今文体众多，很难都写好，故而只擅长某一文体；另一个是因为每个人的才能不同，气质禀赋各异，即"气之清浊有体"，所以会选择或长于适合自己个性风格的某种体裁。曹丕之后，葛洪、刘勰等大批评家都对此文体学理论都有所论述，所持的观点很一致，即偏长某体是普遍的现象，而兼善众体很少有人做到。关于这一点，在唐代诗文文学繁荣的态势下也同样如此，如从唐末司空图发端，绵延至整个宋代，关于

---

① 韩国榛：《和而不同通变则久 ——卢沉先生的艺术观与学术观》，《美术研究》2004年第2期。

② 张岱之：《我国古代"和而不同"的文化观》，《孔子研究》1986年第3期。

③ 郭绍虞主编：《中国历代文论选》第一册，上海古籍出版社2001年版，第158页。

杜甫能诗不能文和韩愈能文不能诗的文体批评便成为宋代文体学的主
要内容，文人学者间就此问题争论不休，也把这一辨体理论推向深
入，进而形成了以文为诗、以诗为词等破体辨体理论的极大繁荣。

　　到了宋代，这一现象彻底改变了。一方面，"偏长某体"的讨
论仍在继续，而"兼备众体"则在宋代文学界成为一种普遍现象，如
欧阳修、苏轼、黄庭坚等都具有这一特质，这是宋人讨论杜甫"集大
成"而形成的一种文化效应，"集文体之大成"也成为陈寅恪所言华
夏文化"造极于赵宋之世"的一个组成部分。

　　第一，文备众体。欧阳修在书法理论上提到过蔡君谟之书"众体
皆精"，如《牡丹记跋尾》："右蔡君谟之书，八分、散隶、正楷、
行狎、大小草众体皆精。"①这是他崇尚的文体境界，在宋代也是首
先达到这一境界的。

　　宋元以来，诸如苏轼、曾巩、吴充、欧阳发、李纲、王十朋、
孙奕、刘克庄、罗大经、刘壎等都对欧阳修的文备众体有所论述，多
以"体备韩马""公之文备众体""公之文备尽众体""于体无所
不备""公无不长""欲备众体""以鸿笔兼众体""盖得文章之
全者也""实备众体""信乎能备众体者矣"等语道出，这也是对
欧阳修文学成就的最大肯定和褒扬，因为在此之前的文学史上很少
有人能够做到，并对苏轼、黄庭坚等宋人的文体集大成具有重要的
启示和深远影响。如苏轼《六一居士集叙》："欧阳子论大道似韩
愈，论事似陆贽，记事似司马迁，诗赋似李白。此非余言也，天下之
言也。"②曾巩《祭欧阳少师文》："惟公学为儒宗，材不世出。文
章逸发，醇深炳蔚。体备韩、马，思兼庄、屈。"③吴充《欧阳公行
状》："盖公之文备众体，变化开阖，因物命意，各极其工。"④欧

---

①　欧阳修著，洪本健校笺：《欧阳修诗文集校笺》，上海古籍出版社2009
年版，第1903页。

②　洪本健编：《欧阳修资料汇编》，中华书局1995年版，第90页。

③　洪本健编：《欧阳修资料汇编》，中华书局1995年版，第41页。

④　洪本健编：《欧阳修资料汇编》，中华书局1995年版，第54页。

阳发《事迹》："然公之文备尽众体,变化开阖,因物命意,各极其工,或过退之。"①李纲《书四家诗选后》："然则四家者,其诗之六经乎!于体无所不备,而测之益深、穷之益远百家者,其诗之诸子百氏乎!不该不备,而各有所长,时有所用,览者宜致意焉。"②王十朋《梅溪王先生文集》前集卷一一《国朝名臣赞欧阳文忠公》:"贤哉文忠,直道大节。知进知退,既明且哲。陆贽议论,韩愈文章,李、杜歌诗,公无不长。"③罗大经《鹤林玉露》丙编卷二"文章有体":"杨东山尝谓余曰:'文章各有体,欧阳公所以为一代文章冠冕者,固以其温纯雅正,蔼然为仁人之言,粹然为治世之音,然亦以其事事合体故也。如作诗,便几及李、杜。作碑铭记序,便不减韩退之。作《五代史记》,便与司马子长并驾。作四六,便一洗昆体,圆活有理致。作《诗本义》,便能发明毛、郑之所未到。作奏议,便庶几陆宣公。虽游戏作小词,亦无愧唐人《花间集》。盖得文章之全者也。'"④刘埙《隐居通议》卷五:"公之所作,实备众体,有甚似韦苏州者,有甚似杜少陵者,有甚似选体者,有甚似王建、李贺者,有富丽者,有奇纵者,有清俊者,有雄健苍劲者,有平淡纯雅者。"⑤"(文忠公)故发为诗章,皆中和硕大之声,无穷愁郁抑之思,所谓治世之音安以乐,以其时考之则可矣。然亦有奇壮悲吒,如……如此等作,可与古人《出塞曲》相伯仲。信乎能备众体者矣!"⑥综上,可以看出,论者所言"能备众体"是包罗各种体裁和风格的。

明清以来,像李东阳、艾南英、江盈科、钱兆鹏、刘开、王国维等也都提到欧阳修这一文学成就,往往称"盖惟韩欧能兼之""然文

① 洪本健编:《欧阳修资料汇编》,中华书局1995年版,第120页。
② 洪本健编:《欧阳修资料汇编》,中华书局1995年版,第193页。
③ 洪本健编:《欧阳修资料汇编》,中华书局1995年版,第246页。
④ 洪本健编:《欧阳修资料汇编》,中华书局1995年版,第389页。
⑤ 洪本健编:《欧阳修资料汇编》,中华书局1995年版,第447页。
⑥ 洪本健编:《欧阳修资料汇编》,中华书局1995年版,第449页。

至宋而体备""惟欧阳公号称双美天才""诗人而兼善古文者""文之体制至八家而乃全""诗词兼擅如永叔少游者""无所不有""公盖得文章之全者""兼诗文而咔其戴者"等，如明李东阳《篁墩文集序》："若序、论、策义之属，皆经之余；而碑、表、锡、志、传、状之属，皆史之余也。二者分殊而体异，盖惟韩、欧能兼之，吾朱子则集其大成。"①明江盈科《雪涛诗评》："韩昌黎文起八代，而诗笔未免质木，所乏俊声秀色，终难脍炙人口。宋朝惟欧阳公称双美天才。"②清钱兆鹏《述古堂文集》卷二《白云山樵文集序》："诗人中不尽以古文鸣也。诗人而兼善古文者，在唐则有若韩退之、柳子厚，在宋则有若欧阳永叔、王介甫、苏子瞻。"③清王国维《人间词话》："故五代、北宋之诗，佳者绝少，而词则为其极盛时代。即诗词兼擅如永叔、少游者，词胜于诗远甚。"④清李元度《天岳山馆文钞》卷一五《平山堂重建欧阳文忠公祠记》："且以余事论之，公修《唐书》及《五代史》，即与龙门颉颃；著《诗本义》，能折衷毛郑二家；著《易童子问》，能纠王辅嗣之失；作《集古录》，即为后世金石家之宗；作四六文，即能一洗昆体；偶作小词，亦无愧唐人《花间集》：公盖得文章之全者，宜其名满天下。"⑤清李元度《天岳山馆文钞》卷一五《读书延年堂文续集序》："兼诗文而咔其戴者，在唐惟昌黎、河东，在宋惟庐陵、东坡。"⑥

第二，各有所长，偏长某体。欧阳修在文中也谈到过"文非一体"和偏长某体的文体论，以及材性短长的问题。如《梅圣俞墓志铭并序》："其初喜为清丽闲肆平淡，久则涵演深远，间亦琢刻以出怪巧，然气完力余，益老以劲。其应于人者多，故辞非一体，至于他文

① 洪本健编：《欧阳修资料汇编》，中华书局1995年版，第519页。
② 洪本健编：《欧阳修资料汇编》，中华书局1995年版，第609页。
③ 洪本健编：《欧阳修资料汇编》，中华书局1995年版，第1162页。
④ 洪本健编：《欧阳修资料汇编》，中华书局1995年版，第1338页。
⑤ 洪本健编：《欧阳修资料汇编》，中华书局1995年版，第1250页。
⑥ 洪本健编：《欧阳修资料汇编》，中华书局1995年版，第1250页。

章，皆可喜，非如唐诸子号诗人者，僻固而狭陋也。"①《书梅圣俞稿后》："古者登歌清庙，大师掌之，而诸侯之国亦各有诗，以道其风土性情。至于投壶、饷射，必使工歌以达其意，而为宾乐。盖诗者，乐之苗裔与！……今圣俞亦得之。然其体长于本人情，状风物，英华雅正，变态百出。"②所谓"辞非一体""然其体长于"云云，可见他对曹丕这一文体论的熟知和借鉴。

其所论"人材性各有短长"之言尤为人所称道，韩琦、吴充、欧阳发等在他的生平事迹中都作为重点提出来，如韩琦《故观文殿学士太子少师致仕赠太子太师欧阳公墓志铭》："公曰：'人材性各有短长，吾之长止于此，恶可勉其所短以徇人邪？'"③吴充《欧阳公行状》："公曰：'人材性各有短长，今舍所长，强其所短，以徇俗求誉，我不能也。'"④欧阳发《事迹》："公曰：'人材性各有短长，岂可舍己所长，勉强其所短，以徇俗求誉？但当尽我所为，不能则止。'"⑤再如欧阳发《事迹》云："先公平生文章擅天下，未尝以矜人，而乐成人之美，不掩其所长。诗笔不下梅圣俞，而尝推之，自谓不及，然识者或谓过之。初奉勅撰《唐书》，专成纪、志、表，而列传则宋公祁所撰。朝廷恐其体不一，诏公看详，令删为一体。公虽受命，退而曰：'宋公于我为前辈，且人所见不同，岂可悉如己意？'于是一无所易。书成奏御，旧制，惟列官最高者一人。公官高，当书，公曰：'宋公于传，功深而日久，岂可掩其名，夺其功？'于是纪、志、表书公名，而列传书宋公。宋丞相庠闻之，叹曰：'自古文人好相凌掩，此事前所未有也。'"⑥所谓"而乐成人

① 欧阳修著，洪本健校笺：《欧阳修诗文集校笺》，上海古籍出版社2009年版，第881页。
② 欧阳修著，洪本健校笺：《欧阳修诗文集校笺》，上海古籍出版社2009年版，第1907页。
③ 洪本健编：《欧阳修资料汇编》，中华书局1995年版，第24页。
④ 洪本健编：《欧阳修资料汇编》，中华书局1995年版，第57页。
⑤ 洪本健编：《欧阳修资料汇编》，中华书局1995年版，第128页。
⑥ 洪本健编：《欧阳修资料汇编》，中华书局1995年版，第121页。

之美，不掩其所长""恐其体不一""自古文人好相凌掩"等，都与曹丕"文人相轻"理论及相关文体论契合。

　　其中，魏泰所录欧阳修与晏殊"文人相轻"之事及其欧阳修评论晏殊"长于某体"之故事与上述文体理论更有比较意味。如魏泰《东轩笔录》卷一二："欧阳文忠素与晏公无它，但自即席赋雪诗后，稍稍相失。晏一日指韩愈画像语坐客曰：'此貌大类欧阳修，安知修非愈之后也。吾重修文章，不重它为人。'欧阳亦每谓人曰：'晏公小词最佳，诗次之，文又次于诗，其为人又次于文也。'岂文人相轻而然耶？"①蔡襄以曹丕及六朝材性短长论所言欧阳修之"修之资性，善于议论乃其所长"云云，亦可与此对照参看。如蔡襄《乞留欧阳修劄子二道》："臣等伏念事有重轻，度才而处；才有长短，适用为宜。……修之资性，善于议论乃其所长……于修之才则失其所长，于朝廷之体则轻其所重……臣等非私于身，实为朝廷惜任人之体。"②再如明郎瑛所记载欧阳修所谓"刘、柳无称与事业，姚、宋不见于文章"之"各有所专也"的文献亦能反映欧阳修这一文体论。如郎瑛《七修续稿》卷三"人各有长"云："尝论道学之士不克建功，功业之士不能文章。善矣，欧阳公曰：'刘、柳无称与事业，姚、宋不见于文章。'各有所专也。故唐、虞之世，名臣各任一职；圣人之门，高第各专一科。人非尧、舜，安能每事尽善？惟圣人兼之。"③

　　关于欧阳修不擅长某种文体的文体批评文献，如，"欧阳永叔不能赋"，陈师道《后山诗话》："世语云：'苏明允不能诗，欧阳永叔不能赋；曾子固短于韵语，黄鲁直短于散语；苏子瞻词如诗，秦少游诗如词。'"④清洪亮吉《北江诗话》卷二："欧阳公善诗而不善评诗。"⑤

---

①　洪本健编：《欧阳修资料汇编》，中华书局1995年版，第244页。
②　洪本健编：《欧阳修资料汇编》，中华书局1995年版，第30页。
③　洪本健编：《欧阳修资料汇编》，中华书局1995年版，第536页。
④　洪本健编：《欧阳修资料汇编》，中华书局1995年版，第142页。
⑤　洪本健编：《欧阳修资料汇编》，中华书局1995年版，第1163页。

关于欧阳修擅长某种文体的文体批评文献，如长于序跋杂记的，如清陈衍《石遗室论文》卷五评《丰乐亭记》云："永叔文以序跋杂记为最长，杂记尤以丰乐亭为最完美。"①长于史传碑铭的，归有光《欧阳文忠公文选》评语卷八评《资政殿学士户部侍郎文正范公神道碑铭并序》云："欧阳碑文正公，仅千四百言，而生平已尽；苏长公状司马温公，几万言，而似有余旨。盖欧所长在史家，苏则长于策论。两公短长处，学者不可不知也。"②清刘大櫆《海峰先生精选八家文钞》卷首："三苏之所长者一，曰论；曾之所长者一，曰序；柳之所长者二：曰书，曰记；王之所长者二：曰志，曰祭文；欧之所长者三：曰序，曰记，曰志铭；韩则皆在所长，而鹿门必欲其似史迁，何其执耶！此韩之所以作《毛颖传》也。"③

陈衍所谓"断无真能诗而不能文，真能文而不能诗"和"偏胜而不能兼工"之论，虽以"李、杜、韩、柳、欧、苏"众家为例，但很能说明这一文体学理论，如清陈衍《石遗室诗话》卷二六："余尝论古人诗文合一，其理相通，断无真能诗而不能文，真能文而不能诗。自周公、孔子以至李、杜、韩、柳、欧、苏，孰是工于此而不工于彼者？其他之偏胜而不能兼工，必其未用力于此者也。"④

第三，不喜杜诗，诗体特异；风格不同，文如其人。文学史上有一种普遍现象，即某作家对其他作家的喜欢或不喜欢，尤其是对于名家来说，往往引起学者争论，寻找其原因，这种现象虽然很复杂，涉及双方的文体、兴趣、爱好、经历、思想、文化等诸多因素，但最根本的一点则属于文体学风格理论范围，也是儒家"和而不同"思想观念的某种体现。关于欧阳修不喜欢杜甫诗的问题，就曾是中国古代文体学史上的一桩公案，这在杜甫被尊为"诗圣"的宋代不免让人疑

① 欧阳修著，洪本健校笺：《欧阳修诗文集校笺》，上海古籍出版社2009年版，第1020页。

② 洪本健编：《欧阳修资料汇编》，中华书局1995年版，第597页。

③ 洪本健编：《欧阳修资料汇编》，中华书局1995年版，第916页。

④ 洪本健编：《欧阳修资料汇编》，中华书局1995年版，第1313页。

惑，不可理解，从而聚讼纷纭，同时他喜欢李白和温庭筠等也一并作为对立面为人所关注。列于下，以见概貌。

如刘攽："杨大年不喜杜工部诗，谓为'村夫子'。……欧公亦不甚喜杜诗，谓韩吏部绝伦。吏部于唐世文章，未尝屈下，独称道李、杜不已。欧贵韩而不悦子美，所不可晓；然于李白而甚赏爱，将由李白超趠飞扬为感动也。"①陈师道《后山诗话》："欧阳永叔不好杜诗，苏子瞻不好司马《史记》，余每与黄鲁直怪叹，以为异事。"②张戒《岁寒堂诗话》卷上："欧阳公喜太白诗。……欧阳公诗学退之，又学李太白。"③陈善《扪虱新语》上集卷一"文章由人所见"："文章似无定论，殆是由人所见为高下尔。只如杨大年、欧阳永叔，皆不喜杜诗。二公岂为不知文者，而好恶如此！"④邵博《邵氏闻见后录》卷一九："欧阳公于诗主韩退之，不主杜子美。刘中原父每不然之。"⑤刘克庄《后村先生大全集》："杨大年、欧阳公皆不喜杜子美诗，王介甫不喜太白诗，殊不可晓。"⑥清贺贻孙《诗筏》："少陵不喜渊明诗，永叔不喜少陵诗。虽非定评，亦足见古人心眼各异，虽前辈大家，不能强其所不好。"⑦

欧阳修不喜杜诗而喜欢李白，而李、杜风格一飘逸一沉郁，这似乎说明他对不同文体风格有所轩轾。实则不然，他对苏舜钦和梅尧臣这两个文体风格迥然不同的作家却都能接纳而且赞赏有加，这也屡为历代批评家所注意所评论，成为文学史上的一个佳话，他把这种看似矛盾的文体学思想集于一身是一个值得深入研究的话题。如《六一诗话》："圣俞、子美齐名于一时，而二家诗体特异。子美笔力豪俊，

---

① 洪本健编：《欧阳修资料汇编》，中华书局1995年版，第65页。
② 洪本健编：《欧阳修资料汇编》，中华书局1995年版，第141页。
③ 洪本健编：《欧阳修资料汇编》，中华书局1995年版，第198页。
④ 洪本健编：《欧阳修资料汇编》，中华书局1995年版，第199页。
⑤ 洪本健编：《欧阳修资料汇编》，中华书局1995年版，第178页。
⑥ 洪本健编：《欧阳修资料汇编》，中华书局1995年版，第382页。
⑦ 洪本健编：《欧阳修资料汇编》，中华书局1995年版，第678页。

以超迈横绝为奇；圣俞覃思精微，以深远闲淡为意。各极其长，虽善论者不能优劣也。余尝于《水谷夜行》诗略道其一二云……语虽非工，谓粗得其仿佛，然不能优劣之也。"①欧阳修《水谷夜行寄子美圣俞》："其间苏与梅，二子可畏爱。篇章富纵横，声价相磨盖。子美气尤雄，万窍号一噫……梅翁事清切，石齿漱寒濑。……苏豪以气轹，举世徒惊骇。梅穷独我知，古货今难卖。二子双凤凰，百鸟之嘉瑞。"②《读蟠桃诗寄子美》："韩孟于文词，两雄力相当。……孟穷苦累累，韩富浩穰穰。穷者啄其精，富者烂文章。发生一为宫，揫敛一为商。二律虽不同，合奏乃铿锵。"③梅尧臣读欧诗后，作《偶书寄苏子美》云："吾交有永叔，劲正语多要，尝评吾二人，放检不同调。"④陈善《扪虱新语》上集卷一："韩退之与孟东野为诗友，近欧阳公复得梅圣俞，谓可比肩韩、孟。……盖尝目圣俞为诗老云。公亦最重苏子美，称为苏、梅。子美喜为健句，而梅诗乃务为清切闲淡之语。公有《水谷夜行》诗，备述其体。"⑤

以上两点归结起来，应该都属于文学理论上关于文学文体风格的"文如其人"这一古老话题，而欧阳修对此也多次提到，这样再来看上述问题便容易理解了。如欧阳修《薛简肃公文集序》："其于文章，气质纯深而劲正，盖发于其志，故如其为人。"⑥欧阳修《跋晏元献公书》："公为人真率，其词翰亦如其性，是可佳也。"⑦王若

---

①　欧阳修著，洪本健校笺：《欧阳修诗文集校笺》，上海古籍出版社2009年版，第47页。

②　欧阳修著，洪本健校笺：《欧阳修诗文集校笺》，上海古籍出版社2009年版，第45页。

③　欧阳修著，洪本健校笺：《欧阳修诗文集校笺》，上海古籍出版社2009年版，第59页。

④　洪本健编：《欧阳修资料汇编》，中华书局1995年版，第47页。

⑤　洪本健编：《欧阳修资料汇编》，中华书局1995年版，第199页。

⑥　欧阳修著，洪本健校笺：《欧阳修诗文集校笺》，上海古籍出版社2009年版，第1129页。

⑦　欧阳修著，洪本健校笺：《欧阳修诗文集校笺》，上海古籍出版社2009年版，第1924页。

虚《滹南遗老集》卷二二："欧公与宋子京分修《唐史》，其文体不同，犹冰炭也。"①清叶燮《已畦集》卷八《南游集序》："欧阳永叔、苏子瞻诸人，无不文如其诗，诗如其文，诗与文如其人。"②

　　总之，在宋人普遍尊崇杜甫的文学思潮之中，欧阳修之不喜杜诗的特立独行及引发的广泛争议，正反映了欧阳修的"和而不同"观念及这一儒家思想要义，即张岂之所云："'和'既然是具体的统一，其中包含着差别和对立，那么作为一种文化观，必然允许不同学派和观点的争辩和相互吸收。战国时代出现了'百家争鸣'的局面就是这样。当时的思想学派繁多，被称为'诸子百家'。他们相互诘辩、相互批评，又相互影响、相互吸取，造成了中国古代文化史上繁荣的鼎盛时期。"③

第四节　"和而不同"与《醉翁亭记》

　　《醉翁亭记》是欧阳修古文创作的经典代表作品，从其出现之日起，因其特殊的文体面貌，便吸引了众多文学批评大家的关注，并进行了广泛而深入的文体批评和文学争鸣，堪称宋代文体学思想上的"《醉翁亭记》现象"。相关文体批评除了前所述辨体破体外，围绕着它的文体源流研究是最核心的问题，自其诞生之日起，历经宋元明清绵延不绝，同时也形成了它的经典化历史过程。从黄庭坚《书王元之〈竹楼记〉后》对《醉翁亭记》破体价值所作的多角度分析中，我们既能够从中看出它在欧阳修文体学思想中的独特地位及其在宋代文体学思想史上开风气之先的历史意义，也能从散文作品的个案研究视角来透视欧阳修的"和而不同"思想观念。

　　在《醉翁亭记》的文体学源流上，学者们关注的焦点主要是

---

　　①　洪本健编：《欧阳修资料汇编》，中华书局1995年版，第430页。
　　②　洪本健编：《欧阳修资料汇编》，中华书局1995年版，第693页。
　　③　张岂之：《我国古代"和而不同"的文化观》，《孔子研究》1986年第3期。

"也"字连用的文体形式,我们分别罗列和分析。我们先把宋代相关文献列于下,再做集中分析评论:

朱翌《猗觉寮杂记》卷上:《醉翁亭记》终始用"也"字结句,议者或纷纷,不知古有此例。《易杂卦》一篇,终始用"也"字。《庄子大宗师》自"不自适其适"至"皆物之情",皆用"也"字。以是知前辈文格不可妄议。①

王楙《野客丛书》卷二七:欧公作滁州《醉翁亭记》,自首至尾,多用"也"字。人谓此体创见,欧公前此未闻。仆谓前辈为文,必有所祖。又观钱公辅作《越州井仪堂记》,亦是此体,如其末云:……其机杼甚与欧记同。此体盖出于《周易杂卦》一篇。②

赵彦卫《云麓漫钞》卷三:柳子厚游山诸记,法《穆天子传》;欧阳文忠公《醉翁亭记》,体公羊、谷梁解《春秋》;张忠定《谏用兵疏》,傚韩退之《佛骨表》……此所谓夺胎换骨法。③

费衮《梁溪漫志》卷六"文字用语助":文字中用语助太多,或令文气卑弱。典谟训诰之文,其末句初无耶、与、者、也之辞,而浑浑灏灏噩噩列于六经,然后之文人多因难以见巧。退之《祭十二郎老成文》一篇,大率皆用助语。其最妙处,自"其信然邪"以下,至"几何不从汝而死也"一段,仅三十句,凡句尾连用"邪"字者三,连用"乎"字者三,连用"也"字者四,连用"矣"字者七,几于句句用助辞矣,而反复出没,如怒涛惊湍,变化不测,非妙于文章者,安能及此?其后欧阳公作《醉翁亭记》继之,又特尽纡徐不迫之态。二公固以为游戏,然非大手

---

① 洪本健编:《欧阳修资料汇编》,中华书局1995年版,第352页。
② 洪本健编:《欧阳修资料汇编》,中华书局1995年版,第352页。
③ 洪本健编:《欧阳修资料汇编》,中华书局1995年版,第362页。

笔不能也。①

　　陈鹄《西塘集耆旧续闻》卷十：东坡云："永叔作《醉翁亭记》，其辞玩易，盖戏云耳，又不自以为奇特也。而妄庸者乃作永叔语云：'平生为此文最得意。'又云：'吾不能为退之《画记》，退之亦不能为吾《醉翁亭记》。'此又大妄也。"陈后山云："退之作记，记其事尔；今之记，乃论也。"少游谓《醉翁亭记》亦用赋体。余谓文忠公此记之作，语意新奇，一时脍炙人口，莫不传诵，盖用杜牧《阿房赋》体，游戏于文者也，但以记号醉翁之故耳。富文忠公尝寄公诗云："滁州太守文章公，谪官来此称醉翁。醉翁醉道不醉酒，陶然岂有迁客容？公年四十号翁早，有德亦与耆年同。"又云："意古直出茫昧始，气豪一吐阊阖风。"盖谓公寓意于此，故以为出茫昧始，前此未有此作也。不然，公岂不知记体耶？观二公之论，则优《竹楼》而劣《醉翁亭记》，必非荆公之言也。②

　　王应麟《困学纪闻》卷二〇"杂卦外文家用也字"：欧阳公记醉翁亭，用"也"字；荆公志葛源，亦终篇用"也"字，盖本于《易》之杂卦。韩文公铭张徹亦然。③

　　叶寘《爱日斋丛钞》卷四：洪氏评欧公《醉翁亭记》、东坡《酒经》皆以"也"字为绝句，欧用二十一"也"字，坡用十六"也"字，欧记人人能读，至于《酒经》，知之者盖无几。每一"也"上，必押韵，暗寓于赋，而读之者不觉其激昂，渊妙殊非世间笔墨所能形容。余记王性之（王铚活动于南宋1130年间）云，古人多此体，如《左传》："秦用孟明，是以能霸也。"此段凡十"也"字。其后韩文公《潮州祭神文》，终篇皆"也"字。不知欧阳公用柳开仲涂体，开代臧丙作《和州团练使李守节

①　洪本健编：《欧阳修资料汇编》，中华书局1995年版，第370页。
②　洪本健编：《欧阳修资料汇编》，中华书局1995年版，第393页。
③　洪本健编：《欧阳修资料汇编》，中华书局1995年版，第420页。

墓志铭》，又作父监察御史梦奇志文，终篇用"也"字。《李志》"也"字十五，末云："撷辞而书石者，侯之馆客臧丙梦寿也。"性之以欧公全用此体。又观王荆公为《葛源墓志》，始终用"也"字三十，末亦云："论次其所得于良嗣而为之铭者，临川王安石也。"巩氏谓全学《醉翁亭记》，用之墓文则新，是未知前有柳体也。韩《祭神文》亦于"也"字上寓韵，则《酒经》文，其取法者。朱新仲（朱翌）评《醉翁亭记》终始用"也"字结句，议者或纷纷，不知古有此例。《易杂卦》一篇终始用"也"字。《庄子大宗师》自"不自适其适"至"皆物之情"，皆用"也"字。以是知前辈文格不可妄议。项平父评《醉翁亭记》《苏氏族谱序》，皆法《公羊》《谷梁》传。盖苏明允序族谱，亦用"也"字十九。及曾子固作《从兄墓表》，又用"也"字十七。追论本始，古而《易》，后而三传、《庄子》，又近而韩氏，迄柳仲涂以降，欧、王、苏、曾各为祖述。要知前古文体已备，虽有作者，不能不同也。又董弅《闲燕常谈》记："世传欧阳公《醉翁亭记》成，以示尹师鲁，自谓古无此体。师鲁曰：'古已有之。'公愕然。师鲁取《周易杂卦》以示公，公无语，果如其说。"朱新仲为书评，董氏兼举其《家世遗论》云："《亭记》本韩文公《潮州祭大湖神文》，但隐括位置，又加典丽也。"王性之概及韩文，而谓欧实从柳；此复云宗韩。或疑欧公果自负作古者与？①

白珽《湛渊静语》卷二：诗有全篇用"也"字者，《墙有茨》《君子偕老》是也。文亦有全篇"也"字者，如韩公《祭潮州大湖神文》、欧阳《醉翁亭记》，然却是祖《语》《孟》。《语》云："吾见其居于位也，见其与先生并行也。非求益者也，欲速成者也。"又曰："回也，视予犹父也，予不得视犹子也。非我也，夫二三子也。"《孟》云："'我非爱其财而易之

---

① 洪本健编：《欧阳修资料汇编》，中华书局1995年版，第424页。

以羊也，宜乎百姓之谓我爱也。'曰：'无伤也，是乃仁术也。
见牛未见羊也。'"云云，"是以君子远庖厨也"之类。《荀子
荣辱篇》全用"也"字，余篇亦多。①

以上所列着眼于《醉翁亭记》"也"字文体形式的宋元文体文献
共八家，白珽由宋入元，为了方便，我们也以宋人看待。综合分析，
以上文献有如下文体学特征：

其一，《醉翁亭记》文体形式的特殊风貌引人注目，尤其是
"也"字连用，而记录这一点的多为野史笔记小说，可见其在当时已
经作为故事佳话流布人口，传播很广，朱翌所谓"议者或纷纷"足见
当时盛况，其文体学意义从中可见一斑。

其二，《醉翁亭记》独特文体形式引起注意并加以讨论的时间顺
序，在宋代集中在三个时段，第一个是初创不久，陈鹄《耆旧续闻》
所记最详，最早当是富弼、王安石、黄庭坚、陈师道、秦观诸人，而
黄庭坚所记王安石论《竹楼记》胜《醉翁亭记》以及秦少游谓《醉翁
亭记》亦用赋体云云，虽未明提"也"字之文体形式，实则已暗含其
意，因为"也"字连用便是沿袭《阿房宫赋》的文体形式。第二个是
北宋末年至南宋初年，包括朱翌、王楙、赵彦卫、费衮、陈鹄等文史
学者，他们大体生活在同一时期，除了朱翌、王楙外生卒年均不详，
而朱翌应是几人中较早关注的，并明确给出其文体源流在《易杂卦》
和《庄子大宗师》。第三个是宋末元初，包括王应麟、叶寘、白珽三
人，其中叶寘、白珽各自有详尽而全面的考论记述，堪称宋人对此文
体学源流的总结者。

其三，以"也"字连用为体制特征的《醉翁亭记》文体学源流。
分别来看：1. 朱翌：《易杂卦》和《庄子大宗师》。2. 王楙：《周
易杂卦》与朱翌同，增加同时人钱公辅《越州井仪堂记》。3. 赵彦
卫：《春秋公羊传》《春秋谷梁传》。4. 费衮：韩愈《祭十二郎

---

① 洪本健编：《欧阳修资料汇编》，中华书局1995年版，第454页。

文》，形式上邪、乎、矣、也连用。5. 陈鹄：用杜牧《阿房宫赋》体。6. 王应麟：《易》之杂卦，韩愈铭张彻《故幽州节度判官赠给事中清河张君墓志铭》，王安石《葛源墓志》。7. 叶寘：王铚云《左传》"秦用孟明，是以能霸也"段，洪氏云苏轼《酒经》，叶寘韩愈《潮州祭神文》，北宋初臧丙《和州团练使李守节墓志铭》，又作父监察御史梦奇志文，王安石《葛源墓志》，用柳开仲涂体，朱翌所云《易杂卦》和《庄子大宗师》，项安世评《醉翁亭记》、苏明允《苏氏族谱序》，皆法《公羊》《谷梁》传，曾子固《从兄墓表》，"追论本始，古而《易》，后而三传、《庄子》，又近而韩氏，迄柳仲涂以降，欧、王、苏、曾各为祖述"。8. 白珽：《诗经》之《墙有茨》《君子偕老》，《论语》，《孟子》，《荀子荣辱篇》。

综上，宋人所追溯《醉翁亭记》"也"字连用的文体源流是：1. 先秦：《周易杂卦》，《诗经》之《墙有茨》《君子偕老》，《左传》"秦用孟明，是以能霸也"段，《论语》《庄子大宗师》《孟子》《荀子荣辱篇》。2. 汉代：《春秋公羊传》《春秋谷梁传》。3. 唐代：韩愈《潮州祭神文》《祭十二郎文》《故幽州节度判官赠给事中清河张君墓志铭》，杜牧《阿房宫赋》。4. 宋代：北宋初臧丙《和州团练使李守节墓志铭》、又作父监察御史梦奇志文，柳开《李守节志》，王安石《葛源墓志》，曾巩《从兄墓表》，苏洵《苏氏族谱序》，苏轼《酒经》，钱公辅《越州井仪堂记》。其中，后出转精，叶寘所谓"追论本始，古而《易》，后而三传、《庄子》，又近而韩氏，迄柳仲涂以降，欧、王、苏、曾各为祖述"云云，不但有新发现，而且其鲜明的辨体源流意识尤可称道，而白珽之增加《诗经》《论语》《孟子》《荀子》四大名著文体源头，其功不可没。

宋代以后，元明对此较为冷淡，极少有人谈起，但到了清代，则袁枚、陆以湉等又掀起一阵热潮，并有新的创获。列于下：

袁枚《随园诗话》卷三：桐城汪稼门先生云："欧阳公

《醉翁亭》，连用'也'字，仿唐人杜牧《阿房宫赋》'开妆镜也'，'弃脂水也'。杜牧又仿汉人边孝先《博塞赋》'分阴阳也'，'象日月也'。不知《诗》亦有之，《墙有茨》三章，均用'也'字，《桑扈》三章，均用'矣'字；《樛木》三章，均用'之'字；《缁衣》三章，均用'兮'字。又如《螽斯》三章，首句不易一字，《桃夭》《兔罝》皆然。《汉广》三章，末句不易一字，《麟趾》《驺虞》皆然。"此论，古人所未有。①

陆以湉《冷庐杂识》卷八"终篇用也字"：《困学纪闻》云："欧阳公记醉翁亭，用'也'字；荆公志葛源，亦终篇用'也'字，盖本于《易》之《杂卦》。韩文公铭张彻亦然。"余谓终篇用"也"字，始于《尔雅·释诂》《释言》《释训》三篇，凡用"也"字六百九。《诗·墙有茨》《君子偕老》篇亦然。《荀子荣辱篇》《孙武兵法行军篇》《论语》《孟子》亦有此体，《公羊》《谷梁》二传尤多。唐、宋以还，韩文公《祭潮州大湖神文》、柳仲涂《李守节志》、苏东坡《酒经》、陈止斋《戒河豚赋》、汪浮溪《胡霖志铭》皆仿其体，为后世所传。元姚燧《仰仪铭》终篇用"也"字四十一，乃四言体又格之变者矣。陆以湉《冷庐杂识》卷三《诗赋奇格》韩文公《南山》诗用"或"字五十一，"若"字三十九，"如"字七。欧阳公《庐山谣》二百九十六字，祇叶十三韵，此诗中奇格也。②

余诚《古文释义》卷八《醉翁亭记》：直记其事，一气呵成，自首至尾，计用二十个"也"字。此法应从昌黎《潮州祭大湖神文》脱胎。……至记亭所以名醉翁，及醉翁所以醉处，俱隐然有乐民之乐意在，而却又未尝着迹，立言更极得体。彼谓似赋体者，固未足与言文；即目为一篇风月文章，亦终未窥见永叔底

---

① 洪本健编：《欧阳修资料汇编》，中华书局1995年版，第1107页。
② 洪本健编：《欧阳修资料汇编》，中华书局1995年版，第1220页。

里。①

可以发现，在宋人的基础上，袁枚增加了汉代边孝先《塞赋》，《诗经》则着眼于"矣""之""兮"字等连用相似的文体形式，增加九篇，包括《桑扈》三章，均用"矣"字；《樛木》三章，均用"之"字；《细衣》三章，均用"兮"字；《螽斯》三章、《桃夭》、《兔罝》首句不易一字；《汉广》三章、《麟趾》、《驺虞》末句不易一字，具有一定的拓展意义。最重要的是陆以湉，在前人基础上，又增加了许多，可以说是《醉翁亭记》文体源流考辨的集大成者，所增加的有：先秦《尔雅》之《释诂》、《释言》、《释训》三篇和《孙武兵法行军篇》；宋代陈傅良《戒河豚赋》、汪藻《胡霖志铭》以及元姚燧《仰仪铭》则受到欧阳修的影响。

这里，需要着重提出的是，陆以湉提到的《孙武兵法行军篇》，其在句式上"者""也"连用，《醉翁亭记》之"者""也"连用更为与其相近，而且从次数之多上也最堪比拟。遗憾的是，陆以湉仅提出篇名，未做进一步比较，关于这一点，可参见罗漫《〈醉翁亭记〉仿效〈孙子兵法〉》一文②。所列余诚《古文释义》沿袭旧说，兹不赘论。

除了"也"字连用的文体形式之外，宋代以来学者还对《醉翁亭记》结尾"太守谓谁？庐陵欧阳修也"的文体源流进行了辨体追溯。宋李涂等远溯至《诗经》之《采蘋》篇的"谁其尸之？有齐季女"，如宋李涂《文章精义》："永叔《醉翁亭记》结云：'太守谓谁？庐陵欧阳修也。'是学《诗·采蘋》篇'谁其尸之？有齐季女'二句。"③明何孟春《余冬诗话》卷上："《诗》：'谁其尸之？有齐季女。'后来作者相袭，遂为文章家一例。……间有见之长句作结

---

① 洪本健编：《欧阳修资料汇编》，中华书局1995年版，第865页。

② 罗漫：《〈醉翁亭记〉仿效〈孙子兵法〉》，《文学遗产》2003年第1期。

③ 洪本健编：《欧阳修资料汇编》，中华书局1995年版，第369页。

者，《醉翁亭记》：'太守为谁？庐陵欧阳修也。'"①清王之绩则将"醉翁煞法"近追至韩愈《河南府同官记》结语"河东公名均，姓裴氏"和柳宗元《梓人传》结语"余所遇者杨氏，潜其名"。如清王之绩《评注才子古文》卷一二大家欧文评语："《醉翁亭记》：王蟾《翠亭记》用此格，更多奇丽语，而欧以自然胜之。昌黎《河南府同官记》结云：'河东公名均，姓裴氏。'柳州《梓人传》结云：'余所遇者杨氏，潜其名。'醉翁煞法本此，而逸韵则远过二公矣。然此篇终是古文中时文，我欲黜之。"②此外，叶寘则注意到了王安石《葛源墓志》不但"也"字连用文体相似，而且结语"论次其所得于良嗣而为之铭者，临川王安石也"亦如出一辙，如其《爱日斋丛钞》卷四云："又观王荆公为《葛源墓志》，始终用'也'字三十，末亦云：'论次其所得于良嗣而为之铭者，临川王安石也。'"③

另外，变体得体，以赋为文，不同态度。自宋以来历代学者都关注着《醉翁亭记》以赋为文并杂以议论的变体变调特点，这是文体批评的主流，对此，既有欣赏赞同的，也有贬低否定的。

如肯定褒扬的，朱弁《曲洧旧闻》卷三："《醉翁亭记》初成，天下莫不传诵，家至户到，当时为之纸贵。宋子京得其本，读之数过，曰：'只目为《醉翁亭赋》，有何不可？'"④明方以智《通雅》卷首："秦少游谓《醉翁亭》用赋体，尹师鲁以《岳阳楼》用传体，大约才人各伸其所独至。"⑤清吴楚材、吴调侯《古文观止》卷十："《醉翁亭记》通篇共用二十个'也'字，逐层脱卸，逐步顿跌，句句是记山水，却句句是记亭，句句是记太守。似散非散，似排非排，文家之创调也。"⑥方苞："欧公此篇以赋体为文，其用'若

---

① 洪本健编：《欧阳修资料汇编》，中华书局1995年版，第524页。
② 洪本健编：《欧阳修资料汇编》，中华书局1995年版，第767页。
③ 洪本健编：《欧阳修资料汇编》，中华书局1995年版，第424页。
④ 洪本健编：《欧阳修资料汇编》，中华书局1995年版，第195页。
⑤ 洪木健编：《欧阳修资料汇编》，中华书局1995年版，第632页。
⑥ 洪本健编：《欧阳修资料汇编》，中华书局1995年版，第830页。

夫'、'至于'、'已而'等字，则又兼用六朝小赋局段套头矣。"
（引自《海峰先生精选八家文钞》评语）清唐介轩《古文翼》卷七：
"《醉翁亭记》：记体独辟，通篇写情写景，纯用衬笔，而直追出
'太守之乐其乐'句为结穴。"①清唐文治《国文经纬贯通大义》卷
六："《醉翁亭记》：通篇用'也'字调，为特创格。"②清贺裳
《载酒园诗话》："欧公古诗苦无兴比，惟工赋体耳。至若叙事处，
滔滔汩汩，累百千言。"③清储欣《唐宋十大家全集录》之《六一居
士全集录》："《醉翁亭记》乃遂成一蹊径，然其中有画工所不能到
处。"④

否定贬低的，则有如黄震《黄氏日钞》卷六一欧阳文："《醉
翁亭记》：以文为戏者也。"⑤爱新觉罗·弘历敕编的《唐宋文醇》
卷二二："《醉翁亭记》前人每叹此记为欧阳绝作。闲尝熟玩其辞，
要亦无关理道，而通篇以'也'字断句，更何足奇！乃前人推重如
此者，盖天机畅则律吕自调，文中亦具有琴焉，故非他作之所可并
也。"⑥清李如篪《东园丛说》："欧阳永叔之文，纯雅婉熟，使人
读之，亹亹不倦。然比之韩、柳所作，深雄遒劲不及也。虽各自有
体，然亦伤助语太多。如《醉翁亭记》，其文之美者也，亦有助语可
去。……如此等闲字削去之，则文加劲健矣。"⑦

但也有持相反观点者，认为《醉翁亭记》符合记体规范，得体合
体。元虞集《评选古文正宗》卷九："《醉翁亭记》：此篇是记体，
欧阳以前无之。或曰赋体，非也。逐篇叙事，无韵不排，只是记体。

① 洪本健编：《欧阳修资料汇编》，中华书局1995年版，第1218页。
② 洪本健编：《欧阳修资料汇编》，中华书局1995年版，第1320页。
③ 洪本健编：《欧阳修资料汇编》，中华书局1995年版，第646页。
④ 洪本健编：《欧阳修资料汇编》，中华书局1995年版，第734页。
⑤ 洪本健编：《欧阳修资料汇编》，中华书局1995年版，第407页。
⑥ 洪本健编：《欧阳修资料汇编》，中华书局1995年版，第946页。
⑦ 洪本健编：《欧阳修资料汇编》，中华书局1995年版，第338页。

第三段叙景物，忽然铺叙，记中多有。"①清林云铭《古文析义》卷
一四："《醉翁亭记》……既写山水，自不得不记游宴之乐：此皆作
文不易之定体也。……计自首上尾，共用二十个'也'字，句句是记
山水，却句句是记亭，句句是记太守。"②

　　综上所述，欧阳修"和而不同"的文体通变观，不但是其作为
古文运动领袖在古文创作实践和文学思想上的体现，也是其政治思
想、儒学思想、经学思想、佛老思想、老庄思想、易学思想、史学思
想、民族思想、教育思想、音乐美学思想等所普遍继承并包蕴孔子
"和而不同"思想的一个侧面反映。如关于其音乐美学思想，任超平
称："欧阳修在音乐审美中讲的'和'是对前人音乐谐和论的继承和
总结，特别对儒家代表人物孔子在哲学思想上主张的'和而不同'，
伦理思想上的'礼之用，和为贵'、'中和且平'，以及品评人物时
的'过犹不及'思想的继承基础上产生的。"③再如欧阳修以《朋党
论》为代表关于君子小人之辨，则堪称是对孔子《论语·子路》所谓
"君子和而不同，小人同而不和"的全面阐述。④

---

　　① 欧阳修著，洪本健校笺：《欧阳修诗文集校笺》，上海古籍出版社2009
年版，第1020页。

　　② 洪本健编：《欧阳修资料汇编》，中华书局1995年版，第820页。

　　③ 任超平：《淡和之美——欧阳修中期音乐美学思想研究》，《乐府新
声》2010年第3期。

　　④ 参见孙明：《欧阳修与"君子之勇"》，《读书》2013年第12期。陈星
辰：《欧阳修的儒家君子思想观》，《"中华传统美德的承扬实践"学术研讨会
论文集》，2015年。

第三章

"和而不同"与桐城派早期作家的时文改良

 时文与古文的影响、互动，是明清散文史上的一个重要问题。以清代最大的散文流派桐城派为例，我们可以看到，桐城文家大多身兼古文作者与时文作者两种角色，这两种角色的互相影响、互相渗透，在他们的文章理论和实际创作中，都有所体现。关于桐城派到底是"以古文为时文"还是"以时文为古文"的争论，自桐城作家有声于文坛之日起，便不绝于耳。①我们认为，前人之所以要分辨桐城文章中是"古文"因素占先还是"时文"因素占先，主要是因为此一问题从根本上关涉对桐城派文学成就的评价。在传统的文章价值体系中，古文上通经、史、子，可以传世不朽，品格高尚，而时文只是"一时之文"，其目的在于求取功名，在义理的发挥和文字规格方面受限颇多，其品格为治经史及古文者所不屑，因此，如若桐城派文章太多"阑入时文境界"，则其文价值便大打折扣。事实上，抨击方苞"以

---

 ① 其代表性意见有两种，一种如钱大昕所言："金坛王若霖尝言灵皋以古文为时文，却以时文为古文，论者以为深中望溪之病。"（钱大昕：《跋方望溪文》，吕友仁标校《潜研堂集》卷三一，上海古籍出版社1989年版，第565页）钱大昕认为就方苞的创作而言，时文对其古文的影响，大于古文对其时文的影响。另一种如近人钱仲联所言："古文影响时文，所以提高时文的水准；时文影响古文，则是降低古文的品格。……二者的循环影响，却在于古文影响时文的一面。"（钱仲联：《桐城派古文与时文的关系问题》，《梦苕庵清代文学论集》，齐鲁书社1983年版，第78页）钱仲联认为在桐城派的整个创作活动中，用古文来提升时文的品格，是主要的方面。

时文为古文"的钱大昕，正是要借助对方苞的批评，来宣扬一种新的
"学者之文"的观念。①而二十世纪以来不少学者对桐城派"以古文
为时文"做法的肯定，一方面是由于研究者眼中"文"的范围越来越
宽泛，时文作为"文章"的特质在某种程度上被承认；另一方面，在
五四新文学革命对"桐城谬种"的激烈批判之后，学界开始重新审视
桐城文章作为古典散文收官之作的文学价值，因此对他们的各类文学
活动都予以关注，并寻求其积极意义。那么，今日的文学史研究者，
该如何看待桐城派文章中"时文"因素与"古文"因素的关系，如何
评价桐城派作家的时文创作与时文观念？"和而不同"的传统哲学思
维，或许可以给我们带来启发。

在展开本章的论述之前，有必要先对"和而不同"进行阐释。
在先秦典籍中，"和而不同"主要是作为一种政治治理方法而提出
的。如《左传·昭公二十年》中齐国晏婴对"和"与"同"之差异的
论述，晏子认为："和如羹焉。水、火、醯、醢、盐、梅，以烹鱼
肉，燀之以薪，宰夫和之，齐之以味，济其不及，以泄其过。君子食
之，以平其心。君臣亦然。君所谓可而有否焉，臣献其否以成其可；
君所谓否而有可焉，臣献其可以去其否。是以政平而不干，民无争
心。故《诗》曰：'亦有和羹，既戒既平。鬷嘏无言，时靡有争。'
先王之济五味、和五声也，以平其心，成其政也。声亦如味，一气，
二体，三类，四物，五声，六律，七音，八风，九歌，以相成也；清
浊、小大、短长、疾徐、哀乐、刚柔、迟速、高下、出入、周疏，以
相济也。君子听之，以平其心。心平德和。"②与此同时，晏子又批
评梁丘据"君所谓可，据亦曰可，君所谓否，据亦曰否"的做法，只
是"同"而不是"和"。③可知晏子所称赏的"和"，是国家治理中
"可"与"否"的不同意见在碰撞、交锋之后的统一，是内部充满生

---

① 参见刘奕：《乾嘉汉学家古文观念与实践之探析》，曹虹、蒋寅、张宏
生主编《清代文学研究辑刊》第一辑。
② 杨伯峻编著：《春秋左传注》，中华书局1990年版，第1419—1420页。
③ 杨伯峻编著：《春秋左传注》，中华书局1990年版，第1420页。

机的和谐，而不是众口一词、缺乏波澜的单一。在《国语·郑语》中，周太史史伯批评周幽王为政暗昧不明，"去和而取同"，并进一步解释说："和实生物，同则不继。以他平他谓之和，故能丰长而物归之；若以同裨同，尽乃弃矣。"史伯认为，贤明之君，能够容纳多样因素，使其为国家所用，所谓"聘后于异姓，求财于有方，择臣取谏工而讲以多物，务和同也"，这正是由于先王知晓"声一无听，物一无文，味一无果，物一不讲"的道理。①史伯所说的"和"，在内部的生机与丰富性上，与晏子所论大致相似。"和"不是单一的"同"，而是经由矛盾碰撞后在更高层次上得到统一的"和同"。《管子·白心》中也提到"和"："建当立有，以靖为宗，以时为宝，以政为仪，和则能久。"房玄龄注言："必当和同，然后能久也。"②可见此处的"和"，亦是指政治手段中的"和同"。政治思想之外，孔子又将"和""同"引入了个人修为领域，如《论语·子路》载夫子言："君子和而不同，小人同而不和。"此句郑玄注言："君子心和，然其所见各异，故曰'不同'。小人所嗜好者则同，然各争利，故曰'不和'。"③也即君子所追求者为道义，故能在追求道义的一致目标下各自保留不同意见，小人所追求者为私利，故看似意见一致，实则钩心斗角，各怀鬼胎。显然，"和而不同"是孔子所赞成的有德君子的处世态度。"和同之辨"随着后世儒家经典阐释之学的发展而不绝如缕，成为中国思想史上的一个重要命题，建立在"不同"基础上的"和"，遂从一种政治智慧逐渐成为一种普遍的思维方式，具有了哲学意义。

本章所论之明清"时文"与"古文"，所载之"道"，所用之"法"，皆有共通之处，但在具体形制、品格上又有区分。我们认

---

① 左丘明撰，鲍思陶点校：《国语》卷一六，齐鲁书社2005年版，第253页。

② 黎翔凤：《管子校注》卷一三，中华书局2004年版，第788页。

③ 刘宝楠撰，高流水点校：《论语正义》卷一六，中华书局1990年版，第545页。

为，以桐城派作家为代表的时文改革者们，在借鉴古文以改造时文的过程中，自觉不自觉地体现出了"和同"的智慧。以下拟就桐城派时文改良的历史背景、立场、具体创作几方面分别论之。

第一节 "和而不同"与晚明时文取法古文的路径

"时文"之称，最早见于北宋，其内涵主要有二，一是科场之文，二是与可传诸后世的"古文"相对的世俗一时所好之文。宋人所说的"时文"，常兼有这两个方面的涵义。如欧阳修在《记旧本韩文后》中，说自己少年时，"天下学者杨、刘之作，号为'时文'，取科第、擅名声，以夸荣当世"①。又在《与荆南乐秀才书》中提到自己为了仕进养亲，亦曾作过此类"时文"："皆穿蠹经传，移此俪彼，以为浮薄，唯恐不悦于时人，非有卓然自立之言如古人者。"②宋初取士，进士科试诗、赋、论、策，故欧阳修所说的"时文"，形制上以偶俪为尚。其后神宗熙宁四年（1071年），科试罢诗赋为经义，士人所说的"时文"，转而指散行议论之体，如宋末进士刘将孙曾说："自韩退之创为古文之名，而后之谈文者，必以经赋论策为时文，碑铭叙题赞箴颂为古文。"③形制虽然有变，但"时文"的功利目的，以及与"古文"的高下之别，依然存在。周必大曾劝勉后进在从事科举的同时不忘著述，认为二者在德性器识的层面具有一致性，"岂以古文时文为间哉"④，即从一个侧面反映出当日士子在"时文"与"古文"之间的挣扎与考量。此后经义试士之法，为历代所继

---

① 欧阳修：《记旧本韩文后》，欧阳修著，洪本健校笺《欧阳修诗文集校笺》外集卷二三，上海古籍出版社2009年版，第1927页。

② 欧阳修：《与荆南乐秀才书》，欧阳修著，洪本健校笺《欧阳修诗文集校笺》卷四七，上海古籍出版社2009年版，第1174页。

③ 刘将孙：《书曾同父文后》，《养吾斋集》卷二五，《四库全书》影印文渊阁本，第一九九册，台湾商务印书馆1986年版，第242页上。

④ 周必大：《与王才臣子俊》，《文忠集》卷一八六，《四库全书》影印文渊阁本，第一九九册，台湾商务印书馆1986年版，第89页上。

承，元仁宗延祐年间，恢复科举，以《四书》《五经》义试士。明洪武十七年（1384年），定科举程式，乡、会试三场分别试《四书》《五经》义以及论、策。明清五百余年，基本沿袭此制。然而评卷之时，三场最重首场，首场又最重三篇《四书》文，因此明清人所说的"时文"，一般指题目出自《四书》《五经》，义遵朱注，"代古人语气为之，体用排偶"①的八股文。与前代类似，"时文"在明清人的叙述中，亦被认为是与"古文"对立的卑俗之文，在时文出现弊病之时，士人们也多从古文中寻找挽救的方法。

时文向古文学习，自有"时文"之时即已开始。陆游《老学庵笔记》记载："国初尚《文选》，当时文人专意此书……方其盛时，士子至为之语曰：《文选》烂，秀才半。建炎以来，尚苏氏文章，学者翕然从之，而蜀士尤盛。亦有语曰：苏文熟，吃羊肉；苏文生，吃菜羹。"②可见有宋一代，"古文"一直是科举文体的重要取法对象，并且随着"时文"体式的变化，士子所研习的"古文"也有不同。③明代的"以古文为时文"，则经历了前后两个兴盛期，第一个时期是在正德、嘉靖年间，以归有光、唐顺之、茅坤等唐宋派文人为代表。这一阶段的"以古文为时文"，主要出于八股文体由"质"向"文"发展的内在需求。明初八股，质朴简重，文律未细。至成化年间，弘治，经由王鏊、钱福等人的创作，规矩渐备，不再是对经义的简单复述，而是"以情纬物，以文披质"④，具有了"文章"的美感。在此基础上，归、唐等人将古文家的手眼代入时文，他们的时文创作，能"融液经史，使题之义蕴显隐曲畅"，而又气格浑厚，不为尖新巧思

① 张廷玉等：《明史》卷七〇，中华书局1974年版，第1693页。
② 陆游：《老学庵笔记》，中华书局1979年版，第100页。
③ 今人祝尚书在其《论宋代时文的"以古文为法"》（《四川大学学报》2007年第4期）一文中，详论了南宋孝宗之后欧、苏文章对科举文体的影响，并认为这一发端于北宋唐庚而盛行于南宋淳熙年间的"以古文为法"的实践，是明清时期"以古文为时文"的先声。
④ 何焯：《两浙训士条约》，《义门先生集》卷十，清道光三十年（1850年）姑苏刻本。

之语，向被视为"以古文为时文"的典范。第二个时期则是在万历之后，尤以天启、崇祯年间的金声、黄淳耀、陈际泰等为代表。

"以古文为时文"在万历之后的再次兴起，与隆庆、万历年间时文在义理阐释与行文风格两方面的新变有关。义理方面，以隆庆二年（1568年）会试，《论语》程文阑入王学为始，时文文义须遵从朱熹《章句》及官修《大全》的规定渐为人所忽视。艾南英论述这一变化说："嘉、隆以前，姚江之书，虽盛行于世，而士子举业尚谨守程朱，无敢以禅窜圣者。……自兴化（即李春芳，扬州兴化人）、华亭（即徐阶，松江华亭人）两执政尊王氏学，于是隆庆戊辰《论语》程义首开宗门，意端兆于此矣。"①隆庆二年（1568年）会试，主考官李春芳、殷士儋均尊崇王学，其时内阁首辅徐阶亦尊崇阳明。此科《论语》题为《子曰由诲汝知之乎　一节》，其程文破云："圣人教贤以真知，在不昧其心而已。""不昧其心"，也即王学"致良知"之意。此后科场之文，说理竞尚新奇，如万历三十年（1602年）礼部尚书冯琦疏中所言："始犹附诸子以立帜，今且尊二氏以操戈。背弃孔、孟，非毁程、朱，惟南华、西竺之语是宗是竞。以实为空，以空为实；以名教为桎梏，以纪纲为赘疣；以放言高论为神奇，以荡轶规矩、扫灭是非廉耻为广大。取佛书言心言性略相近者窜入圣言，取圣经有'空'字、'无'字者强同于禅教。"②时文中朱学的正统地位，受到严重威胁。在文辞方面，以万历十四年（1586年）会试主考王锡爵喜好"新奇"之文为始，时文写作逐渐出现"文胜于质"的局面。万历十四年（1586年）丙戌科二甲一名袁宗道，其文被何焯评为"峭峻"③、万历十七年（1589年）己丑科探花陶望龄，以奇矫之

①　艾南英：《历科四书程墨选序》，《天佣子集》卷一，台北艺文印书馆1980年版，第143页。

②　转引自顾炎武：《日知录》卷一八，黄保成集释，栾保群、吕宗力校点《日知录集释》，第1059页。

③　何焯：《两浙训士条约》，《义门先生集》卷十，清道光三十年（1850年）姑苏刻本。

文为世所称；万历二十年（1592年）壬辰科二甲三名吴默，作文"苦心孤诣"、"深入骨理"①，万历二十三年（1595年）乙未科榜眼汤宾尹、万历二十九年（1601年）辛丑科二甲一名许獬，则以擅用"机法"见长。在此种风气影响之下，士子作文多致力于文法的翻空出奇，而置圣贤义理的体认于不顾。吕留良说自万历二十三年（1595年）乙未科之后，"杜撰恶俗之调，影响之理，剐弄之法，曰圆熟，曰机锋，皆自古文章之所无。村竖学究喜其浅陋，不必读书稽古，遂传为时文正宗"②，正是对此种状况的描述。这种义理和文辞两方面的乱象，在当时即已引起朝廷的重视，据《神宗实录》，万历年间，礼部关于科场之文应"纯雅合式""平正通达"的申饬，即有十余次之多③，但其成效并不理想。崇祯六年（1633年），凌义渠上《正文体疏》，其中认为当日时文，多"纵横险轧之言""危苦酸伤之词""妖浮纤眇之音""欺己欺人之语"④，仍远离平和质朴的文章正轨。

在"庙堂之上不能转移廓清"⑤的情势下，天启、崇祯年间，一些民间士人开始谋求以一己之力维挽风气。这些人中，最具代表性的是复社二张兄弟与江西豫章社艾南英、陈继泰等人。而他们所采取的救弊之方，正与正、嘉前辈相似，即"以古文为时文"。

复社、几社与艾南英之间的纷争，是晚明文学史上的一桩著名公案，其间是非曲直，前人已多有探讨，此处不再详述。值得注意的是，双方争论的焦点，只是学什么样的"古"的问题，而对"通经学

① 王步青：《塾课小题分编序》之"论精诣"，《已山先生别集》卷三，清乾隆敦复堂刻本。

② 吕留良：《东皋遗选前集论文一则》，《吕晚村先生文集》卷五，清雍正三年吕氏天盖楼刻本。

③ 参见李国祥、杨昶主编，吴柏森等编《明实录类纂·文教科技卷》，武汉出版社1992年版，第296、299、302、309、320、324、333页。

④ 凌义渠：《正文体疏》，《凌义渠奏牍》卷二，明崇祯刻本。

⑤ 何焯：《两浙训士条约》，《义门先生集》卷十，清道光三十年（1850年）姑苏刻本。

古"的大前提，诸人并无异议。这正可视为"和而不同"思维在晚明时文改良中的具体显现。张、陈均以秦汉古文为文章正宗，故其论时文要求从秦汉文入手，"日取《五经》摹而书之，左右周接，无非钜人之名，大雅之字，趋而之善也疾焉"①。艾氏则认为欲习得秦汉文之气韵，须从唐宋文入手，于唐宋文家中又特别推崇寓法于平淡质朴之中的宋人文字，因此他论及时文，亦要求士子"刊除枝叶"②，"以朴为高，以淡为老"③，写作平实、简劲之文。

　　张、艾等人关于时文取法古文的意见，因其文社领袖的身份，在当时获得了广泛的传播，特别是艾南英对成弘、正嘉之间"其旨确、其词雅驯"④的先辈文体的倡导，随着其《今文定》《今文待》及诸多墨卷、房书选本的刊行，一定程度上对时文矩度的重建起到了积极作用。艾南英即曾说《文定》《文待》刊行七年后，士子作文，"一禀程朱"，且开始学习"宋元及国初以来作者之意"与"秦唐汉宋文章相沿之法"，文坛气象为之一变。⑤然而艾氏恢复成、弘时期浑朴之文的理想，却并未实现。如他所极力称赏的"朴淡"的金声文，在后人眼中，却是"骛八极，游万仞，使题之表里皆精神所发越也"⑥，走的仍是奇矫一派说理曲畅刻露的路子。又如他的豫章社同仁陈继泰之文，亦被后人描述为"抉其髓而去其肤，摹其神而尽其

　　①　张溥：《房稿表经序》，《七录斋诗文合集》文集存稿卷五，台北伟文图书出版社1977年影印本，第1034页。

　　②　艾南英：《王承周制义序》，《天佣子集》卷三，台北艺文印书馆1980年版，第369页。

　　③　艾南英：《金正希稿序》，《天佣子集》卷三，台北艺文印书馆1980年版，第331页。

　　④　艾南英：《今文定序篇下》，《天佣子集》卷一，台北艺文印书馆1980年版，第93页。

　　⑤　参见艾南英：《增补今文定今文待序》，《天佣子集》卷一，台北艺文印书馆1980年版，第137—140页。

　　⑥　何焯：《两浙训士条约》，《义门先生集》卷十，清道光三十年（1850年）姑苏刻本。

变"，"纵横排荡，时轶出先辈之法之外"。①艾南英自己也意识到
了这一点，在《四家合作摘谬序》中，坦言豫章四家文之辞，"亦有
乐其纤诡灵俊，偶一为之者"②，并不能做到完全的浑朴。又在《再
与周介生论文书》中，不无忧虑地谈到当日学陈际泰时文的人，只对
陈文中的"俊诡"之词感兴趣，而对其浑古高朴处茫然不知，如此发
展下去，恐"文气之卑，乃自吾辈始之"③。可见启祯之时的"以古
文为时文"，与归、唐等人的"以古文为时文"，在创作中所收到的
效果并不一致。清人汪缙论述这两种"以古文为时文"的区别时说：
"归、茅性于古文者也，其于古文之学，又皆问津于司马、韩、欧，
得其气体，以是为时文，其文自极于古，非有意为古文也。金、陈
之文，前无古人，后无来者，独往而已，自与古会，亦非有意为古
文也。"④ "自极于古"，则用力痕迹少，文章气格浑厚；"独往而
已"，则自我之表见、刻镂之匠心明显，文章能酣畅淋漓、动人心
目，但不免"气薄"。这种区别的产生，有内外多种原因：从文辞自
身的发展规律看，由文返质、由华返朴，毕竟难矣；从思想背景看，
强调人的主观能动性的王学的兴盛，使得士子敢于一空依傍，自作新
词；从时代政治氛围看，衰世之时，文章自有许多"长譬曲讽、广
引连类之词"与"忧谗畏讥、愤时悯世之旨"⑤，这些丰富激烈的内
容，是平实朴淡的文字所难以涵括的。总之，尽管启祯年间的时文改
良者们希望回复"先正之体"，但终明之世，"先正之体"并未恢

---

① 戴名世著，王树民编校：《陈大士稿序》，《戴名世集》卷四，中华书
局1986年版，第104页。

② 艾南英：《四家合作摘谬序》，《天佣子集》卷三，台北艺文印书馆
1980年版，第347页。

③ 艾南英：《再与周介生论文书》，《天佣子集》卷五，台北艺文印书馆
1980年版，第514页。

④ 汪缙：《合订唐诸两先生时文叙》，《汪子文录》卷二，清道光三年
（1823年）张杓刻本。

⑤ 此为张溥《诵其诗读其书不知其人可乎是以论其世也》一文中语，转引
自孔庆茂：《八股文史》，凤凰出版社2008年版，第261页。

复。时文写作应往何处去，时文应在哪些方面向古文取法，依然是后来的时文作者们需要花费心力思考的问题。

第二节 "和而不同"与早期桐城诸家的时文改革立场

与晚明张、艾等时文改革家以文章统绪为关注焦点不同，桐城派早期作家所面临的最大问题，是弥漫整个时文界的"俗学"风气。在他们对当日时文界的描述中，常可见到"世俗""俗学"的字眼。如戴名世《左尚子制义序》中提到，自己在甫接触时文之时，就感受到"俗学"的威胁："方余与未生诵法忠毅之时，两人年甫二十，伤俗学之日非，追前贤之遗绪，盱衡抵掌，自谓举世莫当。"[1]在《归熙甫稿序》中，认为时下时文界之"俗学"远甚前朝："吾尝读震川答示同人诸书，往往以俗学败坏世道人才为恨。夫震川时之所谓俗学，吾不得而知之矣，度不至于今日之甚也。使震川生于今之时，见今之文，其为太息痛恨，当何如者哉？"[2]又如方苞在《与韩慕庐学士书》中，如此称赞韩菼时文的功绩："阁下以大雅之业，划刮俗学，振起吴会之间。"[3]王源在《示及门书》中，也认为清初时文文坛上"俗学大行"。[4]

"俗学"是清初著述中出现频率极高的词汇，大致说来，在当时人的话语系统中，"俗学"大致有以下几种含义：一是与纯正儒家义理相对的"异端"之说。如颜元认为："圣学践形以尽性……今儒堕形以明性。……一实一虚，一有用一无用，一为正学一陷异端，

---

① 戴名世著，王树民编校：《左尚子制义序》，《戴名世集》卷四，中华书局1986年版，第112页。

② 戴名世：《归熙甫稿序》，转引自戴廷杰《戴名世年谱》卷二，中华书局2004年版，第53页。

③ 方苞著，刘季高校点：《与韩慕庐学士书》，《方苞集·集外文》卷五，上海古籍出版社2008年版，第671页。

④ 王源：《示及门书》，《居业堂文集》卷八，清道光十一年（1831年）读雪山房刻本。

不可不辨也。"①二是与"通经学古"的扎实学风相对的无根游谈之学。如钱谦益认为："经学之熄也，降而为经义；道学之偷也，流而为俗学。胥天下不知穷经学古，而冥行擿埴，以狂瞽相师。"②三是与"义"相对的功利之学。如陈真晟认为："夫学一也，岂有道俗之分？所以分者，在乎心而已矣。故志乎义则道心也，志乎利则俗心也。以道心而为俗学，则俗学即道学；以利心而为道学，则道学即俗学。只在义利之间而已矣。"③在文章领域，"俗学"有与文章正脉相对的"歧途"之学的涵义，如钱谦益曾以王世贞、李攀龙之说为俗学："仆狂易愚鲁，少而失学，一困于程文帖括之拘牵，一误于王李俗学之沿袭。"④又有缺乏个人主体性、缺乏个人思考的涵义，如黄宗羲认为"学浅意短，伸纸摇笔，定有庸众人思路共集之处"的世俗文章，"唯深湛之思、贯穿之学而后可以去之"⑤。桐城早期诸家所说的时文领域的"俗学"，与上述诸条皆有部分重合，具体来说，体现为以下几点：

一是时文写作目的的功利性。方苞说："夫时文者，科举之士所用以牟荣利者也。"⑥戴名世也认为："今夫士之从事于场屋，不以得失撄其念者，自非上智不能，其余大抵皆欲得当于考官也。"⑦以

① 戴望：《颜氏学记》卷七"瑞生问圣学俗学之分"条，清同治冶城山馆刻本。

② 钱谦益：《新刻十三经注疏序》，钱曾笺注，钱仲联标校《牧斋初学集》卷二八，上海古籍出版社2009年版，第851页。

③ 陈真晟：《论学书》，转引自黄宗羲著，沈芝盈点校《明儒学案》卷四六，中华书局1985年版，第1091页。

④ 钱谦益：《答杜苍略论文书》，钱曾笺注，钱仲联标校《牧斋有学集》卷三八，上海古籍出版社1996年版，第1306页。

⑤ 黄宗羲：《留别海昌同学序》，《黄宗羲全集》第十册，浙江古籍出版社2005年版，第646页。

⑥ 方苞著，刘季高校点：《储礼执文稿序》，《方苞集》卷四，上海古籍出版社2008年版，第96页。

⑦ 戴名世：《孙芑山制义序》，《南山文集外编》清钞本，转引自戴廷杰《戴名世年谱》卷六，中华书局2004年版，第372页。

"得中"为写作的目的，于是时文完全成为追名逐利之工具，时文作为"文章"的特质和尊严则无人顾及。这一点，可以说是时文文风败坏的根源。

二是时文作者的空疏不学。戴名世谈到，在利欲驱使之下，当日时文作者们只知揣摩科场风气，对时文写作所需要的义理和文辞修养则不屑一顾："六经者文章之本也，周、秦、汉、唐、宋以来，作者多有，而其源流指归未有不一者也。时文之徒曰：'吾无所事乎此也。'"①如此辗转相循，时文庸腐之局面，只能是愈演愈烈，"屡救而不能振"②。方苞也认为，文章之士，须潜心于"《诗》《书》六艺"，切究于"三才万物之理"，于性命道理有所自得，发为文章，才能"充实光辉"。而有明以来，士子把大量时间精力花费在时文上，于古学则不能深入，因此下笔作文，"不能自树立也宜矣"③。

三是时文写作中作者个性的泯没。戴名世曾多次批评当日时文的"雷同"："今夫时文之弊，在于拘牵常格，雷同相从。"④"余尝病天下之从事于制举之文，而未尝见有卓然自立、能读书者之出于其间。"⑤而造成"雷同"的主要原因，是时文作者无坚定的见解与独立的人格。戴名世《忧庵集》中曾记述，当日时文有一种"为吉祥冠冕之辞，不必与题相切"的颂圣套子，本不合文理，因时文乃代言体，而"以百世之前之圣贤，预颂百世之后帝王之功德"的情况，是

① 戴名世著，王树民编校：《赠刘言洁序》，《戴名世集》卷五，中华书局1986年版，第137页。
② 戴名世著，王树民编校：《小学论选序》，《戴名世集》卷四，中华书局1986年版，第91页。
③ 方苞著，刘季高校点：《赠淳安方文轺序》，《方苞集》卷七，上海古籍出版社2008年版，第190—191页。
④ 戴名世：《归熙甫稿序》，《南山文集外编》清钞本，转引自戴廷杰《戴名世年谱》卷二，中华书局2004年版，第53页。
⑤ 戴名世著，王树民编校：《李潮进稿序》，《戴名世集》卷四，中华书局1986年版，第105页。

不存在的。但因近日考官欣赏此种体式，"会试往往以此为定元魁之格"，众人便纷纷从而学之。这种"趋同"，在戴氏看来，正是时文作者"丧失其所以为心"、失却自主判断力的结果。①

四是衡文标准的混乱。戴名世谈到近世文坛，连"庸""陋"的标准都不复存在："不必师有所授也，不必朋友有所讲习也，曾无一日而用力于其事，富者饱食而嬉，贫者枵腹而游，盖其厌恶于举业也实甚矣。及其卒然而应有司之试，聊且为之，问其可以自信者而无有也，书之于纸而献之于有司，得可也，失可也，而有司者亦聊且而去取之，聊且而次第之，以应故事、塞功令而已。其所试之文，工可也，拙可也，其得与失，士不知其故，有司亦不知其故也。求如向者之用力于至陋而取必于有司者，并不可得。"②戴名世认为，这种写作及去取毫无定准，一切付之天命的做法，反映出的是自上而下对时文的失望与不屑。更严峻的问题是，面对此一颓风，竟无人去谋求维挽，长此以往，时文"如之何而不废也"③！

对于时文，桐城早期诸家的态度是矛盾的。一方面，他们并非纯粹的时文家，写作时文以求取功名，并不是他们的初心。如戴名世自幼留心前朝史籍，"欲闭户著书，以自见于后世"，但二十岁以后，"家贫无以养亲，不得已开门授徒，而诸生非科举之文不学，于是始从事于制义"④。方苞之兄方舟少时喜好兵学，读书能观其大旨，而"不乐为章句文字之业"。十四岁后，目睹家中贫寒情状，自叹"吾向所学，无所施用"，于是学作时文，以求获得"课蒙童"的资

---

① 戴名世著，王树民、韩明祥、韩自强编校：《忧庵集》，《戴名世遗文集》，中华书局2002年版，第106页。

② 戴名世：《顾希才稿序》，《南山文集外编》清钞本，转引自戴廷杰《戴名世年谱》卷十，中华书局2004年版，第681—682页。

③ 戴名世：《顾希才稿序》，《南山文集外编》清钞本，转引自戴廷杰《戴名世年谱》卷十，中华书局2004年版，第682页。

④ 戴名世著，王树民编校：《意园制义自序》，《戴名世集》卷四，中华书局1986年版，第123页。

格。①方苞幼承父兄之教，"诵经书"，"治古文"，但十四五岁之后，亦由于"家累渐迫"，而走上了教馆、作时文的道路。②宿松朱书，儿时由父亲亲自课蒙，父亲只教给他《四书》、诗、古文辞，而"屏干禄之学，不使进"③。朱书学为时文，"皆十五后窃为之"④。王源为明代武官世家子弟，少年时曾从魏禧学古文，于文辞之事眼光极高，"自谓左丘明、太史公、韩退之外，无肯北面者"。四十岁之后，始因"家贫亲老"，出而就有司试，举顺天乡试第四名。⑤汪份为古文家汪琬之从侄，"古文辞深得司马、欧阳家法"，从事时文写作，亦是"抑郁不得志"的无奈之举。⑥这种"非其所习，强而为之"⑦的不愉快的经历，使得他们多不愿提及自己在时文方面的成就，如戴名世说自己的时文"虽颇为世所称许，而曾无得于己，亦无用于世"⑧，方舟"自课试之外未尝为时文"⑨，方苞亦常欲舍弃时文

①　方苞著，刘季高校点：《兄百川墓志铭》，《方苞集》卷一七，上海古籍出版社2008年版，第496页。

②　方苞著，刘季高校点：《与韩慕庐学士书》，《方苞集·集外文》卷五，上海古籍出版社2008年版，第671页。

③　朱书著，蔡昌荣、石钟扬点校：《先考仲藻府君事略》，《朱书集》卷八，黄山书社1994年版，第168页。

④　朱书著，蔡昌荣、石钟扬点校：《先考仲藻府君事略》，《朱书集》卷八，黄山书社1994年版，第168页。

⑤　方苞著，刘季高校点：《四君子传》，《方苞集》卷八，上海古籍出版社2008年版，第217页。

⑥　戴名世著，王树民编校：《汪武曹稿序》，《戴名世集》卷四，中华书局1986年版，第100—101页。

⑦　方苞著，刘季高校点：《与韩慕庐学士书》，《方苞集·集外文》卷五，上海古籍出版社2008年版，第671页。

⑧　戴名世著，王树民编校：《自订时文全集序》，《戴名世集》卷四，中华书局1986年版，第118页。

⑨　方苞著，刘季高校点：《刻百川先生遗文书后》，《方苞集·集外文》卷四，上海古籍出版社2008年版，第631页。

之业，"以一其耳目心思于幼所治古文之学"①。而另一方面，出于生存的需要，他们又未能完全放弃时文，而是选择了"在当时体制内采取改良的办法"②。这种调和时文、古文，以求在"为人"的同时又能"为己"的改良，也即他们的"以古文为时文"，虽饱受后人议论，但却可以说是一种典型的"和同"之法。

桐城派作家的"以古文为时文"，涉及人与文的多个层面。在作者品行上，他们提倡时文作者不慕荣利的独立品格。如戴名世倡言，时文之外尚有学问与功名："夫读书之有成者，不必其得当于制科，虽以布衣诸生，萧然蓬户，而功名固已莫大乎是焉，则亦视乎其学之远且大者而已矣。"③不以世俗功名为意，则作文时"必不肯鲁莽灭裂以从事，而得失之数不以介于心"④。这是写作理想时文的基础。在文章内在意蕴上，他们努力发掘时文中"古学"的因素，将时文提升为圣贤学问体系中的一环，如戴名世认为，时文和古文同为明道之文："今夫科举之业，其所推衍者，圣人之言，其所论著发明者，圣人之道，是则文章之事，莫大于此。"⑤即是说，时文同古文一样，可以具有崇高的功用和品格。在辞章上，他们认为古文之法可用于时文："夫所谓时文者，以其体而言之，则各有一时之所尚者，而非谓其文之必不可以古之法为之也。"⑥可以看出，这三个层面的改良，都指向对时文写作中功利因素的剥离，与"文章"因素的发掘。这一

---

① 方苞著，刘季高校点：《与韩慕庐学士书》，《方苞集·集外文》卷五，上海古籍出版社2008年版，第672页。

② 钱竞、王飙：《中国20世纪文艺学学术史》第一部，上海文艺出版社2001年版，第29页。

③ 戴名世著，王树民编校：《蔡瞻岷文集序》，《戴名世集》，中华书局1986年版，第79页。

④ 戴名世著，王树民编校：《李潮进稿序》，《戴名世集》，中华书局1986年版，第105页。

⑤ 戴名世：《汪安公制义序》，转引自戴廷杰《戴名世年谱》卷五，中华书局2004年版，第229页。

⑥ 戴名世著，王树民编校：《甲戌房书序》，《戴名世集》卷四，中华书局1986年版，第88页。

点可以说是桐城诸家时文改革的基本立场。

　　作为写作者，桐城派早期诸家用创作实践表达了自己对世俗之文的反抗与对"不时之文"的追求。早在康熙十一（1672年）、十二年（1673年），诸人甫接触时文时，即依托"古人之文"，站到了世俗文章的对立面。刘捷回忆说："方壬子、癸丑间，海内溺于时文之学，而鹜鹜自强不肯仿效者，独吾乡人为多。吾兄北固与戴子褐夫辈，发愤于故里，而余与百川兄弟，淹滞金陵，穷愁无聊，刻意相勖以古人之文，一时时文之士，讪侮百出。"[①]康熙十二年（1673年），在清代时文史上是一个重要的年份，此年江南解元韩菼以会试、殿试均为第一的成绩"三元及第"。韩菼之文，"雄骏古雅"，被公认为是"以古文为时文"的典范。韩菼的中式，一定程度上反映出居上位者改革文风的意愿，但在远离京城的江淮乡间，"古人之文"仍是惊世骇俗之物。戴名世"以其平日所窥探于经史及诸子者，条融贯释，自辟一径以行"的时文，虽被潘江等师长赞为"文章风气之所系，其在韩公伯仲间乎"，但并不为世俗所理解，戴名世的父亲即曾忧虑儿子写作此种"举世不为"的文字，终将"不免于困"[②]。此后康熙二十五年（1686年），戴名世、朱书、汪份、何焯、刘岩、刘齐等以江南拔贡生的身份入太学。康熙三十年（1691年），方苞亦入太学。此为桐城早期诸家在文坛的第一次集体亮相。此时诸人已在时文界崭露头角，当日太学"语古文推宋潜虚，语时文推刘无垢"[③]，而戴氏入京后认识的友人萧正模则认为戴名世时文造诣远超古文。[④]之后，戴名世、方舟、方苞分别于康熙三十六年

①　刘捷：《方百川遗文序》，《方百川遗文》卷首，转引自戴廷杰《戴名世年谱》卷二，中华书局2004年版，第43页。
②　戴名世著，王树民编校：《自订时文全集序》，《戴名世集》卷四，中华书局1986年版，第118页。
③　方苞著，刘季高校点：《朱字绿墓表》，《方苞集》卷一二，上海古籍出版社2008年版，第345页。
④　萧正模：《与某书》：《后知堂文集》卷三〇，《清代诗文集汇编》第一八七册，上海古籍出版社2010年版，第217页下。

（1697年）、康熙三十四年（1695年）、康熙三十八年（1699年）刊刻自己的时文集，并受到时任礼部尚书的时文大家韩菼的推崇。韩菼在《戴田有文序》中，认为戴名世之文，"视一第如以瓦注"①，又在《方百川文序》中，极力推崇方氏兄弟的时文，认为方苞文乃"近世无有"，方舟文则是"镕液经史，纵横贯串而造微入细，无一字不归于谨"②。而戴名世、方苞分别于康熙四十四年（1705年）、康熙三十八年（1699年）中举，康熙四十八年（1709年）、康熙四十五年（1706年）方得以中进士。戴、方友人中，汪份、朱书、刘捷、何焯中举时间分别为康熙三十八年（1699年）、康熙四十一年（1702年）、康熙五十年（1711年）、康熙四十一年（1702年），都在其入贡太学、小有文名十余年后。他们困顿科场的一个重要原因，是文字的不趋时，如韩菼在方苞会试落第后的赠诗所言："春衫底泥萋萋色，只欠新来时世妆。"③

作为评论者，诸人则试图在官方衡文标准之外另立一"天下"的标准。清初尽管严禁坊刻，仅康熙一朝，就曾于康熙九年（1670年）、康熙三十二年（1693年）、康熙四十三年（1704年）三次颁布禁止私人刻文的条令④，但这些禁令并未得到很好的执行。桐城早期诸家中，戴名世、汪份、何焯便均是当时的著名选家。⑤从戴名世集中所收录的多篇时文选本序中，我们可以看到，戴名世对选家之权力

---

① 韩菼：《戴田有文序》，《有怀堂文稿》卷四，清康熙刻本。

② 韩菼：《方百川文序》，《有怀堂文稿》卷五，清康熙刻本。

③ 韩菼：《方灵皋解元落第二首》，《有怀堂诗集》卷五，清康熙刻本。

④ 据清代《钦定科场条例》康熙九年（1670年）议准，"嗣后每年乡会试卷，礼部选其文字中程者刊刻成帙，颁行天下，一应坊间私刻，严行禁止"。又分别于康熙三十二年（1693年）、康熙四十三年（1704年），颁布关于礼部刻文的具体规定。雍正元年（1723年），再次申明："坊间私选，一概禁止。"英汇等：《钦定科场条例》卷四六，清咸丰刻本。

⑤ 萧奭《永宪录》："康熙朝，江南负文名操时文选政者，宜兴储欣同人，最有法度。桐城戴名世田有，颇尚清高。长洲汪份武曹与士玉，同时竞爽，皆取材于何焯屺瞻。焯精于考据，严于文律，而所自作多不传。"见萧奭著，朱南铣点校：《永宪录》卷四，中华书局1959年版，第279页。

有充满自信的论述："文章之是非有定乎哉？何以场屋之中得者未必是，而失者未必皆非也。文章之是非无定乎哉？何以得之者而天下卒不以为是，失之者天下卒不以为非也、嗟乎！有定者在天下，而无定者则在主司也。……夫士从事于制举之文，每三年而一试，其获隽者，宜其文之无不工也；其不工者，宜其为主司者之所斥而不录也。然而撤棘之后，其墨卷次第入于选家之手，选家不一其人，辄无不精慎以从事，丹铅甲乙，分别黑白，曰某也工，某也不工。其议论断断，足以补主司之所未及，是亦不可谓无关于文教。"①认为在"天下"标准的建立中，选家是极主要的力量。

明末清初文社纷起，选家在文风的转变上有极大的号召力，也由此产生了诸家意气相争、"矜尚标榜"之弊。②戴氏对此亦有清醒的认识，在《送汪武曹序》中，他曾对当时选家鱼龙混杂的情状进行了辛辣讽刺："国家以制科取天下之士，而举业之文，皆有选本行世，则多吴中之士为之，号曰选家，以此知名当世。于是竖儒小生，皆得登坛坫，据皋比，开口说书，执笔校文。……四方书贾，买船赁车，重茧而至，捆载而归，天下无有才人志士能辨别其是非，子父朋友，交口教授，遂至流荡而不可反。盖名士之祸，其烈如此。"③可见戴氏所希望做的，并非一般播弄风气的选家，而是可以辨别是非、真正有益于文章发展者。在《九科大题文序》中，戴名世描画了自己心目中的选家传承谱系，自万历壬辰间"制义之有选本"以来，首有功者当推艾南英："余考艾氏之时，文妖叠起，而诸选家为之扬波助澜，以故文体日益趋于衰坏。艾氏乃不顾时忌，昌言正论，崇雅点浮，而承学有志之士闻艾氏之风而兴起者，比肩接踵。"艾氏之后，又有吕

---

① 戴名世著，王树民编校：《壬午墨卷序》，《戴名世集》卷四，中华书局1986年版，第115页。

② 徐世溥：《同人合编序》，黄宗羲编《明文海》卷三一三，影印清涵芬楼钞本，中华书局1987年版，第3230页。

③ 戴名世：《送汪武曹序》，《南山文集外编》清钞本，转引自戴廷杰《戴名世年谱》卷四，中华书局2004年版，第152页。

留良："近日吕氏之书盛行于天下不减艾氏，其为学者分别邪正，讲求指归，由俗儒之讲章而推而溯之，至于程朱之所论著，由制义而上之，至于古文之波澜意度，虽不能一一尽与古人比合，而摧陷廓清，实有与艾氏相为颉颃者。"而戴名世自己则隐然以艾、吕之继承者自期："余为编次是集，以补吕氏之所未及，亦使读者可以考数十年来文章之盛衰得失，而艾、吕两家之绪言，犹可于此书得之也。"①

　　戴名世将吕留良视为艾南英的继承者，或不符合历史事实，因在吕氏眼中，艾南英不过是一介文士："论文亦止论文之法耳，后来之说愈精，总不离文法，最上一关却无道及者。"②但抛开"文""质"之间的倾向差异，在对"正学"的态度与对风气中心的有意远离上，艾、吕、戴三人确实有一脉相承之处。首先，三人均是程朱义理的坚决维护者，艾南英在时文评选中，秉持"非孔孟程朱不道"③的标准；吕氏则直以时文作为恢复程朱之学的手段。④戴名世亦是程朱义理的坚决维护者。戴氏曾与友人编《四书朱子大全集》，此书不同于为人所诟病的"高头讲章"，而正是有感于"讲章兴而理学亡"的现实弊病而作。戴氏指出，当日学者，除《集注》外，多不能遍观朱子之书："在东南士大夫家，有其书者不过百之一二，又未必能细加探索，而西北则学者恐不能举其名目矣。"⑤因此，此书广

　　① 戴名世著，王树民编校：《九科大题文序》，《戴名世集》卷四，中华书局1986年版，第101—102页。

　　② 吕留良：《答戴枫仲书》，《吕晚村先生文集》卷一，清雍正三年（1725年）吕氏天盖楼刻本。此信中，吕留良认为艾南英之成就，主要在文字方面："文品老而益尊，浸得古人皮毛落尽之妙"，但"所少者理境不精耳"，因此"无有至味出其中，未免外强中干"，未达制义文之极境。

　　③ 艾南英：《今文定序篇下》，《天佣子集》卷一，台北艺文印书馆1980年版，第93页。艾南英的学术取向，可参考钟西辉《"张艾之争"与明末文学演变》（西南大学2009年硕士论文）。

　　④ 参见钱穆：《吕晚村学述》，《中国学术思想史论丛》第八册，九州出版社2011年版，第203—220页。

　　⑤ 程崟：《四书朱子大全序》，转引自戴廷杰《戴名世年谱》卷一一，中华书局2004年版，第767页。

采朱子《文集》《语类》《或问》《精义》《中庸辑略》《或问小注》等著作中关于《四书》义理之论述，而"一以《章句》《集注》断之，存其已定而去其未定，存其详而去其略，存其精确而去其讹舛重复者，存其一二而去其余"①，意欲使读者通过阅读此书而窥得朱子之全体面目。这一思路，与吕留良"借讲章之途径，正儒学之趋向"②类似。

其次，艾、吕、戴三人均曾在时文界有广泛影响，但又都有愤世嫉俗、落落寡合的性格，对风气中心有一种主动的疏离。艾南英多次强调为文者要"矫俗自立"③，反对时人对豫章派的盲目追随。吕留良亦常以荒郊之人自居，拒不做意见领袖："某之论文亦止如此，未尝期其书之必行世，世之从吾言也。适与时论相凑，谓其功足变风气，为近日选家之胜，此某之所深耻而痛恨者也。但使举世噪骂，取以覆瓿黏壁，锢其流传信从，如苏氏乌台案、朱门伪学禁，莫不拒绝远避，而有人焉，独以为不可不业此，此则某之论文果有功而其不止于文者，亦骎骎尽出矣。"④希望后来者继承他独立于波靡的精神。戴名世的论文文字中，也常有一种山巅水涯的寂寞之感，如《金正希稿序》："天下不知有先生之文，亦不知有先生之人，而独一渺然小生，拾其遗文于破簏故纸之间，诵之于空山寂寞之内，其亦可叹也。"⑤《方灵皋稿序》："余移家金陵，与灵皋互相师资，荒江墟

———
①　戴名世：《四书朱子大全凡例》，转引自戴廷杰《戴名世年谱》卷一一，中华书局2004年版，第752页。
②　钱穆：《吕晚村学述》，《中国学术思想史论丛》第八册，九州出版社2011年版，第213页。
③　艾南英：《重刻罗文肃公集序》，《天佣子集》卷四，台北艺文印书馆1980年版，第444页。
④　吕留良：《答柯寓匏曹彝士书》，《吕晚村先生文集》卷四，《清代诗文集汇编》第一一三册，上海古籍出版社2010年版，第377页下。
⑤　戴名世著，王树民编校：《金正希稿序》，《戴名世集》卷四，中华书局1986年版，第103页。

市，寂寞相对。”①《与王云涛书》：“足下登贤书，入燕京，而鄙人归自秦淮，沉冥寂寞，所谓时文亦不复为人所识。”②对于时人的赞誉，亦保持着清醒：“余草茅书生，文章之事无有责焉，而四方之士顾欲余有所选录以为定论。呜呼！余论之不可为定也，余自知之矣。”③这一“边缘人”的自我定位，既有才华不为世所识之不甘，又是一种主动的选择，如戴氏所言：“今夫有志君子之所为也，必不苟焉以同于众人，众人之所趋未有不在于鄙倍，而其所好未有不在于臭败者也。”④远离风气中心，才易于保持为人与为文的独立性。

　　最后，我们也需看到，与艾南英、吕留良相较，戴名世的时文评选，更多只是一种“文章事业”。艾南英曾说自己《今文定》《今文待》的编选，是为了“存一代之文”⑤；吕留良晚年立志“收拾有明三百年之文为《知言集》”⑥，亦隐然有以文存史之意。⑦而戴名世虽曾编选《有明小题文选》与《九科大题文选》等时文总集，但其目的，只在于给世人提供写作参考，希望士子们“悉屏去世俗之文，一意讽诵研穷于此书，则人人皆顾、陆也”⑧，并无沉重的历史意识在

　　① 戴名世著，王树民编校：《方灵皋稿序》，《戴名世集》卷三，中华书局1986年版，第54页。
　　② 戴名世著，王树民编校：《与王云涛书》，《戴名世集》卷一，中华书局1986年版，第16页。
　　③ 戴名世著，王树民编校：《庚辰会试墨卷序》，《戴名世集》卷四，中华书局1986年版，98页。
　　④ 戴名世著，王树民编校：《己卯科乡试墨卷序》，《戴名世集》卷四，中华书局1986年版，第95页。
　　⑤ 参见艾南英：《再与周介生论文书》，《天佣子集》卷三，台北艺文印书馆1980年版，第367—368页。
　　⑥ 吕留良：《与某书》，《吕晚村先生文集》卷二，《清代诗文集汇编》第一一三册，上海古籍出版社2010年版，第351页下。
　　⑦ 吕留良晚年多次和友人提及编选有明一代之文的心愿。参见《吕晚村文集》卷一《与施愚山书》《与钱湘灵书》，卷二《与某书》，卷四《与董方白书》诸篇，以及《清代诗文集汇编》第一一三册，上海古籍出版社2010年版，第320页下、316页上、392页下、376页上。
　　⑧ 戴名世：《有明历朝小题文选序》，《戴名世集》卷四，第100页。

内。又，在对时文义理的阐发上，戴名世的关注点，也不在朱学、王学之辨，今戴氏文集中所收多篇时文选本序，着力辨析的主要是"古文之法"。这种对"文事"的侧重，固然使得戴氏的意见缺少一些厚度与深度，但却能使他从时文的政治与学理背景中跳脱出来，专一精细地展开对文章本身的探讨。这也可以说是在独立于波靡、以一己之力维挽天下风气的英雄阵营中，三位"萧条异代不同时"的选家的"和而不同"之处。

第三节　"和而不同"：早期桐城派作家时文中的个人性情

在康熙四十一年（1702年）代友人姜橚所作《浙江试牍删本序》中，戴名世提出，时文亦应有"性灵"："今夫文章者出于性灵之所为，此心此理，天下之所同也。而何以应试之士，自十百而千万，操笔为文，卒不得所为性灵焉？"①"性灵"本是晚明崇奉王学之文人所提出的概念，指写作者本真、活泼的生命感受。在义理方面受到严格限制的时文，如何可以有"性灵"？或者说，可以表达何种"性灵"？戴氏此序并未做明确回答。但翻检戴氏及其友人的论述，可以看到，在谈论时文时，他们极为强调文辞与作者情怀的关系，如戴名世认为"人之心之明暗、善恶、厚薄，其著之于辞者，皆不能掩，是故观其文可以知其人焉"，并列举了当日数位时文作者性格与文风间的联系以为佐证。②方苞亦认为作者人格与文辞品格间存在对应关系："自明以四书文设科，用此发名者凡数十家，其文之平奇浅深，厚薄强弱，多与其人性行规模相类，或以浮华炫耀一时，而行则污邪

---

① 戴名世：《浙江试牍删本序》，《南山文集外编》清钞本，转引自戴廷杰《戴名世年谱》卷九，中华书局2004年版，第543页。
② 戴名世著，王树民、朝明祥、韩自强编校：《忧庵集》第一六〇条，《戴名世遗文集》，中华书局2002年版，第137页。

者，亦就其文可辨，而久之亦必销委焉。"①时文乃解经之文，儒家之经典阐释传统中，本有"同情之理解"的要求，如孟子的"尚友古人"与朱子以虚己之心体悟圣贤之理的读书法。时文模拟圣贤口气，较之一般学术著作，更需要与圣贤精神的亲切往来，归有光教导弟子作时文要"以吾心之理而会书之意，以书之旨而证吾心之理"②，即是此意。桐城诸家对作者品行的要求，其中隐藏的一个逻辑是：有希圣希贤之品格，对圣贤口吻的模拟，才能发自内心，"修辞立其诚"。在这个意义上，时文便可以表现作者之"性灵"。

在用时文表现作者性情这一点上，桐城早期诸家中成就最高者，当属方苞之胞兄方舟。方舟曾言自己作时文，只求"自知"："凡吾为文，非求悦于今之人也。吾有得于天地万物之理，古圣人贤人之心，吾自知而已。"③因此，方舟之文，能最大限度地摆脱中正平稳的科场风气，抒发其为学为人的真实见解。

现存方舟时文中，最动人者，为摹写夫子心事之诸篇。夫子之世，夫子不得行其所学，方舟平生留意经世之学，"以万物之不被其功泽为忧"④，然亦无机缘实施，因此其文凡涉及圣人心事，便极为深情绵邈。如《道不行，乘桴浮于海》一文中、后比云：

> 视其上则无国而不乱，视其下则无人而不矜，长与之共处于域中，非目见其人，即耳闻其事，踞蹐者自顾岂有穷期耶？
> 视其国则皆有可以清明之理，视其民则皆有可以仁寿之形，第恝然坐观于局外而于此焉，嵩目于彼焉，怆心栖皇者，岂能越

---

① 方苞著，刘季高校点：《杨黄在时文序》，《方苞集》卷四，上海古籍出版社2008年版，第100页。

② 归有光：《山舍示学者》，周本淳校点《震川先生集》卷七，上海古籍出版社1981年版，第151页。

③ 《自知集》刘捷序中所录方舟自述。见刘捷：《自知集序》，转引自戴廷杰《戴名世年谱》卷五，中华书局2004年版，第308页。

④ 方苞著，刘季高校点：《与慕庐先生书》，《方苞集·集外文》卷五，上海古籍出版社2008年版，第674页。

于人境耶？

夫事之无可奈何者，徒转以自苦无为也。而情之不能自决者，非以计断之不可也。

使吾身而犹在人群之中，虽百虑其无成，终接时而心动，儳然将以终身。

使吾身而已在遐荒之外，则怀忧而莫致，虽欲拯而无从，此中亦庶几少释。①

朱熹《集注》于此题，引程子语："浮海之叹，伤天下之无贤君也。"此文则并不限于感叹无贤君赏识，而是着力描绘夫子对不可挽回之时势与身处此时势中之民众的悲悯。夫子逃世之想，看似超脱，实则惨极伤极，方舟将此一层款曲，揭示得十分动人。又如《甚矣吾衰矣，久矣吾不复梦见周公》一文，摹写夫子对平生所追慕者的不舍之情，其中、后比云：

觉之所习，梦亦同趋，梦也者，我与公情相依而犹有望者也。今已绝望乎！忆曩者当梦而乐，梦觉而疑，亦徒幻想耳，奈何哉一寝寐之音尘且缺然耶？

方其梦也，不知其梦也，不知其梦梦见者，公与我神相接而不之拒者也，今乃拒我乎？忆曩者未见若相迎，既见若相诉，亦几荒诞矣，奈何哉所熟识之形影，竟邈然耶？

去日苦多，来日苦少，百年必蔽之身，惊心迟暮者，既无计使之淹留，而明王不作，天下莫宗，平生所慕之人，寄形梦幻者，并无从追其仿佛，吾衰其甚乎！②

此题《集注》言是夫子"自叹其衰之甚也"，属于"虚神"之

---

① 方舟著，方观承辑评：《方百川先生经义》上册，清乾隆刻本。
② 方舟著，方观承辑评：《方百川先生经义》上册，清乾隆刻本。

题。此文以迂回之笔，将夫子对前贤的倾慕敬爱，以及无力行道的不甘与无奈，委婉写来，如泣如诉，颇有欧阳修史论"感慨淋漓"之风调。

方舟时文中，不时有借题发挥，骂世严酷语，如《邦无道，富且贵焉，耻也》中对无道之世以苟且手段获取富贵之人"不可言德义，并不可言时命"，"不可言建树，并不可言荣"①的批评，以及《滔滔者天下皆是也，而谁以易之》一文，对"以夫人自视，若天下决不可无是人，而天下又绝无所需于是人""自易者言之，若天下不可一日不易，而天下又若本无待于斯人之易"②的混沌时势的刻画，均极为沉痛。然而对此不完满之人世，方舟终抱持温醇之态度，如《子路宿于石门章》中两大比：

> 盖其心知世不可为，不能以身之汶汶，受物之汶汶，而又未尝不顾滔滔者，而心恻也。以己之不复能忍，而愈知吾子所为之难，故一旦与吾徒邂逅风尘，而不禁于局外发伤心之语，盖其声销而志无穷矣。
>
> 抑其心知世不可为，度不能以幽人之贞，逮三代之英，而又未尝不愿斯世有斯人也。以己之绝意于斯，而愈望吾子为之之切，故不能自隐其平生之心迹，而殷然以一言志相属之诚，盖其自计审而其忧世愈深矣。③

与《集注》取胡安国语，认为晨门"以是讥孔子"的意见不同，方舟此处着力抉发晨门与夫子心事的相通处，晨门虽隐，但不能忘情世事，亦欣见世上有"知其不可而为之"之人。此种体察，正源自方舟心中所有，如檀吉甫所评："悃款如知己，亦缘百川夙抱忧世心

---

① 方舟著，方观承辑评：《方百川先生经义》上册，清乾隆刻本。

② 方舟著，方观承辑评：《方百川先生经义》上册，清乾隆刻本。

③ 方舟著，方观承辑评：《方百川先生经义》上册，清乾隆刻本。

肠，不觉体贴到此。"①

在抒写性情方面，桐城早期诸家可谓能"和而不同"。诸人的时文风格各自有别，而均能源自"性灵"，肖其为人。如方苞为人不偕于俗，"目视若电，正言厉色"②，其文亦深刻峭劲，有耿介绝俗之风，如《子曰岁寒章》中对松柏风骨的描述："人世何知，受知之分，惟吾自决耳。吾急欲人知而人竟知矣，吾不欲受人不足轻重之知，而人亦不知矣，而亦非终不知也。其藏德深者，其收名也远，旦暮之间，嚣然自炫，虽不为一时所困，亦必无千古之荣也。"③松柏不争"雨润而日喧"之时，不为"朝华而夕秀"者所动，无论世人知与不知，其坚贞之质均无毁无伤。这种阐释，较之朱注对"士穷见节义、世乱识忠臣"的强调，更深入一层，也更恬然自得，合于松柏高洁之身份。又如《子曰作者七人矣》中对俗世之中怀才抱德之人处境的论述："道之敝也，举世不谋而同俗，奸欺苟简，以为中庸而爱之。有贤者出焉，举事而皆以为不便，发言而皆以为不祥，于以执其手足，燋然不能终日，而洁身高蹈以自完者，遂不约而同趋矣。乱之成也，彼苍异事而同心，仁义中正，必有物焉以败之。一贤者立焉，其上皆将执狐疑之心，其下皆能奋谗慝之口，使之观其气象，凛乎不可久留，而惑时抚事以思避者，亦异人而同辙矣。"④方苞虽有"尧舜君民之志"，然而在众人眼中，却是持论过高过苛，所谓"强聒令人厌"⑤。此处极写"士有所立之艰难"，可视为作者夫子自道语。

① 梁章钜著，陈居渊校点：《制义丛话》卷十，《制义丛话 试律丛话》，上海书店出版社2001年版，第176页。
② 马其昶著，毛伯舟点注：《方望溪先生传》，《桐城耆旧传》卷七，黄山书社1990年版，第307页。
③ 方苞：《桐城方氏时文全稿·抗希堂稿》，清光绪十四年（1888年）会友书局刊本。
④ 方苞：《桐城方氏时文全稿·抗希堂稿》，清光绪十四年（1888年）会友书局刊本。
⑤ 全祖望著，朱铸禹汇校集注：《前侍郎桐城方公神道碑铭》，《全祖望集汇校集注》鲒埼亭集卷一七，上海古籍出版社2000年版，第310页。

又如朱书，虽是"辞气不类世俗人"①的高士，然而性情豪放，与朋友交游，可以"酣嬉终日，解衣盘礴"②。因此其文亦平实通脱，较少凌厉之气，如《子使漆雕开仕》中二小比："吾夫子忧世之切，虽莫宗而犹欲大行其道，即为兆而亦且小试其端，此意固在仕也。吾夫子乐天之深，虽王天下而不与存，即遁世不见知而亦不悔，此其意又并不关仕也。"写夫子在出世问题上平和安详的心态，与二方兄弟笔下常见的凄怨之音不同。上述诸例，虽在唱叹委婉、"寄情遥深"的方面不及方舟，但都能以明畅之笔抒发个人心得，称得上是性情之文。

第四节 时文规制与古文之法："和而不同"与早期桐城派作家的时文文法

在具体的修辞技术上，桐城派早期作家们并不是要用古文之法全面否定时文之法，而是要追求两者在"活法"或文章境界层面的会通。这可以说是"和而不同"之思维的一次典型而成功的运用。

从现有文献来看，戴名世、方苞等人对"时文之法"，并不一概否定。他们所反对的，只是"陋矣谬悠而不通于理，腐烂而不适于用"③的世俗时文之法，而不反对功令所规定的时文规制，以及经前辈诸家锻炼成熟的诸种描摹题旨之法。戴名世说："今之经义，则代圣人贤人之语气而为之摹拟，其语脉之承接于题之上下文义，皆各有所避忌，盖其法律极严以密，一毫发之有差，则遂至于猖狂凌犯，断

---

① 方苞著，刘季高校点：《朱字绿墓表》，《方苞集》卷一二，上海古籍出版社2008年版，第345页。

② 方苞著，刘季高校点：《朱字绿墓表》，《方苞集》卷一二，上海古籍出版社2008年版，第346页。

③ 戴名世著，王树民编校：《甲戌房书序》，《戴名世集》卷四，中华书局1986年版，第88页。

筋绝膑，而其去题也远矣。"①承认时文写作必须遵循特定的形制要
求。方苞在《钦定四书文》中，亦极为赞赏时文作者对"题绪""题
位"的把握，认为这种"循题"之文，虽不能动人眼目，却是时文正
脉："选义按部，考辞就班，为科举之学者，以此为步趋，去先正法
程犹未远也。"②对于一些逞才者以散体入时文的做法，方苞并不赞
成："排偶中未尝不可以运奇，未尝不可用古，特流于散乱，则有乖
八股之体制耳。"③

　　遵守时文规制，与"以古文之法为时文"是否矛盾？这一问题
涉及对戴、方等人对"古文之法"的理解。戴名世、方苞在文章学
上的主要贡献，除了将前代文法理论归纳为"义"与"法"两个层
面外，还在于他们对文法中之"死法"与"活法"的通脱认识。从
戴名世、方苞所认可的古文统绪来看，戴名世说："古之辞，左、
国、庄、屈、马、班，以及唐宋大家之为之者也。"④方苞《古文约
选》虽只选汉人及唐宋八家文，但全书《序例》明言，《古文约选》
只是古文入门教本，若要"追流溯源"，则"三《传》、《国语》、
《国策》、《史记》，为古文正宗"⑤。明末人王余佑认为，周秦文
与汉唐以后文，文法有别，《左》《国》诸书，"多侨语、态语、不
了语、映带语"，一如云山雾罩，难以言其法度，而《史》《汉》及
韩、苏诸家，以及历代奏议，则是"明白昌大，痛快言之，条分缕

---

①　戴名世著，王树民编校：《小学论选序》，《戴名世集》卷四，中华书
局1986年版，第91页。
②　张瑷《颜渊季路伺　一章》一文评语，方苞编《钦定四书文·本朝文》
卷三，《四库全书》影印文渊阁本，第一四五一册，台湾商务印书馆1986年版，
第652页下。
③　蒋德埈《泰伯其可谓至德也已矣　一节》一文评语，方苞编《钦定四书
文·本朝文》卷四，《四库全书》影印文渊阁本，第一一四九册，台湾商务印书
馆1986年版，第676页下。
④　戴名世著，王树民编校：《己卯行书小题序》，《戴名世集》卷四，中
华书局1986年版，第109页。
⑤　方苞著，刘季高校点：《古文约选序例》，《方苞集·集外文》卷四，
上海古籍出版社2008年版，第613页。

析，不留遗义"①，学者可探寻其思想脉络。因此，对此两种不同文字的兼宗，可以表明戴、方对"古文之法"的"可说"与"不可说"两个层面均不偏废的态度。从他们对古文文法的具体论述来看，戴名世一方面编选《唐宋八大家文选》，要让士子知晓其中所选诸篇的"起伏呼应、联络宾主、抑扬离合、伸缩之法"②，另一方面又强调文章写作的最高境界，是"运用之妙成乎一心，变化之机莫可窥测"③的随心所欲而不逾矩的状态。方苞的文法理论，主要见于《左传义法举要》《史记评点》《古文约选》诸著。在《左传义法举要》中，方苞既对"两两相映""隐括""以虚为实""以实为虚"等具体笔法进行了逐字逐句的讲解，又告诫读者应从整体着眼，感受文辞的"千岩万壑，风云变现，不可端倪"④处。其《史记评点》，既讨论"侧入逆叙""夹叙""牵连以书""虚实之法"等具体章法，又强调"纵横如意"⑤"义法所当然"⑥。因此可以说，戴、方等人"古文之法"的特色，并不仅仅体现为对"义""法"等文章构成要素的提炼，而且体现为对"法度"的灵活通脱的阐释。对初学者、中才之人，须讲明"死法"，使其下笔时不至荒谬；而对已有一定基础者和天才之人，则要提醒他们注意"活法"，以及"活法"背后的作者立意与胸怀。

　　与对古文之法的理解类似，在现存桐城早期诸家谈论时文作法

---

　　① 王余佑著，张京华点校：《与诸子论古文书札》，《五公山人集》卷一二，华东师范大学出版社2011年版，第268页。

　　② 戴名世著，王树民编校：《唐宋八大家文选序》，《戴名世集》卷三，中华书局1986年版，第64页。

　　③ 戴名世著，王树民编校：《史论》，《戴名世集》卷一四，中华书局1986年版，第405页。

　　④ 方苞：《鄢陵之战》总批，王兆符、程崟传述《左传义法举要》，抗希堂十六种丛书本。

　　⑤ 归有光、方苞：《高祖本纪》评语，《归方评点史记》，扫叶山房民国二十五年（1936年）刊本。

　　⑥ 归有光、方苞：《吴王濞列传》评语，《归方评点史记》，扫叶山房民国二十五年（1936年）刊本。

的文字中，我们可以看到，他们一方面强调时文写作的具体技术，如戴名世、刘岩都曾编选小题文集。小题文之题，皆割裂经文而成，"题意难明，题情难得，纤佻琐碎，粘上连下，拘牵甚多"①。这类题目，虽被王夫之批评为不能阐发大义，"斯不足以传一世"②，但因其在写法上限制极多，对士子熟练掌握时文法度最有裨益。因此戴名世建议士子在时文写作的初始阶段，多作小题文，"惟久而熟焉于小题，而大题已举之矣"③。刘岩也认为，小题文可以开作者混沌之心，使其"披豁呈露"④，下笔为文，则能变化多端，引人入胜。另一方面，桐城早期诸家的时文创作，在法度掌握方面也都十分出色，如戴名世之文被认为是"神变不测"⑤，方苞之文被认为擅长将题意"进剥数层""作数层洗发"⑥，均说明他们能够熟练运用各种方法，对题旨进行多角度多层面的阐述。

　　此外，在注重具体行文之法的同时，诸人又好谈论"文气"与"文境"，意欲用古文的浑厚来提升因讲究机法而变得支离破碎的时文气格。如戴名世多次谈到"自然成文"："今夫文之为道，虽其辞章格制各有不同，而其旨非有二也，第在率其自然而行其所无事，此自左、庄、马、班以来，诸家之旨未之有异也，何独于制举之文而弃之。"⑦又标举苏轼语来印证自己的观点："夫文章之事，千变万

　　①　龚笃清：《明代八股文史探》，湖南人民出版社2005年版，第104页。

　　②　王夫之著，戴鸿森笺注：《夕堂永日绪论外编》，《姜斋诗话笺注》卷二，人民文学出版社1981年版，第234页。

　　③　戴名世著，王树民编校：《甲戌房书小题文序》，《戴名世集》卷四，中华书局1986年版，第90页。

　　④　刘岩：《小题立诚集序》，《匪我堂文集》卷二，《清代诗文集汇编》第一九八册，上海古籍出版社2010年版，第82页上。

　　⑤　萧正模：《与某书》，《后知堂文集》卷三〇，《清代诗文集汇编》第一八七册，第217页下。

　　⑥　分别见《桐城方氏时文全稿·抗希堂稿》中《子曰语之一节》刘捷评语与《质直而好三句》方舟评语。

　　⑦　戴名世著，王树民编校：《李潮进稿序》，《戴名世集》卷四，中华书局1986年版，第105页。

化，眉山苏氏之所谓如行云流水，初无定质，其驰骋排荡，离合变灭，有不自知其所以然者。既成，视之，则章法井然，血脉贯通，回环一气，不得指某处为首，某处为项，某处为腹，某处为腰，某处为股也。而方其作之时，亦未尝预立一格，曰此为首，此为项，此为腹，此为腰，此为股也。"①他曾描述自己作文的情景说："每一题入手，静坐屏气，默诵章句者往复数十过，用以寻讨其意思神理脉络之所在，其于《集注》亦如之。于是喉吻之际略费经营，振笔而书，不加点窜。"②这正是"率其自然而行其无所事"的状态。又如方苞在《钦定四书文》中，大力表彰流畅、浑整之文，如评王鏊《桃应问曰章》："化累叙问答之板局而以大气包举。"③评归有光《多闻阙疑 二节》："显白透亮，而灏气顿折，使人忘题绪之堆垛。"④评唐顺之《牛山之木尝美矣 二节》："依题立格，裁对处融炼自然，有行云流水之趣。"⑤诸评均从文章整体气息着眼。方苞自己的时文，亦被认为能在"镂刻已用全力"之时，保持整体上的"气度渊然"。⑥又如王源在《示及门书》中指出，浑融的境界，是第一流时文家的能事："夜光之珠照车前后十二乘，而其体不过径寸。舞剑器者千夫环射不能入，而其步法止于数武。神龙变化风雨，霾天晦日，驱山汩海，而其潜也不过尺寸之间。此王、瞿、归、邓、黄、陶诸先

---

① 戴名世著，王树民编校：《小学论选序》，《戴名世集》卷四，中华书局1986年版，第91—92页。

② 戴名世著，王树民编校：《意园制义自序》，《戴名世集》卷四，中华书局1986年版，第123页。

③ 方苞编：《钦定四书文·化治文》卷六，《四库全书》影印文渊阁本，第一四五一册，台湾商务印书馆1986年版，第67页上。

④ 方苞编：《钦定四书文·正嘉文》卷二，《四库全书》影印文渊阁本，第一四五一册，台湾商务印书馆1986年版，第90页上。

⑤ 方苞编：《钦定四书文·正嘉文》卷六，《四库全书》影印文渊阁本，第一四五一册，台湾商务印书馆1986年版，第185页上。

⑥ 见《桐城方氏时文全稿·抗希堂稿》中《可与立未可与权》韩菼评语。

辈所以岿然为此道宗匠，而非群儿所得议者也。"①刘岩也认为，时文作手，必先将天地万物之理了然于胸，发而为文，则能"行乎其所不得不行，止乎其所不得不止，而法于是乎生"②。这种不拘泥于具体轨辙的"法"，正是戴、方等人所推崇的，能够营造出自然流畅之文境的"活法"。

对时文整体气息的关注，明代正、嘉之时即已出现，如茅坤在专门论述时文作法的《论文四则》中特别列出"布势"一条，认为"势者，一篇呼吸之概也"，"得其势则相题、言情如风之掣云，泉之出峡，苏文忠所谓行乎其所不得不行，止乎其所不得不止是也"③。此"势"也即桐城诸家所说的"文气"。但归、茅等人并没有说清楚时文规制与文章自然之"势"之间的关系。规范严格的八股时文，如何能做到"行云流水"呢？戴名世的解决办法是将时文之法分为"御题之法"与"行文之法"两种。"御题之法"，是"法之有定者"，即对题旨的领悟，须"不使一毫发之有失"；而"行文之法"，则是"法之无定者"，即作者可以根据题旨，自由安排文章结构："向背往来，起伏呼应，顿挫跌宕，非有意而为之，所谓文成而法立者。"④这样的文章，便可以最大限度地摆脱时文固有规制的束缚，而具有古文的"行云流水"之感。在《丁丑房书序》中，戴名世对当日时文文坛上"铺叙"与"凌驾"两派之争发表意见说，文章写作不应有文法上的预设："立一格而后为文，其文不足言矣。"他指出，近时的"铺叙"法，不过"循题位置，寻讨声口，兢兢不敢失尺寸"，只是不学无文者掩饰空疏的借口；但反对此种"铺叙"，并

---

① 王源：《示及门书》，《居业堂文集》卷八，清道光十一年（1831年）读雪山房刻本。

② 刘岩：《增删房书立诚集序》，《匪莪堂文集》卷二，《清代诗文集汇编》第一九八册，第82页下。

③ 茅坤：《论文四则》，《游艺塾文规》，袁黄撰，黄强、徐姗姗校订《游艺塾文规正续编》续文规卷二，武汉大学出版社2009年版，第186页。

④ 戴名世著，王树民编校：《己卯行书小题序》，《戴名世集》卷四，中华书局1986年版，第109页。

不是说为文一定要采用"相题之要而提挈之"的"凌驾"法。文章的叙述结构，应据题意而定，"扼题之要而尽题之趣，极题之变，反复洞悉乎题之理"，而不为旧有的文法套路所束缚。[①]在代浙江学政姜橚所作《教条》中，他重申这一看法，提出"切"字作为时文法度运用的总则："法者，无定而有定者也。数句题之文而可用之于单句，不切也；一节题之文而可用之于二节，不切也。挈其纲领，扼其要害，而法得矣，而题切矣。大凡一章之书，各有精神意思之所在，或在本题，或在上下文，要当左顾右盼，千转万变，不离乎宗，而骨节通灵，血脉贯注，所谓牵一发而身为之动也。不然而不得其脉络之所在，与题之精神意思不相融洽，虽就题之正面，发挥铺排，而于题不切也。"[②]"切"，即依题立法之意，与方苞古文"义法"理论中的"法以义起"十分类似。方苞在《钦定四书文》中，同样强调"法以义起""文成法立"，如评唐顺之《此之谓絜矩之道 合下十六节》："法由义起，气以神行，有指与物化而不以心稽之乐……循题腠理，随手自成剪裁。后人好讲串插之法者，此其药石也。"[③]又如评瞿景淳《天子一位六节》："以义制法，文成而法立，整练中有苍浑之气，稿中所罕见者。"[④]瞿景淳是明代时文机法派的代表人物，方苞对瞿氏文章整体评价并不高，认为其"殊不远时文家数"，此处特别表彰其"以义制法"的篇目，亦可以见出方苞对不顾文意、一味讲求法度之做法的贬斥。总之，在戴、方看来，"法以义起"，不仅是古文写作的高境界，也是好的时文必须遵循的原则，文法的运用，必须建立在真切理解题意的基础上，为题意的表达服务，唯其如此，

---

① 参见戴名世著，王树民编校：《丁丑房书序》，《戴名世集》卷四，中华书局1986年版，第93—94页。

② 戴名世：《浙江教条》，《南山文集外编》清钞本，转引自戴廷杰《戴名世年谱》卷八，中华书局2004年版，第477—478页。

③ 方苞编：《钦定四书文·正嘉文》卷一，《四库全书》影印文渊阁本，第一四五一册，台湾商务印书馆1986年版，第79页下—80页上。

④ 方苞编：《钦定四书文·正嘉文》卷六，《四库全书》影印文渊阁本，第一四五一册，台湾商务印书馆1986年版，第180页上。

时文才不再是拼凑字词、不知所云的文字游戏，而是可以发挥圣贤精神意趣、具有内在气韵的"文章"。

如果将是否产生过一批优秀作品、出现过一批代表性作家、树立起一种有影响的文学理念，作为文学运动成功与否的评判标准，那么，桐城派早期作家的时文改良，在一定意义上获得了成功。在创作实践上，戴名世、方舟、方苞等人的时文，在其身前即已获得极高声望。虽然由于《南山集》案的影响，戴名世、朱书等涉案之人的时文，逐渐湮没不彰，但在这场文字狱中侥幸逃脱的方苞，以及他早逝的兄长方舟，终清之世，都被推为"以古文为时文"的代表作家。方舟及方苞富含文学意味的时文，不仅受到桐城派内部人士的称赞，如吴敏树于时文"独高明之震川归氏及我朝方舟百川，以为超绝，真得古人文章之意"①，曾国藩认为方苞能得"八股文之雄厚"②；而且得到桐城派之外的文人的褒扬，如翁方纲谈到江南文人时说："桐城两方子，喻彼马与指。时文即古文，使我心翘跂。"③梁章钜认为："（灵皋）时文则纯以古文之法行之，故集中篇篇可读。"④ 在文章理念上，桐城早期诸家所倡扬的"时文乃古文之一体"，也在一定程度上得到了朝野各界的认同。如乾隆初年，方苞以义理之"清真"与文辞之"古雅"为标准选定的《钦定四书文》，被颁布天下学宫，其权威性在各类记载中被一次次提及、确认。⑤如汪缙记述幼年时，塾

---

①　吴敏树著，张在兴校点：《记钞本震川文后》，《吴敏树集》樗湖文录卷四，岳麓书社2012年版，第375页。

②　曾国藩：《读书录》集部"望溪文集"条，《曾国藩全集·读书录》，岳麓书社1989年版，第368页。

③　翁方纲：《次东墅纪梦韵叙述江南当代人文之盛用志鄙怀》，《复初斋外集》诗卷一三，民国嘉业堂丛书本。

④　梁章钜：《退庵随笔》卷一九，江苏广陵古籍刻印社1997年版，第502页。

⑤　安东强：《〈钦定四书文〉编纂的立意及反响》，《中山大学学报》（社会科学版）2012年第1期。

师曾将《钦定四书文》作为"文章好样"推荐给自己。[①]姚鼐主讲敬敷书院时，也将《钦定四书文》作为时文教读的范本。

在晚明"以古文为时文"的文体改革功败垂成之后，桐城派早期作家的时文改良运动之所以能获得成功，除了政治因素如方苞晚年居于高位，其清真雅正的为文理念与朝廷对功令文体的要求暗合之外，还有一个重要的原因是桐城派诸人对时文改革采取了"和而不同"的思维方法，并未将"时文"与"古文"完全对立起来。从本章所论可以看到，在创作态度方面，桐城诸家力图将古文的价值追求植入时文，将"为人"的古文与"为己"的时文在价值理念上进行重新整合。在文章内蕴方面，桐城诸家承认并重视时文所表达的"圣贤之情"，要求时文作者通过提升个人品格而达到与圣贤的"同情"，从而赋予时文以言志抒怀的功能，打通了时文与古文在表意上的差异。在文法方面，桐城诸家也并没有完全舍弃"时文之法"，而是在尊重时文原有规制的基础上，将古文中"境界""无法之法"等较高级的文法理念引入时文，从更深的层面改造世俗时文拘泥于流行文法的"跟风"弊病。通过这三方面的改革，桐城派作家们实际上创造出了一种既符合功令之文的规制，又具有古文的内在精神气质的新文体，这种新文体，可以说是时文、古文中的诸种因素进行碰撞交锋后得出的"和同"之体。较之某些强调时文、古文界限的意见，如焦循"古文以意，时文以形，舍意而论形则无古文，舍形而讲意则无时文。二者不可以互通"[②]的说法，桐城派作家们标举的这种新时文，更符合时文源自古"经义""代圣贤立言"的文体特点，也更能为科举制下必须通过时文获得晋身之阶的普通士子所接受。戴名世、方苞之后，"时文古文一体论"仍不断被人提起，如吴玉纶认为，在"有物

---

① 汪缙：《方先生文录叙》，《汪子文录》卷二，清道光三年（1823年）张钧刻本。

② 焦循：《时文说二》，《雕菰集》卷十，清道光岭南节署刻本。

有序"方面，"古文与时文异源同流"①；张文虎认为"志古人之志以为时文，即亦何异于时古文词"②；俞樾在"废时文"的时代呼声中，仍充满感情地说："以古文为时文，其时文必佳矣。"③这些意见，在某种意义上都可以视为桐城派早期诸家"和而不同"的"新时文"理念的回声。

历史的车轮滚滚向前，时文这一封建王朝的功令文体，随着科举制的废除、新时代的来临而遭遇了曲折的命运。从风靡天下到为人不齿、无人提及，再到进入学术殿堂，其文学、思想价值被重新估量。时至今日，科举与时文研究，已成为经学、文学与教育学研究中的重镇。在这一类研究中，我们必须超越现有的文类分别，才能对各类文体共处共生的古人实际创作环境有较为贴切的理解，也才能对不同文类各自的特质有更准确的把握。从这个意义上来说，早期桐城派作家在时文改良中"和而不同"的思维，以及他们打破时文、古文界限的成功实践，不仅有助于我们理解清代古文与时文的创作机制，也为我们提供了整理、利用古代文章文献的新思路。

---

① 吴玉纶：《试谕一则》，《香亭文稿》卷一二，清乾隆六十年（1795年）滋德堂刻本。

② 张文虎：《妙香斋集序》，《舒艺室杂著》乙编卷上，清光绪刻本。

③ 俞樾：《孙止庵试帖诗序》，《春在堂杂文》六编卷九，清光绪二十五年（1899年）刻春在堂全书本。

第四章

对立融合与"和而不同"：从选本批评看桐城派骈散观的演进

　　从中国古代文章发展史来看，先秦文章骈散不分，两汉文章骈俪成分开始增多，汉魏之际骈文最终脱胎而出，从此骈散殊途。六朝以迄初盛唐，是骈文极盛的时代。逮及中唐，韩愈因不满骈文的"绣绘雕琢"（《上宰相书》）①，无益明道，故主张恢复先秦、西汉时期那种以散行为主的"古文"。后经过宋代欧、苏、曾、王诸大家的大力倡导和实践，古文逐步取代骈文占据了文坛的主导地位。发展至元、明两代，古文益盛，而骈文愈衰。刘麟生曾指出："元以异族入主中夏，稽古右文，几成绝响；曲子最擅胜场，开文学史中新纪元；诗文犹有可观，至骈文则阒焉无闻，以四六论，可谓一浩劫也。明代文学称盛，而模仿之作居多，创造之意为少，以言骈文，粗制滥造，庸廓肤浅，虽有作品，难登大雅之堂。"②

　　降至有清，唐宋以来居于主流地位的古文被桐城派继续光大，宋以后逐渐衰落的骈文再度兴盛，文坛呈现骈散并兴的局面。随着骈散势力的消长，骈散之争成为清代文章学领域的核心议题，以古文擅场且主盟文坛的桐城派在这场论争之中自难置身事外，他们对待骈散的

---

　　①　马其昶：《韩昌黎文集校注》卷三，上海古籍出版社2014年版，第176页。

　　②　刘麟生：《中国骈文史》，东方出版社1996年版，第94页。

态度正是其文章观念的集中体现。选本批评是桐城派参与文坛骈散之争的重要依凭，桐城选家常常通过选本序跋、选文及评点发表对骈散二体的批评主张，故借助选本透视桐城派骈散观的演进是最为切近与直观的方式。目前学界有关桐城派骈散观念的研究，主要以方苞、刘大櫆、姚鼐、刘开、梅曾亮、曾国藩等几位大家的理论主张与创作实际为据，探讨桐城派对待骈文的态度变化，对曾氏以后桐城文士对待骈散的批评主张较少关注，且罕有对桐城派文章选本系列进行全面观照以透视桐城派骈散观念的研究。[①]以故，本章从桐城三祖以至民国时期桐城后学所编文章选本切入，结合桐城派相关理论主张，探讨桐城文士骈散观的发展演变，以进一步丰富和深化对桐城派文章观念演进变化的认识。

第一节　骈散异趋：桐城三祖选本尊散抑骈的倾向

任何文体都有盛衰起伏的变化，骈文发展至元、明两代跌落至于谷底。晚明之际，衰落至极的骈文开启了复兴历程。有些作家出于对明代前中期文坛或尊秦汉或主唐宋古文的反拨，将眼光转向六朝骈文，复社张溥，几社陈子龙、夏允彝等人均以取法六朝文相尚。同时晚明还涌现出以《四六法海》为代表的大批骈文选本，在这些选本的推助之下，骈文复苏之势愈炽，以至于吴应箕《与刘舆父论古文诗赋书》竟发出这样的感慨："世之无古文也久矣，今天下不独能作，知之者实少，小有才致，便趣入六朝，流丽华赡，将不终日而靡

---

① 相关论文有：熊江梅、张璞《骈文与桐城派》，《柳州师专学报》1997年第1期；彭国忠《从重古轻骈到援散入骈——古文大家梅曾亮的骈文创作》，《文学遗产》2012年第2期；吕双伟《论桐城派对骈文的态度》，《安徽大学学报》2012年第6期；刘畅《桐城派对骈文态度的演变及原因初探》，《名作欣赏》2017年第8期。笔者目前仅见禹明莲《李元度〈赋学正鹄〉的编选评点与清代骈散之争》（《学术交流》2015年第4期）一文在研究桐城派选本个案时涉及清代骈散之争。

矣。"①此种风气的转变，正是骈文由波谷迈向下一个波峰的起点。明清易代之后，陈维崧、尤侗、吴绮、毛奇龄、吴兆骞等骈文家接踵而出，他们在创作上取得了很大成就，同时在理论上积极为骈文正名，肯定其存在的合理性，骈文正在蓄势待发。②但尽管如此，清初骈文尚不足与古文争衡，在文章领域拥有主流话语权的仍是古文家，骈文家时刻能感受到古文家对于骈俪的排拒，正如陈维崧《词选序》所云："客或见今才士所作文，间类徐、庾俪体，辄曰此齐、梁小儿语耳，掷不视。"③至康雍时期，以古文相标榜的桐城派崛起于文坛，桐城派初期作家对待骈散问题时，与清初大多数古文家一样，仍严守古文畛域，排斥骈俪之文，这种思想集中体现在他们的选本批评之中。

清雍正十一年（1733年），桐城派初祖方苞奉果亲王允礼之命，为国子监的八旗子弟编选《古文约选》。其《序例》开篇即对"古文"进行了界定：

> 太史公《自序》："年十岁，诵古文。"周以前古书皆是也。自魏晋以后，藻绘之文兴，至唐韩氏起八代之衰，然后学者以先秦盛汉辨理论事质而不芜者为古文，盖六经及孔子、孟子之书之支流余肆也。④

---

① 吴应箕：《楼山堂集》卷一五，《续修四库全书》第一三八八册，上海古籍出版社2002年版，第545页。

② 陈维崧《陆悬圃文集序》云："倘毫枯而腕劣，则散行徒增阘冗之讥；苟骨腾而肉飞，则俪体讵乏经奇之誉。原非泾渭，讵类玄黄。"毛际可《迦陵俪体文集序》称其看到陈维崧骈文后，"始悟文之有骈体，犹诗之有排律也。昔杜少陵为长律，其对句必伸缩变化，出人意表。虽俳比千百言，而与《北征》诸作一意单行者，无毛发异。推此意以为文，是骈体中原有真古文辞行乎其间"。

③ 陈振鹏标点，李学颖校补：《陈维崧集·散体文集》卷二，上海古籍出版社2010年版，第54页。

④ 方苞：《古文约选》卷首，国家图书馆藏清雍正十一年（1733年）和硕果亲王府刻本。

　　方苞界划古文之疆域，秉承了韩愈倡导"古文"时的最初内涵，即摒弃以"藻绘"为特征的六朝骈俪之文，而奉"质而不芜"的先秦两汉之作为古文，并将儒家经典视为古文的源头。此种界定与明末古文家艾南英之论亦一脉相承，艾氏《答夏彝仲论文书》云："夫平淡古质，不为烦华者，古文之别称也。……盖昔人以东汉末至唐初，偶排摘裂，填事粉泽，宣丽整齐之文为时文，而反是者为古文。譬之古物器，其艳质必不如今，此古文之所以为名也。若以辞华为古，则韩之先为六朝，欧公之先有五代，皆称古文矣。"①显然，他们都将骈文视作古文的对立面，注重从文辞风格的角度区分古文与骈文的固有畛域，即古文以古质朴厚为尚，骈文则以藻俪华艳是崇。为了使古文保持雅洁古朴的本色，方苞甚至拒绝任何骈俪因素介入古文创作，他曾告其弟子沈廷芳云："古文中不可入语录中语，魏晋六朝人藻俪俳语，汉赋中板重字法，诗歌中隽语，南北史佻巧语。"②以此为衡，《古文约选》将六经及《左传》《公羊传》《谷梁传》《国语》《战国策》《史记》等奉为"古文正宗"。但为了使后学先得其津梁，"是编所录惟汉人散文及唐宋八家专集"③，而于六朝骈文一概不选。故刘大櫆《祭望溪先生文》称其"卑视魏、晋，有如隶奴"④。方苞在这部极具官方色彩的选本中为古文正名，力拒骈体，这对于清初骈文家肯定骈文的尊体主张无疑是反攻之举。

　　方苞《古文约选》最推崇唐宋八家之文，选文多达三百一十二篇，其中对韩、欧古文尤为爱重（韩七十篇，欧五十八篇），选文高居所选作家的前两位，这是对宋、明以来古文家所尊奉的韩、欧文

　　① 艾南英：《重刻天佣子全集》卷五，国家图书馆藏清道光十六年（1836年）刻本。

　　② 沈廷芳：《隐拙斋集》卷四一，《四库全书存目丛书·补编》第十册，齐鲁书社2001年版，第517页。

　　③ 方苞：《古文约选》卷首，国家图书馆藏清雍正十一年（1733年）和硕果亲王府刻本。

　　④ 刘大櫆著，吴孟复校点：《刘大櫆集》卷十，上海古籍出版社1990年版，第338页。

统的继承与发扬。而此前骈文家尤侗曾力排韩、欧文统，其《牧靡集序》认为，"今使驱天下之人尽出于昌黎、庐陵之门，则两汉以下，六朝以上，千百年间，其人必皆化为异物，而其文亦如冷烟荒草，随风飘灭于无何有之乡，然后可耳"，为六朝骈文之冷遇大鸣不平；进而倡导"既有一代之人，则自有一代之文"①，为骈文争取生存空间。方苞此选力尊韩、欧古文，而摒弃六朝骈文，无形中对骈文家给予了回击，从而巩固了古文的文坛地位。

方苞在唐宋八家之中对柳宗元颇有微词，《古文约选》所选柳文虽不在少数（四十六篇），然《序例》却称"子厚文笔古隽，而义法多疵"②，明确表达了不满。从其《书柳文后》所论来看，方氏所谓"义法多疵"者，与柳宗元古文未脱尽骈俪习气有一定关系。其文云：

> 子厚自述为文，皆取原于六经，甚哉，其自知之不能审也！彼言涉于道，多肤末支离而无所归宿，且承用诸经字义，尚有未当者。盖其根源杂出周、秦、汉、魏、六朝诸文家，而于诸经，特用为采色声音之助尔。故凡所作效古而自汩其体者，引喻凡猥者，辞繁而芜句佻且稚者，记、序、书、说、杂文皆有之，不独碑、志仍六朝、初唐余习也。③

柳宗元以古文名世，但其骈文成就亦颇为后人所称道。明代蒋一葵《八朝偶隽》云："唐初沿六朝绮丽之风，宾王辈四六鏧慨实工，

---

① 尤侗：《西堂文集·西堂杂俎二集》卷三，《清代诗文集汇编》第六五册，上海古籍出版社2010年版，第132页。
② 方苞：《古文约选》卷首，国家图书馆藏清雍正十一年（1733年）和硕果亲王府刻本。
③ 方苞著，刘季高校点：《方苞集》卷五，上海古籍出版社2008年版，第112页。

丰骨稍掩，至河东始丽以则。"①对柳之骈文可谓推崇备至。清人孙梅《四六丛话》更将其置于整个骈文发展史的脉络之中，给予了高度评价，所谓"子厚晚而肆力古文，与昌黎角立起衰，垂法万世"，故能"以古文之笔，而炉韝于对仗、声偶间。天生斯人，使骈体、古文合为一家，明源流之无二致"②，认为柳文能熔铸骈散于一炉，使骈散二体相互为用，互通有无。可见柳宗元在骈文史上所得到的拥戴，并不逊色于他在古文史上所获得的声名。但是，在严守古文义法而拒斥骈俪因素的方苞看来，柳文颇杂"六朝、初唐余习"，骈俪气息较浓，有"辞繁句佻"之弊，自然"义法"不纯。由此可知，方氏对柳文之不满，与排拒骈体的思想密切相关。后王芑孙《渊雅堂文外集序》曾就方苞对待柳文的态度进行过评析，他说："盖韩、柳皆尝从事于东京、六朝。……韩有东京、六朝之学，一扫而空之，融其液而遗其滓，遂以复绝千余年。柳有其学而不能空，然亦与韩为辅。望溪方氏宗法昌黎，心独不惬于柳，亦由方氏所涉于东京、六朝者浅，故不足以知之，而非柳之果不足学也。"③王芑孙认为韩、柳古文都汲取了东汉至六朝骈文之长，不过韩文能够融而化之，柳文则"有其学而不能空"，尚未能尽除骈俪痕迹，但这并不妨碍其文章成就仍可与韩愈相辅而行。王芑孙是站在为柳文辩护的立场，批评方苞对待柳文的态度有失公允，但这正好从侧面印证了方苞贬低柳文更多是出于排斥骈俪的目的。

随着方苞文名日盛，从游之士接踵而至，同乡刘大櫆亦负笈来游，方苞对其颇为赏识，目为"国士"，并传授其文章义法。在对待骈散问题的立场上，刘大櫆虽无明确的反骈主张，但从其相关的理论

---

①　蒋一葵：《八朝偶隽》卷三，《续修四库全书》第一七一四册，上海古籍出版社2002年版，第615页。

②　孙梅著，李金松校点：《四六丛话》卷三二，人民文学出版社2010年版，第653页。

③　王芑孙：《渊雅堂文外集》卷首，《续修四库全书》第一四八一册，上海古籍出版社2002年版，第318页。

批评和选本实践来看，他仍然是古文正统的维护者。其《论文偶记》有云：

> 文贵华；华正与朴相表里，以其华美，故可贵重。所恶于华者，恐其近俗耳；所取于朴者，谓其不著脂粉耳。昔人谓："不著脂粉而清真刻峭者，梅圣俞之诗也；不著脂粉而精彩浓丽，自《左传》《庄子》《史记》而外，其妙不传。"此知文之言。
>
> 天下之势，日趋于文，而不能自已。上古文字简质。周尚文，而周公、孔子之文最盛。其后传为左氏，为屈原、宋玉，为司马相如，盛极矣。盛极则孳衰，流弊遂为六朝；六朝之靡弱，屈、宋之盛肇之也。昌黎氏矫之以质，本《六经》为文。后人因之，为清疏爽直，而古人华美之风亦略尽矣。平奇华朴，激流使然。末流比比，不可与处。①

推绎其意，刘大櫆认为文章应当写得华美有文采，但非谓专以偶俪为华美，而是指不经过刻意雕饰（即"不著脂粉"），自然地显现出来的"精彩浓丽"之胜。持此以衡文，他认为周公、孔子、左丘明文有文采，且华与朴结合得较为自然，属理想中的华美之文；至屈原、宋玉、司马相如文，则文采已达极盛之境，华过于朴，但两者之间的平衡尚在可控范围之内。逮至六朝骈文，则专以偶俪称盛，遂生流弊而趋于靡弱。后韩愈力纠骈文流弊而"矫之以质"，后人因此又专尚"清疏爽直"之风，遂不复有古人文章那种自然华美的风格特点。由此可见，刘大櫆虽主张文章须有文采，但对于骈文过分雕饰之文采却并不认可，而是追求自然的华美。以故，他对于偶俪之文亦主张要有参差变化之美，如称"文贵参差。天之生物，无一无偶，而无

---

① 刘大櫆、吴德旋、林纾著，舒芜校点：《论文偶记　初月楼古文绪论　春觉斋论文》，人民文学出版社1959年版，第9页。

一齐者。故虽排比之文，亦以随势曲注为佳"①，意谓自然界的生物虽然无不成双成对，但又没有任何一对是完全一样的，所以即使排偶之文也要做到奇偶相间出，以富于曲折参差为贵。体现在选本编纂上，刘大櫆编选了《唐宋八家古文约选》及《精选八家文钞》，可见他对骈体文学持论虽较平和，但从选本实践来看他所重视的仍是古文选本。

降至乾嘉，桐城派的实际创立者姚鼐步入文坛，他十分重视延揽弟子，播扬文统，从而将桐城古文发扬光大。与此同时，清代骈文经过百余年的发展，也迎来了鼎盛时期，名家辈出，如胡天游、汪中颇获时誉，袁枚、邵齐焘、刘星炜、吴锡麒、孔广森、孙星衍、洪亮吉、曾燠等亦各擅胜场，号称骈文八家。随着桐城派古文的流行和骈文创作的勃兴，文坛上形成了骈散并驱的局面。此时骈文家的尊体意识也愈益强烈，他们在理论上力争骈文与古文的对等地位。如袁枚《胡稚威骈文序》就以人体和自然物为喻，指出奇偶相生乃自然之道，故文分骈散亦属物理之自然。又说："古圣人以文明道，而不讳修词。骈体者，修词之尤工者也。六经滥觞，汉、魏延其绪，六朝畅其流。论者先散行后骈体，似亦尊乾卑坤之义。"②他认为骈文亦滥觞于六经，其体与古文并重，绝不可废，据此反驳古文家尊散抑骈之论，以抬高骈文的地位。面对骈文创作高峰的到来以及骈文家来势汹涌的尊体思潮，姚鼐始终坚守古文立场，力主骈散异趋之旨，并落实于选本之中。

乾隆四十四年（1779年），姚鼐主讲扬州梅花书院时，应讲学之需而编成《古文辞类纂》，此选"为桐城派文章之所自出，后之从

① 刘大櫆、吴德旋、林纾著，舒芜校点：《论文偶记　初月楼古文绪论　春觉斋论文》，人民文学出版社1959年版，第10页。

② 王英志编纂、校点：《袁枚全集·小仓山房文集》卷一一，浙江古籍出版社2015年版，第226页。

事桐城派者，皆奉为准绳"①，可以说是桐城派创立的标志。姚氏此选标举唐宋八家之帜，然后上溯两汉先秦，下及归有光、方苞、刘大櫆，树立起桐城派的古文统绪，并在《序目》中明确表达了尊散弃骈的选评思想：

> 古文不取六朝人，恶其靡也。独辞赋则晋宋人犹有古人韵格存焉。惟齐、梁以下，则辞益俳而气益卑，故不录耳。②

姚鼐编选古文时选入历代辞赋作品，于魏晋六朝选录了王粲《登楼赋》，张华《鹪鹩赋》，潘岳《秋兴赋》《笙赋》《射雉赋》，刘伶《酒德颂》，陶渊明《归去来辞》，鲍照《芜城赋》八首稍存"古韵"的辞赋作品，堂庑较方苞《古文约选》扩大不少，但于六朝骈文则仍保持着一种排拒的姿态。

尊散抑骈始终是姚鼐文章观念的主导倾向，在他与弟子的尺牍往来中亦时有表露。如与陈用光的信中云："杨荣裳骈俪之才，亦自可贵。住此稍近，时与晤言，但所尚故不同耳。"③虽称骈文有可贵之处，但也间接表达了自己坚守古文的立场。与鲍桂星的信中云："今世时文之道，殆成绝学矣，由诸君子视之太卑也。夫四六不害为文学之美，时文之体，岂不尊于四六乎？"④姚鼐认为四六文尚不及八股时文之体尊贵。直到八十余岁时，他还致书侄孙姚莹云："吾昨得《凌仲子集》阅之，其所论多谬，漫无可取。而当局者以私交，入之儒林，此宁足以信后世哉。……至于文章之事，诸君亦未了解。凌

---

① 徐斯异等：《名家圈点笺注批评古文辞类纂》卷首，国家图书馆藏1924年上海广益书局石印本。

② 姚鼐：《古文辞类纂》卷首，国家图书馆藏清光绪二十七年（1901年）李承渊求堂刻本。

③ 姚鼐撰，卢坡点校：《惜抱轩尺牍》卷六，安徽大学出版社2014年版，第102页。

④ 姚鼐撰，卢坡点校：《惜抱轩尺牍》卷四，安徽大学出版社2014年版，第64页。

仲子至以《文选》为文家之正派，其可笑如此。"①凌廷堪为乾嘉时期著名的汉学家，长于骈文，喜好《选》体，张其锦称其"论古文以《骚》《选》为正宗"②，江藩称其"雅善属文，尤工骈体，得汉、魏之醇粹，有六朝之流美"③。力扬汉学和骈文的阮元颇赏识凌氏之学与文，在《国史儒林传稿》中为其设立专传。姚鼐则讽刺阮元之举不无偏私，并称骈文家未了解"文章之事"，足见他对凌廷堪崇尚《选》体的批评，正是因其文章祈向与骈文派异趋所致。要之，姚鼐继承和发展了方、刘的文章观念，《古文辞类纂》严辨骈散，意在垂示文统，开宗立派，力扬古文之大纛。

第二节　骈散沟通：曾国藩等人折衷骈散的理论主张与选本实践

嘉、道以后，清代骈散之争由骈散对垒逐渐转向骈散沟通，骈文家多持折衷骈散的观点，以期消泯骈散隔阂，使骈文与古文能够平分秋色。此种理论主张经过批评家的广泛揄扬，形成了一股文学潮流，且随时代的推移而不断演进，相沿至于清末。④随着沟通骈散论的流行，坚守古文阵地的桐城派也受此影响而欲变革桐城古文，桐城后学不再恪守方、姚排拒骈体的立场，对骈文采取了较为开放的态度，不仅理论上有沟通骈散的主张，而且在编纂选本时，或骈散兼收，或在评点中打通骈散，甚至专门编选骈文选本。

---

①　姚鼐撰，卢坡点校：《惜抱轩尺牍》卷八，安徽大学出版社2014年版，第137页。
②　张其锦：《凌次仲先生年谱》，《北京图书馆藏珍本年谱丛刊》第一二〇册，北京图书馆出版社1999年版，第342页。
③　漆永祥：《汉学师承记笺释》卷七，上海古籍出版社2013年版，第771页。
④　详参曹虹：《清嘉道以来不拘骈散论的文学史意义》，《文学评论》1997年第3期；奚彤云：《清嘉庆至光绪时期沟通骈散的骈文理论》，《南京师范大学文学院学报》2005年第3期。

　　首先迈出沟通骈散步伐的是姚门弟子。姚门高弟如刘开、梅曾亮、姚椿等人在创作中并未完全排斥骈体，他们都曾有过喜作骈文的阶段[①]，方东树集中亦有部分骈体之作。在理论批评方面，他们多有融通骈散之论，其中最具影响力的是刘开之说，其《与王子卿太守论骈体书》云："夫文辞一术，体虽百变，道本同源。经纬错以成文，元黄合而为采。故骈之与散，并派而争流，殊途而合辙。千枝竞秀，乃独木之荣；九子异形，本一龙之产。故骈中无散，则气壅而难疏；散中无骈，则辞孤而易瘠。两者但可相成，不能偏废。"[②]他主张骈散应当相济为用，而不可偏废。方东树、姚椿等人也有过类似的批评主张。方氏《小谟觞馆文集跋》指出，"俪偶之文，运意遣词，与古文不异"，骈散二体"殊用异施"，而"波澜莫二"，故不必"判若淄沔，辨同泾渭"[③]。姚椿《书董荣若太守国华文稿》亦云："夫文无奇偶之异，元亨利贞，天尊地卑，匪云奇也；日若稽古，春王正月，匪云耦也。阴阳刚柔，迭相为用，而文字行乎其间。通人硕材，或为兼工，或独肆力一事，如子厚于此体独繁多。"[④]他认为奇偶作为文章要素，应当参酌并用，只是文家或兼工骈散，或偏于一端而已，能够正视骈俪之体存在的合理性。因此，姚椿对于清代骈文大家也多予肯定，如对胡天游、彭兆荪二人的骈文成就颇为称道，《书董荣若太守国华文稿》称胡天游"杂文殊奥颐奇涩，深得唐杂家工处"，又《彭甘亭墓志铭》称彭兆荪"文章鸿博沈丽，力追六

---

　　① 梅曾亮《管异之文集书后》云："曾亮少好为骈体文。"《马韦伯骈体文叙》亦云："余少好为诗及骈体文。"姚椿《书董荣若太守国华文稿》云："仆少时好为俪偶文字。"张舜徽《清人文集别录》云：刘开"所为骈文，亦沉博绝丽，自成一体"。
　　② 刘开：《刘孟涂集·骈体文》卷二，《续修四库全书》第一五一〇册，上海古籍出版社2002年版，第425页。
　　③ 方东树：《考盘集文录》卷一二，《续修四库全书》第一四九七册，上海古籍出版社2002年版，第443页。
　　④ 姚椿：《晚学斋文集》卷三，中国社会科学院文学所藏清咸丰二年（1852年）刻本。

朝、三唐之作者"①，均体现出其对待骈散的开放态度。与此同时，姚椿还借助选本批评将融通骈散的观念加以具体化。他在集半生精力所编《国朝文录》中，标举"辞章之美"作为选录标准之一②，对文辞华美并不排斥，于兼工骈散的文章家如胡天游、袁枚文分别选入四十九篇和十篇，而以骈文见长的洪亮吉、彭兆荪文亦各录有六篇和七篇，其中胡天游的选文数量仅次于方苞和姚鼐，位列所选三百余人中的第三位。胡天游为文以骈体著称，其散体文亦喜作排比，颇杂偶俪之气，李慈铭称其"造句炼字，独出奇秀，惟散文终嫌有骈俪蹊径"③，姚椿所选胡氏《与履先罗孝廉书》《送周生序》《风陵记》《柯西石宕记》《观古堂记》《首阳山夷齐庙碑》等文，均有此特点；所选其赋作则文采华美，颇有六朝赋之神韵，如《静夜秋思赋》云：

> 秋虫兮夕清，秋猿兮夜惊，引流萤于远幔，飘凉霭于闲庭。静朗金闺，空融素闼，韵籁悽篁，凝芳蓊樾。晃眼河长，吹腰风结，修袂罩烟，纤罗洞月。月华兮晖晖，烟景兮微微，微微兮不散，晖晖兮愈远。远映兮水滨，珠萦兮绮文，网空明之宕漾，约秋思以迷人，迷人兮延伫，幽忧兮谁诉。

对偶工整，音韵谐畅，直是骈体小赋。由此可见，《国朝文录》选文虽以散体为主，但能兼取富于骈俪特点的古文，甚至纯骈之赋，代表了嘉道时期桐城派文章选本沟通骈散的批评实践。

咸、同之际，姚门弟子相继谢世，桐城古文窳弱之弊亦渐次暴露，此时私淑姚鼐又请益于梅曾亮的曾国藩接踵而起，对桐城派古文

---

① 姚椿：《晚学斋文集》卷八，中国社会科学院文学所藏清咸丰二年（1852年）刻本。

② 姚椿：《国朝文录》卷首，国家图书馆藏清咸丰元年（1851年）终南山馆刻本。

③ 李慈铭：《越缦堂读书记》，中华书局1963年版，第747页。

进行变革，开启了桐城中兴的局面。曾国藩变革桐城古文的举措之一，是将秦汉六朝文作为重要的学习对象，以拓展取范门径。因此，重视骈文，调和骈散，成为曾国藩十分突出的文章观念。他于道光年间所作《送周荇农南归序》就"创为奇偶相生之论，而略地于骈文之领域"①，此文从阴阳转化的角度指出奇偶相生乃天地自然之道，进而认为骈散二体可以相互为用，故文未指出其作此文的目的就是"明奇偶互用之道，假赠言之义，以为同志者劝"②。后又在其日记及家书中屡屡道及此意，如《日记》咸丰十年（1860年）三月十五日称"古文之道与骈体相通"③，《家书》中教育子弟学文也一再要求他们须兼习骈散④。由此可见，在调和骈散方面，曾国藩可以说是桐城派文人中旗帜最鲜明的一位，而此种思想更直观地体现在其选本批评之中。

咸丰十年（1860年），曾国藩酝酿十年之久的《经史百家杂钞》编选完成，其选文虽仍以古文为主，但于论著、辞赋、序跋、诏令、奏议、书牍、哀祭、传志、杂记九类文体中，皆选入魏晋六朝文，合共九十一篇，其中除少数散体作品外，其余皆为骈体之作，与其兼重骈散的理论主张相适应。这与《古文辞类纂》的选录大异其趣，试观姚、曾二选所录书牍文，即可窥见二人骈散观念的差异。曾国藩《日记》咸丰元年（1851年）十一月初九云："《类纂》所选书说，有不尽厌于意者，未知古人书牍何者最善。"⑤《古文辞类纂》于"书说

---

① 朱东润：《古文四象论述评》，《武汉大学文哲季刊》1935年第4卷第2期。

② 曾国藩：《曾国藩全集·诗文》，岳麓书社2012年版，第237页。

③ 曾国藩：《曾国藩全集·日记之二》，岳麓书社2012年版，第24页。

④ 道光二十四年（1844年）三月初十日《致温弟沅弟》云："古文、诗、赋、四六无所不作，行之有常。"又咸丰六年十一月初五日《谕纪泽》云："欲明古文，须略看《文选》及姚姬传《古文辞类纂》二书。"又咸丰八年（1858年）七月二十一日《谕纪泽》云："作四书文，作试帖诗，作律赋，作古今体诗，作古文，作骈体文，数者不可不一一讲求，一一试为之。"

⑤ 曾国藩：《曾国藩全集·日记之一》，岳麓书社2012年版，第264页。

类"只录秦汉及唐宋八家古文，而曾氏却认为"古文中，惟书牍一门竟鲜佳者。八家中，韩公差胜，然亦非书简正宗。此外，则竟无可采。诸葛武侯、王右军两公书翰，风神高远，最惬吾意"①。又评韩愈《与少室李拾遗书》云："敦谕隐士之文，以六朝骈文为雅，若散文，则三四行已足，如两汉中诸小简可也。"②他更倾心于魏晋六朝以骈俪为主而雅致高远的书牍。魏晋南北朝时期，书牍是应用十分频繁的文体，当时文士以书体擅名者甚众，《文心雕龙·书记》篇述及当时情况云："魏之元瑜，号称翩翩；文举属章，半简必录；休琏好事，留意词翰：抑其次也。嵇康《绝交》，实志高而文伟矣；赵至叙离，乃少年之激切也。至如陈遵占辞，百封各意；祢衡代书，亲疏得宜；斯又尺牍之偏才也。"③刘勰所举阮瑀、孔融等魏晋书体的代表作家均不乏佳制，但当时书翰多以偶词俪句写就，轻视骈体的姚鼐自然不予选登，曾国藩因倡导骈散合一的主张，故对魏晋六朝书牍选录较多。《经史百家杂钞》选录书牍六十五篇，而魏晋六朝文有二十二篇，其中王羲之六篇，正体现了其审美偏好。因此，吴闿生云："曾氏《经史百家杂钞》颇采魏晋六朝诸作，盖欲于《类纂》外有以扩而充之。"④朱东润先生在对比姚、曾二选后亦称："梁、陈以后之作，如丘迟《与陈伯之书》、庾信《哀江南赋》皆在，此则殆又姚氏所谓'辞益俳而气益卑'者，然曾氏则亟取之。乃至南朝小品，如高崧《为会稽王昱与桓温书》，王羲之诸书，尤后世论文之士所未尝言者，而曾氏又亟取之。"⑤据此不难窥寻姚、曾二人对待骈、散的观念差异。

　　降至同治初，曾国藩又选录自汉迄清之名臣奏疏十七篇而编成

---

①　曾国藩：《曾国藩全集·日记之二》，岳麓书社2012年版，第35页。
②　曾国藩：《曾国藩全集·读书录》，岳麓书社2012年版，第346页。
③　范文澜：《文心雕龙注》卷五，人民文学出版社1958年版，第456页。
④　徐世昌：《明清八家文钞》卷首，国家图书馆藏1931年刻本。
⑤　朱东润：《古文四象论述评》，《武汉大学文哲季刊》1935年第4卷第2期。

《鸣原堂论文》，以贻其弟曾国荃。其中所选陆贽《奉天请罢琼林大盈二库状》为骈文，有评云：

> 骈体文为大雅所羞称，以其不能发挥精义，并恐以芜累而伤气也。陆公则无一句不对，无一字不谐平仄，无一联不调马蹄；而义理之精，足以比隆濂、洛；气势之盛，亦堪方驾韩、苏。退之本为陆公所取士，子瞻奏议终身效法陆公。而公之剖晰事理，精当不移，则非韩、苏所能及。吾辈学之，亦须略用对句，稍调平仄，庶笔仗整齐，令人刮目耳。①

陆贽为文，虽为骈体，但不贵雕藻，力去堆垛，条达疏畅，故"其文体尽是南朝之排比，而辞笔则开宋人之机调"②，可称骈散兼至之文。曾氏对陆文推崇备至，并称作文要"略用对句，稍调平仄"，即以骈文之法济古文之体，也是沟通骈散思想的体现。

　　光绪时期是桐城派文章选本编纂的高峰之一，有大批选本问世，其中还出现了专选骈文的选本。曾国藩弟子吴汝纶作为晚清桐城派主持坛坫之人，其论文与选文皆不拘骈散，继承了乃师衣钵。吴氏不仅编有《古文读本》《桐城吴氏古文读本》等古文选本，还从张溥《汉魏六朝百三名家集》所录一百〇三家中约选七十二家编成《汉魏六朝百三家集选》，所选偏重于魏晋六朝作家，文章以骈文为主。这些选本实践体现了其兼重骈散的文章观念，正如姚永概《吴挚甫先生平选汉魏六朝百三家集序》所云："先生不徒致精于古文，六朝人所为，未始不兼取，以博其趣。"③此外，吴汝纶教育弟子习文，并不反对他们学习骈文，而且对骈文创作有所成就者还给予高度评价，

---

①　曾国藩：《鸣原堂论文》，国家图书馆藏清同治十二年（1873年）传忠书局刻本。

②　钱基博：《中国文学史》，中华书局1993年版，第345页。

③　吴汝纶：《汉魏六朝百三家集选》卷首，国家图书馆藏1918年都门书局铅印本。

如其所编莲池书院学子课艺集《学古堂文集》中，他评安文澜《拟姚思廉〈上陈书表〉》云："既熟《陈书》，兼明史例，词采固已郁茂，气体正复浩穰，斯为骈文盛轨。"①或在评点时贯穿沟通骈散的思想，如吴闿生所辑《吴门弟子集》载其评傅增湘《读〈后汉书·逸民传〉》云："纵横跌荡，极骈文之能事。文以气为主，虽骈俪何独不然，左、潘、鲍、庚所以杰出于六代者，所争正在此处。故鄙论骈文，亦以气势为尤高也。"②他认为在讲究文气充实方面，骈散两体并无二致，显然是以古文之法要求骈文，以期打通骈散。

与吴汝纶同时而私淑桐城的王先谦，先后编选了《续古文辞类纂》《国朝十家四六文钞》《骈文类纂》等选本。王先谦有自觉的辨体意识，他曾将骈散之别与汉宋之异作过类比。《复阎季蓉书》云："经学之分义理、考据，犹文之有骈、散体也。文以明道，何异乎骈散？然自两体既分，各有其独胜之处。若选文而必合为一，未可谓知文派也。为义理、考据学者，亦各有其独至之处。若刊经学书而必合为一，未可谓知学派也。"③王先谦认为论学作文要有学派意识和尊体观念。因此，《骈文类纂序》称姚鼐《古文辞类纂》"兼收词赋"和梅曾亮《古文词略》"旁录诗歌"，则"论法为舛"；李兆洛《骈体文钞》杂录古文，亦"限断未谨"。王先谦认为骈散二体各有分野，编纂选本时不应骈散杂收。表面来看，王氏似乎是骈散异趋论者，而实际上他只是强调不能杂糅骈散于一选，非谓二者形同水火，其同时编选古文和骈文选本之举本身就超越了骈散的藩篱，而在具体批评之中更不乏沟通骈散之论。《骈文类纂序》称"文章之理，本无殊致；奇偶之生，出于自然"，接着论及历代骈文发展时，称清代骈文能超越前代而达致"绝境"者，原因之一便是"参义法于古文，

---

① 吴汝纶：《学古堂文集》，北京大学考古学中心藏清光绪二十四年（1898年）刻本。

② 吴闿生：《吴门弟子集》卷四，国家图书馆藏1930年莲池书社刻本。

③ 梅季校点：《王先谦诗文集·文集》卷一四，岳麓书社2008年版，第302—303页。

洗俳优之俗调"。①又评陆机《五等论》云："竟体骈俪，而文气疏宕，浑然不见其迹。"②谓此文能以疏宕之气融化骈词俪句，使人不觉其为骈体，接近吴汝纶所谓骈文亦需讲求气势充盛之意。这些评论都反映了王先谦兼宗骈散的文章观。

逮及清末民初，以刘师培、黄侃为代表的选学派崛起，他们重拾阮元有关"文笔之辨"的主张，奉骈文为正宗，对桐城古文进行了批判，再度掀起了骈散对立论。③刘师培为了给骈文争夺阵地，曾应吴虞之请编选了《国文撰录》，所录"多采后汉以至六朝之文"（吴虞《国文撰录自序》）④，以与桐城派文章选本相抗衡。⑤此时的桐城派文人虽多持折衷骈散的思想，但坚守和维护古文正统仍是不可触碰的底线，因此面对选学派声张骈文而排拒古文之论，他们给予了回击。1918年，姚永朴、姚永概兄弟受聘于徐树铮创立的北京正志中学，并为学生编选了《历朝经世文钞》，姚永概《序》云："近日学校，或主张华靡，体尚齐梁；或倡言简易，力趋伦俚，漫无正轨。用导后

---

① 王先谦：《骈文类纂》卷首，国家图书馆藏清光绪二十八年（1902年）思贤书局刻本。

② 王先谦：《骈文类纂》卷二，国家图书馆藏清光绪二十八年（1902年）思贤书局刻本。

③ 刘师培《文说·耀采篇》云："由古迄今，文不一体。然循名责实，则经史诸子，体与文殊；惟偶语韵词，体与文合。"《文章原始》云："近代文学之士，谓天下文章，莫大乎桐城，于方、姚之文，奉为文章之正轨；由斯而上，则以经为文，以子史为文。（如姚氏、曾氏所选古文是也）由斯以降，则枵腹蔑古之徒，亦得以文章自耀，而文章之真源失矣。"刘师培视偶词俪语为"文"的基本特性，将古文排逐于文章正统之外，进而否定了桐城派的文坛地位。

④ 田苗苗整理：《吴虞集》，中华书局2013年版，第186页。

⑤ 吴虞《国文撰录自序》云："国文选本，以姚氏《古文辞类纂》、曾氏《经史百家杂钞》、黎氏《续古文辞类纂》三书为最有名。然姚氏所录，始自《战国策》，讫于刘才甫；曾氏所录，始自《周易》，讫于姚惜抱；黎氏所录，始自《周易》，讫于生存之江叔海。上下数千年间，兼收并蓄，不便通法，而学者沿习，莫悟其非。则其他若吴曾祺《涵芬楼文钞》，林纾之《中学国文读本》，更可知矣。……学者熟读是录，扩而充之，则其所得必有出于姚、曾、黎、吴、林诸氏所选之外者矣。"

生，斯文将丧，老成同慨。"①所谓"主张华靡，体尚齐梁"，即针对刘师培等倡导六朝骈文而发。同年，林纾约选《古文辞类纂》而成《古文辞类纂选本》，在论及"赠序"体时对陈子昂、李白的赠序全用或杂用"骈俪之句"有所不满，认为偶俪之句虽佳，但"仍不可施之散文"②，而他最推崇者是韩愈的散体赠序，这也可以说是对选学派恢张骈体的反拨。

然而，随着白话文运动的开展和新文学的流行，尤其是钱玄同在《新青年》发表"选学妖孽，桐城谬种"之说后，桐城派文人意识到，同属于旧文学的桐城派与选学派渐已失去相互争衡的意义。因此，清末民初的桐城派文人在维护古文的同时，对于选学派的攻讦，并未竭力反攻，而是延续了桐城前辈沟通骈散的批评思想。曾批评过选学派的二姚及林纾都不乏沟通骈散之论。早在宣统元年（1909年），姚永朴任京师法政学堂教职时，因学生争询桐城古文义法而编选了《国文学》，其评班固《汉书·艺文志·诗赋论》云：

> 一阴一阳之谓道，文之不能不有奇与偶，亦犹道之不能不有阴与阳。故主于奇之文亦用偶，主于偶之文亦用奇，不相用不可以为文，此词赋类所以括于古文词之中，周秦先汉之文，亦未尝不为昭明所甄录也。韩退之主于奇者也，而所为文实兼取杨、马之长；陆敬舆主于偶者也，而奏议直陈事理，明白晓畅，其洞达治体，又岂让于贾、晁哉？是故文无论所主者为何，亦视其所为之工拙如何耳，是素非丹，窃所未喻。③

---

① 姚永朴、姚永概：《历朝经世文钞》卷首，国家图书馆藏1918年铅印本。

② 慕容真点校：《林纾选评古文辞类纂》卷六，浙江古籍出版社1986年版，第184页。

③ 姚永朴：《国文学》卷一，国家图书馆藏清宣统二年（1910年）京师法政学堂铅印本。

　　姚氏认为，"奇"与"偶"是文章的自然属性，作家在实际创作中或有所偏主，但理当相互为用，"不相用不可以为文"，故文章之高下并不在于主于"奇"，还是主于"偶"，而在于其写作本身之工拙，这是典型的调和骈散之论。正是基于此种认识，姚永朴对于骈散二体之失，也多平情之论。如评曾国藩《复陈石铭太守书》云："大抵骈文末流之失在轻靡，古文末流之失在单弱。"[①]其论文如此，选文亦兼收骈散。《国文学》选录自汉迄清的论文之作二十篇，其中陆机《文赋》和沈约《宋书·谢灵运传论》两篇为骈文。二姚合编之《历朝经世文钞》，亦录有钟会《伐蜀檄》，曹冏《六代论》，李康《运命论》，李密《陈情表》，傅亮《为宋公至洛阳谒武陵表》，范晔《后汉书·宦者传论》，丘迟《与陈伯之书》，陈霸先《答贞阳侯书》，牛弘《请开献书之路表》，柳伉《请诛程元振疏》，陆贽《奉天改元大赦制》《论授献瓜果人散试官状》《谢密旨因论所宣事状》，于公异《收西京露布》等骈文作品。林纾曾于宣统元年（1909年）编选了《中学国文读本》，选文由清代上溯秦汉，其中选录六朝文三十一家四十八篇，亦可谓骈散兼采。林纾在选本评点之中也有沟通骈散之论，如萧颖士为唐代古文运动的前驱，但其为文尚未脱尽骈俪之气，如《清明日南皮泛舟序》就多偶俪之句，林纾称此"文虽狃六朝余习，而顽艳处亦非凡手所及"，其"妙在整中有散，所以不踬于跬步"[②]，肯定萧文在整饬的俪句中杂以散句，骈散相间，故不失为佳作。又《古文辞类纂选本》评欧阳修《送徐无党南归序》云："此章以'三不朽'立言，尽人之所能道者，难在化单为偶，化偶为单，离合变化，不可方物耳。"[③]林纾认为此文内容上并无独特之

---

　　① 姚永朴：《国文学》卷四，国家图书馆藏清宣统二年（1910年）京师法政学堂铅印本。

　　② 林纾：《中学国文读本》，国家图书馆藏清宣统二年（1910年）商务印书馆铅印本。

　　③ 慕容真点校：《林纾选评古文辞类纂》卷六，浙江古籍出版社1986年版，第231页。

处，妙在形式上能奇偶结合而变化多端。凡此都体现了林纾对骈散兼至之文的推许。

此外，徐树铮、吴闿生、高步瀛等民国时期桐城派的重要传人，也都持有沟通骈散的态度。1917年，徐树铮出资刊布吴汝纶《汉魏六朝百三家集选》，并亲自作《序》称："伊古以来，文无所谓骈散也，辞达而已矣。……其实文之至者，不因骈散而重轻，徒以魏晋六朝好空文、美视听，有异乎周秦唐宋之所为，远不如两汉诸贤尚能研经尊道，故雅不为儒者所崇耳。庸讵知三代而下，继周秦诸子之迹，虽推西京为最，而袭两汉芬烈流衍转嬗以胎唐宋之元，亦惟魏晋六朝是赖邪？又讵知此汉魏六朝诸文，固皆兼骈散之长，绾古近之枢，学文者沿流溯源，所不容或阙、不可畸视者邪？"①其所论超越了骈散之争的藩篱，肯定了六朝骈文的历史地位。吴闿生亦作《汉魏六朝百三家集选跋》云："窃维文体骈散之争断断久矣，自宋以来，类以骈词为诟病。然自声韵肇分，骈俪实为斯文之一体，当时沈休文辈矜为旷古未启之奇秘，宁知千余年来更以不能脱其科臼为恨乎。骈俪之于文，何异诗之有近体，能诗者未闻或废夫音律，而独于骈文则摈异之，何邪？"②吴闿生认为骈体之于文，犹如近体之于诗，理当以古律、骈散并举为宜。1918年，吴闿生编选完成了《汉碑文范》，系专选东汉碑文。东汉是骈文渐兴的时代，彼时文章（包括碑文）大都骈散兼行，故此选正体现了其不拘骈散的理论主张。③吴汝纶弟子高步瀛自称学文从骈体入，后在乃师影响下弃骈入散。④在批评主张方面，高氏亦力主骈散兼重之论，其《文章源流》认为阮元等人直斥

---

① 吴汝纶：《汉魏六朝百三家集选》卷首，国家图书馆藏1918年都门书局铅印本。

② 吴闿生：《北江先生文集》卷六，国家图书馆藏1924年文学社刻本。

③ 杨新平：《从金石学到文章学——吴闿生〈汉碑文范〉选评思想发微》，《西北大学学报》2017年第4期。

④ 高步瀛《国文教范序》云："余少时为文，以骈俪驰骋自熹，及从先师吴挚父先生游，始悟为之非，而迄未能深造。师殁，业益荒落。"

"单行之语""不得为文",而古文家又"力求复古,归于五经两汉,而排斥六朝骈俪之文,不得为文章之正宗",皆有失偏颇,同属"偏激之论"。①因此,他对待骈散二体时能够兼采并重,如其所编先秦以迄唐宋文系列选本中,既有古文选本如《先秦文举要》《两汉文举要》,也有骈文选本如《南北朝文举要》,还有骈散兼选者如《魏晋文举要》《唐宋文举要》,这表明高步瀛也已超越门户之见,发扬了不拘骈散的文章观。

第三节 "和而不同":桐城派的骈散品位观

清代古文与骈文并兴,骈散二体经过了漫长的历史发展之后,各自的优长与弱点均已显露无遗。古文以达意为主,语言畅达,气势充沛,但若过于逞气直露,则易入粗豪怒张之途;骈文以修辞为主,语尚偶对,文重典丽,但气骨偏弱,往往有繁采寡情之弊。这是因为当辨体发展到一定程度,各种文体充分坚持各自的独特性时,势必会导致每种文体内部的差异性和多样性逐步萎缩。因此,通过以骈济散或以散运骈,实现骈散二体的双向互参和协调发展,以取得"和而不同"的艺术效果,就成为有识见的古文家和骈文家的共同选择,清代沟通骈散论的流行正是此种文体观念发展演进的必然结果。

不过由于中国古代文体互参中存在着"以高行卑"的体位原则,②在破体为文时便形成了一种通例,即"在创作近体时可参借古体,而古体却不宜借用近体;比较华丽的文体可借用古朴文体,古朴文体不宜融入华丽文体;骈体可兼散体,散体文不可带骈气"③。当然所谓"散体文不可带骈气",并非说散文中绝不可参入骈语,而

① 余祖坤:《历代文话续编》,凤凰出版社2013年版,第1270—1272页。

② 参见蒋寅:《中国古代文体互参中"以高行卑"的体位定势》,《中国社会科学》2008年第5期。

③ 吴承学:《从破体为文看古人审美的价值取向》,《学术研究》1989年第5期。

是指使用偶句时不能刻意雕琢，否则便趋入骈体，气格不高。以此衡量，在以骈济散和以散运骈之间，显然后者高于前者。但若超越这种文体尊卑观念，单从文章创作的角度来看，骈散二体的互参互渗，是在坚持文体本位的同时对艺术手段的某种丰富，体现了矛盾对立中的统一性。桐城派文章家在选本批评中对待骈散的态度正反映了此种文章品位观。

　　桐城文士在选本评点中指出，古文中参入骈俪之句，若出之自然而与古文气体相适，则有助于丰富古文的艺术表现力。刘大櫆《精选八家文钞》评韩愈《送李愿归盘谷序》云："兼用偶俪之体，而非偶俪之文，则哲匠之妙用也。"①此文语言以骈偶为主，如记述李愿所称"不遇于时者"的形象云："穷居而野处，升高而望远，坐茂树以终日，濯清泉以自洁。采于山，美可茹；钓于水，鲜可食。起居无时，惟适之安。与其有誉于前，孰若无毁于其后？与其有乐于身，孰若无忧于其心？"偶句铺排而出，茅坤曾称"其造语形容处，则又铸六代之长技矣"②。但其排偶并未刻意雕饰，且句式多变，造成了一种既浏亮顿挫又富于词采的艺术效果，与六朝骈文专力于修饰者迥异，故刘大櫆盛赞其化单为偶却无偶俪之气为"哲匠之妙用"。又吴汝纶《古文辞类纂评点》评王安石《宝文阁待制常公墓表》云："愈排偶，愈古劲，独公文为然。"③此墓表写常秩生平无一实事，纯从虚处点缀，通篇多用排偶，但出语自然，且善于转折，峭劲有力，气格高古，亦实现了以骈济散的艺术功能。

　　相反，如果古文中参入骈偶，但雕镂过工而不能脱尽骈俪之气，桐城派批评家则多予以排斥。柳宗元文多偶俪精工之作，桐城文士认

---

　　① 　刘大櫆：《精选八家文钞》，国家图书馆藏清道光三十年（1850年）刻本。

　　② 　茅坤：《唐宋八大家文钞》卷七，《钦定四库全书》影印文渊阁本，第一三八三册，台湾商务印书馆1986年版，第89页。

　　③ 　吴汝纶：《古文辞类纂评点》，国家图书馆藏1914年京师国群铸一社铅印本。

为柳文雕画之迹尚存，骈气较重，故批评之词较多。方苞称其文多杂有六朝、初唐余习，《古文约选》斥其"义法多疵"。吴德旋《初月楼古文绪论》承续方氏之论云："柳州碑志中，其少作尚沿六朝余习，多东汉字句，而风骨未超，此不可学。"[1]后吴汝纶《古文辞类纂评点》评柳宗元《永州万石亭记》亦云："'抉其穴'云云，排偶习气未尽除。"[2]吴氏所评"皆大石林立，涣若奔云，错若置棋，怒者虎斗，企者鸟厉，抉其穴则鼻口相呀，搜其根则蹄股交峙，环行卒愕，疑若搏噬"数语，拟怪石之状，体物细微，偶对精工，但在桐城派文人看来这已属雕琢，与他们所追求的援骈入散而又融化无迹的美学理想不合，故对柳文难免有微词。

与此相应，桐城文士十分称赏先秦文章中那种自然成对的偶句。方苞《古文约选》评韩愈《原毁》云：

> 管子、荀子、韩非子之文，俳比而益古，惟退之能与抗行。自宋以后，有对语则酷似时文，以所师法至汉唐之文而止也。[3]

先秦文家喜用"俳比"，但多出之自然，故气体高古；宋以后古文家使用"对语"，则多精心锤炼，与骈体无异，故稍逊一筹。以韩非文为例，桐城后学吴闿生在《古文范》中评韩非《难·管仲有病》"设民所欲以求其功，故为爵禄以劝之；设民所恶以禁其奸，故为刑罚以威之"，数句云："仍用两排，以下全是双行骈下，如此则其气雄厚，但气势要直不要横耳。"又评《难·景公过晏子曰》"败军之诛，以千百数，犹北不止；即治乱之刑，如恐不胜，而奸尚不尽"，

---

① 刘大櫆、吴德旋林纾著，舒芜校点：《论文偶记 初月楼古文绪论 春觉斋论文》，人民文学出版社1959年版，第26页。

② 吴汝纶：《古文辞类纂评点》，国家图书馆藏1914年京师国群铸一社铅印本。

③ 方苞：《古文约选》，国家图书馆藏清雍正十一年（1733年）和硕果亲王府刻本。

数句云："亦是两排，而笔势廉悍，最妙在语约而意尽。"①韩非之文虽多用排比文字，但出语自然，行于所当行，使其文气势雄厚，笔势廉悍，非后世骈文家刻意雕琢之体所能比，故深得桐城派文人的推崇。又《古文范》评庄子《胠箧》中"绝圣弃智，大盗乃止"一段排偶有云：

> 气势醲恣跌宕，词采亦蔚郁葰茂，瑰玮历落，以助成汪洋泛溢之奇观。……凡古人著作率皆如此，所谓文也。自李斯《谏逐客》以后，此体遂鲜。韩公尚时欲为之，欧、苏以下，一洗浓郁而为坦白质率之词，文乃日趋于质，而无复精华之绚耀矣。至于骈俪之作，则比词错事，别为时调，与古人采艳，迥然不同，又不足以与此也。②

吴氏认为，庄文这段排偶，词采华丽，气势醲畅，词气相得益彰，体现了先秦文章的独特魅力，而宋以后古文家用词趋于古质朴拙，骈文家又专事雕采，均不能与古人骈散兼至之文争胜。方苞和吴闿生均指出，后世唯韩愈文能发扬先秦文章藻采与气骨兼胜的特点。究其原因，诚如王芑孙《渊雅堂文外集序》所谓韩文能够吸收骈俪之长，又能"融其液而遗其滓"，故不为骈俪所累，而恰成古文之助益。要之，桐城文士认为古文中参入骈偶，而不改变古文之气体，则不妨为古文之一助；若专力于偶对，雕画其词，则很容易带有骈气，纵使词采丰缛，也是不足取的。

在桐城派文人看来，古文中参入骈偶可以丰富古文的艺术手段，而骈文中运以散行之气则可以提升骈文的艺术品位。骈散二体中古文以气盛见长，表意直露，骈文则潜气内转，表意含蓄。近人孙德谦《六朝丽指》指出："昌黎谓：'惟其气盛，故言之高下皆宜。'斯古文家应尔，骈文则不如此也。六朝文中，往往气极遒炼，欲言不

---

① 吴闿生：《古文范》卷一，复旦大学图书馆藏1927年文学社刻本。
② 吴闿生：《古文范》卷一，复旦大学图书馆藏1927年文学社刻本。

言，而其意则若即若离，急转直下者。……故骈文蹊径，与散文之
'气盛言宜'，其所异在此。"①孙氏认为骈文文气内敛，不及古文
气势壮盛，这正是骈散二体之分殊所在，不过他并不认为这是骈文的
缺点。但是，以古文擅场的桐城派却将"气"盛与否看作文章成败的
关键，因此他们看待骈文时亦以气盛作为艺术标准，并提倡以古文之
气体改造骈俪之文。

　　桐城派对文章之"气"格外重视。吴闿生认为"文章之道，要贵
乎以气充之而已"（《汉魏六朝百三家集选跋》）②；姚永朴《国文
学》评韩愈《答李翊书》时亦指出："盖文章著于外者，曰声曰色。
声无气则必入于轻靡，色无气则必归于堆砌，二者皆待气以运之，必
由昌志以昌其气，而后声乃宏而不纤，色乃活而不滞。非然者，欲文
之工，难矣。"③他们都将"气"视为文章写作的首要因素，因为它
关系到"声""色"的表达，由于"气"居于内，"声""色"表现
于外，故文章气势充盛方能托举声音辞采。对于叙事繁重的长篇之作
尤其如此，方苞、姚鼐在选本评点中曾对此屡作评论。如方苞《古文
约选》有评云：

　　　　如山之出云，如水之赴壑，千态万状，变化于自然，由其气
　　之盛也。后来惟韩退之《答孟尚书书》类此。柳子厚诸长篇，虽
　　词意酝郁，而气不能以自举矣。（评司马迁《报任少卿书》）

　　　　欧、苏诸公上书，多条举数事，其体出于贾谊《陈政事
　　疏》。此篇止言一事，而以众法之善败经纬其中，义皆贯通，气
　　能包举，遂觉高出同时诸公之上。（评王安石《上仁宗皇帝言事

　　① 孙德谦：《六朝丽指》，《历代文话》第九册，复旦大学出版社2007年
版，第8448—8449页。
　　② 吴闿生：《北江先生文集》卷六，国家图书馆藏1924年文学社刻本。
　　③ 姚永朴：《国文学》卷二，国家图书馆藏清宣统二年（1910年）京师法
政学堂铅印本。

书》）①

姚鼐《古文辞类纂》有评云：

> 《西京》雄丽，欲掩孟坚；《东京》则气不足举其辞，
> 不若《东都》之简当，惟末章讽戒挚切为胜。（评张衡《二京
> 赋》）②

> 所序事繁重，而气能包举，亦集中杰构。（评归有光《通议
> 大夫都察院左副都御史李公行状》）③

　　方、姚均强调文气要能包举其辞，所谓"气不能以自举""气不足举其辞"云云，是指文气卑弱而不能与辞采相得益彰；或反言之，即辞藻的繁缛堆砌妨碍了文气的顺畅充盈。相较于古文而言，骈文之弊正在于徒具华丽之观而气骨靡弱，若能以古文之气驱遣骈俪之辞，则能使其富于开阖变化之势，具有生龙活虎之姿，表情达意亦会更加显豁。

　　因此，桐城派选家多强调以古文雄直清刚之"气"充实和提升骈文品格，使之亦达致气盛言宜之境。李元度《赋学正鹄》有评云：

> 盖赋之用骈俪，犹诗之有排律，杜少陵长律，其对句必伸缩
> 变化，出人意表，虽排比千言，而与《北征》诸古体一意单行者
> 无少异。推此意以为赋，知排偶中原自有生龙活虎之真气行乎其

---

① 方苞：《古文约选》，国家图书馆藏清雍正十一年（1733年）和硕果亲王府刻本。
② 姚鼐：《古文辞类纂》卷七〇，国家图书馆藏清光绪二十七年（1901年）李承渊求要堂刻本。
③ 吴孟复、蒋立甫：《古文辞类纂评注》，安徽教育出版社2004年版，第1246页。

间也。（卷二评祁寯藻《高山流水赋》）

题本典重，然一味扬厉铺张，易涉呆诠，且难出色。妙以清空之气行之，寓单行于排偶中，令阅者一目了然，实者虚之，此正其绝顶聪明处。遇此等题，能知此意，自然表表出群，否则愈铺排，愈觉词费矣。（卷五评罗惇衍《龙见而雩赋》）[①]

李元度指出，以"生龙活虎之真气""清空之气"驱行骈俪之体，对排偶对句进行"伸缩变化"，或"寓单行于排偶中"，就可以使骈体文达到辞气两得的艺术境界，此即他所谓"以散行之法为排偶之文，无意不确，无语不亮"（评杨驹《一月得四十五日赋》）[②]。又《吴门弟子集》载吴汝纶评其弟子骈文亦云：

以单行之气为之，使人不知为偶俪之体，其瑰放实能窥见曾文正深处，非骈文家所有也。（卷三评李刚己《拟昭明太子〈上文选表〉》）

义山以单行之气为偶俪之文，卓然为一大宗，此篇尤集中极盛之作。今所拟撰，气势昌盛，庶几近之。（卷四评傅增湘《仿李义山〈代王茂元书答刘稹书〉》）[③]

能否以古文之气提升骈文品格，是吴汝纶评价骈文的重要标准，他主张以"单行之气"作偶俪之文，即要求以壮盛的气势包举骈俪之词，将骈文从片面追求词美的偏颇中解放出来，使之既词采丰缛又气

---

① 李元度：《赋学正鹄》，国家图书馆藏清同治十年（1871年）爽溪书院刻本。

② 李元度：《赋学正鹄》卷四，国家图书馆藏清同治十年（1871年）爽溪书院刻本。

③ 吴闿生：《吴门弟子集》，国家图书馆藏1930年莲池书社刻本。

骨挺拔，不至陷入词采有余而文气羸弱之境。这种以气举文的思想，在吴氏父子评点秦汉时期那种骈俪成分较重而又极富峻拔之气的文章时，亦多有体现。如吴闿生《萃升书院讲义》载吴汝纶评邹阳《狱中上梁王书》云：

> 此体殆邹生所创，其源出于风骚。隶事至多，而以俊气举之，后人无继者，由是分为骈体矣。此于古骈文之祖，宜看其气体骞骞，光明俊伟，轩昂磊落之处。①

邹阳此文为求自脱而作，然毫无乞怜之语，而是借古喻今，慷慨陈词，虽用事频繁，词多偶俪，但因文章气势壮盛，故词采更显斐然动人，此即"以俊气举之"之意。又吴闿生《古文范》评李斯《谏逐客书》"则是宛珠之簪、傅玑之珥、阿缟之衣、锦绣之饰不进于前，而随俗雅化、佳冶窈窕赵女不立于侧也"，两句亦云：

> 一意折为两层，重叠言之，古人所谓"三代秦汉之文，义皆双建，气不孤伸"者也。然其行气必刚劲直下，使人忘其为对举之文，气体所以轩骞。魏晋六朝与秦汉文体之分在此，骈文之所以见摈于古学者，惟以此也。②

吴闿生主张以"刚劲"之气包举偶俪之词，能使人不觉其为骈体，否则便气体靡弱而不振矣。吴氏父子均指出，后世骈文与秦汉文章之分殊，就在于骈文专务于藻饰，而其文气又不足以驾驭词采，所以气体较古文为弱。桐城文士所以极力推尊韩愈古文，原因之一即在于韩文能以古文气体驱遣骈词俪句。如姚永朴、姚永概所编《历朝经

---

① 吴闿生：《萃升书院讲义·文学》卷四，国家图书馆藏民国间萃升书院铅印本。

② 吴闿生：《古文范》卷一，复旦大学图书馆藏1927年文学社刻本。

世文钞》评韩愈《原毁》云："此篇用排比而益古者，以气盛也。"又引蔡世远评《为裴相公让官表》云："以雄直之气行于偶俪之中，后来欧、苏四六，多效此体。"[①]由此来看，桐城派强调以散运骈的实质，在于参以散行之气，为骈文树立飞扬的气骨，使之富于晓畅奔放之美，从而提高骈文的整体格调。

总之，桐城派从创立发展到中兴改造，再到式微衰落的发展过程中，选本编纂始终未曾中辍，桐城文士借助选本批评直观地呈现了他们对待骈散二体的批评态度，其文章观念经历了一个由骈散对立到骈散沟通的演进过程。桐城派创立之初，以古文相标榜，为了明确路径宗旨，树立学习典范，他们严守骈散界域。后来随着清代骈文创作的繁兴和骈文尊体思潮的高涨，对桐城派古文创作与批评产生了一定的冲击和影响；与此同时，桐城派古文因恪守家法和囿于文体藩篱出现了枯寂贫弱之弊。在内外两方面的合力作用下，致使桐城文士意识到恪守古文畛域无异于走向自我封闭的艺术窘境。因此，桐城后学不欲狃习故常，通过沟通骈散以革弊图新，他们主张以骈偶丰富古文创作手段，或以古文之气改造和提升骈文品格，亦即在保持骈散二体各自独特性的同时，兼取对方所长以丰富艺术表现，进而提高创作的丰富性和多样性，最终形成一种"和而不同"的协同发展之径。正如桐城后学高步瀛《文章源流》所云："文章之妙，奇偶相生，故六朝文，骈俪之中，亦间以散句，而周秦两汉以及唐宋八家之文，偶句尤多。章太炎所谓未有一用单者，亦未有一用复者，是也。但骈与古途径既分，工力亦异，一以气体义理为主，一以对偶藻采为工，可兼习以致用，不可杂滥以相施。有欲合骈散为一手者，恐不免非骈非散，蹈吴梅村之覆辙，学文者当以为戒也。"[②]其论所秉承的正是"和而不同"的思想，即既要在差异中见出统一，又要在统一中显出差异。

---

① 姚永朴、姚永概：《历朝经世文钞》卷二，国家图书馆藏1918年铅印本。

② 余祖坤：《历代文话续编》，凤凰出版社2013年版，第1273页。

下编

现当代散文透视

第五章

作为"大现代"散文理论观念的"和而不同"

　　"和而不同"是我国重要的文化传统与思想资源，熔铸于中华
文化的血脉之中，辐照着当今中国各思想文化领域的理论建构与观念
塑造，并且其理论内涵在历史进程中不断延展，进而在政治、哲学、
文化乃至文学等各领域都彰显出一种追求多元包容的"和而不同"的
理论观念与价值理想。作为一种文论思想，崇尚多元互动的文学观念
与各显其功的文学特质，但又能在"不同"中寻求"和"之所在，对
于"大现代"中国文学，尤其是对散文这一独特文体而言，"和而不
同"有着更为切实的指导意义，并在更为深远层面上塑造着中国散文
的理论格局与文化品格。

　　中国新文学的散文文体既承续了中国古典散文的优秀基因与文论
观念，也借鉴了欧美的散文理论，因此在散文的理论建构与创作实践
等方面都取得了显著的成绩。民国时期的散文理论与具体的散文创作
无疑奠定了新文学的散文发展的高起点，但由于战乱频繁，观念冲突
激烈，"和而不同"的文化与文学观念的延展缺乏现实社会条件与文
化空间，而充分展现出"和而不同"散文理论观念的则是改革开放之
后的新时期散文以及新世纪散文，于是我们着重从中国现代散文的主
体文体、"大现代"中国散文的多样性及其辩证关系、中国当代西部
散文的创作模式以及"大散文"观等方面开掘、探寻作为"大现代"
散文理论观念的"和而不同"，在对散文文体主体性的尊重、个性化
的重视、多样性的追求及其内在的辩证关系以及散文创作模式的运作

与演进等各层面的极富智慧的现实启示。

第一节　"和而不同"：中国现代散文的主体文体

散文的文体与主体性是散文研究领域最为重要的问题，《文体的内涵、层次与现代转型》①一文将文体分为五个层次：第一层次即文类文体，是文体的外在形态。第二层次语体文体和第三层次体式文体，是文体的重点，其阐释的理路是以我国传统的文体论为纵向坐标，以西方现代语言学为横向参照系，并以中国现代散文作为研究对象展开详细的分析。而本节要探讨的主体文体是文体的第四个层次，它是文体系统中一种"深层结构"的文体形式。主体文体作为作家的个性、人格、心理、感情和才华的整体显现，集中地体现了人的主体意识的觉醒以及文体对个体生命的体验，特别是对精神性的追求和对人的"内宇宙"的开拓，基于对中国现代散文的主体文体的研究，凸显出散文这一文体自身鲜明的主体性特征所蕴藉着的"和而不同"的文论观念。

一、文体与个性

从主体文体的角度看，一篇散文要获得成功，要想对读者的心灵造成震撼并在读者的审美经验中造成"陌生化"的艺术效果，很重要的一点就是散文作家在创作时要充分发挥主体的创造功能和个性力量。因为个性既是主体的一个重要组成部分，同时个性又从人格的方面决定了作品的质量。由于个性是从主体的创造性、能动性方面来确定散文的本体，因而个性具有共性所无法达到的深度和独特性。当然，作为作家主观与客观相统一的产物，任何形式的文学作品都强调个性化的表达，但因艺术形式的不同，有的表现现实生活时主观色彩淡一些、隐蔽一些，有的则主观色彩浓烈、外露一些。比如小

---

① 陈剑晖：《文体的内涵、层次与现代转型》，《福建论坛》（人文社会科学版）2010年第10期。

说、戏剧主要通过虚构的情节、故事、戏剧冲突的设置，尤其是典型的环境描写和塑造人物的方法，来再现客观的现实，表达作家的审美艺术理想，它是以外在事物体现思想的认识，以明确具体的形象组成精神的；而散文则是主观的王国，这是一个内在的世界，一个孕育着的、并且保持其孕育状态而不外显的世界。在这里，散文家的个性占主要地位。我们只有通过散文家的个性去感受和理解一切。也就是说，散文家在表现生活时，他不用对现实生活中的人和事、场景作太多的典型化加工，他的个性没有被虚构的帷幕隔开，因而他的主观感情表达最为直接，个性流露也最为鲜明。也正因此，日本的厨川白村说过："Essay（随笔）比什么都要紧的条件，就是作者将自己个人的人格色彩，浓厚地表现出来……"[1]郁达夫也说："现代散文之最大特征，是每一篇散文里所表现的个性，比以往的任何散文都来得强。"[2]在这里，厨川白村和郁达夫都以是否有鲜明个性作为衡量一篇散文优劣的重要标准。我们看20世纪那些优秀的散文，比如鲁迅、周作人、梁实秋、沈从文、张中行、史铁生、贾平凹、张承志、韩少功、王小波等作家的作品，无不是以自觉或非自觉的创造性以及由此形成的主体个性化而获得读者的喜爱。

不过，如果从主体文体的高度来要求，散文作家在创作时，仅仅注意到创作主体的个性还不够。主体性作为历史性和社会性的范畴，作为认识论与价值论统一的实践性的产物，尤其是如果我们将主体性当作是一种对自我和现实的超越性规定，那么，这种主体性便不仅是带有个体特征的，而且应是建立在不同的个体上的人类精神的存在。刘再复在他那篇著名的《论文学的主体性》中，就将人的主体性分为实践主体和精神主体："所谓实践主体，指的是人在实践过程中，与实践对象建立主客体的关系，人作为主体而存在，是按照自己的方式

---

① 厨川白村著，鲁迅译：《出了象牙之塔》，《苦闷的象征·出了象牙之塔》，人民文学出版社1988年版，第113页。

② 郁达夫：《序言》，郁达夫编选《中国新文学大系·散文二集》，良友图书印刷公司1935年版，第899页。

去行动的，这时人是实践的主体；所谓精神的主体，指的是在认识过程中与认识对象建立客体关系，人作为主体而存在，是按照自己的方式去思考、去认识的，这时人是精神主体。"应该说，刘再复关于作家精神主体性的论述，对我们思考散文创作中的主体文体问题有着极大的启示。一篇散文是否有独特的内涵和真正的价值，是否能给读者以强烈的心灵和思想的震撼，最关键的是看这篇散文具不具备精神的主体性。所谓精神的主体性，"是指作家内在精神世界的能动性，也就是作家实践主体获得实现的内在机制"①，它不仅强调人在文学活动中，要以人为中心，为主体，突出人的作用和价值，以人的方式去思考和认识客观世界；而且，它还特别强调作家主体性的最高层次，即精神方面的自我完善和自我实现。因为精神属于内宇宙、内自然的范畴，它具有追求自由和反抗束缚的特征。精神是作家的意志、能力、创造力的凝聚，是作家整个人格和心灵的表现。一个散文作家，如果他意识到精神主体性并为实现这种主体性而努力，那么他的创造就有可能"视通万里，思接千载"，使内宇宙与外宇宙相通，让第一自然与第二自然融会，从而使散文产生质的飞跃。为什么现在的读者不喜欢读杨朔和秦牧的散文，这其中的一个重要原因，就在于他们的散文缺乏对精神主体性的追求。在共性淹没了个性的社会氛围中，尽管他们的作品不乏诗的意境和知识性及趣味性，但在价值多元个性凸现的今天，他们的作品无论如何也引不起读者的激动了。相反，鲁迅的散文小品由于充溢着强大的精神主体性，所以，即便过去了近一个世纪，仍然引发我们绵绵不断的思索和震动。可见，有没有精神主体性，或作品中主体性的强弱，对于其阅读效果和影响是大不一样的。

　　文体与个性的关系，首先体现在精神的独创性方面。散文作为文学的代表和最高范本，作为文学种类中最自然朴素的"存在"，它不仅要求散文作家在创作中体现出精神性的倾向，而且要求这种精神必须是独特的。因为散文不似小说那样有人物、情节可以依傍，也不

---

　　①　刘再复：《论文学的主体性》，《义学评论》1985年第6期。

像诗歌那样以跳跃的节奏、奇特的意象组合来打动读者。散文是以自然的形态呈现生活的"片断"，以"零散"的方式对抗现实世界的集中性和完整性，以"边缘"的姿态表达对社会和历史的臧否，所以散文作家的精神性追求必须是与众不同，而且是犀利深刻和富于批判性的，这样散文才有可能让人读后精神为之一振。比如王小波的《沉默的大多数》中的不少思想随笔，就体现出强烈的精神独创性的创作倾向。王小波十分推崇西方以罗素为代表的"健全的理性"精神，认为"低智、偏执、思想贫乏是最大的邪恶"。不仅如此，他还认为"愚蠢是一种极大的痛苦；降低人类的智能，乃是一种最大的罪孽"。而"以愚蠢教人，那是善良的人们所能犯下的最严重的罪孽"。为了让读者进一步认识到愚蠢和偏执的可恶和缺乏理性精神的可悲，在《智慧与国学》中，王小波讲述了一个关于傻大姐的故事。傻大姐因智力出现故障，于是每当她缝完一个扣子，总要对"我"狂嚷一声："我会缝扣子！"并且她还要"我"向她学缝扣子。作者由此想到，假如傻大姐学了一点西洋几何学，一定会跳起来大叫道："人所以异于禽兽者，几稀！"再进而想到傻大姐理解中的这种"超级智慧"，即便是罗素和苏格拉底恐怕也学不会。不仅如此，王小波还从傻大姐"这个知识的放大器"，联系到国人对待国学的态度与傻大姐亦十分相近："中国的人文学者弄点学问，就如拉封丹寓言《大山临盆》中的'大山临盆一样壮烈'。"这样，就不单批判了迷恋国学者的偏执、盲目和自大，也充满了戏剧性的幽默效果。

就作家精神主体性这一层面而言，有独创性和原创性的作家当然不止王小波一位，特别在20世纪90年代的散文随笔热潮中，类似王小波这样坚守精神视域、充满人文情怀的散文作家还可举出好几位。比如张承志、韩少功、张炜、周涛等人均在探索精神的独特性方面做过努力。张承志始终在追寻充满阳刚之气的主体人格与宽阔粗犷的客观世界的契合，因此，在《禁锢的火焰色》中，他以强烈的平民意识和民族情绪表达了对现代工业文明的愤怒和批判，以及对自诩为"精灵"，具有"健全的精神"的凡·高的崇拜。在《天道立秋》中，他更以立秋日午后"瞬间"的一丝清凉证明"天理的真实"和"天道的存在"。这种对美丽"瞬间"的沉迷，以及由此而获得的启示、激发、感悟、超越，无不烙印着张承志的思维方式和精神气质：他一方面是凌厉逼人，是孤独高傲的；另一方面又是急躁不安和狭隘的。韩少功与张承志一样执着于人文理想的坚守和人类精神家园的探索，但因为韩少功是一位有着古典的人道主义情怀，而且既入世又出世的智慧型作家，所以他的散文一方面毫不留情、一针见血地针砭时下的社会状况和文化状况；另一方面他又杜绝了极端和偏执的倾向，也不像张承志那样以绝对的宗教信仰为匡时救世之道。这一切均源于韩少功对知识、文化、人类乃至自我都保持着足够的警觉和怀疑，因而他的散文的精神探求无不透出达观大度和成熟智慧的思辨魅力。而张炜的精神追求又有别于韩少功，他一般是借助"野地"来表达他对人生、社会和世界的认识。在他的作品中，野地象征着某种原初的、自然的、本源性的事物，但张炜显然没有在存在论的层面上作大段的抽象演绎，他只是用感性的语言描绘出一个个生动的意象，并把它们呈现于读者面前；而他那种倾诉，那种唯有"融入野地"，他的语言和灵魂才得以安顿的炽热之情，又使他的精神性蒙上了一层诗意和人道主义的光辉，这就是张炜精神探求的独特性。至于周涛，他主要从边地的独特视角来进行他的精神反思，他的主体人格力量的获得，往往得益于边疆大漠粗粝严酷的自然环境，这使他的散文的理性反思具有一种狂放、强悍、气度恢弘的精神气质。正因为上述作家不仅具有鲜明的个性，而且他们的精神是充盈的、独创的，这样他们的文体创造也就特别有力、特别迷人。

二、文体与生命本真

主体文体不但要求创作主体必须具备鲜明的个性和精神的独创性，它还要求作家在创作时要投进真感情、真生命，即达到生命的本真。

生命的本真，这是散文真实的内核，但过去的散文研究对这一层面的真明显重视不够。事实上，我们说散文是率性之作也好，说它是表现"自我"的艺术也好，这其间也就昭示着散文作家不仅要无中介地面对读者，而且要使生命本真任情任性地呈现。我们经常读到一些矫情、滥情的散文，作者不是在那里无病呻吟，就是说一些不着边际的废话假话。之所以如此，是因为这些作者失去了生命的本真。他们不是以整个的生命，以赤裸诚挚的心灵去感知事物、去拥抱世界，而后自自然然、老老实实地写出自己对这个世界的真实感受，而是将"自我"包裹起来，以伪装的满身披挂代替对生命的全部理解。这样的散文是虚假肤浅的，同时也是令人厌恶的。因为它失去了生命的本真，也就意味着失去了文体最为可贵的品格。

　　毫无疑问，生命的本真是一种更深层、更内在的真，因而也是一种真正贴近了主体性的真。因为生命不仅是人的本能、意志的集中体现，还具有无限开发的可能性，它是超个人、超主体的充满原始激情的实在。此外，如果按照德国近代生命哲学的理解，生命力本体本身还是诗，是美，是对抗现代工业文明的内在之源。因此，在散文创作中高扬生命的旗帜，或者说，把散文生命化，把生命化为诗——这应是一切散文家追求的一个目标。事实上，我们看到，在散文创作中，哪一位作家的生命主体意识越强大，他的生命力在作品中渗透得愈深广、愈彻底，他的文体也就愈有力量。比如史铁生的《我与地坛》，这篇作品的内涵十分丰富：有关于人类困境的描写，关于母爱的赞歌，关于写作意义的探寻、关于文学与自然与宗教的关系，关于"差别"问题与宿命问题的思考。但作品最具魅力的地方，还是对于生命的十足个人化的体验和梦想：作家静静地坐在轮椅上，从地坛的一角，从古园中的老树、荒草、青苔、颓墙，以及蝉歌、鸽音和古殿檐头的风铃声，"专心致志地想关于死的事，也以同样的耐心和方式想过我为什么要生"。于是，透过那一个又一个的场景，透过那荒凉静寂的古园和自然朴素的文字，我们感受到了汩汩涌动的生命热流，体会到了生命的纯美与辉煌。在这里，没有任何人间的喧哗和功利的算计，没有刻意为之的"抒阶级之情"或"代人民立言"，有的只是人与自然的和谐、心与上苍的交流，以及对人性的荒凉和苦涩的展示。

史铁生的意义，在于他以个体的生命为路标，以不动声色的描写和诉说，由自身的苦难推及人类的苦难，并对其作出完全迥异于世俗的理解，因而，他对生命的垂询，便超越了个体的悲欢而具备了普遍的价值。

在表达生命的本真方面值得一提的还有"新疆农民"刘亮程。他的散文创作为当代散文注进了一股自然朴素之风，也为散文研究提供了一些新的材料。就生命体验这一层次来说，他的散文是朴素、自然、真切而又丰富博大的。请看《寒风吹彻》："雪落在那些年落过的地方，我已经不注意它们了。比雪落更重要的事情，开始降临到生活中。"于是，"我静坐在屋子里，火炉上烤着几片馍馍，一小碟咸菜放在炉旁的木凳上，我想着一些人生的人和事情，想得深远而入神"。"我"首先想起14岁那年，一个人赶着牛车去沙滩拾柴禾，结果被寒风冻坏了一条腿。"我"又想起一个我曾经给他温暖，但他终于还是被寒风冻僵在路边的上了年纪的人，"我"还想起一直盼望着春天的姑妈，但她还是被冬天留住了。作者平静而冷漠地叙述着发生在身边，发生在冬天里的一些事。他反复地渲染着生命的无奈："生命本身有一个冬天，他已经来临了。""落在一个人一生中的雪，我们不能全部看见。每个人都在自己的生命中，孤独地过冬。"然而，尽管"我"和"我"的亲人们的岁月被"寒风吹彻"，但"我们"仍在期盼春天，尤其是生命的隐蔽处正存藏一点温暖，这仅有的温暖随时准备"全给了你们"。这实在是一种植根于大漠旷野中的生命，感受着这样顽强而赤裸的生命，使人不得不想起那里的白杨树和梭梭草。是的，刘亮程就是这样：他的散文从不"摆谱"或故作高深，他只是用朴朴素素的笔调写了农村中的一些生活细节，并在一棵树、一片落叶、一朵花、一头牛、一只鸟、一只小蚂蚁乃至寒风中，倾注进他对生命的全部理解。于是，你触到一个感性的世界。你在麦地边、旷野中，在昏暗的屋子里感受到了生命的顽强和尊严。

从史铁生、刘亮程等优秀散文作家的作品中，我们可以感受到：文体不是写出来的，而是流出来的。散文文体是作家的人格和气质在作品中的投影：你可以在其他体裁中掩盖自己，却无法在散文中将自己的灵魂掩藏。从这个意义上说，"散文是与人的心性距离最近的一种文体"①。也就是说，散文不仅是创作主体的精神个体和人格智慧的艺术体现，同时也是作家的生命个体一个人性情、艺术感悟、审美性灵到文化素养的全貌写真。如果只有精神的独创性而没有生命电光火石的碰撞，则散文难免流于抽象和冷硬，作家唯有在散文中注进生命的热力，使理性的思辨带着生命的体温，即余光中所说的"知性"和"感悟"的统一，如果散文家能够做到这一点，那么丰盈饱满的主体性自然也就凸显出来，散文文体也就更加富于弹性和质感了。

三、文体与人格

按照人格心理学的解释，人格一词来源于拉丁文面具"persora"，它包含着两层意思：一是指一个人在生活舞台上演出的种种行为，二是指一个人真实的自我。按荣格的观点，文化要求人在社会中所扮演的角色就是人格，也就是说，人格包括外部的自我和内部的自我。后来，在心理学、社会学、法学等著作中，人格又被引申为个体行为的全部品质，人的特质的独特模式，一个人不同于他人的所有的主要心路历程等等。而就散文创作来说，人格主要体现为作家的生活经历、文化修养、个性气质、心理特征、审美情趣等多层面的综合，它是作家的社会历史角色和地位在文化上的自我确认，这种人格是性格加智慧再加上气质的体现。因此，在我看来，就"人格"这一层面来说，主体文体性主要是研究作家的主体人格智慧在艺术上的表述，以及散文作家的经历、修养、趣味和气质如何氤氲成文学作品独有的格调。

众所周知，散文特别是其中的随笔小品不但需要思想，而且需要人格的智慧。有智慧的散文启人心智，既传达了真理，激发起读者的理性认识活动，又带给他们阅读的轻松与愉悦；没有智慧的散文一般来说都显得干巴枯燥、呆板滞重，而且往往伴随着思想的苍白和艺术上的平庸，这样的散文就如大锅清水汤一样寡淡乏味。所以，文

---

① 雷达：《后记》，《雷达散文》，浙江文艺出版社1999年版，第445页。

学史上那些优秀散文作家，一般来说都具备着较为出色的主体人格智慧。比如，现代文学中的林语堂、梁实秋、王力，当代文学中的王小波、韩少功、孙绍振、南帆等均是如此。当然，由于每个散文家主体人格构成的不同，他们作品中的智慧表达又各有千秋。如同属"论语派"的作家，林语堂的人格智慧就不同于梁实秋的人格智慧。林语堂和梁实秋都提倡"幽默"和"闲适"，但由于林语堂更崇尚中国传统文化的智慧和士大夫式的自适生活，加之他遍览欧美的幽默理论，这样他散文中的人格智慧便既有知识渊博、"左右逢源，涉笔成趣"的特点，又带着较浓的书卷气和欧美的"牛油味"。而梁实秋的主体人格更倾向于现实和世俗，他一方面认为"有个性就可爱"，另一方面又善于"化俗为雅"，"把生活当作艺术来享受"。于是，梁实秋由日常生活入手又曲尽了社会世态和人性之妙；同时，他的细致入微的洞察，特别是他的那种幽默调侃的轻松笔调，以及看似平实质朴实则其味无穷的生活化语言，又处处折射出梁实秋"这一个"作家的主体人格智慧。类似这样的例子，还可以在钱锺书与王力的散文中看到。钱锺书的《写在人生边上》集子中的散文和王力《龙虫并雕斋琐语》集里的散文都以幽默著称。然而钱锺书生性尖刻，兼之心高气傲和机警过人，而王力性格较宽和，对人对事均抱着相对中庸理解的态度，于是他们笔下的幽默也就大异其趣。例如在王力的《劝菜》中，他写主人用沾满了自己唾液的筷子轮番给客人劝菜："有时候，一块'好菜'被十双筷子传观，周游列国后，却又物归原主。"王力将这个"劝菜"的过程比喻为"津液交流"。为了加强幽默的效果，他又特意再加上一段："主人是一个津液丰富的人。上齿和下齿之间常有津液像蜘蛛网般弥缝着。入席以后，主人的一双筷子在这蜘蛛网里冲进冲出……"在这篇作品里，作者通过"劝菜"这一日常现象，批评了国人因极端好客而带来的极不卫生的陋习，他的那些精彩的比喻式幽默充分显示出他的人格智慧，不过他的幽默虽夸张滑稽却是宽容善意的，这为他的作品增添了不少情趣。而钱锺书的幽默便不是这样。他有一篇散文叫《窗》，先写门和窗的"不同意义"和作用，在这一部分作者有意混淆门和窗的功用和界限。接下来，作者进而由建筑物的特征引申出对某种生活现象的讽喻：

> 缪塞在《少女做的是什么梦》那首诗剧里，有句妙语，略谓父亲开了门，请进了物质上的丈夫，但是理想的爱人，总是从窗子出进的。换句话说，从前门进来的只是形式上的女婿，虽然经丈人看中，还待博取小姐的欢心；要是从后窗进来的，总是女郎们把灵魂肉体交托的真正情人。

借门和窗的功用引进了女婿与情人并作了一番机智的阐释后，作者转而嘲讽了某些同行做学问和教书的投机取巧，又引用了刘熙的《释名》、梅特林克戏剧里情人接吻的场面来证明"眼睛是灵魂的窗户"，并顺笔将女性挖苦了一番。所有这一切的连类比喻，典故引论，一方面体现出钱锺书过人的机智和广博的知识；另一方面又显示出他的幽默特色，即将正常与反常、严肃与俏皮、崇高与滑稽拉扯到一起，再用机智尖刻的语言将幽默和讽刺推到极致。而这种犀利的幽默和尖刻的挖苦无不渗透着钱锺书的主体人格智慧。从林语堂、梁实秋、钱锺书、王力等人的散文可以看到，智慧的确是散文树上诱人的花朵和果实，它能给散文尤其是随笔增添无限的生机和情趣。但有一点要明确：智慧不是聪明的滑头和取巧，不是知识的炫耀和卖弄。智慧从根本上说是一种生活态度，一种精神境界，一种心血的燃烧。在这方面，王小波、韩少功的随笔体现出来的人格智慧为我们进一步的分析提供了绝佳的例子。王小波的散文的基本格调就是幽默调侃，但他的幽默调侃融进了他作为一个平民知识分子的日常生存体验，特别是融进了他"上山下乡"当知青那些岁月的记忆和心血，因而他的幽默调侃便有一种别样的思想力量。韩少功的散文更多的是"智者的独语"。他的人格智慧更多地体现为既出世又入世，既冷峻又宽容，既独特深刻而又带着朋友式的微笑。在《词语新解》《性而上的迷失》《夜行者梦语》《佛魔一念间》等作品中，他直陈时代弊端，抨击世态人心，针砭人性弱点，批评后现代主义，其锋芒所向，均为社会文化和人生的严肃课题，均达到一种少见的深刻的洞见。但韩少功又能以深刻其内、潇洒其外的笔调来表达，用生动活泼的线条捕捉凝重的思考，用鲜活独特的意象来聚焦抽象理性的主题，这样韩少功的散文随笔便既有诗性的温润，又有理性的思辨的色彩。应当说，韩少功的随笔是他的主体人格智慧结出的较为成熟的果实。

如果说，作家的主体人格智慧常常和幽默、思想和理性联系在一起，则散文的格调一般总是与散文作家的气质、趣味和才情结缘，它表现出人格主体性另一方面的内涵，给文体增添了无穷的魅力。

散文这一文体的格调，是指作家的真实自我无保留地渗透进散文之中而后形成的一种情调和文化氛围，它是散文家的个性、气质、修养、趣味和才情的自然而然的流露。一般来说，有什么样的胸襟、趣味和才情，就有什么样的散文的格调。比如同泛一舟、共游一条秦淮河，朱自清笔下的秦淮河充斥着一股文人气息，它的格调是由"晃荡着蔷薇色"的历史秦淮河的"滋味"和太多的"愁梦"，以及"幻灭的情思"所构成，因而整篇散文在朦胧黯淡、缠绵缥缈中透出满怀的惆怅苦闷，在有情有景的"文人之游"中折射出的是"有我之境"；而俞平伯笔下的秦淮河却少有"文人之气"而多有"哲人之味"。他怡然自得于桨声灯影里的秦淮美景：不独一进入这"六朝金粉气"的销金窟，心旌便随着河水飘荡，而且还自命为"超然派"的榜样。他的散文没有朱自清的苦涩和愁情，虽说有对于似"有"若"无"，说"无"又"有"的"笑"的哲理辨析，却少有朱自清那种"暗昧的道德意味"，有的只是对秦淮河景物人事的眷爱流连。在这里，俞平伯追求的是景与情与理的融合，构筑的是"我"与万物和谐共处的"无我之境"，表现出一种自然活泼、其乐融融、情理并举的格调。之所以有如此的差异，皆因朱自清与俞平伯两人在性格气质、情趣、处境和人生态度不尽相同所致。

因为创作主体的人格千差万别，这就决定了散文作品格调的丰富多彩。就此看来，散文的格调大致有如下三种：第一种是不靠技巧，其语言全无铅华，作家只是直抒胸臆，靠其伟大的人格和博大的胸怀给作品赋予一种朴素庄严、崇高纯净的格调，如巴金的《随想录》、居里夫人的《我的信念》就属于此类。第二种是借助特定的景物，营造出一种有情有景、富于诗美的格调，如朱自清、俞平伯的同题散文《桨声灯影里的秦淮河》，余秋雨的许多文化散文即是此种。第三种是散文的格调以精致的人生况味和浓郁的文化乡愁的情趣取胜，董桥的《一室皆春矣！》《满抽屉的寂寞》《中年是下午茶》是其代表。这类审美既没有"大散文"内容的厚重取材和背景的宏阔，也没有庄严纯净崇高的境界，因此很容易被一些人视为格调不高之作，但如果你进入这类散文比如说董桥的散文世界，你便会惊叹于他的审美趣味的高雅、格调的精致和无处不在的"文化乡愁"："现在不流行写信了，人情不是太浓就是太淡。太浓，是说又打电话又吃饭又喝茶又喝酒，连脸上刻了多少皱纹都数得出来，存在心中的悲喜也说完了，不得不透支、预支，硬挖出些话来损人娱己。太淡，是说大家推说各奔前程，只求一身佳耳，圣诞新年签个贺卡，连上款都懒得写就交给女秘书邮寄：收到是扫兴，收不到是活该。""不太浓又不太淡的友情可以醉人，而且一醉一辈子。'醉'是不能大醉的，只算是微醉。既说是'情'，难免带几分迷惘：十分的知心知音知己者是骗人的；真那么知心知音知己也就没有什么意思了。"读着这样精致且生动有趣的文字，再配上那若断若续、贯穿全篇的"断处的空白依稀传出流水的声音"的点睛之句，我们不是也和作者一样感到"一室皆春气矣"吗？是的，这就是格调，是董桥散文特有的格调。如果我们欣赏散文时，能够深切体味到作品那种特有的格调，无疑对领略文本的艺术趣味和独特风格，透视作家的人格和精神境界，都是大有助益的。

　　主体文体是文体研究的一个重要方面，同时也是一个内涵复杂、至今仍众说纷纭的问题。以上试图从作家的个性、精神的独创性、生命的本真以及作家的人格智慧、格调等方面，对主体文体的内在精神结构进行审察和辨析。尽管这种审察辨析不一定准确地揭示了文体的演变及文体的"内"与"外"互动与作家人格气质、精神结构和审美情趣的关系，但主体文体的强弱和优劣始终是判定一篇作品是否有精神和艺术价值的一个重要标尺，同时也是文体这个大系统中不可或缺的一环。因此对散文的文体与主体性的探讨不仅有理性的价值，也有现实的意义。当然，散文中人格主体的建构是艰难曲折的。由于长期以来人们对散文的误解：或重典雅空灵的写景抒情，而轻对日常生活、现实人生的生命体验；或在散文是文艺"轻骑兵"的观念支配下，只重视散文的宣传效果，而忽视对精神独创性的追求和心灵的感受，这些误解无疑在很大程度上消解了散文的人格主体性。此外，还应看到，尽管中国的散文在很多方面优于西方的散文，尽管中西散文在追求本体性上并不相悖，但由于源于古希腊的西方文化传统更加尊重个人的独立价值，同时也更自由与宽容，这于散文的本体建构是颇为有利的。而中国的情况却很不同。在五四以前，由于正统的儒家学说封闭和扼杀了人们的独立存在价值，这样在漫长的文学发展的长河中，散文中的人格主体性并没有得到充分的发展。在现代，除了五四时期个人的价值自由和个性受到尊重和肯定外，以后急剧变动的社会现实，使散文家的人格主体受到一定的限制。20世纪90年代人的主体性虽然有所复苏，但商业大潮卷起的物质欲望又使相当一部分散文家迷失了方向，并由此导致了人格的萎缩和精神的贫困，削弱了当代散文本应达到的思想艺术高度。有鉴于此，在21世纪里，我们要高度关注散文的主体文体，高扬散文作家的人格主体性，因为唯有强化作家的人格主体性，提升散文作家的精神维度，优化散文作家的心灵质量，激发他们个体生命的自由的追求，当代散文才有可能进入一个恢宏阔大、生机勃发的新天地，才有希望臻于"和而不同"的理想境界。

第二节　"和而不同"："大现代"中国散文的多样性及其辩证关系

什么是散文？这个问题貌似幼稚，实则有意味。当代人们对散文概念的界定总是有点闪烁其词、焉语不详的感觉，未能把握到散文的内在的质的规定性。如散文研究学者陈剑晖先生所指出的那样："我们看到的许多关于散文的定义，既没有统一的标准，又没有严密的逻辑，有的定义过于宽泛无边，有的又失于简单，有的定义显得过于草率，更多的是概念模糊、前后自相矛盾。即使像林非、喻大翔这样较重学理性、逻辑思维较严密的学者，其对散文的定义仍存在不少可供商讨之处。"①

　　现在的研究者普遍认为，古代"散文"概念的正式提出人是南宋的散文家周必大（益公）。南宋末年罗大经《鹤林玉露》"刘琦赠官制"条云："益公常举似谓杨伯子（杨东山，即杨万里之子）曰：'起头两句，须要下四句议论承贴，四六特拘对耳，其立意措辞贵浑融有味，与散文同。'"周益公所说的"四六"即骈四俪六的"骈文"。他认为"宋四六"只是特别注重骈偶对仗，而立意措辞都讲究浑融有味，与散文完全一样。此条"骈文"与"散文"对举，所用很贴切。罗大经在"文章有条"条目里有："山谷诗骚妙天下，而散文颇觉琐碎局促。"山谷即著名"江西诗派"领袖黄庭坚，此条"诗骚"与"散文"对举。同期的王应麟在《辞学指南》中，将文体分为"散文"与"四六"。可见，南宋末年已使用"散文"这一名称。不过，此时"散文"是同韵文（诗骚）或骈文相对而言的"散行文字"，是指那些不押韵、不重排偶的散体文章。②中国古代"散文"一词的出现与骈文密切相关，因为在没有骈文之前只有"文""文学""文章""古文"等概念，自骈文兴起，方有"骈""散"的对称。"散文"之所以称为"散"，它的最早含义如魏怡先生所言，"当指散行不拘，不受节奏和音韵的限制，并以此区别骈文"③。因

---

　　①　陈剑晖：《中国散文理论存在的问题及其跨越》，《中国社会科学》2005年第1期。

　　②　刘锡庆：《世纪之交：对"散文"发展的回顾与反思》，《文学评论》1997年第2期。

　　③　魏怡：《散文鉴赏入门》，辽宁师范大学出版社1998年版，第4页。

此，"非韵非骈"，散以成体的文章，当然，这种"非韵即散"的排他定义法，是一种宽泛与广义的文体界定，也是一种无奈之举。即为散文，这是我国古典散文长期使用的一个概念。这种散文中既包括我们现在所说的散文，也包括我们现在所说的小说，可见散文概念的松散性与包容性，既可以和谐统一，又可以互相对立，彼此之间存在着一种辩证关系，由此便突出了散文的"和而不同"。

孔子早在两千多年前就提出"君子和而不同，小人同而不和"的观点，他把"和""同"作为区别君子与小人的标准，君子应该在人际关系交往中坚持自己的原则，以和为主，坦荡公正地表达观点，无需附和他人。"和而不同"经过千百年的演进，由最初孔子阐释做人的道理，以此作为为人处世的最高准则，一直发展到现今，逐渐扩大到社会的政治、经济、文化等各个领域之中，尤其是在各种文化之间的关系中尤为凸显。"和而不同"不仅仅是中国古代哲学重要思想之一，也是中国传统文化的主要特征之一。多元文化的发展是现当代文化发展的必然趋势，到了现当代时期的文学依然呈现出多姿多彩的特点，无论是小说戏剧，还是诗歌散文。尤其是中国现当代时期散文的多元化，更为中国散文史的书写添上了浓墨重彩的一笔。

一、"和而不同"的辩证关系

散文是一种没有音律的，善于通过叙述、描写、议论等方式真实而灵活地表达写作者情感与思考的文学样式。真实性与自由性是散文两大基本特征。严格意义上说，它的写作不能叫"创作"，只能叫"写作"，它是作者丰富情感与思考的真实记录，倘若增加了故意编造的成分，它就不真实，自然也失去了真实性魅力。散文因为其灵活，故而形式自由、不拘一格，内容上记人、叙事、写景、状物乃至议论均可，形式上可以写成记叙文，也可以写成随笔、议论文，甚至可以写成书信、序跋体。散文这种文体与写作者的精神状态的关系特别密切，神经天性的丰富、敏感、细腻，一旦写作者的精神状态有个"风吹草动"，自然表现在散文文体的形成当中。正是因为如此，散文需要"和"。散文不像小说、戏剧、诗歌这样的文学文体可以通过故事、寓言、隐语、场景设置等方法进行有效包装，达到自己的行文目的。有些时候，散文也使用隐语的方式来曲折地表达某种心灵指向，虽说千方百计地"改头换面""乔装打扮"，但是读者只要仔细辨别，还是能够发现掩藏在文本中的作者的那颗真诚跳动的心灵。譬如，鲁迅先生的《野草》所写的内容便是作者自己的心境和思想矛盾的解剖、思索和批判，寓意深刻，意旨隽永，虽说在气质上更接近"诗"的特质，行文指向上具有较强的隐蔽性，但其自由的行文方式下埋藏着一颗忧思深广的真切心灵。《朝花夕拾》是鲁迅少年时代生活的回忆，它真实地叙述了私塾、学校等生活往事，以及对良师益友的追思之情。这两部散文集中的"我"，某种意义上就是鲁迅自我的两个部分——一个是"内心的自我"，一个是"外表的自我"，二者合而为一，构成了鲁迅先生复杂而丰富的"真我"。散文中的"我"，完全可以看成"作者"自己，散文是作者心路历程的独特载体。

在某种意义上，阅读一部散文，就是体味一位作者的丰富的情感与思考，就是了解作者的心路历程；阅读一个民族的散文史，就是阅读这个民族的心路历程，了解这个民族的精神状态，这就是散文千百年来相通的共性。而不同时期，根据不同的社会、历史、经济、文化等不同的因素，散文又会像万花筒一般呈现出通而不同的特性。

中国现代散文是个性解放的产物，张扬个性是五四文化的核心特征。鲁迅先生曾言，五四时期"散文小品的成功，几乎在小说戏曲和诗歌之上"①。在中国现代散文初创时期，散文理论中的"文学散文""白话散文""美文""纯散文""絮语散文""随笔""散文小品""小品散文"等命名的方法虽各有不同，但是其核心特征没有质的偏差，即"现代散文"的基本特征，除了拥有"真实性""自由性"特征外，还拥有了现代社会所赋予的独特特征——"现代性"。

"现代散文"的河流自五四始，按照既定的奔向大海的目标在时

---

① 鲁迅：《鲁迅论创作》，上海文艺出版社1983年版，第650页。

代的河床中逶迤向前。"现代散文"在沿着高低不平、深浅不一、宽窄不同的时代河流流淌的过程中，它会随着不同的时间段濡染不同的社会风尚。在五四激越的文化语境下，散文的个性得到充分的张扬，像鲁迅先生的《灯下漫笔》《论雷峰塔的倒掉》等随感文，成为唤醒民众觉醒的有力武器，像朱自清先生的《背影》成为现代人传达父子亲情情感美文，像冰心女士的一些清醇、优美小品也成为中国青春心绪的载体……

　随着中国社会原来建立的松散的反封建联盟的解体，随着五四运动的退潮，到了20世纪20年代末期，中国社会被以人为的方式粗暴而彻底地撕裂开来，强势的国民党政权疯狂迫害处于劣势的中国共产党，解散工农组织，屠杀中共党员。这样，中国社会形态"分一为二"，产生了尖锐对立的两种社会阵营——以中国国民党为代表的大地主、大资产阶级利益的政治共同体与以中国共产党为代表的被压迫、被剥削的社会阶层的社会共同体。在镇压与反镇压、剥削与反剥削、屠杀与反屠杀、革命与反革命这两种尖锐对立的社会状态中，依附于两大社会共同体的各色人等的话语方式，强调话语的各自属性与话语的工具性成为必然的路径。左翼作家强调文艺的工具性、从属性地位，强调文艺的战斗性，周扬先生把美国著名黑人作家辛莱克"一切艺术都是宣传品"[1]的观点介绍到中国社会，对革命文学的指导性作用和对民众的影响不言而喻；而依附于国民党利益集团的民族主义者在激烈阶级斗争的时代大讲民族主义文学，自然不能受到广大民众的喜欢与尊重；还有像梁实秋这些有欧美留学背景，又在国内一流大学与研究机构任职的有闲阶层，他们的话语在广大中下阶层人士看来多少有些"站着说话不腰疼"的感觉，遭到猛烈的抨击也似乎合乎逻辑。因此，20世纪30年代进行广泛而深刻的文明批判与社会批判，"鲁迅风"杂文大行其道，正迎合了社会情感诉求的需求；而以周作

---

① 温儒敏：《中国现代文学批评史》，北京大学出版社1993年版，第181页。

人、林语堂为代表的"闲适小品"，上谈"宇宙之大"，下谈"苍蝇之微"，不失时机地在闲适与幽默中令人开心一笑，调节民族因意识形态的分裂而高度紧张的神经，自然也能赢得广大中产阶级的欢迎；即使像沈从文这样一位从遥远的湘西闯到文坛的"乡下人"，在不经意的机智中讲述的湘西风情散文，也仿佛像一股远方吹来的清凉，令无数世人感喟，原来文学中的"世外桃源"也能成为人们心灵的栖息地。当然，"为艺术而艺术"的文学也只能在小众范围内得到认同与激赏，不可能成为文学的流行色。从宽容的角度来观察，当时的好散文标准，不是一种尺度、一个标准，而是多元的、宽泛的。但是像周作人先生所言的"喝茶当于瓦屋纸窗之下，清泉绿茶，用素雅的陶瓷茶具，同二三人共饮，得半日之闲，可抵十年的尘梦。喝茶之后，再去继续修个人的胜业，无论为名为利，都无不可，但偶然片刻优游乃正亦断不可少"[1]这种个人主义的人生情怀受到批判非常正常；像鲁迅先生的"生存的小品文，必须是匕首，是投枪，能和读者一同杀出生存的血路的东西；但自然，它也能给人愉快和休息，然而这并不是'小摆设'，更不是抚慰和麻痹，它给人的愉快和休息是休养，是劳作和争斗之前的准备"[2]，强调文艺的战斗武器作用也符合社会逻辑的走向。

二、被束缚的"文学轻骑兵"

由于日本帝国主义的频繁制造事端与悍然入侵，并导致抗日战争的全面爆发，中国社会出现了"分二为三"的状态——国民党统治区、中央苏区（后拓展为"解放区"，名义上受国民党政权行政管理，实质上是中国共产党领导的抗日民主政权）、沦陷区。在这场旷日持久的民族战争中，文艺的大众化、民族化必然会得到更高度的重视，文艺的宣传性、从属性、工具性也会得到最广泛的拥护。就是在

---

① 周作人：《自己的园地 雨天的书》，人民文学出版社1988年版，第255页。

② 鲁迅：《鲁迅论创作》，上海文艺出版社1983年版，第650页。

这个时期的解放区，散文已经表现为"作为文学一支轻骑兵，却能及时参加战斗，迅速反映人民的愿望和要求，表达出人民的心声，同样起到了团结人民、教育人民、打击敌人的作用"①。换言之，散文已经具备的军事属性与战斗功能，成为鼓舞人民、打击敌人的武器，那就势必要求散文在表现革命内部是美化的、赞扬的，表现敌人是凶残的、丑陋的。某种意义上，这样的审美要求似乎与五四时期所形成的散文逻辑标准相悖离。当然，一个国家连基本的存亡问题都没有解决，还正在浴血奋战，抗击外敌入侵，要谈审美的艺术性显然多少有些不切合实际。

抗日战争结束后，中国社会又一次被推到分裂的状态，整个国家又一次被撕裂成尖锐对立的两种社会形态。经过三年艰苦的解放战争，代表最广大人民利益的中国共产党赢得了胜利，社会形态"合二为一"。1949年10月1日，中华人民共和国成立，从此中国社会结束了自1840年以来的被人蹂躏、任人宰割的半封建、半殖民地时代，结束了百年战乱、民不聊生、水深火热的动荡局面，真正成为社会主义旗帜下的大一统的民族国家。

可以看出，现代散文不会在它诞生之初所预设的路径里行走、所规定的河流里流淌，它被无数个偶然性的机遇改变着轨迹与方向。我们可以这样假设，假如辛亥革命推翻帝制后，中国社会后来不会撕裂、不被外敌入侵，那中国社会行进路线又将如何呢？我们也可以进一步设想，假如当初中国没有贫富悬殊的差距，没有严重的社会对立状态，那我们的社会又将朝哪条路径前行呢？……历史不被允许进行简单的假设，它有自身的逻辑必然性。历史现象既然存在，它一定有其合理存在的温度、湿度、环境与时间。那么，作为历史情感与思考传达者的散文的兴衰变化，自然服从于历史的客观环境，而不是脱离历史环境为所欲为。

---

①　《延安文艺丛书》编委会编：《延安文艺丛书·散文卷·前言》，湖南人民出版社1984年版，第4页。

周扬1949年在新中国第一届文学艺术界代表大会上的讲话《新的人民的文艺》中指出："毛主席的《在延安文艺座谈会上的讲话》规定了新中国的文艺方向，解放区文艺工作者自觉地坚决地实践了这个方向，并以自己的全部经验证明了这个方向的完全正确，深信除此之外再没有第二个方向了，如果有，那就是错误的方向。"[①]这种质的规定性决定新中国文艺的发展路径。因此，对于当代散文而言，它的"文学的轻骑兵"定位，决定了它在诞生之初，就被牢牢限制在国家抒情机制所确立的抒情文化氛围当中，用以讴歌新社会、新制度、新秩序、新生活。1961年，青年学生肖云儒一篇千字短文《形散神不散》的主要观点"形散神不散"最终被确定为对散文特征的最有力的概括，这也在情理之中；杨朔、刘白羽、秦牧等人的散文样式风靡于世，成为纷纷模仿的对象，这也在现实形势之中。此时，散文写作追求审美性与艺术性的方式只有一种，即"诗化"方向。为了避免单调的抒情，散文作者们把追求"诗化"与"意境"作为自觉的选择。因为唯有"诗化"与"意境"方向，既能弥补散文创作艺术上的粗陋，又能使散文符合主流意识形态和广大读者的审美要求，达到"双赢"的目的。可以这样说，这是众多散文作者倾心选择的一条狭窄的艺术之路。这样，"十七年"时期在散文写作上对三大家创作模式的推崇，也成为一种必然。

　　一时代有一时代之文学。中华人民共和国成立后，"十七年"时期代表知识分子言说的散文只能在国家抒情机制的规定中表达对新生活、新制度、新风尚的歌颂，并在此基础上加以发展壮大。到了新时期以后，散文沿着承认"人"、尊重"人"的人道主义路径展开，展示出其丰富性与生动性，从而显现出其独特的个性魅力。20世纪90年代以后，随着社会经济的迅速发展，散文凭借自身的优势，在困惑中寻求突围，在开放中崛起和繁荣。正如一位学者所言："优秀的散文

---

　　① 周扬：《新的人民的文艺》，《周扬文集》第一卷，人民文学出版社1985年版，第513页。

虽然不是直接反映时代，但却离不开时代的光影，离不开时代脉搏的跳动。准确地说，真正伟大的散文是包含时代，又能超越时代的，它必须用强大的心灵之光去照耀生活的时代。"①也许从当代散文发展的不同时期，探求散文的多元共存、和谐统一的普遍性与独特性，能更好地理解散文"和而不同"的特质。

三、无名状态下散文的发展路径

新时期之初，"拨乱反正"与"平反昭雪"成为最亮丽的社会风景。新时期散文一度成为民族悲愤与悼亡的承载工具，当时的散文作者们写真相、表真情、诉真心，直至要求"说真话"，出现了诸如巴金《怀念萧珊》、陶斯亮《一封终于发出的信》、韶华和毛岸青《我们爱韶山的红杜鹃》、杨绛《干校六记》、丁玲《牛棚小品》、杜宣《狱中生态》、陈白尘《云梦断忆》等曾经打动了无数读者的佳作。在改革开放深入人心的过程中，散文写作中也出现了诸如张洁的《拣麦穗》、张抗抗《地下森林断想》、贾平凹《一棵小桃树》、叶梦《羞女山》、唐敏《女孩子的花》等彰显生命个性的优美抒情散文。但是，散文这种与社会关系密切的文体，却在强大的社会思维与社会惯性面前束手束脚，尚无勇气对社会"品头论足"，没有表现出它真实性、自由性与现代性的特质，仍然通过"借景抒情""托物言志"的方法，表现个人的简单情思，仍然充当"文学的轻骑兵"的角色，抒发的情感个性不足，表现的思想尖锐性不足，这也难怪读者、文学界不满意。只有报告文学这种长于叙述类的散文，在控诉、声讨极左路线，以及反思社会问题方面表现出了相对从容的视角。而像饱受五四新文化精神熏陶的巴金先生《随想录》这样真诚进行自我与社会反思的随笔类散文，曾一度受到指责。可见一个经受巨大情感创伤的民族，要真正地勇敢地直面现实，的确还是件不容易的事情。加之在改革开放的大背景下，各种新观念、新方法、新思维涌入刚刚开放的中国，表现在小说、诗歌、戏剧等文学样式上，如在文学创作思维上

---

① 　王兆胜：《关于散文文体的辩证理解》，《文艺争鸣》2005年第1期。

对"人道主义"的高扬，在创作方法上对各种新的创作技巧、方法的模仿与挪移，甚至出现了高潮迭起、一浪高过一浪的创作景象。这种当代社会前所未有的文学创作高峰期的出现，自然赢得了读者与文学界的高声喝彩。这样，深深厚爱着散文、期望它有新的变化的人们，对新时期散文存在一种爱之切、恨之深的矛盾心态，指责声音越来越严厉。20世纪80年代末期，有人认为"散文已趋于解体"，当代散文"以广泛的萧条来慢待这个对文学充满厚爱的时代"，"走的是一条下坡路"，在"旧有'散文'概念的内涵已经分化完毕"的今天，"'散文'作为一个文字概念已经失去了存在的必要性和价值"。①还有人认为"一直被误作文学的散文"，"已完成了它的历史文化使命，它应当寿终正寝了"，"当代文学不再需要散文"。②

当散文沮丧地告别80年代，来到90年代后，竟出现了人们事先所没有料到的"散文热"现象。1992年，邓小平同志发表南方谈话后，中国的市场经济社会似乎在一夜之间出现。当然，市场经济引发的人的生存环境和人文精神的失落等问题日益突出，社会上出现形形色色的现象，如社会大众的原有价值判断尺度游移，拜金主义盛行，社会责任感淡薄，公共道德沦丧，人际关系冷淡，注重眼前小利，抛弃远大理想，等等。但是有一点毋庸置疑，即市场经济是鼓励自由竞争的机制，也是培养个性主义的沃土。最为可喜的一点，即在这块土壤里，知识分子长期被放逐的思想有了较为自由的生存语境，因而有了思想的复归；即使普通百姓，也有了对自身生存权利的解释与表述。这也使得散文这种与社会关系有最紧密联系的文学样式，成为中国最广大知识分子与民众传达情感与思考的载体。

我们注意到，20世纪90年代的社会环境激活的不是那种善于"借景抒情""托物言志"的抒情散文，而是形式灵活、更为善于负载作

---

① 王干、费振钟：《对散文命运的思考》，《文论报》，1986年7月21日。

② 黄浩：《当代中国散文：从中兴走向末路》，《文艺评论》1988年第1期。

者情思的随笔类散文。在这种状态下，散文的写作出现两个维度：一方面，日常生活更从容不迫地走进散文天地。众多散文作者从自我出发，取日常生活身边琐事，真切抒写普通人的生存景观、生活情趣，在凡人小事中寻求一份温馨与慰藉。另一方面，探究心灵，表现人文思想与人文理想的散文创作日趋活跃。加之社会媒体的推波助澜，所谓的"大散文""文化散文""小女人散文""生活散文""休闲散文"等成为优美的散文风景，招摇于书店、课堂、街市、茶肆、酒吧当中，成为人们快速获取知识信息的重要手段与放松情感的有效工具。这样，"太阳对着散文微笑"，"一颗被冷落在文学深宫里的明珠，如今被大众捧在蓝天白云之下，明丽的阳光照耀着，它熠熠闪着动人的光芒——这颗明珠就是散文"。①

应该说，20世纪90年代的"散文热"产生的关键点，还是市场经济社会所逐渐形成的宽松与宽容的氛围，正如周作人先生所言："我鲁莽地说一句，小品文是文学发达的极致，它的兴盛必须在王纲解纽的时代。"②倘若没有社会氛围的逐渐宽容，是断然不会形成那种热闹场面的。散文是文学样式中最直接、最便捷传达写作者个性心灵的工具，不需要"拐弯抹角"，不需要"花言巧语"，不需要"乔装打扮"，可以最原色地表现自我、展示自我。某种意义上，全民长期紧绷的神经得到放松后，具有真性情的散文就出现了。当然，20世纪90年代"散文热"的成功仅仅是初步的，与整个社会的预期还有相当大的差距。

当中国社会跨入21世纪后，中国经济一直持续走高，国内生产总值增长速度一直居世界各国的前列，高速公路交错纵横，高楼大厦鳞次栉比，城市面貌焕然一新，轻工业产品到处兜售，就是到纽约、巴黎、法兰克福等国际大都会疯狂抢购名牌商品的还是中国人。是

---

① 韩小蕙：《太阳对着散文微笑》，《文学报》，1991年11月28日。

② 周作人：《序言》，周作人编选《中国新文学大系·散文一集》，良友图书印刷公司1935年版，第6页。

的，中国社会发生着日新月异的变化，但是显示中国社会贫富差距的基尼系数也早已接近临界点，开始频频报警。中国的社会沉浸在电视工业与互联网制造的大众狂欢中，不断地制造噱头来刺激大众消费；文学也终于放下了高贵的头颅，开始迎合市场，与媒介合谋来诱惑读者与观众。随着全球化经济热潮的高涨，一个前所未有的以消费价值为趋向的"泛文学化时代"，终于不是按照行政命令的方式来到中国。这也正应了法国著名后现代主义哲学家德里达的话："在特定的电信技术王国中（从这个意义上说，政治影响倒是其次），整个的所谓文学的时代（即使不是全部）将不复存在。哲学、精神分析学都在劫难逃，甚至连情书也不能幸免。"①《人民日报》曾报道："1987年中国向世界发出了第一封电子邮件，标志着我们迈入互联网时代。从1997年到2006年，不到10年间，我国网民人数从62万上升到1.11亿，增加近180倍。"②截至2017年12月，中国互联网络信息中心（CNNIC）发布第41次《中国互联网络发展状况统计报告》，报告显示我国网民规模达7.72亿，全年共计新增网民4074万人。互联网普及率为55.8%。③微信与微博，在当下中国迅速走红的现象，似乎成为当下中国人表情达意的最直接与最重要的手段。传达当下弱势群体心灵诉求的道德写作、知识分子写作也拥有一定的受众。当然，毋庸讳言，网络的负面效应也在潜滋暗长，如以酷评、酷骂和抖露他人隐私为手段提高点击率的推送写手越来越多，使得有些网络文章仿佛痰盂一样肮脏。还有随着消费时代到来的都市消费性杂志，小资情调的图片加上零星的闲适性文字的点缀，成为这些杂志的流行色，也赢得了众多青春女性的青睐。

---

① 转引自J. 希利斯·米勒：《全球化时代文学研究还会继续存在吗?》，《文学评论》2001年第1期。

② 《网络潮头把好舵——如何进一步推动互联网的健康发展》，《人民日报》，2006年9月27日。

③ 《2018年第41次中国互联网络发展状况统计报告》，中国网信网，2018年1月31日。

这些所谓的"网络散文"与"新媒体散文"在生活节奏加快的都市，显然成为一种鸡尾酒似的营养调和品，深刻地影响着消费群体。那些肩负社会使命的文学作品反而因为市场前景不好，越来越远离普通大众。这种消费主义时代以图像为主要消费方式的现象的确令文字工作者感到困惑与不安。

在消费主义大行其道的今天，"文学会消亡吗"这个问题反复敲击着人们警醒的头脑。美国著名学者米勒曾经在《全球化时代文学研究还会继续存在吗？》中说："文学研究的时代已经过去，但是，它会继续存在，就像它一如既往的那样，作为理性盛宴上一个使人难堪，或者令人警醒的激荡的魂灵。文学是信息高速公路上的沟沟坎坎，因特网之神秘星系上的黑洞。虽然从来生不逢时，虽然永远不会独领风骚，但不管我们设立怎样新的研究系所布局，也不管我们栖息在怎样的电信王国，文学——信息高速公路上的沟沟坎坎、因特网之神秘星系上的黑洞——作为幸存者，仍然急需我们去'研究'，就在这里，现在。"[1]我国学者杜书瀛先生也说："我的基本想法是，不管图像怎么冲击，电子媒介怎么冲击，文学还是会存在。文学不死的一个最强有力的根据是，事实上它仍然健康地活着。童庆炳教授说，文学经典本身的那种'味外之旨'、'韵处之致'，那种丰富性和多重意义，那种独有的审美场域，依靠图像是永远无法接近的。这话很对。譬如，拿杂文来说吧，它今天仍有强大生命力。它的味道，它的发挥作用的方式，别的艺术形式很难匹敌。"[2]文学不会消亡。只是随着电子传媒文化时代的来到，电脑网络的普及，文学不再神圣，写作会进一步进入普通百姓的生活。而散文由于先天与人亲近的品格，更适宜于表现人们的生存情感和思考，将有更大的发展空间。可以看出，时代的变迁对于当代散文的影响，这也印证了我国古代文论家刘

---

① J. 希利斯·米勒：《全球化时代文学研究还会继续存在吗？》，《文学评论》2001年第1期。

② 杜书瀛：《文学会消失吗：学术前沿沉思录》，中山大学出版社2006年版，第24页。

勰的观点："故知文变染乎世情，废兴系乎时序，原始以要终，虽百世可知也。"①

费孝通老先生在八十寿诞上曾提出："各美其美，美人之美，美美与共，天下大同。"这或许是对"和而不同"一种极好的阐释，他曾明确指出："中华文化的包容性和中国古代先哲提倡'和而不同'的文化观有密切的关系。'和而不同'就是'多元互补'。在中华文化的发展过程中，多元的文化形态在相互接触中相互影响、相互吸收、相互融合，共同形成中华民族'和而不同'的传统文化。"②通过对当代散文路径的分析，我们可以看出散文中"和而不同"的一面：第一，任何文体脱离不了时代性，对于散文这种先天与时代关系密切的文学文体来说更是如此，它时时受制于时代规范，同时也时时心存跳跃时代规范的"野心"，有时甚至得逞，有时会受到严厉的制约。第二，"现代散文"所拥有的"现代性""真实性""自由性"的基本气质在由"现代"到"当代"转型的过程中逐渐弱化甚至丢失，尽管当代散文在力所能及的情况下苦苦找寻这种气质，但是效果并不理想。第三，振兴当代散文的关键是社会环境的进一步宽松、宽容与宽厚。文化需要多元与互补，寓和谐统一中寻找个性，尊重散文的多样性与差异性发展。而散文内部也通过矛盾冲突、对立统一，最终量变才能转化为质变，从而达到和谐共生、多元融合、文化磨合的境界。

第三节 "和而不同"：西部散文的创作模式

中国西部散文在20世纪90年代获得了长足的发展，迎来了一个相对繁荣的时期，因其创作成就突出，被研究者视为"世纪末最后

---

① 刘勰著，周振甫译注：《文心雕龙选译》，中华书局1980年版，第280页。

② 费孝通：《中华文化在新世纪面临的挑战》，方克立等主编《中华文化与二十一世纪》上卷，中国社会科学出版社2000年版，第5—6页。

一个散文流派"①。西部散文在20世纪90年代的繁荣，很容易使人和这个时期的"散文热"联系在一起，并将其视为"散文热"中的一部分，这样看倒也无可厚非，因为无论如何，西部散文不可能完全脱离当代文学的整体语境而存在。20世纪90年代被人称为"散文的时代"，散文在这个时代的勃然兴起，与整个社会的转型有着密切的关联，有人指出："90年代骤然升温的散文热，以最隐秘的社会阅读心理动机来看，是淡出政治的国人自觉或不自觉地规避政治话语的文学表现，是在风雨如磐的20世纪中，国人渴求摆脱长期的精神紧张与心灵重负，寻觅生命的温馨、轻灵与圆润的一次集体尝试。无论读者还是作者，都是在这两种意义上找到了他们之间的精神默契。"②这是从社会心理层面，对散文热的兴起做出的阐释。还有人分析了散文热兴起的外部原因与内部原因，认为"外部原因是生活节奏加快，人际交往加多，竞争程度加剧，心身疲惫加重。人们在少得可怜的业余时间里，愈加相对需求心灵的轻松与消遣、精神的寄托与宣泄、知识的补给与校正、灵魂的安慰与解脱。于是，人们在寻找着适应这一切需求的文体形式"；"内部原因是从大散文概念上看，散文是最自由的文体"，"正是这种自由和随意，这种无所不包、无所不在、无所不能、无所不备，使人们在上面提及的寻求之中必然选择了散文"。③散文热的兴起与持续，客观上为西部散文的广泛传播创造了极好的时代氛围，全社会都在关注散文，西部散文当然也在关注之列，这对西部作家来说，大大增强了其创作自信，也使成长中的新生代看到了西部散文的发展前景。尽管如此，我们却不能认为西部散文的兴盛，完全是对散文热的回应，我们只能说西部散文的兴盛恰逢其时，顺应了文学发展的时代潮流。从更深层的缘由上来说，西部散文在20世纪90年代的兴盛，是西部散文自身发展演进的必然趋势。经过20世纪30年

① 范培松：《西部散文：世纪末最后一个散文流派》，《中国文学研究》2004年第2期。
② 谭桂林：《散文热的文化透视》，《理论与创作》1997年第1期。
③ 孙武臣：《解说"散文热"》，《文学报》，2001年3月1日。

代至40年代的发轫期，"西部"开始了散文化的历程；从50年代初到70年代末，西部作家已不再满足于对西部做浮光掠影的记录，而是不断走向西部纵深进行探视，立体呈现了西部丰富的地理生态、人文生态和精神生态，从而使西部散文显示了鲜明的地域性特征；70年代末到90年代初，是西部散文承先启后的一个发展时期，众多作家的加盟，三大题材形态的基本确立，风格形态的多样化表现等，为西部散文走向繁荣创造了极大可能。

20世纪90年代以来西部散文的兴盛，有力回应了中国现代散文的复兴，并以其突出的创作实绩成为中国现代散文版图中极重要的一个构成部分。某种意义上说，西部散文创作体现了西部作家"和而不同"的文化理念和精神追求，本书引言曾指出，"如果说中国文化具有宝贵的'和而不同'的传统精义，那么中国文学的'文以载道'就充分体现了这种宝贵的文化精神。尤其在'万类霜天竞自由'的散文世界里，古今文人作家的理论思考和创作实践都得到了充分发挥，产生了许多不同的文论观点和众多风格各异的作品，总体上体现了和而不同的文化气象，彰显了中国古今散文的丰富性"。那么，西部散文是怎样体现"和而不同"的文化理念和精神追求的呢？窃以为，西部作家在散文创作中彰显鲜明的地方特色、文化内涵及创新精神，并由此形成的三种"创作模式"，是其"和而不同"的具体表现形态。这里所谓的"创作模式"，即"游历—文化再现式""体验—生命感悟式"和"追寻—精神还乡式"。

一、"游历—文化再现式"

"游历—文化再现式"是西部散文创作中极为突出的创作模式，这种创作模式的形成有着多方面的原因。某种意义上说，西部的历史是一部"在路上"的历史，如游牧民族的生活就始终"在路上"，其生活方式是"逐水草而居"，随着季节的变化而不断迁移。《汉书·地理志》记载，汉武帝时期向甘肃大量移民，而当时的移民主要为内地的游民、政治犯、刑事犯，以及他们的家属。西汉以后，基本上沿袭了这个传统。新疆的地方史将"在路上"的西部意象，表现得更为充分。西部留下了许多开拓者的足迹，如周穆王、张骞、班超、朱士行、法显、玄奘等西游或西行求学取经，解忧、弘化、文成等公主的西向联姻，林则徐、左宗棠的西部流放或者屯边，使西部地区回荡着历史的绝响。可见，"在路上"是一个有着丰富历史内涵的西部意象。

西部散文传统决定了西部作家倾向于这种创作模式。国外探险者、科学家乃至传教士的游记，尤其是辛亥革命前后国人的西行记游，对西部作家的影响更为直接。尽管国外的探险者、科学家和传教士来西部的目的迥异，对中国文化不免流露出轻薄，但其西部游记却真实再现了西部特有的地理人文环境。他们在西部纵深地带探险，记录了19世纪到20世纪初西部的社会生活情态，"从探险记游的艺术视阈和总体风格来看，无论是大漠深处的生死之旅，还是征服雪山冰川无人区的历险，都洋溢着历史沧桑感和生命的悲怆感，充满了鲜明的人格力量和地域文化色彩"[1]。斯文·赫定的《丝绸之路》、兰登·华尔纳的《在漫长的中国古道上》、科兹洛夫的《死城之旅》、大卫·尼尔的《一个巴黎女子的拉萨历险记》、河口慧海的《西藏旅行记》等，都是有代表性的作品。如果将这些西行游记看作是殖民势力强行介入的话，那么辛亥革命前后，国内的科学家、作家、学者，以及新闻工作者的西行游记，则旨在呼吁国人重视和开发西部。虽然他们以赞叹的笔触表现西部自然景色的壮美，但其更倾向于西部人文图景的呈现，且弥散着强烈的精神焦虑，这些作品较早运用了"游历—文化再现式"的创作模式。如裴景福的《河海昆仑行》、谢彬的《新疆游记》、陈万里的《西行日记》，或记录谪戍伊犁的旅途见闻，或以日记体的形式记录新疆的民俗民情，但都在民俗风情的描述中，倾注了作者对民生的深刻关注。徐炳昶的《西游日记》将历史考古的视角引入西行游记的写作，在叙述中表现出对历史与现实的反

---

[1]　丁帆主编：《中国西部现代文学史》，人民文学出版社2004年版，第41页。

思，使西部游记具有了历史厚度与学术深度。在《中国的西北角》，范长江多维地展现了其所见所闻，引人注目的是，他将西部命运与国家命运联系在了一起，赋予其作品以深邃的现实意义。在1932年出版的《西行记》中，林鹏侠记述了从咸阳到兰州的途中一幅幅令人心碎的流民图，以及饱受匪盗侵害的西部村落，充满人道主义的关切。20世纪初国人的这些作品，已固态化为西部散文的一个创作传统。

　　"游历—文化再现式"创作模式有较大的辐射范围，犹如电影类型片中的"公路片"，叙述者虽"人在路上"，却能引领读者不断走向西部深处，使其饱览西部壮美的自然景观的同时，以目睹西部丰富的人文场景，并感受作家的情感与思想，从而使其成为最常采用的模式。这种创作模式可以看作是西部作家对中国文学史上"游记"的现代转换。中国文学史上游记散文可谓源远流长，南北朝时期就出现了《游名山记》《与宋元思书》《登大雷岸与妹书》等名篇，而《水经注》和《徐霞客游记》将这种传统推向了极致。现代文学同样重视这种传统的采用，如《寄小读者》《欧游杂记》等，就为现代游记散文做出了示范。那么，西部散文的"游历—文化再现式"创作模式进行了怎样的现代转换呢？古代游记散文注重地理山川的再现，创作者意在"寄情于山水"，故其审美对象是自然，而"人的存在"并非关注的焦点。现代游记散文则"以人为中心"，故对西部作家的启示更大。西部作家不仅继承了现代游记散文"以人为中心"的叙事传统，且强调对"文化与人"的思考。这样，我们就能理解，为什么"游历—文化再现式"创作模式，常常将西部人的生存方式、生产方式和生命方式作为叙事的重心，因为这些属于"文化"的行为体现着西部人的"现实"与"历史"。

　　马丽华的"走过西藏"系列，可看作是"游历—文化再现式"创作模式的典范。作者以镜头般的笔触，将我们带向藏北、藏东、藏南等西藏地域，再现了藏民族的生存方式、生产方式和生命方式，以及正在发生的微妙变化。在马丽华看来，西藏是一个神圣之地，这里有香火弥漫的古刹寺庙，有经幡飘扬的圣湖雄山，有英雄格萨尔王的传说，有茶马古道、信徒香客。作者以"神秘"西藏的"运动镜头"，来表现西藏人的状态，研究者指出，马丽华以其特有的方式，建构起了"一部民间的形而上的西藏"①。梅卓的《人在高处》《吉祥玉树》《走马安多》等散文集的创作也采用了"游历—文化再现式"模式。作者不停地奔走于青、甘、川等藏民族的栖居之地，在茫拉河上游，在安多雪峰，在祁连山脉，在甘南玛曲，在阿西大草原，在玛尼石城，在玉树大地，都留下了作者的足迹与感叹。如果说马丽华作为一个藏地的外来者，对藏民族多少有些浪漫主义遐想的话，梅卓则对藏地生活方式的抒写更趋于本真，也更注意细节，能体现出丰富的文化意味。如《孝的安多方式》所叙述的"松更节"，是老人在世时儿女为其举办的礼敬佛法的活动，作者的描述极富文化意味："节日当天，一大早时，老人已经穿上氆氇藏装，首先要去'莫洪'神庙祭祀，莫洪是本村的保护神，这是一座马脊式建筑，里面供奉有莫洪的巨大塑像，他的身上挂满着累积了上百年的各色哈达。神庙旁是几株繁茂的大树，华盖似的冠枝遮天蔽日，其间有高耸入云的箭杆堆，挂着经幡，前面是桑烟台，老人带着柏枝，点燃了今天的第一炉桑烟。"②

《定西笔记》是贾平凹2010年冬行游甘肃定西时的作品。他一路上看到的，多是令其不安的景象，在农业生产已走向现代化的时代，这里却仍延续着传统的作业方式，走进农家，满眼是农具，满眼是耱子、梿枷、筛子、杵子、镲子、背篓。物质生活尽管落伍，却不妨碍定西人的文化追求，其将书画看作是文化的表征，再穷的人家都喜欢书画。他们重"历史"，村子里的石狮和大树，似乎是永远的守护神，传递着乡土社会曾经的那种古朴。作者坦言，他选择定西之行是为了感受传统文化的在场，"在我的认识里，中国是有三块地方值

---

① 尼玛扎西：《颠簸的生存之流与激变的时代之潮——评马丽华的散文创作》，《西藏文学》2000年第6期。

② 梅卓：《孝的安多方式》，《走马安多》，青海人民出版社2009年版，第24页。

得行走的，一是山西的运城和临汾一带，二是陕西的韩城合阳朝邑一带，再就是甘肃陇右了。这三块地方历史悠久，文化纯厚，都是国家的大德之域，其德刚健而文明"①。再如红柯的《手指间的大河》，是作者三次对青海、内蒙古、甘肃、陕西四省区进行文化考察的收获，他沿着黄河的发源地顺流而下，重点考察了四省区的民间文化，采访了民间艺人。在他看来，黄河流过的地方表示着它的生命历程，"正好也是一条大河的童年、少年到壮年"，"一条河其实是一个渐渐辽阔起来的生命，包含着一个民族的神话、史诗和梦想"②。这部散文集中，"文化"是叙事的支点，而这"文化"是与西部人的存在融合在一起的，包含着西部人的生命理解、历史记忆和生活期待。无论是甘南的龙头琴弹唱、唐卡绘画，河州的壮汉绣花、砖雕工艺，兰州的刻葫芦艺术，还是青海的刺绣、皮影，包头的剪纸艺术，鄂尔多斯的根雕艺术，呼和浩特的服饰艺术，陕西佳县的剪纸、华县的皮影，都以其艺术气息传达着西部人的大悲情与大欢乐。文化的在场，使西部大地升腾起了神性的光芒。

二、"体验—生命感悟式"

如果说"游历—文化再现式"创作模式因叙述者"在路上"，采用电影拍摄中的"广角镜头"，最大限度再现了西部人的生产方式、生存方式和生命方式，突出了西部散文反映生活广度的话，那么"体验—生命感悟式"创作模式重在传达西部作家的生命感悟，这种生命感悟可能来自西部人，也可能来自西部大地上的一切生命体。它采用的是电影摄影中的"长焦距镜头"，往往将西部的自然人文环境加以虚化处理，而深层次地展现生命的"此在"，以及给西部作家的启示，显然，这种创作模式呈现了西部散文反映生活的深度。

西部的戈壁、沙漠、高山及河流形成了某种自然神话，这自然

① 贾平凹：《定西笔记》，人民文学出版社2011年版，第3页。
② 红柯：《前言》，《手指间的大河》，中国青年出版社2001年版，第1页。

神话使西部人不得不面对持久的贫困，使其生发出绵延的苦难感、寂寥感和苍凉感；加之，历史文化的遗留、政治文化的冲击和现代性进程中的落伍，共同形成了西部的社会神话，社会神话造成了西部人的某种被遗弃感。自然神话与社会神话所形成的苦难，使西部作家极为重视生命现象且产生了丰富的体验，当这体验与西方哲学体系中的生命哲学、中国传统的生命诗学联系起来，便使西部散文奔涌出生命的激流，形成了"体验—生命感悟式"的创作模式。西方哲学对生命现象的讨论由来已久，从苏格拉底、柏拉图到朗吉弩斯，到黑格尔、叔本华，再到尼采、柏格森、卡西尔，皆论述了文学创作与生命体验的关联密切，皆推崇生命的原力，倡导作家的深度化生命表达，于是形成了西方诗学的一种重要走向：生命诗学。中国的生命诗学始于《周易》，《庄子》将《周易》所强调的"天人化合"的生命精神推向极致，从此以后，历代作家都将生命深度化表达视为创作的标杆。现代以来，郭沫若、宗白华、胡风、田汉、郑敏等作家，以中国传统的生命诗学为基，融合了西方生命哲学，形成了新文学的生命诗学传统。可见，"体验—生命感悟式"创作模式是对中西方生命哲学和生命诗学的回应。

这种创作模式中，"体验"的内在要求是，要能从那些寻常的事物中感受到不寻常，从人们丧失了兴趣的生命现象中，发现生命体的生机，即这类体验是"陌生化"的体验。什么是陌生化体验呢？"艺术的程序是事物的'反常化'程序，是复杂化形式的程序，它增加了感受的难度和时延，既然艺术中的接受过程是以自身为目的的，它就理应延长"，"艺术是一种体验事物之创造的方式"。①杨义同样强调生命体验的陌生化，"感悟"是陌生化生命体验的关键，如其所论，中国诗学是一种生命诗学、文化诗学和感悟诗学，是综合了生命体验、文化底蕴、感悟思维的多维诗学，这里所谓"感悟"，是一种

---

①　维克托·什克洛夫斯基等：《作为手法的艺术》，方珊等译《俄国形式主义文论选》，三联书店1992年版，第6页。

有深度的意义、有趣味的直觉，是心灵与万物的默契和体认，其以返本求源的方式，切入生命与文化、人生，乃至宇宙的扭结点。①既然陌生化体验是关乎这种创作模式的决定性环节，西部作家如何获得陌生化体验并感悟出生命的价值意义？从创作实际来看，陌生化体验不外乎两种途径，即"累积式体验"和"情境式体验"。累积式体验，就是西部作家在相对稳定的空间对某种生命现象通过长期的观察，以获得的生命体验，这类体验重"过程"，"过程"是时间投入的过程，也是情感和思想投入的过程，刘亮程的《一个人的村庄》、张子选的《执命向西》中的相当一部分作品，是累积式体验的表现。不同于累积式体验，情境式体验是西部作家在某种陌生的情境对生命现象产生的顿悟，叙述者也许"在路上"，但不以呈现西部的地理人文环境为目的，而以表现其生命感悟为中心。情境式体验就像存在主义者所提出的"边缘情境"体验，这种体验是一种极端化体验，"从踏入边缘情境那一刻起，人不再回避死亡、拒绝死亡，而是不得不与死亡相伴，不得不直面死亡的焦虑与恐惧，从而开始一种全新的生存模式"②。周涛的《兀立荒原》、刘元举的《西部生命》、陈漠的《谁也活不过一棵树》中的很多作品都是对情境式体验的传达。虽然叙述边缘情境体验的作品不多见，但我们还是从《逃跑的火焰》《绝地之音》《大漠之魂》等作品中发现边缘情境体验的踪迹。

刘亮程在创作《一个人的村庄》前，很少远离那个位于新疆沙湾县的名字叫"黄沙梁"的村庄，他从容地观察和体验这个乡村世界的所有生命现象。作者在这部作品中所表现的生命意识，超越了尊卑、荣辱和生死，使他回到生命的本真，从而达到了庄子所倡导的无为之境，而其叙事总是充满神圣的意味。我们不能不被作品中强烈的生命精神所感动，这是因为，其作品中弥散着某种真感情和真气象。在

① 参见杨义：《中国诗学的文化特质和基本形态》，《重绘中国文学地图——杨义学术讲演录》，中国社会科学出版社2003年版，第33、50页。

② 梁旭东：《遭遇边缘情境：西方文学经典的另类阐释》，北京大学出版社2004年版，第2页。

《冯四》这篇作品，作者叙述了一个叫"冯四"的窝囊了半辈子的普通人的一生，此人一事无成，到死是个光棍汉，但作者认为冯四的一生与任何人相比都不逊色，他也走完了生命旅程，"作为一个生命，他完成了一生。与一生这个漫长宏大的工程相比，任何事业都显得渺小而无意义"。冯四赤手空拳对付了一生，当漫长宏大的一生到来时，他也慌张且浮躁过，但他还是平静下来了，在荒凉的沙梁旁一天天地迎来生命中的所有日子，一天天打发走。①作者不仅尊重冯四这样毫无作为的人，且对那些家畜、家禽乃至小虫子也表现出了尊重，如《与虫共眠》《狗这一辈子》《两窝蚂蚁》等作品。在《与虫共眠》中，作者叙述了在一个夏夜，"我"由于疲劳而睡在了地头，醒来已是早晨，身上爬满了各种虫子，"这些勤快的小生命，在我身上留下许多又红又痒的小疙瘩，证明它们来过了"，"这些可怜的小虫子，我认识你们中的谁呢，我将怎样与你们一一握手"，但"一年一年地听着虫鸣，使我感到了小虫子的永恒"②。小虫子的生命受到空前的尊重，这在中国散文史上是开创性的抒写，作者从这里透露出的生命观耐人寻味。

陈漠的《谁也活不过一棵树》，是作者历时两个月考察塔克拉玛干沙漠的结果，在塔克拉玛干沙漠这个凶险的古丝绸之路上行游，无时无刻不感到死亡之海的威胁，这使其对路途中遇到的各种生命现象给予了特别的关注和思考，生命感悟和生命精神于是成为这部散文集的魂魄所系。怀着极大的耐心，作者叙述了坚韧生活在这里的人们，描述了沙漠周遭的动植物的生命状态，其叙述的重心显然是传达某种生命精神。在《马鹿用激情支配大地和天空》这篇散文中，作者感悟到，"我们会通过马鹿看清生命的激情和高度，看清单纯而无辜

---

① 参见刘亮程：《冯四》，《一个人的村庄》，春风文艺出版社2006年版，第22—23页。

② 刘亮程：《与虫共眠》，《一个人的村庄》，春风文艺出版社2006年版，第16—17页。

"和而不同"与中国散文

的再也走不回去了的来路"①。《顺着野驴的路走》做了一个生命的假设："如果来世有可能选择生命的话，我愿意做一只快活的野驴。它可以让我实现我在人群中永远也实现不了的愿望，并达到应有的生命及精神高度。"②从野骆驼、野牦牛、野马、野猪、雪豹等野生动物身上，作者体验到了生命的野性与激情，与生命力日渐萎缩的人类相比，"它们拥有了某种内心的高贵和雄心"③。沙漠里绝地求生的植物，更让作者体验到了生命力的蓬勃，怪柳即使偶然碰到雨点，也能落地生根，并以惊人的速度长大，然后从容而坦然地面对持续的干旱。这为生命拼杀而来的怪柳，将生命的能量尽情燃放，它们持久地凝结自己的情欲，耐心等待并巧妙地躲过盛夏，在凉爽的八月却火焰般怒放花蕊，以不可阻挡的美，讲述着大悲壮之后的大艳丽的故事。这故事能给人带来大彻悟和大惊喜。"白的高洁，红的浓烈，粉的朴素真挚。茫茫沙漠上，它们盛开得比美更美。"④而那些无花果、梭梭草、沙枣树也尽情释放出生命的热力，难怪在作者看来，所有生长在这里的植物，都有"思想者一样的巨大生命"⑤。

马步升的《绝地之音》是一曲西部生命的绝唱。在陕甘交界的古长城营盘上，作者于黄昏时分听到一串歌声，那是一串震撼作者心魂的歌声。在歌声中，作者看到了秦汉将士的遗迹，感受到了被朔风夹裹着的苍凉。任为民的《大漠之魂》⑥，可以看作是《绝地之音》的

① 陈漠：《马鹿用激情支配大地和天空》，《谁也活不过一棵树——塔克拉玛干旅行笔记》，湖南文艺出版社2001年版，第1页。

② 陈漠：《顺着野驴的路走》，《谁也活不过一棵树——塔克拉玛干旅行笔记》，湖南文艺出版社2001年版，第43页。

③ 陈漠：《高大的肉体》，《谁也活不过一棵树——塔克拉玛干旅行笔记》，湖南文艺出版社2001年版，第13页。

④ 陈漠：《怪柳根长住了塔克拉玛干》，《谁也活不过一棵树——塔克拉玛干旅行笔记》，湖南文艺出版社2001年版，第123页。

⑤ 陈漠：《梭梭就像活煤》，《谁也活不过一棵树——塔克拉玛干旅行笔记》，湖南文艺出版社2001年版，第139页。

⑥ 任为民：《大漠之魂》，史小溪主编《中国西部散文》（上），东方出版中心1998年版，第305—307页。

姊妹篇，它也是一篇慨叹西部生命的作品。不同的是，《大漠之魂》以急促的节奏表达了对沙海中的胡杨——这"伟大的生命"的慨叹。在千里大漠，胡杨形成了一个奇特的世界，那是一派壮美的风景，犹如一部千年史诗。金秋时节的胡杨，将所有的叶子都染成金色，它们远远望去，像燃烧的金色火焰，这是生命的奇观。胡杨的生命历程可构成荡气回肠的传奇，它们千年不死，死后千年不倒，倒了千年不朽。这铁骨铮铮的胡杨，这向死而生的胡杨，这上演生命传奇的胡杨，似乎更展现了西部人旺盛勃发的生命力。

三、"追寻—精神还乡式"

海德格尔在阐释荷尔德林的"归家诗"时指出，荷尔德林的所谓"归家"绝不仅只是回到了他的出生之地，而是具有丰富的所指。回到"家"中，诗人因为对所见之人或所睹之物熟悉而令其愉悦，但"家"又将它"最本质的一面"关闭着，所以，"归来者虽已到达，但仍然没有归家。因此，家是'难于企及的、闭门不纳的'。这样，到达者还得继续寻找他的家"。那么，到底什么是"家的最本质的一面"？海德格尔认为，"家的核心本质是神意，或我们现在所称呼的：历史"，荷尔德林虽然在诗中将"家"的核心本质揭示了出来，并且将其呈示给那些栖居于故乡大地上的人，但"在神意中，这本质还未被完全给出。它还被滞留着。因此，那唯一顺应神意的东西、恰当的东西，还是没有找到。于是，那已被给出、同时又被保留之物，就被称作被遮蔽者。在这被遮蔽者的下面，发现正在向我们走近，但仍需我们去寻找它"[①]。海德格尔所说的"家"，不仅指地理意义上的故乡，而且更应看作是文化意义上的家园和精神意义上的本源。这就是说，还乡除了是对故乡的接近外，还意味着对文化家园和精神本源的接近，而这种接近非"离乡"之人实难体会，故海德格尔又强调指出，只有那些备受艰辛的离乡者，才能在还乡旅途中感受极乐，

---

① 马丁·海德格尔著，王作虹译：《追忆诗人之二》，《存在与在》，民族出版社2005年版，第93页。

这是因为，其已深知自己的文化家园和精神本源是什么，如其所论，"归家是回返到与此本源相近之处"，"但这样一种回返的条件是：作为流浪者，归家之人在以前、在很长的时间内都把航程的重负担当起来，而且已进入此本源，这样，他可在那儿体验那被寻求者的本质可能是什么，而且能够作为更有经验的寻求者回返故土"①。海德格尔从存在主义视野对荷尔德林"归家诗"所作的阐释，无疑具有极大的辐射力，可以说是对世界文学中"还乡书写"的高度概括。从海德格尔的论述来看，还乡书写的核体应该是对文化家园和精神本源的洞悉与揭示，虽然文化家园和精神本源的意义是"已被给出"的，但"同时又被保留"，因此还乡者"还得继续寻找"，这不断寻找的过程，即不断"去蔽"的过程。这也就构成了还乡书写的基本轨迹：离乡→追寻→还乡→再追寻。当诗人远离故土，在异地他乡经受历练，才突然觉察到自己生命中的失衡，这迫使他追寻，即使是担当着"航程的重负"去追寻，而所有的追寻都无不指向故乡，对故乡想象性的趋近，使其重获"在家"的感觉，这就强化了其日后还乡的可能；但当诗人踏上还乡之路并走进故乡，却发现他仍然没有"归家"，因为这个"家"是他的文化家园和精神本源，他必须持续追寻，直到他真正融入文化家园并澄明其精神本源。

精神还乡在中国文学史上确可视为一种传统。屈原的《楚辞·哀郢》抒写了流放途中的诗人对故乡刻骨铭心的思念与眷恋，那来自成长记忆中的故乡的美好事物，是诗人持续追寻的结果，尽管他此时肩负着超常的重负。故乡想象是流放诗人忍受磨砺的力量来源，这甚至成为诗人活下去的重要支撑，而其故乡想象又是以假定性还乡的方式呈现的。魏晋南北朝时期由于战乱使怀乡还乡之作骤增，王粲的《登楼赋》、陶潜的《归去来兮辞》都是名篇；唐宋时期由出塞、宦游而导致的怀乡还乡之作不少，明代性灵派文学的勃兴极大地推动了还乡

---

① 马丁·海德格尔著，王作虹译：《追忆诗人之二》，《存在与在》，民族出版社2005年版，第103页。

书写，张岱的《陶庵梦忆》是很有代表性的还乡散文。现代作家虽然在很大程度上延续了古代文学中还乡书写的脉流，但在新旧文化的比照中，因为他们接受了启蒙思想，容易发现封建宗法制度对个体成长的抑制，使其对乡土家园难免要产生厌弃心理，并造成他们深刻的漂泊感。但随着城乡对峙的逐渐升级，现代作家对故乡最终形成的是某种又爱又恨的复杂情感，这使乡土散文——现代还乡书写的主要表现形态，"负载着作家的内心冲突，反映着他变化中的乡土意识——'离乡'、'还乡'是作家的外在生活，也代表心理层面上远离和趋近乡土；'在家'和'不在家'是他们的心理感受，也对应现实生活层面上这两种状况"①。鲁迅、周作人、茅盾、郁达夫、沈从文、废名、王鲁彦、许钦文、李广田等现代作家的还乡书写，都彰显出悖论式的情感态度，却更能体现海德格尔所谓"继续寻找"的必要性。

从上述简要的梳理中我们得知，西部散文的"追寻—精神还乡式"创作模式既是对现代还乡书写的承续，又是对古代还乡书写的回应。西部作家之所以采用这种创作模式，实际也是基于时代与文学的双重诉求。改革开放后，随着现代化进程的深度推进，城乡冲突便表现得空前剧烈，促使西部作家重新思考发生在西部大地上的现代性问题，并重新定位"故乡"的价值意义。众所周知，中国式现代化是一种"外发型现代化"②，是通过由外到内的输导性力量催发社会变革的现代化，这就不能不引起与传统文化的断裂，而传统文化却主要由具有规范作用和召唤性能的精神文化所构成。传统文化的突然断裂使习惯于精神文化生活的作家被置于某种悬浮状态，使中国作家尤其是西部作家产生了难以消除的流浪感，"归家"的愿望从此变得分外迫切。还应该看到，现代化在给人带来物质文化进步的同时，远未给人带来与之相对应的精神文化，相反，它不断掏空人的精神生

---

① 陈德锦：《中国现代乡土散文史论》，中国社会科学出版社2004年版，第5页。

② 杨耕：《传统与现代性：当代中国社会发展的深层矛盾》，《哲学动态》1995年第10期。

活，把很多人变成唯利是图的功利主义者。美国学者艾恺深入剖析过欧洲的现代化进程，指出18世纪的"启蒙运动"在改变欧洲人的世界观的同时，也给后世留下了精神灾难的隐患。^①现代化运动所导致的精神灾难，绝不仅仅是欧洲现象。艾恺提出的"道德真空""价值失落""没有目的"等用语正可描述20世纪90年代部分中国作家在遭遇消费文化的侵袭后所表现出的精神生活的困惑与迷惘，而这种精神状况更坚定了西部作家"归家"的决心。除此之外，1985年前后兴起的"寻根"思潮对西部作家同样具有决定性的影响，寻根文学力图从本土文化寻找可资借鉴的精神源头的取向，极大地启发了西部作家，从那时到现在，西部作家始终都未放弃"寻根"，在散文创作中历时性地呈现着各自所认定的"根"。西部作家在"归家"和"寻根"的策动下，采用"追寻—精神还乡式"创作模式，实在有着自身的历史逻辑。下文我们不妨以张承志、杨志军、郭文斌、铁穆尔等作家的创作为例，来探视这种创作模式的运作。

张承志的散文创作之路曾被研究者看作是"理想主义者的精神长旅"^②，准确抓住了他散文创作的核体内容。张承志确实一直在追寻，追寻着海德格尔意义上的"家"，追寻着他的文化家园与精神本源，从蒙古草原到天山南北，从戈壁荒滩到黄土高原，从祁连雪峰到匈奴旧地，他追寻的脚步几乎从未停歇。作为一个西部的"归来者"，他虽多次"到达"，"但仍然没有归家"，这是因为，他还未完全阐明"家的核心本质"——"神意"，而对"神意"的传达是这位理想主义者毕生追求的信念，如其所言，"我命定不能以享受美而告退下阵。我只能一次次拿起笔来，为了我深爱的母国，更为了我追

---

① 参见艾恺：《世界范围内的反现代化思潮——论文化守成主义》，贵州人民出版社1991年版，第10页。
② 韦器闳：《理想主义者的精神长旅——漫评张承志的散文创作》，《当代文坛》1994年第6期。

求的正义"①，这就注定他也许将永远处在追寻与漂泊的路上。基于上述情由，我们就不难理解，张承志写得最多、最好的散文作品，往往是"追寻—精神还乡式"创作模式的具现。西部当然并不是张承志地理意义上的故乡，他所以将西部认作是"故乡"，是因为只有在西部，他才能探得其精神本源和确认其文化家园。如在《旱海里的鱼》这篇散文里，就有这样的说法："西海固的荒凉大山，从那个冬月开始，成了我的故乡。清油辣子的浆水面，苦中有甜的罐罐茶，无事在泥屋里闲谈密语，有时去山野间访故问新。渐渐地，我熟悉了这块风土，听够了这里的哀伤故事，也吃惯了这里的饭食。"②张承志的精神追寻又是多方面的，引人注目的是对"清洁精神"和"英雄精神"的追寻，这在他的《回民的黄土高原》《荒芜英雄路》《无援的思想》等散文集中表现得相当显著。张承志虽被追逐文学潮流的人视作"另类"，但我们却不能不被其散文作品所震撼，因为他在消费文化的语境中持续再现了精神故乡的意义。

杨志军是青藏高原不倦的歌者，这个从20世纪80年代初就登上文坛的西部作家，数十年来都以青藏高原作为其主要的题材资源，他的目光从未离开西部。对杨志军来说，移居别处尽管是长久的离乡，但并没有使他疏离西部，相反，一次次的梦回西部，使他对西部的情感变得更加通透、更加深沉。离乡促使杨志军踏上了追寻精神本源的漫漫之旅，也促使他不断以精神还乡的方式进入西部，其散文集《远去的藏獒》便是这样的精神还乡之作。在杨志军看来，一个背弃西部的西部人将导致其精神本源的迷失和文化家园的崩毁，从而使其变为一个悲哀的终身流浪者。"抛弃家园的人最终又被家园所抛弃，这实在是一个令人尴尬的处境，一个以兴奋开始以忧伤结束的过程。当这个过程临近终端的时候，你发现你已经是一河失去源头的水，只能靠雨

---

① 张承志：《夏台之恋》，《黄土——张承志的放浪笔记》，江苏文艺出版社2009年版，第174页。

② 张承志：《旱海里的鱼》，《张承志散文》，人民文学出版社2005年版，第154页。

水来补充；你已经是一棵失去土壤的树，只能靠盆水来滋养。你会在
精神即将枯死的威胁中天天想到'西部'。"①多年的城市历练，让
杨志军身心俱疲，"归家"的念头日盛一日，当他来到绝尘绝俗的布
满神性气息的冈日波钦，似乎猛然间找到了他企盼已久的"神意"，
因此也就有了感人的"去蔽"言说。精神还乡的杨志军是幸福的，体
验到一种从未有过的极乐，坚信"一种无限广大的感动、一种无比泓
深的情绪、一种旷世悲爱的思想，正在前方等待着我"②。他似乎已
探得精神的本源，发现了灵魂的故乡。

　　郭文斌已出版散文集多部，如《点灯时分》《永远的堡子》《空
信封》，读他的散文正如读他的小说，其文字清新淡然，有一种豪华
落尽之后的简洁、空灵和从容。郭文斌似乎揣着满腹的心事，却以某
种"超然物外"的姿态叙述发生在自己身边的许多故事，虽然这些故
事总是弥散着莫名的愁情与悲慨。对于郭文斌来说，故乡、童年、亲
情是言说不尽且常说常新的话题，而其散文中所呈现的最动人的苦与
乐、哀与喜、悲与悦，无不都是来自其对故乡、童年和亲情的缱绻追
忆。从乡下移居城里的郭文斌，远没有产生"到家"的喜悦，而是相
反，由此产生的是无尽的乡愁，他只有不断地追寻，从故乡、童年和
亲情之中重温"家"的感觉，这不断追寻的过程即不断"去蔽"的过
程。他以精神还乡的方式来化解乡愁，只有这样，才能使浮躁而流浪
的内心趋于宁静与安谧，其散文集《点灯时分》就是这样的精神还乡
之作。《忧伤的驿站》叙说了"过年"，曾几何时，"一想起节日，
心就被忧伤渍透，而年尤甚"，为什么呢？因为在作者看来，"真正
的年在故乡，故乡的年是用人间最真心的情意编织的一面酒旗、招魂
幡"，到故乡过年也就走进了天堂，但"梦尚未醒，路已在门外吆喝

---

　　① 杨志军：《西部人》，《远去的藏獒》，东方出版中心2006年版，第66
页。
　　② 杨志军：《哦，阿尼玛卿》，《远去的藏獒》，东方出版中心2006年
版，第131页。

了"①，紧随短暂的还乡而来的是持久的思乡。《点灯时分》从城里"热闹得让人几生迷失之感"的元宵节说起，追忆了童年时候在故乡度过的一个宁静的元宵节，这次的精神还乡，使作者痛切地认识到，多年的城市生活使自己远离了精神本源，远离了生命中的极乐，如其所叙："我站在这个城市的阳台上，穿过喧哗和骚动，面对老家，面对老家的清油灯，终于明白，我们的失守，正是因为将自己交给了自我的风，正是因为离开生命的朴真太远了，离开那盏泊在宁静中的大善大美的生命之灯太远了，离开那个最真实的'在'太远了。"②

　　裕固族作家铁穆尔的散文集《星光下的乌拉金》，清晰地描绘出了作者文化寻根和精神还乡的心路历程。作者曾常年奔走于高山、草地和荒原之间，顶风逆雪策马远行，从祁连山到阿尔泰，从兴安岭到呼伦贝尔、乌兰察布、阿拉善、天山之西，再到甘南草原、唐古拉山，他在追寻梦中的"苍狼大地"。这苍狼大地就是亚欧草原，作者何以这样痴迷地孤身漫游于苍狼大地？因为它是"古代游牧人的家园，是我的祖辈像候鸟一样东来西往的大地，是数不清的牧人和猎人在那里失踪的地方"，作者是要"寻找我们尧熬尔人的根源"③。铁穆尔的还乡之旅是艰辛的、漫长的，但没有什么能够阻止他追寻的步伐，"也许是因为神秘的隔代遗传。他们有些人总是遥望大游牧民产生一种游子思母的感情，一种凭借血缘、精神和情感试图归属于重新入伙的心情。这是迷途的羔羊重新找到羊群的渴望"④。无休止的漫长追寻，使铁穆尔经常触摸到还乡的极乐，如其所叙："我作为这个小小族群的一分子，他们没有让我坚持永远不要背离这个小族

　　①　郭文斌：《忧伤的驿站》，《点灯时分——郭文斌散文精选》，宁夏人民出版社2006年版，第49页。
　　②　郭文斌：《点灯时分》，《点灯时分——郭文斌散文精选》，宁夏人民出版社2006年版，第7页。
　　③　铁穆尔：《苍狼大地》，《星光下的乌拉金》，甘肃文化出版社2006年版，第44—45页。
　　④　铁穆尔：《尧熬尔之谜》，《星光下的乌拉金》，甘肃文化出版社2006年版，第9页。

群，而是给了我一个广阔的胸襟，让我找到我自己，使我在一个更为广阔的天地中立身，那就是做一个真正的'腾格里·库克'（苍天之子）。"①但对铁穆尔以及所有的游牧民来说，壮丽的草原游牧生活的最后日子将迅速逝去，从前的一切都将结束，而未知的一切却已开始。这意味着精神还乡的作者必须重新踏上漂泊和追寻的路，且失去家园的焦虑，使他产生了"一种无比感伤的情绪，一种在深秋季节枯萎凋零的野花浆果所发出的味道，哀婉又浓烈地弥漫在山川草地上"②。相对于其他西部作家而言，铁穆尔的还乡焦虑表现得极为突出，这不仅是因为裕固族当前仅剩下万余人，而且因为他们已日益汉化，汉化趋势标明裕固族文化或许某一天将在无声无息中被同化，乃至于彻底消亡。这样，铁穆尔的散文叙事不免萦绕着一种巨大的哀伤情绪，这是行将失去精神本源的哀痛，是不得不做一个精神流浪者的悲伤。当这种哀伤情绪与游牧民族博大的历史文化发生碰撞，便使其叙事生发出某种天高地阔、纵横开阖、沉郁苍凉的诗性情韵和风格元素，而其叙事语言因此也显得跌宕起伏而收放自如。铁穆尔的还乡书写有力地拓展了西部散文可能的表述边界。

在西部散文的三种创作模式中，"追寻—精神还乡式"居于高端，它是对其他两种创作模式的有效提升，倘若没有这种创作模式的实践，西部散文或许由于书写内容太实而极大地收缩其审美空间。"追寻—精神还乡式"创作模式却离不开前两种创作模式的支持，甚至可以说，正是因为有了前两种创作模式的"实"，才使它的"虚"有了灵动的生气，有了审美扩张的可能，而最终达到虚实相生的空灵境界。需要提醒的是，西部散文"追寻—精神还乡式"创作模式的运作，不是要对"故乡"进行老套的赞颂与讴歌，不是要对作家的心灵世界进行粗略的描述与抒写，也不是要对所谓的"西部精神"进行大

---

① 铁穆尔：《苍天之子·序》，《星光下的乌拉金》，甘肃文化出版社2006年版，第5页。
② 铁穆尔：《尧熬尔之谜》，《星光下的乌拉金》，甘肃文化出版社2006年版，第13页。

致的勾勒与渲染。它更倾向于对"家"的确认，对自我的确认和对西部的确认。对"家"的确认，所要阐明的问题是"我从哪里来"；对自我的确认，所要阐明的问题是"我到底是谁"；对西部的确认，所要阐明的问题是"西部的未来在哪里"。以我们上述所举西部作家的创作而论，杨志军散文创作的核心，就是对"家"的确认，其一再叙说的话题则是"我从哪里来"，这使杨志军的散文创作表现出极为显著的地域性特质，而这种地域性特质因为关涉人的形而上存在（即"家"）而具有了普泛性价值。张承志的散文创作虽然题材多样、主题纷呈，但对自我的确认，对"我到底是谁"的回答却构成了其众多散文叙事的一条主线，我们看到作者总是"在路上"，这是因为，只有在西部的荒原、戈壁、草原上不断行走，其才能与西部进行心灵对话，并最终确认"我到底是谁"。铁穆尔散文最大的关注点，与其说是"寻根"，不若说是对西部的确认，在作者无数次的追寻与追问中，由对弱小民族未来的忧患而上升到对西部未来的忧患，缘于此，铁穆尔叙事常常使处于情感的两极，一方面是短暂的触摸到"家"的极乐，另一方面却很快陷入"无家"的极悲，纵观铁穆尔叙事，始终没有确切回答"西部的未来到底在哪里"。这不仅是铁穆尔的困惑，更可说是西部作家共同的困惑。当然，我们这样说，并不意味着在"追寻—精神还乡式"创作模式的运作中，西部作家仅仅呈现一种追问，事实上对"家"、对自我、对西部的确认是并存的。

如果从当代散文的发展史来看，"追寻—精神还乡式"创作模式的运作，使西部散文承载了可能的意义深度，并使其远离了喧嚣与骚动，因为它直指人的终极存在，追问人的灵魂问题。这种创作模式的运作，更重要的是，使西部散文告别了文坛盛行的那种精雕细琢的小散文，诚如研究者所论，"当代散文创作的一个致命缺陷，就是充斥着太多的小聪明、小智慧、小技巧、小性灵"，"因而当代散文自然也就缺乏一种大气磅礴、雄浑深厚的气度，自然也就越写越精致，越狭隘和空虚苍白"。①这种创作模式的运作，同时要求西部作家能以其慈悲之心、智慧之眼、真诚之言去复现真景物、传达真感情，而拒绝一切的虚假、虚伪及虚无，与一切矫揉造作的文风形成鲜明的比照，正因为如此，西部散文才彰显了其别样的境界与风致。庄子曾言，"真者，精诚之至也。不精不诚，不能动人"，"真在内者，神动于外，是所以贵真也"。②庄子的话可看作对"追寻—精神还乡式"创作模式的概括。

第四节　"和而不同"与贾平凹"大散文"观

1992年9月，《美文》散文月刊（2001年始改为半月刊）于西安创刊，主编贾平凹在发刊词中以"散文革命"的阵势鼓呼"大散文"概念，并在该刊封面印上了"大散文月刊"的字样，从而为《美文》定下了鲜明而响亮的基调，也明确了《美文》的办刊思路与散文实践、探索方向，同时在"大散文"的革新追求与理想情怀之中也蕴蓄着对于散文创作现实困境的多重考量。犹如石子投湖泛起的层层涟漪，《美文》一经面世便引起了学界的热烈讨论，所持态度或褒或贬或观望皆有之，甚至出现了"北有《读书》，南有《随笔》，西有《美文》"③这样的说法。《美文》是因时而生的，90年代被商品经济冲击下的中国文化市场泥沙俱下、良莠不齐，而"大散文"从口号的提出到理论的延展既是对时代文化语境规制的突破，也是对散文理论的冲击。时过境迁，回顾90年代的散文热与研究论争，"大散文"理论的提出不仅是对当时散文观念的"革命"，更是根植于"和而不同"这一中国传统文化智慧与思想资源为当时的散文实践注入了新鲜

---

① 陈剑晖：《诗性散文》，广东教育出版社2009年版，第88页。

② 庄子：《庄子·渔父》，郭庆藩辑《庄子集释》，中华书局 1961年版，第1023页。

③ 张国俊：《精诚·自觉·超凡——〈美文〉办刊宗旨述评》，《报刊之友》1995年第6期。

血液。贾平凹虽未明确提出"大散文"理论与"和而不同"观之间的文化关联，但从其一系列的发言、文章对于"大散文"概念的具体阐释以及《美文》的办刊实践中，"和而不同"的观念与理论无疑深入"辐射"至"大散文"的文化基因中，并在更为深远层面上塑造着当代散文的理论格局与文化品格。

一、"和而不同"的文化观与文论思想

（一）"和而不同"的理论溯源

"和而不同"作为我国古代重要的文化传统与思想资源，早已融于中华文化的血脉，辐照着当今中国各思想文化领域的理论建构与观念塑造，并且其理论内涵在历史进程中不断延展，进而在政治、哲学、文化以及文学等领域彰显出"和而不同"思想理论与哲学观念的现实价值意义。

上循其本，即所谓的"和同之辨"，源于春秋之时士人对于"和"与"同"两个概念的辨析与开掘。最早对其进行记载的是《国语·郑语》中"史伯为桓公论兴衰"，对于"和"与"同"进行哲学层面的思辨来论说政治理念与历史衰替："夫和实生物，同则不继。以它平它谓之和，故能丰长而物生之；若以同裨同，乃尽弃矣。"[①]史伯所提出的带有辩证思维的"和实相生，同则不继"的经典论断，是"和而不同"的理论"前身"。孔子承接了"和同之辨"的理论资源，运用到《论语》"君子""小人"的话语体系中，塑造"君子"的理想人格。所谓"君子和而不同，小人同而不和"，前人所解多从义利、言行角度出发，略显局促，笔者认为或可从人格的角度而论，"和"即为君子之高尚人格与独立思想，与他人始终保持一种和谐、协调而又非追求同质化的关系场域，就是儒家的"中庸"之道。孔子所提炼出的"和而不同"不仅在话语层面是对"和实相生，同则不继"提法的进一步提纯，更为精练，并且在理论层面上使"和"与"同"的内涵价值更具哲学上的辩证之法与方法之论。孔子在此处更

---

① 左丘明：《国语》，上海古籍出版社2015年版，第347页。

侧重于从伦理层面的探讨，而"和而不同"理论资源有着更为宏阔的扩展性，无论是自然之道、治世之道、君子之道还是学术之道都能从"和而不同"中求得其思想指南与价值导向。

现代中国文化是"古今中外化成现代"的"大现代"文化①，"和而不同"思想理论就更具现实意义。无论是"百花齐放、百家争鸣"的科学文化方针，还是"一国两制"的政治制度创新，都一脉相承于"和而不同"这一古老的哲理智慧。费孝通先生在晚年所提出的"文化自觉"论，即"各美其美，美人之美，美美与共，天下大同"，是在全球化的多元文化场域中探寻一条共同认可的基本秩序与共处守则②，后经方克立先生的修正，表述为"各美其美，美人之美，美美与共，和而不同"。"'和而不同'是世界的本来面貌和状态……'和而不同'作为一种文化观，不仅反映了文化发展的动力、途径和规律，而且在今天具有特别强烈的现实意义，它是在全球化时代促进不同的文明交流对话、化解文明冲突的最重要的指导原则。"③20世纪90年代是文化激进主义落潮的年代，文化界的反思与讨论趋于沉稳与理性，并致力于从中国传统文化资源中汲取思想能量。"和而不同"仍展现出恒常不竭的生命力，并观照着文学观念的转换。

（二）作为文论的"和而不同"

文学的动人魅力在于其是一种独特性的艺术，求"不同"之所在，但却在"不同"的文学之间碰撞、生发出更具特质的文学，构建出更为和谐共生的文学生态。"和而不同"，其本质是以"不同"为前提，"不同"则求"和"，"同"则无所谓"和"，甚至是不

① 李继凯：《"文化磨合思潮"与"大现代"中国文学》，《中国高校社会科学》2017年第5期。
② 费孝通：《反思·对话·文化自觉》，《北京大学学报》（哲学社会科学版）1997年第3期。
③ 方克立：《费孝通与"和而不同"文化观》，《中国社会科学院研究生院学报》2006年第6期。

"和"，文学在本质上是追求一种"和而不同"的价值选择。

作为文论，"'和而不同'并不是一个明确提出来，具有代表性、或者具体可操作可评论的文艺理论，但如果将视野放大到整个文学审美领域，又不得不说，'和而不同'这一中国文化的传统理论在各方文论形成的过程中都曾经起到过重要的主导或参考作用"①。在中国的现代化进程中，西方文化以其启蒙的先进性，极为强势地对中国传统文化进行排挤与置换，从而在这种极不平衡的实力对比下，中国文论逐渐"失语"与"盲从"，失去了作为中国文论所"富有独特个性和价值的文化体系和文论话语"②。

面对这一尴尬而又不得不破的局面，中国比较文学界转而向内、向中国古典哲学思想、向中国传统文论求得话语方式与理论资源，"以'和而不同'的价值观作为现代比较文学的精髓，对各国比较文学的派别和成果兼收并蓄"③。在面对国别文学、民族文学等具有不同特质与形态的文学间关系时，"和而不同"是一种有效的、有操作性的理论指南，尤其是在紧张、冲突对抗的关系场域，"和而不同"更能显示出"中国智慧"。同样在文学内部的各体裁，如诗歌、小说、散文、戏剧的创作实践与理论研究中，"和而不同"作为一种切实可行的理论方法，有助于激活、倡导多样化、独特性的文学样态；作为一种兼收并蓄的文学观念，可抵制趋同化的创作套式，开掘多向度的文学追求。

---

① 杨媛：《"和而不同"美学意义之流变》，《剑南文学》2011年第10期。

② 曹顺庆：《比较文学的问题意识：以"和而不同"的尴尬现状例》，《外国文学研究》2003年第3期。

③ 乐黛云、蔡熙：《"和而不同"与文化自觉：面向21世纪的比较文学——中国比较文学学会会长乐黛云教授访谈录》，《中国文学研究》2013年第2期。

二、"大散文"的文学使命

（一）时代召唤的"大散文"

时代与文学之关系，是互为表里的。王国维认为"一时代有一时代之文学"①，时代终究是文学的母体，孕育着文学的脾气性格、精神气质，文学也是对时代的回应与映射。"大散文"观的诞生，不仅是贾平凹的个人意志或与其志同道合者的所进行的散文试验，更应该看到的是孕育着文学的时代母体对散文所提出的要求与寄予的期待，是时代在呼唤"大散文"。

1994年在西安召开了以"弘扬'大散文'"为主题的散文研讨会，会上贾平凹回顾了"大散文"提出的时代背景："靡弱之风兴起，缺少了雄沉之声，正是反映了社会乏之清正。而靡弱之风又必然导致内容琐碎，追求形式，走向唯美。这正是我们面对的散文局面，也是《美文》提出'大散文'概念的背景。"②作家敏感于时代气息下文学（尤其是散文）所走上的歧途，竭力呼号"大散文"，在他们看来，这"实际上在散文日趋沉沦的80年代末90年代初，从某种意义上说是一种'革命'"③。

"进入20世纪90年代以后，我国进入快速变革与转型的时期。在经济生活与政治生活的剧烈变革中，人们的生存状况日趋复杂。市场经济引发的人的生存环境恶化和人文精神的失落等问题日益突出。"④政治经济变革的连锁反应席卷了整个社会，价值观念与评价体系的崩塌与重构所衍生出的断裂感与疏离感使得人们陷入困惑与颓唐之中，而散文这一极具感染力与自由性的文学体式得到了作家、

---

① 王国维：《自序》，《宋元戏曲史》，岳麓书社2010年版，第1页。

② 安黎整理：《弘扬"大散文"——"94西安散文研讨会"纪要》，贾平凹主编《散文研究》，河北大学出版社2001年版，第379页。

③ 贾平凹：《〈美文〉三年——在编辑部会上的讲话》，贾平凹主编《散文研究》，河北大学出版社2001年版，第7—8页。

④ 梁向阳：《当代散文流变研究》，中国社会科学出版社2007年版，第279—280页。

学者与读者的多重聚焦，散文在时代浪潮裹挟下被赋予了某种文学使命，得以慰藉、鼓舞、倾诉在"大时代"中个体生命的情感郁积与心灵历程。这实际上显露出"大散文"口号或理论背后的欲求与"野心"——倡导者试图通过"大散文"创作及其社会影响得以扭转文学的彷徨歧路，激活时代的生命力，中国士大夫"文以载道"的传统观念并未断绝，仍在支配着文人面对世势而作出"明道"之文。

正是在这样转向与困顿并存的时代条件下，贾平凹聚集了"意气相投的一帮散文的爱好者"，打着"大散文"的旗号，驻守《美文》的阵地，秉持兼容并包、和而不同的气度，进行当代散文的创作实践与理论开掘，激荡起90年代的散文热潮。

（二）作为口号的"大散文"

1992年9月，"大散文"的口号经《美文》创刊号向世人宣告，其发刊词自然是由主编贾平凹执笔，一向行文沉稳的贾平凹也不无激动与豪迈地告白他们的散文使命：《美文》试图"还原到散文的原本面目，散文是大而化之的，散文是大可随便的，散文就是一切的文章"，"我们的杂志挤进来，企图在于一种鼓与呼的声音：鼓呼大散文的概念，鼓呼扫除浮艳之风；鼓呼弃除陈言旧套；鼓呼散文的现实感，史诗感，真情感；鼓呼更多的散文大家；鼓呼真正属于我们身处的这个时代的散文！"①

这篇近乎于檄文且以一种绝对化的话语表述的发刊词，不可避免会引起学界的争论。与"大散文"针锋相对的是刘锡庆提出的"散文净化说"。"这场争论发生在散文史家、散文理论家与散文作家之间，它显示出的是史家、理论家规范的欲望与作家寻求释放创作空间的欲望之间的冲突，同时也是理论家寻求艺术散文品质的精尖与作家谋求散文身份、地位提升的焦虑之间的冲突。"②时至今日，再细究

---

① 贾平凹：《〈美文〉发刊辞》，贾平凹主编《散文研究》，河北大学出版社2001年版，第4—5页。

② 于祎：《对"文体净化"观的再思考——关于20世纪90年代的一场散文论争》，《北京广播电视大学学报》2007年第4期。

当年双方的论辩文章与秉持的观点，不难发现，双方实际上是在两个层面、不同维度上的话语交锋，由于双方身份的不同，各自的着眼点也存在着错位。

一是口号与理论间的错位。所谓口号，自然要起到鼓呼与宣传的效用，"大散文"作为《美文》创刊的口号，可以说是非常响亮。但"作家提口号，向来不考虑理论上是否规范，他只是对散文创作的萎靡之气感到不满，因而提倡大境界、大气象、大格局、大气魄的散文"[①]，并且"口号的提出主要得看它的提出的原因和内核，而不在口号本身的严密性"[②]，而理论讲求的是系统性与学理性，口号与理论之间存在着相当的距离。作家不是散文理论家，贾平凹的"大散文"更直接的目的是为《美文》创刊打出响亮的口号，为《美文》办刊明确指南与宗旨，为散文创作以观念上的指引，而并非是从理论角度考虑散文的文体规范与范畴问题，因此诸如"散文是大可随便的""散文就是一切的文章"之类的绝对化、极端化的话语表述，这在一些文论家看来相当"刺眼"。而刘锡庆则构建了系统严谨的"艺术散文"理论，强调其文体特性与范畴论，提倡散文的"文体净化"，他对"大散文"观的极力讨伐也集中于"大而化之"的范畴论，回避了"大散文"之"大"并非仅仅指向散文范畴，也涵盖了散文的审美追求。

二是散文观上的偏至。贾平凹的"大散文观"本身就是"大而化之"的，在散文的题材和体裁上的无所不包（当然不包括小说、诗歌、戏剧）最大化地扩充了散文的创作主体与创作对象，而"大散文"更为注重的是"内容上求大气，求清正，求时代、社会、人生

---

① 安黎整理：《弘扬"大散文"——"94西安散文研讨会"纪要》贾平凹主编《散文研究》，河北大学出版社2001年版，第374页。

② 贾平凹：《对当今散文的一些看法——在北京大学的演讲》，贾平凹主编《关于散文》，三联书店2015年版，第164页。

的意味"①，为当时散文创作所陷入的狭小格局与审美困境开辟出更为广阔的创作天地。作为口号，"大散文"更是一种感觉、意识或观念，甚至是一种不可言说的话语蕴藉的"美"的追求。刘锡庆的"散文净化说"走的则是理论家的精英路线，试图将报告文学和史传文学、杂文和随笔以及大量的应用文毫不留情地从"散文"中剔除出去，从而让抒情散文、自传、游记、散文诗等"独享""艺术散文"或散文（取得共识后）的名分，塑造精英文学，以谋求散文的文学精神与艺术品位的迅速提升。②但理论的提出须适应于一定的发展背景，"散文净化说"的提出主要是不满于"大散文"的振臂一呼在散文创作与理论界"云集响应"，却未充分考量当时散文领域充斥着诸如"小女人散文""生活散文"之类矫揉做作、无病呻吟、空洞乏味的创作风气，而一味强调"散文净化"，提倡抒情散文的个人内在情感抒发，这无疑是火上浇油，不合时宜。同时，看似针锋相对的两种主张也存在某些层面的相合相通，即追求散文的"真性情"，视真实为散文立足之根基，鼓呼散文要有真情实感，唯真实方能求"大"尚"美"，唯真诚才能通"艺术"之真，才能抒真情，发实感，从而在"真实"的审美层面，双方不谋而合，达成共识。

　　考察两种散文观念或理论以及二者争论中所显现的现实价值与理论深度，可以看出贾平凹及《美文》的"大散文"观显示出对"和而不同"这一古典思想理论的继承与现代意义的建构。"和而不同"作为文论，崇尚不尽相同的文学观念与各显其功的文学特质，但又能在"不同"中寻求"和"之所在。"大散文"并不排斥"艺术散文"，而是将"艺术散文"视为"大散文"家族中的重要成员，同时将一直被遮蔽冷落的诸多题材、体裁重新激活，尽管略显驳杂，但却浑然一体，郁郁葱葱，多元共生，和而不同，统筹于求"真"求"美"的

---

　　①　贾平凹：《〈美文〉三年——在编辑部会上的讲话》，贾平凹主编《散文研究》，河北大学出版社2001年版，第8页。

　　②　参见刘锡庆：《当代散文创作发展的几个问题》，《北京师范大学学报》（人文社会科学版）2001年第1期。

"大散文"。

三、"和而不同"的"大散文"

（一）"大散文"的观念内核——"和而不同"

所谓"和实相生，同则不继"，20世纪80年代末90年代初，散文创作的趋同与琐屑已难以为继，"大散文"因时而起，缘时而发，激荡文坛。究其思想根系与文化脉络，"大散文"作为散文革新的号角，秉承"和而不同"思想理论与文化价值追求为其观念内核，在散文领域发起了一场文学革新运动，"和而不同"作为观念之观念，实为"大散文"观的理论皈依。"大散文"即大包容，"对于文体内部的多样性、差异性、可能性的尊重与探索，使《美文》的'大散文'理念没有陷入大而无当、空洞无物的尴尬，更没有以大压小、强求一律的霸道"①，在"大散文"内部的各具体层面，无论是散文的题材、体裁，还是散文创作主体都显露出"和而不同"的大气度。

题材的"和而不同"。"大散文"追求一种大格局，但并非将散文题材局限于"大"所指涉的社会人生等宏大主题，尽管"大散文"在内容上强调"时代、社会、人生的意味"，但更重视追求题材的多样性，正如贾平凹倡言："在这块园地上，你可以抒发天地宏论，你可以阐述安邦治国之道，可以作生命的沉思，可以行文化的苦旅，可以谈文说艺，可以赏鱼虫花鸟。"②包容开放的厚土上才能育出百花园，任君采撷，但唯有真善美的情操才够得上是"大散文"，同时所谓"真善美"并非流于浮泛庸俗化的标签，而是以丰富多样的创作题材为读者构建"美文"园地。"大散文"提出的文学背景就是"散文路子越来越窄"，散文题材趋同化现象凸显，而文学作为一种追求独特性的语言艺术，且散文作为最能直接坦露作者情思的文体，在题材上更应该天马行空，无论是"向内""向外"都能抒发个人的独到见

---

① 黄发有：《〈美文〉与散文流向——散文创作的文化语境及其审美流向》，《文艺评论》2005年第5期。

② 贾平凹：《〈美文〉发刊辞》，贾平凹主编《散文研究》，河北大学出版社2001年版，第5页。

解与自我情愫，散文创作题材的"和而不同"，是"大散文"的应有之义。

　　体裁的"和而不同"。"大散文"观在散文体裁上是"大而化之"，无所顾忌的。"大散文的文体是不拘一格的"①，其文体范畴便是无范畴（除去小说、诗歌、戏剧之外），摒弃"清理门户"与"散文净化"的观点，将散文的内在容量扩充至文章的最大范围，将不同体裁的文章纳入散文的视野，突破对于散文的普遍认知，用文学的审美眼光去平等地审视各类体裁的文章，以"美"统之，发掘其所具有的"美"的特质，此可真谓"和而不同"。《美文》是"大散文"观的"倡导者"与"践行者"，其刊发的散文除了狭义上的抒情散文，还涉及小品、随笔、游记、杂文、书信、日记、序跋、碑文、笔记、留言、回忆录、访谈录、演讲稿、广告词、诊断书、导演阐述、社会评论等种类众多的应用文体，一同"共享"着"大散文"的"名分"。"《美文》拆除篱笆、开放园地的姿态，意在打破文类之间森严的壁垒，通过不同规范之间的冲突、碰撞与交融、渗透，衍生出适应新的时代氛围与审美心理结构的新文体。"②各类文体多元共生于"大散文"，导引散文创作走向更为广阔的天地。

　　创作主体的"和而不同"。长久以来，散文总被视为文人或知识分子所作的精致的书斋文，文人也自视散文为其自留地、后花园，但以"大散文"观而论，散文却是"大家的"。包罗万象的散文题材与琳琅满目的创作体裁也意味着散文创作的主体不只限于专门的散文作家，而是跨文体作家，甚至是跨行业的散文创作者。贾平凹在《美文》发刊词中真诚地欢迎社会各界都能加入"大散文"的构建与实践中去："我们这份杂志，将尽力克服我们编辑的狭隘的散文意

---

①　贾平凹、南帆：《对话大散文》，《福建日报》，2002年10月14日。

②　黄发有：《〈美文〉与散文流向——散文创作的文化语境及其审美流向》，《文艺评论》2005年第5期。

识，大开散文的门户……只要是好的文章，我们都提供版面。"①并在《美文》创刊二号的"读稿人语"中开诚布公："这个杂志是大家的，不要以为文章都是文人写的，什么人都可以写，什么领域都有美文，大雅者大俗，大俗者大雅，如此而已。"②如此一来，便有了张艺谋《〈红高粱〉导演阐述》、刘晓庆《"口出狂言"辩》、杨振宁《邓稼先》等一系列别开生面的文章以散文的新面貌示于读者。"大散文"并不看重作者的身份、地位、职业等外在因素，而是专注于文章是否有生活的实感，能否从自我的生命体验中探得人生一二，是否"体证自然宇宙社会人生"，是否具有散文的真实与美感。

大散文的"和而不同"不只是对题材、体裁以及创作主体而言，更是一种开放的文学观念与多元的价值选择。"大散文"作为一种极具包容性的思维与观念，在《美文》中得到了切实的"体证"。"'大散文'的意识笼罩这个刊物，刊物是连续的，以整体来体现我们的观点，构建我们的体系"③，所以说，"大散文"之"大"并非指向散文题材的宏大或是篇幅之长，而是以整体眼光去审视散文创作，在总体上呈现的"大"的气度与境界。"大"与"小"在此是辩证的，大与小似是"不同"，实则相通，是为"和"。"大散文"追求散文内部各种质素的多样化与丰富性，通过散文创作，作者将自我体悟与生命体验内化于文本之中，以个人"小我"通人类之"大我"。"大散文"的"和而不同"是"不同"之"和"，因而"大散文"虽能森罗万象，但却并非无所拘束。"大散文"是以"美"为旨归和前提，"美是真与善，美是犹如戏曲舞台上的生旦尽丑，美是生

---

① 贾平凹：《〈美文〉发刊辞》，贾平凹主编《散文研究》，河北大学出版社2001年版，第4页。

② 贾平凹：《读稿人语》，贾平凹主编《散文研究》，河北大学出版社2001年版，第21页。

③ 贾平凹：《〈美文〉三年——在编辑部会上的讲话》，贾平凹主编《散文研究》，河北大学出版社2001年版，第8页。

存的需要，美是一种情操和境界，美是世间的一切大有"①。"大散文"便是"大"而"美"的散文。

（二）"文化磨合"的"大散文"

"大散文"之"和而不同"若以"文化磨合"的视野去仔细考量，其是在"古今中外化成现代"的"大现代"文化中"磨合"而成。现代散文始于五四文学革命，民国十五年（1926年）五月，《晨报副刊》发表周作人的《美文》："外国文学里有一种所谓论文，其中大约可以分作两类。一批评的，是学术性的。二记述的，是艺术性的，又称作美文，这里边又可以分出叙事与抒情，但也很多两者夹杂的。"②这便是现代艺术散文，即"美文"的缘起，周作人认为中国新散文的源流是公安派与英国小品文两者所合成的。朱自清在《背影》的序言中指出新文学的散文创作既有"中国名士风"，亦有"外国绅士风"③。新文学散文的产生与形成便是在撷取中西散文的精髓化合而成，取得了较为显著的成就。鲁迅更认为五四时期"散文小品的成功，几乎在小说戏曲和诗歌之上"④，但却不可避免地成为了"雍容，漂亮，缜密"的"小摆设"，同样，在20世纪80年代末90年代初，散文亦走向了"窄巷子"，而"窄"之所在就文化层面而言，便是文化格局的逼仄。

贾平凹总结散文的经验："散文在新时期文学中是相对保守的传统的领域，它发动的革命在整个文学界是最弱也是最晚的。"⑤正

① 贾平凹：《〈美文〉发刊辞》，贾平凹主编《散文研究》，河北大学出版社2001年版，第6页。

② 周作人：《现代散文导论》（上），蔡元培等《〈中国新文学大系〉导论集》，岳麓书社2011年版，第158页。

③ 朱自清：《序》，《背影》，开明出版社1992年版，第5页。

④ 鲁迅：《小品文的危机》，《鲁迅全集》第四卷，人民文学出版社2005年版，第592页。

⑤ 贾平凹、南帆：《对话大散文》，《福建日报》，2002年10月14日。

如肖云儒所言，文化的限制，最终还是要靠文化去突破的。①文学是时代精神的反映，受时代文化的钳制，要想突破，必然要挣脱时代文化的挂碍与牵绊，上下求索，从古今中外的"大现代文"化中搜寻文化的新质素，为时代精神注入活力。贾平凹不满于时代之琐碎以及浮艳虚假之文风，转而将目光投至汉唐，认为"现在我们普遍将民族最强盛期的那种精神丢了"，进而从那个时代的石雕瓦罐中（如霍去病墓侧的卧虎）提取出时代精神之精华，即质朴、浑厚、自然、真切、大气的时代之风，这便是"大散文"观背后所蕴蓄着的精神气质。同时，贾平凹认为"现在提出向西方学习，是为了扩大我们的思路，使我们的作品格局不至于越来越小"，"与其我们的散文越写越单薄，越类型化，不妨研究借鉴西方的一些东西"②，这种"大现代"的文化观念，要求文学创作更要有世界眼光，在古今中外的文化中不断磨合，从而汲取文学得以前进之力量。

"大散文"观便是继承了五四新文学散文中西合璧的包容气度，又接续汉唐自然、质朴的传统精神，并且借鉴西方文化的独特之处，从而"通过不同文化的对话、互动、融合、会通或衬托，来实现自己心中的文化愿景"③，"大散文"观不仅仅是一种文学观念，其更深层次体现着"文化磨合思潮"，展现"和而不同"的大文化格局。

"和而不同"是我国古老的哲学智慧，渗透于现代中国文化的方方面面。"和而不同"作为一种文论观念，导引着中国文学的发展变革，塑造着中国文学的精神气质。贾平凹顺应时代的呼唤，"大散文"应时而生，肩负起变革散文的文学使命，以"和而不同"的文论思想与价值选择作为"大散文"观念内核，努力挣脱散文在题材、体裁以及创作主体的狭隘意识，在古今中外多元文化相互磨合、渗透中

---

① 参见肖云儒：《文化的限制，还要靠文化去突破》，贾平凹主编《散文研究》，河北大学出版社2001年版，第192页。

② 贾平凹、南帆：《对话大散文》，《福建日报》，2002年10月14日。

③ 李继凯：《"文化磨合思潮"与"大现代"中国文学》，《中国高校社会科学》2017年第5期。

更新文学观念，熔铸成"大"而"美"的"大散文"观，虽有不可避免的矫枉过正，但在具体的散文创作实践中不断矫正与纠偏，导引中国当代散文走上康庄大道而非曲折逼仄之途，并且贾平凹的"大散文"观对于"和而不同"思想的理论借鉴与观念阐发，在更为深远层面上塑造着当代散文的理论格局与文化品格，参与着"大现代"中国文化与文学的建构与发展。

21世纪以来，在场主义散文与非虚构写作接续着"大散文"对中国当代散文的理论开掘与创作实践，成为了散文领域的创作趋向与研究热点，再次启发学界对散文文体的本质思考。但无论是"非虚构性"还是"在场精神"，都是对"散文性"的本质探索，也都是对生活真相与生命本相的无限接近。就这个层面而言，"大散文"在某种程度上完成了其文学使命。

第六章

"和而不同"与中国现代散文研究案例分析

中国现代散文无疑是中国现代文学发生、发展过程中最有建树，取得了较高成就的文学体式，尽管政局动荡、战乱频仍、社会分裂、观念冲突，"和而不同"的观念无法在更大范围的社会与文化层面获得认同与共识，然而在散文创作的个体层面，"和而不同"的文化愿景与文论观念却在散文作家的创作实践中得以呈现与发展，尤其是体现于倾向自由主义与人文主义的散文作家的作品中。因此本章以梁遇春、林语堂、梁实秋、茅盾等作家的散文创作作为个案进行分析与探寻，从"和而不同"这一理论视域考察林语堂、梁遇春、梁实秋的散文创作所具有的"文化磨合"的文化特征与内在涌动着的古今中外多元融通的潜流，尤其是对散文主体性的强调与多样化的追求。此外，本章还关注到抗战时期茅盾一生唯一的一次西北之行给予他的独特文化地理体验和生命感受，并创作出了脍炙人口的散文名篇，西北多民族的文化格局与悠久的丝路精神与茅盾散文作品的"和而不同"理念无疑有其内在的互通性。

第一节 "和而不同"与茅盾的"西游"散文

作为中国现代文学巨擘的茅盾一生地理行迹多变，相关书写丰富。青年时期他在北京读书，20世纪20年代后期避难时曾留居日本，40年代后期去苏联观光考察4个月，1949年后主要在北京工作、生活，兼有因国事出访过一些国家。除这些外，他在1949年前的空间活动轨迹基本是在中国东南地区，诸如浙江、上海、武汉、广东、香港等地。但是因缘际会促成抗战时期茅盾一生唯一的一次西北之行，这次西北之行给予茅盾独特的文化地理体验和生命感受，并在他的理论写作和文学创作上都留下痕迹，尤其使得他在散文创作方面取得佳绩，诸如《新疆风土杂忆》《白杨礼赞》《风景谈》等都是经由这段西北经历写成的散文名篇。这些作品被选入各类文学读本、教材和参考书中，并在许多文学史文本中受到高度评价，被视为中国现代文学的经典作品。这些作品中蕴含丰富的地理、历史文化信息，具有浓郁的地理人文色彩。《新疆风土杂忆》《白杨礼赞》作为茅盾创作中特殊的"西北书写"文本是值得重读和探究的，笔者即立足于细读这两篇作品，分析其独具面貌的地域书写的魅力和经典性，并力图开掘出文本背后所蕴蓄着的"和而不同"的人文理想。

一、人文地理之缘：西北行旅及西北书写

1938年，正值抗战初期，茅盾主要在武汉、广州、香港等地从事文艺抗战活动。这年4月任在香港出版的刊物《立报》副刊《言林》编辑，到下半年，《立报》销量下滑，处于赔钱状况，使得茅盾及家人生活上出现困难，加之时局严峻，香港日后也必是日军侵占的目标，去留成了一个严峻问题。于是茅盾"遂萌生离开香港的念头。但去向未定，初拟返沪，便于照顾母亲"①。虽萌生返回上海的想法，但并未决定下来。到了这年12月，新疆学院院长杜重远携自己撰写的《三渡天山》（后改名《盛世才与新新疆》）向茅盾宣传介绍新疆并邀请茅盾到新疆迪化（现乌鲁木齐市）从事文化教育工作。时任《立报》总经理的萨空了也建议他应杜重远之邀去新疆工作。新疆毕竟地处偏僻荒远的西北角，加之对于新疆的政治形势也有担心，茅盾犹豫未决，并先后向廖承志、谢觉哉等打听新疆的情况，最终还是决定接受杜重远的邀约，去新疆工作。由此，踏上了丝路，也开启了"探

① 茅盾：《茅盾全集·附集》，人民文学出版社2001年版，第146页。

路"之旅。

1938年12月，茅盾携家眷开始了西北之行，一行人由香港到昆明，并于次年1月9日乘飞机从昆明飞到兰州，与张仲实会合，因盛世才对于是否接纳茅盾这样的知名文化人士进疆仍在犹豫中，一直未做交通安排，茅盾等人在兰州滞留45天之久，在这些日子里，茅盾对兰州的地理风物人情有所体验和观察。1939年2月21日，茅盾一行乘坐飞机从兰州飞到哈密，在哈密住留约15天，然后乘坐汽车从哈密至七角井，住一夜，第二日继续乘车至鄯善，路途中曾参观坎儿井，在鄯善停留一晚，又乘车到吐鲁番，住一晚后继续乘车抵达迪化。[①]这是茅盾西北之行去时的行迹。及至后来，复杂的新疆形势变化更趋诡谲，盛世才的反动面目日益显现，茅盾等人在新疆的处境更是危险重重，于是茅盾设法寻机离开新疆，最后因收到母亲去世的电文，遂在1940年4月末以"奔母丧"为由获准离疆，经由迪化一路乘车至哈密，复从哈密乘飞机抵达兰州，再到西安，最终于1940年5月末抵达延安。停留了4个多月，离开延安后又分别在西安和宝鸡停留，于这年12月飞赴重庆。

考察茅盾历时约两年的西北之行，其行程轨迹大致是昆明—兰州—哈密—鄯善—吐鲁番—迪化—哈密—兰州—西安—延安—西安和宝鸡—重庆。全部行程中，大部分空间距离都是乘飞机，少部分行程乘坐汽车，途经之地，有些地方是匆匆一过，而兰州、哈密、迪化、西安、延安这几个地方都有不同时长的住居，其中在迪化和延安两地停留时间最长，并从事具体的工作，有基本的日常生活。此次西北之行，限于当时交通落后和社会形势的不安定，加之时长有限，还有茅盾在迪化、延安担任工作众多，使得茅盾细致考察、沉潜下来体验的地区虽然不多，但还是使他初步获得了对中国西北之地的总体印象，并对个别地区尤其是新疆迪化地区有了比较深刻的体验和认识。这段

---

① 张积玉：《茅盾与张仲实在新疆时期的交往史实考辨》，《中国现代文学研究丛刊》2015年第9期。

经历对于茅盾来讲是一生中重要而特殊的生活体验，使得他在一个具体的时间段内脱离东南沿海城市化程度相对较高的地区，离开主流汉文化区域，来到西北高原地区，观览到落后贫瘠的西北乡村之地，也进入到边缘的多民族异质文化区域，接触到有别于东南沿海地区的地理风貌、人文景观，也得以观察中国西北的农民、陕北的知识分子以及新疆的少数民族族群。可以说，这是全新的生命经历和体验，这种"生活视野转变促使他有了全新的审美经验"①，并体现在文学创作中。

在新疆期间，茅盾担任新疆学院教育系的主任并几乎承包了该系全部的教学工作，同时还担任新疆文化协会会长一职，工作事务繁杂，且有安全上的忧虑；后来在延安时期茅盾在鲁迅艺术文学院任教，也去陕甘宁边区文化协会讲学，也比较繁忙，难得有沉静下来连续的创作时间，但是茅盾仍然在继续写作，包括文论写作和文学创作。

具体而言，作为理论素养深厚的理论家，茅盾在旅行途中随机讲学作报告，也围绕新疆的具体文化教育工作和延安的文化文学状况发表意见，创作了几十篇文论作品。一是旅行途中，在甘肃学院作了两次题为《抗战与文艺》和《华南文化运动概况》的专题报告；二是在新疆期间，具体开展文化教育工作过程中作的报告和写作的论文，更多是为新疆文化、文艺发展提供意见，如《中国新文学运动》《在抗战中纪念鲁迅先生》《新疆文化发展的展望》《文化工作的现状与未来》《为〈新新疆进行曲〉的公演告亲爱的观众》《演出了新新疆万岁以后》《六大政策下的新文化》《由画展得到的几点重要意义》《边疆回教地区文化发展的几点意见》《通俗化、大众化与中国化》《关于诗》等。此外，茅盾还在新疆《反帝战线》上发表了八篇关于

---

① 郑亚捷：《抗战时期茅盾对新疆文艺发展的意见》，《中国现代文学研究丛刊》2012年第5期。

国内外政治评论的文章。①三是在兰州、延安、西安三地写作的文论作品，如《抗战与文艺》《谈抗战初期华南文化运动概况》《论如何学习文学的民族形式》《旧形式、民间形式与民族形式》《中国市民文学概论》《关于〈呐喊〉和〈彷徨〉》《纪念鲁迅先生》等。

就文学创作而言，基于在西北从事的具体工作和获得的生活经验，在西北之行期间及其后，茅盾基本未围绕西北经历、记忆犹新的经验进行小说创作，只在离开西北后写作了一篇新疆题材的描写动物的短篇小说《列那和吉地》（发表于《文学创作》1942年第一卷第二期），西北之行酿就的文学书写主要是诗歌和散文。诗歌有《筑路歌》《新新疆进行曲》，根据目前文献发现，这两篇文艺作品是"茅盾唯一的一支歌和一首新诗"，"歌词和新诗这两种艺术形式，茅盾一生中仅在新疆运用过"②。而散文写作的成绩是不俗的，写作出很多成熟的作品，如《兰州杂碎》《风雪华家岭》《西京插曲》《"战时景气"的宠儿——宝鸡》《秦岭之夜》，有些作品成为散文名篇，脍炙人口，如《白杨礼赞》《新疆风土杂忆》《风景谈》等。其中《风景谈》一文借景抒情，通过片段组接的方式，将沙漠驼队、晚归的种地人、参与生产劳动归来的知识分子、沉浸于讨论和学习的青年男女、清晨吹喇叭的士兵若干幅自然景致与置身其中的人文画面组织在一起，既描写了抗战时期西北地区的自然景致和日常生产生活的片段和画面，赞美了自然美、生活美，更由衷赞美了立于其中的体现着坚韧民族精神的北国的人民，正如文中所写："我仿佛看见了民族的精神化身而为他们两个。如果你也当它是'风景'，那便是真的风景，是伟大中之最伟大者！"③

由《风景谈》《新疆风土杂忆》《白杨礼赞》及其他散文作品可以看出，与茅盾之前的散文写作相比，植根西北经验的散文书写"象

① 参见周安华：《茅盾在新疆》，《新疆社会科学》1983年第5期。
② 周安华：《茅盾在新疆》，《新疆社会科学》1983年第5期。
③ 茅盾著，姚志伟绘：《风景谈》，中国青年出版社2012年版，第6页。

征体式依然，心境却大大开阔，风格变为明朗、雄壮、激越"①。在一定程度上可以说，茅盾基于西北之行的散文书写在其全部散文写作中别具一格，显示出独特的艺术魅力，可以构成文学地理意义层面的"西北书写"，并具有经典性意义。

二、独特的新疆风土叙述——细读《新疆风土杂忆》

《新疆风土杂忆》是茅盾离开新疆后写成的回忆性散文，如文题所言，属于琐忆性质，写作时间据茅盾自述，"此篇大概写于一九四〇年冬或一九四一年初夏，后来发表于一九四二之《旅行杂志》"。②1958年11月茅盾重改旧文，并言明是为了消弭新疆地区之外的人们尤其是青年知识分子对盛世才和新疆地区情形的误解写作此篇。

茅盾在新疆是作为著名作家受邀前来做文化教育工作，日常接触人群多是迪化地区的中上阶层人士，也较有机会参与大型活动、各种筵宴，更有工作便利能接触到新疆政治、经济、文化等领域的事务，从而获得、了解各种各样的信息。茅盾虽然受到盛世才的监控，没有充分的自由，但在当时落后的交通条件下，他的行踪可到之地还是比较广远的，游览过迪化近郊的白杨沟风景区，对于新疆地区的自然地理景观和植被、树木等有近距离的观察。茅盾在迪化市区工作，住处离当时的城中心也不远，对迪化市区范围内的社会生活情状和人事也多有了解。而且身为作家，茅盾有自觉敏锐的体验生活的意识和观察能力，加上与之往来的各阶层人士非常多，因此有较多机会听闻知悉新疆社会的各种信息。此外他还阅读新疆地方书籍，增加自身对新疆的了解，如他在文中就多次提及《新疆图志》一书。这些都使得茅盾在新疆居留工作的时间虽只有一年零两个月，但他对新疆社会各方面的信息了解之广、认识之深已远超当地很多人，这是他写作的《新疆

① 郑亚捷：《抗战时期茅盾对新疆文艺发展的意见》，《中国现代文学研究丛刊》2012年第5期。

② 方铭编：《茅盾散文选集》，百花文艺出版社1984年版，第144—164页。

风土杂忆》一文的扎实生活基础。今天来看，茅盾这篇散文应该是叙写20世纪三四十年代新疆社会生活面影、情状最全面最丰富且最优秀的篇章之一了。

首先，《新疆风土杂忆》基本可以算是半文言或准文言的散文，传统语文语体特征尤为鲜明。茅盾的其他散文作品，包括因西北之行而写成的其他散文作品，几乎全部是白话散文，只有《新疆风土杂忆》一篇系由文言与白话结合写作，甚至部分段落文言成分过半，谓为文言散文亦可。如文中写迪化冬日之寒冷："驴马奔驰后满身流汗，出汽如蒸笼，然而腹下毛端，则挂有冰珠，累累如葡萄，此因汗水沿体而下，至腹下毛端，未及滴落，遂冻结为珠，珠复增大，遂成为冰葡萄。"①基本是以文言的方式描写寒冷的冬季，马、驴等牲畜出汗结冰的情状。茅盾早年因乌镇没有新式学堂，就读于私塾，加之家中藏书甚丰，积累下深厚的旧学底子，及至茅盾参加新文学运动，虽以白话语体写作，但亦擅长文言写作和表达，我们在茅盾与友朋的私人书信中可见他多是以半文言语体写作的。某种程度而言，中国现代时期的作家们，虽然基本不用文言写作，但旧学根基厚实，早年都有很好的文言写作训练，因此就私人自我表达的层面，他们是很习惯、乐于并擅长运用文言方式书写和表达，在我们所见胡适、陈独秀、鲁迅、周作人、茅盾、钱锺书等人的私人信件，可见文言运用之普遍。所以，我们或可揣想，当茅盾在离开新疆，脱离了险境之后，以回忆的方式书写新疆见闻时，自有属于他私人性的有趣而愉快感受的一面，所以他选择了半文言这种语体方式来叙写。在这篇散文中茅盾还嵌入了文言诗歌，可以视为他私人感受的强化表达，一定程度上敞开了他的精神世界，如叙及迪化霜挂枝头的情形联系到神话传说，遂评论："此说虽诞，然颇有风趣，因亦记以歪诗一首：晓来试马出

---

① 方铭编：《茅盾散文选集》，百花文艺出版社1984年版，第144—164页。

南关，万树银花照两间。昨夜挂枝劳玉手，藐姑仙子下天山。"①从中可见一斑。当然，可能还有一个原因是新疆见闻极丰富，如用白话来写，文章篇幅会太长，毕竟，以半文言或准文言来写，此篇字数已是万字有余。

其次，《新疆风土杂忆》所叙写的内容十分丰富、厚实，涉及20世纪三四十年代新疆地区历史、政治、经济、文化、宗教、物产、风俗、人口、人情、日常生活等方面，基本涵盖该地区社会生活的全貌。因此从内容上看，这篇散文可视为当时新疆尤其是迪化地区社会生活的全记录。全文以片段组接的方式勾画出新疆的图景，诸如左宗棠与新疆及定湘王庙、坎儿井，新疆富人之富庶程度与论富之独特，《敕勒歌》与南北疆草原风光，新疆的盐，维吾尔语，边地迪化气候之寒冷和作为交通工具的爬犁，迪化冬季的霜和神话传说，新疆的多元宗教和道士的特殊性，新疆可口的各种水果，新疆复杂的人口来源，新疆的汉族商人和商道，博格达峰与天池、雪莲、雪蛆以及石莲，哈萨克人、维吾尔人入夏时移居山中避暑的生活习惯，维吾尔人的谋生、文艺特长、日常生活以及饮食习俗，新疆的其他民族，迪化的各种特色餐食和看旧戏与电影的日常娱乐，迪化的男女之别，女性的解放与离婚，等等。由以上粗略罗列即可知此篇散文内容含量之丰富宽广，即便不能说巨细无遗，但也算是应有尽有。由此也能够给读者留下"大美新疆"的印象。人们向来多称赏茅盾作为"社会分析派"代表作家的笔力，由此文也可略见一斑。

再次，基于理性的细致观察和审慎择取，茅盾将自然景物与风俗民情景象化为简洁精准、生动传神、活泼有趣的表达。"茅盾是现代中国文学史上理性意识最为强烈的作家之一"②，这一理性特征作为个人的核心精神气质也显现在茅盾的散文创作中，在《新疆风土杂

---

① 方铭编：《茅盾散文选集》，百花文艺出版社1984年版，第144—164页。

② 朱德发等：《20世纪中国文学理性精神》，上海人民出版社2003年版，第201页。

忆》中依然有表现。这篇散文虽具有个体私人性表达的成分和气质，但也是以理性气质与精神作为根基的。这篇散文叙写的丰富内容源出于茅盾冷静、细致、深入的观察和了解，且以简洁客观的风格加以表达，给人以简洁、传神、准确、客观的印象。如描写"'坎儿井'隔三四丈一个，从飞机上俯瞰，但见黑点如连珠，宛如一道虚线横贯于砂碛"；再如描写白杨沟崖壁上生长的石莲，"壁上了无草木，惟生石莲。此为横生于石壁之灌木，叶大如掌，形似桐叶，白花五六瓣甚巨，粗具莲花之形态，嗅之有浓郁之味，似香不香，然亦不恶"。不唯对自然事物的观察描绘细致入微，对于风俗民情景象也是观察入微、叙述精准，如描写牧区人们制作马奶酒的情形："维、哈族人善调制马乳，法以乳盛革囊中，摇荡多时，略置片刻，又摇之，如是数回，马乳发酵乃起沫，可食。味略酸而香冽，多饮觉微醺；不嗜酒者饮马乳辄醉。"再如描述维吾尔人肉食待客的习俗："待客，隆重者宰一羔羊，白煮，大盘捧上，刀割而食。主人倘割取羊尾肥脂以手塞客人口中，虽系大块，客人须例张口承之，不得以手接取徐徐啮食，更不得拒而不受。盖此为主人敬客之礼，不接受或不按例一口吞下者即为失礼。客人受后，例须同样回敬主人。"在理性观察客观叙写的同时，我们也充分感知行文表达的生动传神、鲜活有趣的一面，比如上引描写肉食敬客习俗片段，再如文中用了偏长一点的篇幅讲述在迪化观赏的一出嘲笑富而不仁之辈的短剧①，仿佛是讲述幽默滑稽故事，简洁、形象、有趣，令人忍俊不禁，而这样的貌似冷静、实为戏谑的使人喷笑的文字，在茅盾散文里是不多见的。再引两例。一是描写冬季新疆的人们乘坐爬犁的情景："迪化的'把爷'们，冬季有喜用'爬犁'者。这是无轮的车，有滑板两支代替了轮，车甚小，无篷，能容二人，仍驾以马。好马，新钉一付高的掌铁（冬季走冻结的路，马掌铁必较高，于是马也穿了高跟鞋），拖起结实的'爬犁'，

---

① 方铭编：《茅盾散文选集》，百花文艺出版社1984年版，第144—164页。

在光滑的冻雪地上滑走，又快又稳，真比汽车有意思。"①二是描写人们去夏牧场度假的情形："维、哈两族之'把爷'每年夏季必率全家男女老小，坐自家之大车，带蒙古包、狗，至其羊群所在之山谷，过一个夏季的野外生活。秋凉归来，狗马皆肥健，毛色光泽如镜面，孩子们晒成古铜色，肌肉结实。"以上两处叙写，皆显示生动、活泼，有趣味的风格特色。而这样的叙写在全文中是较多见到的，亦可从中窥见茅盾的好奇、愉快的心绪和兴致。

另外，《新疆风土杂忆》并没有运用象征体式，而是描述居多，叙记为主，直接的主观性抒情、言志内容也甚少见到。它是以片段组接的方式把繁杂丰富的内容组合在一起，不专门写过渡句，但又衔接自然，浑然一体。尽管茅盾作为一位外地人所述新疆生活或有个别细节不够准确，但总体看，《新疆风土杂忆》可谓是一篇综合理性精神与趣味表达，富含丰厚的社会、历史、文化内涵，又洋溢着浓郁的日常生活烟火气息的优秀散文，窃以为是茅盾散文作品中最优秀的篇章之一，也算得上是记写新疆历史、风物、民俗等内容的最好的散文作品之一，堪称经典。

三、自然与人文的交响——细读《白杨礼赞》

茅盾素以社会理性的剖析著称，以全景式再现社会生活的小说写作名世，而其西北之行前的散文创作多立意于一时一地的所见所思所感，格局似不够阔大，如《雾》《虹》《卖豆腐的哨子》等作品。但西北行之后，从《风景谈》《白杨礼赞》《新疆风土杂忆》等作品则可见茅盾散文创作的成熟和思想艺术风格的变化。显然，比之此前作品的迷茫、忧郁感伤情思和偏狭窄的格局，《白杨礼赞》明显表现出境界阔大，情绪热烈，明朗味足的特征，可谓有"满满的正能量"。

首先，《白杨礼赞》并非拘于茅盾游历西北的一时一地的个别印象，而是此次西行经历的总体印象。西北地区是一个区域性地理空

---

① 方铭编：《茅盾散文选集》，百花文艺出版社1984年版，第144—164页。

间概念，包括陕西、宁夏、青海、甘肃、新疆五个省（自治区）的统
称，中华人民共和国成立前使用西北概念也是指这一区域。西北地区
深居于内陆，面积广大，区域内的历史、民族、物产、风习更是丰富
至极。茅盾30年代末的西北行足迹只到了陕西、甘肃、新疆三个省区
的部分地方，即便如此，那么一路的见闻也是丰富驳杂，截取一个点
或片段进行书写是容易的，但试图在一篇不长的散文作品里描述出对
于西北地区的整体印象是极不容易的。但茅盾的思想艺术发现力是非
凡卓越的，他敏锐地捕捉到了与他的个人品性、气质特点相契合的西
北形象的表征——白杨树，进而以散文书写建构了"白杨树形象"，
借此形象表达他对西北、西北人民和西北精神的总体印象和感知。

　　白杨树，在西北的确是非常普通的树，耐旱抗寒，抗病虫害能力
强，多能长成材，于田间地头、院落周围、道路两旁，随处可见。在
西北的黄土高原、沙漠横亘、戈壁千里、村落人家的图景中，白杨树
生长于其中是非常醒目的，这与东南地区雨水丰沛、气候温暖，植被
丰茂，树木品种多样的自然地理景观很是不同。白杨树在某种意义上
成为西北自然地理环境的标志。在西北，高高的白杨树是醒目的，而
且凡有白杨树伫立的地方必有人家，必有人的活动存在，它是西北的
树，同时也是西北地区人的生活和痕迹存在的表征和印证。即便是现
在，西北地区的城市多种植其他景观树木，但在广阔的乡村，仍然以
白杨树为主。茅盾准确地感知并凝视了白杨树，从实到虚书写了"白
杨树形象"，就是文中所写："那就是白杨树，西北极普通的一种
树，然而实在不是平凡的一种树！"[①]

　　其次，"白杨树形象"是与时代氛围以及西北形象的贯通。《白
杨礼赞》的写作时间是1941年3月，是离开西北地区后大约三个月的
时间写就的，此时正值抗日战争的相持阶段，亦是最艰难的时期。这
一时期，中国民众在抵御侵略、全民抗战的共同命运里，凸显出无与

---

　　① 茅盾：《白杨礼赞》，《茅盾全集》第十二卷《散文二集》，人民文学
出版社1986年版，第35页。

伦比的包含着团结、气节、风骨、抗争和牺牲等内涵的伟大民族精神。书写和表达这民族精神需要一个载体，而茅盾找到的艺术承载体是白杨树。西北之地，土地辽阔，海拔高，多干旱，人口稀少，较之中国东南地区，是比较贫穷落后的，也更显边缘和沉滞。但是西北之地也自有其天高地阔的风貌，而且西北之地民众淳朴、坦诚、宽厚、顽强，民风偏于豪放、雄壮，富于执着精神，这地方的民风与精神是在艾青诗歌《手推车》里抒写歌咏过的。可以说，"白杨树形象"和时代民族精神、西北形象与西北民众的精神正相契合，三者有机结合在一起，这就是我们在《白杨礼赞》里看到、感知和被感染到的震撼心灵的表达："白杨不是平凡的树。它在西北极普遍，不被人重视，就跟北方农民相似；它有极强的生命力，磨折不了，压迫不倒，也跟北方的农民相似。我赞美白杨树，就因为它不但象征了北方的农民，尤其象征了今天我们民族解放斗争中所不可缺的朴质，坚强，力求上进的精神。"

再次，《白杨礼赞》富于经典性艺术魅力。《白杨礼赞》是艺术特征和感染力比较鲜明强烈的散文作品。具体而言，一是反映出茅盾散文善于运用托物言情、寄意和以实写虚的散文叙述手法。此文实写西北的白杨树，进而建构"白杨树形象"，通过赞美白杨树来表达对于西北民众和中华民族精神的赞美，物与人的统一，虚与实的结合自然恰切，毫无违和感，进而给予阅读者的思想启示也是顺畅酣畅的。二是直抒胸臆表达策略的运用得当。全文以首尾呼应的方式直接表达赞美之情。在散文中，三次以断语性的陈述句直接抒情，"我赞美白杨树"，富于情感的冲击力和感染力。三是形神具备的精彩描写与形象塑造。茅盾写作素来观察周到，叙述清楚。这一特点在《白杨礼赞》中更是表现突出。散文先是细致入微地描绘了白杨树的外在形貌："那是力争上游的一种树，笔直的干，笔直的枝。它的干呢，通常是丈把高，像是加以人工似的，一丈以内，绝无旁枝；它所有的丫枝呢，一律向上，而且紧紧靠拢，也像是加以人工似的，成为一束，绝无横斜逸出；它的宽大的叶子也是片片向上，几乎没有斜生的，更不用说倒垂了；它的皮，光滑而有银色的晕圈，微微泛出淡青色。"
在形的描摹的基础上是对于白杨树神韵的准确的精神性把握："这是
虽在北方的风雪的压迫下却保持着倔强挺立的一种树！哪怕只有碗
来粗细罢，它却努力向上发展，高到丈许，二丈，参天耸立，不折不
挠，对抗着西北风。"白杨树"是伟岸，正直，朴质，严肃，也不缺
乏温和，更不用提它的坚强不屈与挺拔，它是树中的伟丈夫！"①形
态的描绘和神韵的捕捉两位一体，使得"白杨树形象"形神兼备，它
进一步指代、象征北方人民和民族精神就水到渠成了。四是鲜明的刚
性、热烈风格。《白杨礼赞》的情思抒发既不迷茫，也不忧郁感伤，
是顽强、坚定而热烈的赞美之情，充满着内在的力量；而艺术表达是
直接的、酣畅而强烈的，富于感染力和冲击力。

可以说，中国文学自古就有借物抒情言志的传统，并最终在我
们的文化系统中赋予一些自然物以特定的文化内涵，比如梅兰竹菊之
于人的高洁、坚贞品格与精神的象征意味。某种程度上，可以认为，
经由茅盾的《白杨礼赞》，也赋予白杨树这一自然物以稳定、鲜明的
精神内涵，即"朴质，坚强，以及力求上进的精神"。这一精神内涵
的影响是深远的，超越抗战民族精神的表达，使得"白杨树"成为精
神文化的符号。笔者曾时有将秦地文学甚至西北文学命名为"白杨
树派"的想法，其内在精神的相通和外在风貌的契合，就是其立论的
依据。

此外，我们也不能忽略《白杨礼赞》的思想艺术面貌与茅盾本人
精神、气质的深切契合。总体看，茅盾的人生观念端正积极，言行尤
其是著述特别强调个体的有为和于世有益，有比较偏于硬气的刚性气
质，加之漫游西北地区，受人文地理特性的感染，拓展了视野，开阔
了心胸，豪情激烈的一面更被激发出来，自然衍化出《白杨礼赞》这
样艺术风貌的作品。

---

① 茅盾：《白杨礼赞》，《茅盾全集》第十二卷《散文二集》，人民文学
出版社1986年版，第35页。

自古至今，从别的地区来到西北，短暂或长久留居西北地区的作家文人大多难以忘怀在西北的经历、经验和记忆，往往会基于在西北的行迹和经验进行创作，留下脍炙人口的名篇佳作，如岑参的边塞诗《白雪歌送武判官归京》、洪亮吉的《伊犁记事诗》、左宗棠的西域诗、王蒙的新疆题材创作、红柯的西北叙事，等等。茅盾的《新疆风土杂忆》与《白杨礼赞》是他行旅西北生成的作品，这两篇作品的问世已近八十年，至今魅力不减。两篇佳作的写作时间接近，而内容不同，风格有异，各有其美，凝聚了茅盾西北之行的特殊生命经验，显现出浓郁鲜明的地域文化色彩，确实堪为茅盾"西北书写"的典范之作，自成经典。其价值也明显超乎古今一般的所谓"游记"。我国大西北辽阔广远，蕴藏深厚，实是酝酿、孕育文艺作品的宝地，而且历经几代人的建设，西北地区已发生了巨大的变化，可谓旧貌换新颜。

第二节　梁实秋的幽默散文与西方的超现实幽默

一

梁实秋的散文，有着"精采的幽默"[1]。但凡幽默的人，都能超然世外。梁实秋曾说，他创作散文时，常常游心物外，乃至对自身所受的任何伤害都抱着无动于衷的愿望，甚至外部世界的矛盾冲突，都可以成为自我陶醉的机会。[2]

产生于20世纪20年代的西方超现实幽默，是法国幽默作家杜布莱西斯提出的，主要指的是"反成规的""超越现实的幽默"[3]；现实生活中一些"既卑微又荒诞"的事件所形成的偏见禁锢着人的思

---

[1]　司马长风：《中国新文学史》（下），昭明出版社1978年版，第164页。

[2]　参见陈漱渝：《〈雅舍小品〉现象——我观梁实秋的散文》，《梁实秋散文》（一），中国广播电视出版社1991年版，第5页。

[3]　《袖珍罗伯尔法语辞典》，新自由出版社1963年版，第86页。

想。^①因此，人要想不被各种荒谬的令人窒息的事物所吞没，就必须"在幽默的情境中超越现实"，从而"卫护自己不受伤害"。^②

由此可见，梁实秋散文中的超现实幽默与西方的超现实幽默，在超越现实、与外部社会保持一定距离使之免受伤害方面，是十分相似的。然而，这种超现实幽默不论是过去，还是现在都有一定的消极作用，但这并不是说，创作超现实幽默作品的作者，就只满足于明哲保身，对生活中的不合理现象仅作壁上观。从本质上看，它能使人在"逻辑是自相矛盾的，理性的东西充斥着荒谬，而荒谬的事物则有其合理性"^③等幽默情境中，打乱人和世界之间的原有关系，并在笑声中从各种精神桎梏中解放出来，从另一个全新的角度来审视现实世界，还有可能使人接受一个富于想象、梦幻和灵感的新天地。本节试从内容和美学特点等方面，对梁实秋散文中的超现实幽默与西方超现实幽默的关系作一初步的考察，并展现其内在蕴蓄着的"和而不同"的散文观念。

二

梁实秋散文中的超现实幽默与西方的超现实幽默相联系的内容，主要表现在以下几个方面：

从物体对象中超脱出来，切近人生，这是梁实秋幽默散文的重要内容（梁实秋认为"文学的本质是人生"），也正是西方超现实幽默的精义。梁实秋散文里的"雅舍"幽默，就是地道的超现实幽默。1940年前后，梁实秋在重庆北碚住着几间简陋与困扰人的"雅舍"。然而，这种使人难以忍受的"苦辣与酸楚"的陋室，在梁实秋看来，不仅月夜清幽、细雨迷蒙，令人心旷神怡，就是鼠子瞰灯，聚蚊成

---

① 参见杜布莱西斯：《超现实主义幽默》，法国学院出版社1978年版，第147页。

② 柳鸣九主编：《未来主义·超现实主义·魔幻现实主义》，中国社会科学出版社1987版，第153页。

③ 布勒东：《超现实主义没有边界的范围》，法国普及书店1937年版，第46页。

雷，风来则洞若凉亭，雨来则渗如滴漏之类景观也别有风味，甚至连暴风雨中"屋顶灰泥突然崩裂"的情景也如"奇葩初绽"一样美丽。这就告诉我们，生命主体在同"雅舍"这个环境物体发生的相互作用中，以支配性、开放性、活动性和内在无限性的表象运动，改变与超越了"雅舍"物体现存的面貌给作者的感受，从而使环境物体给人造成的艰难困苦的境遇变成了虚幻缥缈、优游自乐的人生追求。西方超现实幽默者讲究"将现实与幻想混杂在一起"，"摆脱精神机械论并取而代之，以解决人生的主要问题"①，就是这个意思。看来，梁实秋的本意是要扯断"雅舍"与自己之间习以为常的联系，"让自我超越现实"，却故意先描绘了"雅舍"物体"平庸的面貌"，这不能说不是深得西方超现实幽默者强调的"用物质的现实作为手段来表现心理的现实"②的妙谛。在《梦》等散文中，梁实秋以充满着"形象与幻象的境界"，激励人们从具体物象中超脱出来，去追求精神自由的人生世界。这正是暗合了西方超现实幽默者杜布莱西斯提出的"超然于日常的现实态度与理性的逻辑方法的局限性之外，使人的生命获得自由"③的思想。

　　梁实秋对物体进行超越所构成的幽默，令人想起"属于幽默派、超脱派"的周作人和林语堂。前者认为创作是超越具体物体的"一种非意识活动"④，后者则把"超功利、近人生"的克罗齐引为知音。这与西方超现实幽默理论的"破坏物体现存的面貌"，"去超越那物质利益已成为最大动力的讲求功利的世界"⑤的精神实质不谋而合。难怪程晓岚指出，西方的超现实幽默并不局限于个别国家，"早在

　　①　布勒东：《超现实主义宣言》，加利玛出版社1977年版，第38页。

　　②　帕斯隆：《超现实主义绘画史》，法国普及书店1968年版，第98页。

　　③　杜布莱西斯：《超现实主义幽默》，法国学院出版社1978年版，第149页。

　　④　李景彬：《周作人评析》，陕西人民出版社1986年版，第123页。

　　⑤　王树昌编：《喜剧理论在当代世界》，新疆人民出版社1989年版，第149页。

三十年代初"，就"成为国际性的运动"。"各国的超现实幽默者尽管在语言、文化、种族、风俗习惯各方面差异很大"，但"在探索并试图解决人生问题上是统一的"。①

西方超现实幽默者主张对那些束缚人的手脚的传统观念，进行含蓄地嘲讽和否定，就能认识到一个崭新的世界，从而达到主体对客体的超越。他们认为，这是摆脱虚伪枷锁的最好武器。因此，是打碎还是屈从那些陈腐的传统观念，便是或不是超现实幽默的分野。溺爱孩子，乃是现今社会普遍存在着的一种"陈规旧习"。梁实秋在散文《孩子》中，有意识地对"孝子"进行"倒错"："今之所谓的'孝子'乃是孝顺其孩子之父母"，从而使人在"孩子中之比较最蠢、最懒、最习、最泼、最丑、最弱、最不讨人喜欢的"，都是"最得父母钟爱"的期望与失望的不谐调对比中，嘲笑和否定了这种"几百年来的传统偏见"，并让人在"要救救孩子，救救父母"的崭新认识中达到了对现实的超越，获得了谐调的美感效应。这同西方超现实幽默者马克斯·恩斯特有目的地将慈善仁爱的圣母"倒错"，让其"在痛打圣子耶稣的屁股""痛悼耶稣之死"②的恶与善的不谐调对比中，嘲讽、否定和超越这种传统观念如出一辙。

梁实秋类似的散文还比较多。比如在《钟》中，台北当局重阳节要送给老人作贺礼的钟，遭到了许多人的非议，因为"钟"与"终"同音所构成的不谐调，同西方超现实幽默者布努埃尔将蝎子与比它大许多倍的老鼠搏斗并取得胜利③所构成的不谐调，都是"教人打碎陈规陋习强加在人头上的精神枷锁"，在"摆脱麻木不仁的精神状态中超越"，"重新发现完整、健全的自我"④的幽默情境。至于梁实秋在散文《中年》中，对旧的文化传统在人的心理上所产生的种种变

---

① 柳鸣九主编：《未来主义·超现实主义·魔幻现实主义》，中国社会科学出版社1987年版，第124页。

② 马克斯·恩斯特：《绘画之外》，作品出版社1953年版，第203页。

③ 路易斯·布努埃尔：《黄金时代》，《电影研究》第38—39期。

④ 洛特雷阿蒙：《作诗法》第二卷，袖珍出版社1963年版，第423页。

异，如震惊、忧愁、寂寞、战栗、悲伤、"偷闲学少年"等的嘲讽和否定，正好通向了西方超现实幽默要人"彻底摆脱心理方面所受传统观念限制"的思想。幽默嘲弄一切有害的习俗，是为了让人离开熟悉的环境，使精神瞥见"另一现实，即超现实"（杜布莱西斯语）。

从自我解嘲中达到超越，是梁实秋幽默散文与西方超现实幽默内容相类似的又一重要方面。自我嘲笑的"抒情运动"，是"获得一面使人看透内部荒诞无稽的镜子"，是"主体对于自身存在着的弱点的沟通中从清规戒律和传统习惯里彻底解放出来，并使之超然的一种强有力的手段"[①]。比如在散文《时间即生命》中，梁实秋常常嘲笑自己，"我的好多的时间都糊里糊涂的混过去了……例如我翻译莎士比亚，原计划二十年完成但是我用了三十年，主要原因是懒"。他又把完成翻译莎士比亚归结于"活得相当长久，十分惊险"。这里的幽默，表现为一种"超我意识"[②]。众所周知，梁实秋是个有多方面成就的著名作家和学者。在他的一生中，编写了三十多种英文词典和教科书，出版的散文集也有二十多种，但他却以"超乎常情常理的自嘲幽默"来"解放能产生神奇之物的内在新现实"[③]，即冲破自身存在着的缺陷的压抑，并从"懒""惊险"等境况中解脱出来，获得了主体在超越客体中达到相互谐调的美感效应。

这种幽默还常常表现在"来解放受压抑的本我"[④]。比如在《讲价》中，梁实秋先笑谈自己的笨拙："我买东西很少的时候能不比别人的贵。"然后又用想象来超越自我的这种现实："我怕费功夫，我怕伤和气，如果我粗脖子红脸，我身体受伤；如果他粗脖子红脸，我精神上难过。"这正是西方超现实幽默，"努力使外界的客体（指

---

① 圣波尔·鲁：《家庭的地狱》，沙吉泰出版社1892年版，第57页。

② 布勒东：《超现实主义宣言》，加利玛出版社1977年版，第32页。

③ 布勒东：《什么是超现实主义》，普鲁托有限出版公司1978年版，第146页。

④ 柳鸣九主编：《未来主义·超现实主义·魔幻现实主义》，中国社会科学出版社1987年版，第211页。

自嘲的客体）成为想象的跳板，利用它引出主观的幻觉和内心世界的旋律，并揭示出这些不可见的事物"①，从而体现出幽默的超越性谐调。

三

把梁实秋散文中的超现实幽默与西方的超现实幽默作一比较，两者具有共同的美学特点，即愉悦美、奇妙美和自由美。

从功能看，梁实秋的这种散文能给人以愉悦美。梁实秋相当一部分作品，都是为了寻求精神上的慰藉和解脱而创作的。正如他自己所说："长日无俚，写作自遣"，"把握言欢，莫逆于心"。②这就说明了梁实秋把"忘怀得失，调剂生活，愉悦性情而获得解脱美"③的西方超现实幽默作为美的主要追求。当然，就"愉悦"的词义而论，它纯粹是心理术语，是人们心理解脱的一种审美情感表现。布勒东说，超现实幽默以"某种突发的惊诧感"的事件，抒发"对我们自身，对内心世界，对潜意识深处"所受的外界束缚时，"能让人在笑声中摆脱枷锁，获得取乐的机会"④。无疑，西方超现实幽默的这一观点，也深刻影响着梁实秋。因而，他的散文所创造出来的超现实幽默给人的愉悦美，常常"来自抑制解脱的一种感情"⑤。比如在梁实秋的散文《送礼》中，"官场上办事，少不得送礼"的恶习，造成人们意识深处的枷锁和压抑，梁实秋通过送礼者将这一个"梁先生"，"倒错"为那一个"梁先生"，将给当权者送礼"倒错"为把礼送到"百姓小民"家里的"突发性的惊诧"幽默事件，讥讽和嘲笑了这种

① 帕斯隆：《超现实主义绘画史》，法国普及书店1968年版，第104页。

② 梁实秋，《梁实秋散文》（一），中国广播电视出版社1989年版，第81页。

③ 莫里斯·纳多：《超现实主义文献》，出版家俱乐部1944年版，第235页。

④ 恩吉·路易·见杜安：《超现实主义的二十年》，德诺埃勒出版社1961年版，第43页。

⑤ 杨匡汉：《闲云野鹤，亦未必忘情人世炎凉》，杨匡汉主编《梁实秋名作欣赏》，中国和平出版社1993年版，第5页。

人性的虚伪和丑陋，并让人在笑声中获得了充满情趣而又耐人寻味的愉悦美。梁实秋的散文《下棋》《第六伦》等均在层次结构发展的出乎意料中达到了这样的美学效果。就像汪文顶在评论梁实秋的散文时所称赞的："他飘逸超脱，寻觅人生真趣，专求精神愉悦。"①

很明显，梁实秋在散文中以"从事物本身的变化"，"或人的眼光和思想方法的改变"②来揭示内心深处的愿望和激情而获得的一种愉悦美，既不同于周作人的幽默散文"以婉而趣的态度"，"抒我之情"，"载自己之道"③所获得的愉悦美，也不同于林语堂的幽默散文以"心灵的放纵或放纵的心灵"④来获得愉悦美。比较起来，梁实秋的显得要超脱得多，飘逸得多，强烈得多。这与梁实秋深得西方超现实幽默者指出的"从人的意识深处去寻找新的美""美在于去寻找和把握未知世界内心需要"⑤的美学真谛有关。

从本质看，梁实秋的这种幽默散文有着"质的纯正"的奇妙美。布勒东在《超现实主义宣言》中写道："奇妙总是美的，不管哪一种奇妙都是美，甚至可以说，只有奇妙才是美。"什么是"奇妙"呢？他还写道："奇妙隐约具有一种总体显现的性质，只有这种总体显现的细节才能深入我们心中，这是现代的模特，或风靡一时的激起人类感触的另外象征。在这些引人发笑的框子里，却总是呈现出人类不可救药的不安。因此，我把这种趣味变成了伟大使命的思想。"⑥这就表明，西方超现实幽默的"奇妙美"，是指人的自我能力通过"引人

① 汪文顶：《春华秋实·圆熟雅致》，《福建师范大学学报》（哲学社会科学版）1992年第4期。

② 布勒东：《娜嘉》，加利玛出版社1964年版，第14—15页。

③ 周作人：《谈自己的文章》，《周作人散文》第二集，中国广播电视出版社1992年版，第445页。

④ 林语堂：《论东西文化的幽默》，《林语堂名著全集》第八卷，东北师范大学出版社1994年版，第107页。

⑤ 布勒东：《谈话录》，加利玛出版社1969年版，第304—305页。

⑥ 彭燕郊主编，王佐良等编：《国际诗坛》，漓江出版社1987年版，第3页。

发笑"的艺术形式得以某个侧面表现的具体显露，这种显露能使人感受或猜测到什么或联想到什么，然后由这种猜测或联想转变为一种情感或思想的演绎。梁实秋似乎对这一点有着明晰的认识，他的不少散文都能呈现出这种奇妙美。例如在《脸谱》中他写道：在官场上有一种"帘子脸"式的人物，他们对下属"面皮绷得像一张皮鼓，脸拉得驴般长"，但见到上司便"堆下笑容"，驴脸"立刻缩短"，"马上变成柿饼脸"。在这里，梁实秋夸张放大"帘子脸"的典型细节，是为了从其"具有丰富内涵和多样的对比变化"①中产生出一种内在力量，并唤起人们联想到那充满"生气和光明的脸"给人留下的美好印象，也就构成了奇妙美的境界。梁实秋的散文《客》《送行》《垃圾》等篇，都以无障碍的想象和联想为基础，从偶然的巧合和意外的事件中，创造出一种独特的奇妙美。

从形态上分析，梁实秋的这种散文能给人以自由美。所谓自由就是指作者用幽默的图式（笑的图式）把情感与现实之间的隔障全部打通后所构成的"纯质状态"。梁实秋的散文《老年》就体现出了这种自由之美。梁实秋步入老年后，病魔缠身，死神虽然时时向他招手，但其心理结构中却较多地融入了西方超现实幽默关于"免除因痛苦而引起的精力上的耗费"②的超脱思想。于是，当生命主体利用已有的幽默图式对自己的老年境况进行过滤，并将其吸收到自身的心理结构之中时，情感与现实之间的隔障就全部被打通了，从而使自我处在"作自己所能作的事，享受自己所能享受的生活"的无限广阔的时空之中的纯质状态，自由美也就产生了。

生命主体把自身的情感与现实之间的隔障完全拆除所构成的自由美，在梁实秋的《客》《音乐》等散文中表现出来的超脱自由的人生况味就是有力的佐证。这也不期然地通向了超现实幽默者提倡的"美

---

①　布勒东：《娜嘉》，加利玛出版社1964年版，第32页。

②　杜布莱西斯：《超现实主义幽默》，法国学院出版社1978年版，第29页。

在于自由地表达自我"①的境界。所以，阅读梁实秋的这种散文，能使人获得精神上的旷达、自由与快乐。

四

梁实秋散文的超现实幽默与西方的超现实幽默也有不同之处。从根本上讲，梁实秋散文中的超现实幽默追求的是一种中和之"度"。比如在《下棋》中，梁实秋既不同意太超脱的人"杀死他一大块"，"草草了事"，让人"觉得索然寡味"的人生态度；又不同意不够超脱的人"每一着都要加慢考虑"的人生态度。梁实秋所向往的是把令人烦恼和痛苦的输赢置之度外，以内心的丰赡愉悦为人生情趣的中和之"度"。正如徐静波在《梁实秋散文选集·序言》中所说的"梁实秋的散文中虽然也有超现实幽默，但始终没有升迁到仙山琼阁的境界"就是恰切的评价。而西方超现实幽默者追求的超越，是一种由"存在主义者走向了虚无观念"②。布勒东曾说，超现实幽默是"一种比其他理性远为宽广的理性，它可以囊括整个的梦幻世界"③。阿拉贡则反复讲到，超现实幽默就是要把人"带到一个全新的虚无世界"。他曾举例说拿三根火柴棒在火柴盒上架龙门，点燃横着的那一根火柴的中部，使它燃尽，这种小游戏就是具有头等意义的哲学活动，它能使我们步入无意识领域。④勒韦尔迪则认为，超现实幽默"就是要超越自然之物，就是要造出自然中没有的东西，造出在感觉的迷惑之外的东西，造出房顶以上的东西"⑤。这二者的不同之处还表现在前者使人发笑后感到轻松，后者让人发笑后觉得沉闷；前者包含着对自由的向往，后者既追求自由，又渗透着绝望的苦味。产生这

---

① 布勒东：《谈话录》，加利玛出版社1969年版，第284页。

② 王树昌编：《喜剧理论在当代世界》，新疆人民出版社1989年版，第117页。

③ 布勒东：《谈话录》，加利玛出版社1969年版，第168页。

④ 参见王树昌编：《喜剧理论在当代世界》，新疆人民出版社1989年版，第151—152页。

⑤ 勒韦尔迪：《我的航海日记》，巴黎出版社1948年版，第151页。

种差异的原因又是什么呢？

梁实秋出生于北京的秀才世家，从小熟读史传经书。赴美留学时，白璧德教授的新人文主义观点和杜布莱西斯等人的超现实幽默"摧动了梁实秋融化新知、不为俗务的自由主义奔突"①。到了20世纪30年代，梁实秋目睹了中国社会的动荡和磨难，更多地感受到了个人身世的渺茫与困惑。于是，西方的超现实幽默和老庄超脱尘世的隐逸思想渐渐增长。40年代蛰居"雅舍"时，他外慕法国超现实幽默和英国兰姆《伊利亚随笔》超越时空、情趣横生的个性特色，内师周作人"言志小品"显示出的安闲、温和而充满幻想的生活情趣。50年代赴台后，梁实秋更注重修身养性，自谋心境的豁达与超脱。因此，在他最深层的心理结构中，西方超现实幽默的超然解脱和中国传统佛道自然主义美学中的静观平和的因子，占了重要的甚至支配性的地位。这一切，构成了梁实秋幽默散文超越现实的中和之"度"。西方超现实幽默者的文化熏染却完全不同。从文学角度看，该派作家的中坚力量，大多是受过西方文学教育的知识分子，尤其是英国哥特式小说（黑色小说）的主人公借助想象的事物，在"潜意识中显示出一种说不清所以然的力量"，并通过"这种力量竭力和压制它的'超我'抗争"②等思想深深地渗入了他们的灵魂。从哲学来看，西方超现实幽默者普遍把黑格尔的"人的思维行为的一切结果并不具有最终的性质"③和柏格森的"绵延说"作为建构自己"精神家园的支柱"。再从心理学来看，弗洛伊德关于"任何梦都是某种欲望的（虚幻）的实现"，"梦作为人的潜意识的一种宣泄方法，本身是有意义的，这意

① 杨匡汉编：《梁实秋名作欣赏》，中国和平出版社1993年版，第2页。

② 柳鸣九主编：《未来主义·超现实主义·魔幻现实主义》，中国社会科学出版社1987年版，第87页。

③ 柳鸣九主编：《未来主义·超现实主义·麽幻现实主义》，中国社会科学出版社1987年版，第95页。

义和受'超我'压抑的意念或欲望相联系的理论"①，得到了西方超现实幽默者们的高度重视。他们不仅在自己的作品中力图运用这些观点来把握"另外的现实，即超现实"，而且还认为只有这样才能"敞开下意识的大门，看到人的真实状况，就可以成为一个完全自由的人"②。这就自然而然地形成了西方超现实幽默与梁实秋散文中超现实幽默的差异性。

第三节　"和而不同"视域下的林语堂小品散文

　　林语堂一生著作等身，尤其在散文领域，更是传承了作家的整体生命体验与精神。在林语堂漫长的散文创作生涯中，以20世纪30年代的小品散文尤为出众，在此之前的早期散文创作之中，作家也经历了一个用尖锐、讽刺的语言抨击黑暗的现实社会，试图改造国民性的创作阶段。《剪拂集》中大量的时政评论散文对当时的社会也起到了针砭时弊的作用。后随着政治局势的变化，作家的创作视角与方向也开始发生改变。1932年9月，林语堂创办了《论语》，随后又创办了《人间世》与《宇宙风》两刊，开始用一种全新视角谈论世间的万物，宣传"以自我为中心，以闲适为笔调"，践行着郁达夫评价散文"一粒沙里见世界，半瓣花上说人情"③的理念。这也使得林语堂在30年代的小品散文创作中极负盛名。也正是在"和而不同"的视域下，林语堂找到了自己散文创作的源泉，他将自己的文化情怀与小品散文的创作融为一体。

　　"和而不同"并非是一个全新的概念，世间万物的本质面貌本就是和而不同，早在中国古代文化的传统中，就曾经有过类似的"天人

---

　　①　柳鸣九主编：《未来主义·超现实主义·魔幻现实主义》，中国社会科学出版社1987年版，第96页。

　　②　弗洛伊德：《精神分析引论》，商务印书馆1980年版，第148页。

　　③　郁达夫：《〈中国新文学大系·散文二集〉导言》，蔡元培等著，陈平原导读《〈中国新文学大系〉导言集》，贵州教育出版社2014年版，第181页。

合一"的说法，在不断的演化过程中，追求万事万物一致和谐的思维也逐渐有了新的变化，不同个性的展现也变得十分重要。在20世纪90年代，费孝通先生提出了"和而不同"的文化观念，并提倡一种"各美其美，美人之美，美美与共，天下大同"[①]的理念。探究"和而不同"文化观念中蕴含的意义，主要是对本民族国家的文明要有明确的认知与自信，又要尊重和理解来自不同国家民族的文化与观念，包容接纳多元文化的共存，并坚守住自己的这份文化自信，在不断接触、交流、融合中达到一种共生共存、共同发展的文化磨合范式。这种"和而不同"的观念不是一味地追求"相同"或"不同"，而是在保留原本文化特色的基础上进行一种文化磨合，而在这种磨合的过程中寻找到一个共同的交汇点，从而达到一种中庸和谐之美。这种"和而不同"的观念延伸到文学创作之中，更多的是强调了一种多元的交汇与磨合，在共生共存的基础上达成一种新的审美境界。在多元的环境与文化之中，多种不同的文学观念、文学范式进行一种跨区域的交流与对话，在不断接触、交流与对话的过程中，文学的创作观念也在不断地吸收、借鉴与创新，最终求同存异而达到一种共生共存的理想境界，完成个性风格的文学创作创新，形成一种新的审美境界。

在"和而不同"的视域下重新审视林语堂的小品散文创作，我们更能深切感受到作家在"和而不同"的文化磨合影响下更为温和的文化视野、文化选择与文化情怀。这种"和而不同"的文化磨合思维熔铸在林语堂的小品散文创作中，使得林语堂在创作的过程中海纳百川、兼收并蓄，将多元的文化与自己独特的创作体验结合，形成"和而不同"的小品散文。

一、"和而不同"的中西文化视野

（一）对中国传统文化的传承

在林语堂的小品散文中，有大量关于中国传统文化的篇章，处

---

① 王英辉：《多元视角下的文化现象》，沈阳出版社2011年版，第244页。

处散发着作家对于传统文化精髓的生命体验与认知。中华文化源远流长、博大精深，有着强大的包容性，这自然深深扎根在林语堂的小品散文创作之中，也为作家的创作提供了根基深厚的中华文化视野。

儒道的交错互补为林语堂的小品散文创作提供了更为深厚的思想内涵。儒家文化作为中国千年文化传承发展的主流思想，也深深印刻在作家的散文创作中，相较于同时期学者、知识分子对儒家文化的大力批判，林语堂采取更为包容接纳的态度，他用一颗中庸磨合的心将值得传承的社会礼仪与人道情怀的部分用现代的意识重新建构，并内化为一种更为深厚的处事方式。道家文化对于林语堂而言，则更像是一个精神导师，最能契合作家内心深处最为柔软的地方，这种独有的文化底蕴和精神内涵给了作家更多心灵上的解脱与释放。老庄之道传递出来的"出世"与"自然"也是作家灵魂深处最向往的一种文化，因而在林语堂的小品文中不仅时常能感受到一种禅意和道味，还有一种感应自然、亲近自然的生命力量，正是这样的文化意蕴赋予了林语堂更生活化的精神诉求以及乐观旷达的处事力量。例如在《中国文化之精神》一文中，林语堂大谈中国文化的人文精神以及中国文化的秘诀，赞同中国文化中的"知足常乐"与"中庸"。在《论孟子的文体》中又专讲孟子，其中精辟透彻的议论文字，分析精确到位。

中国传统的古典艺术也为林语堂的小品散文创作提供了更为深厚的文学艺术根基，拓宽了作家的创作视野。书法、绘画等极具中国意蕴的艺术形式在林语堂的小品散文中衍化出一种浓厚的文化气息，他将自己的生命体验和这些艺术形式相融合，从中获得了生命的体悟。例如在《中国书法》《绘画》《建筑》等篇中，林语堂用了大量的笔墨将中国古典的艺术形式和特色展现出来，丰富了作家小品散文创作的题材内涵。在"和而不同"的视域下，林语堂吸收了来自中国传统的精髓，无论是儒道的思想文化熏陶还是古典艺术形式的影响，都在作家的小品散文中形成了独特个性的文化视野。

（二）对西方文明精神的借鉴

相较同时代的作家大多以中国本土文化作为赞扬或是批评的主要

对象，林语堂的小品散文创作之中却多了很多对西方文明的借鉴。这无疑与作家自小的生活环境和基督教家庭密不可分。对待西方文化，林语堂很少有排斥和陌生感，反而是充满欣赏与借鉴，这无疑赐予了作家更为丰富的西方文化视野。

来自基督教家庭的耳濡目染，林语堂一直怀揣着对上帝的崇敬与信仰，这也成了作家对于博爱的灵感源泉，这样的人文精神在作家的小品散文中变成了一种爱的力量。同时来自古希腊的哲学家苏格拉底等人表达出来的闲适视野也深深影响到了作家的创作，林语堂曾说："散文也是在这种有闲的社会背景下勃兴的。希腊人思想那样细腻，文章那样明畅，都是得力于有闲的谈话。"①在《关于人类的观念》一篇中，他深入剖析了传统的基督教的宗教观念、希腊的异教徒的观念和中国人的道教和孔教的观念。同时西方工业文明的震撼、民主与科学的倡导、平等自由观念的兴起，又给了林语堂更多理性、平等、开放的文化视野。

西方文学经典的范式也为林语堂的小品文提供了借鉴，西方近现代以来的浪漫主义思潮和表现派都推崇个性的自由与解放，主张情感的真实流露。这传递的生活意识与林语堂小品散文的意蕴如出一辙。在这样的影响下，林语堂有了更西方化的对个性、真情的渴望，对文学观念的认知也更加超脱与独立，希望文学是超政治的、不受任何政治或外在条件的限制的，他希望文学能够真实地表达自己，更为旷达洒脱。

在林语堂的散文中，有很多关于西方文明的篇目，例如《苏格拉底之幽默》《我爱美国人什么》《论西洋理学》等。这些散文都用一种西方文化的视野来剖析西方文明，在《我爱美国人什么》中，作家用排比句具体幽默地描述了他爱美国的"无线电""地底电车"甚至"布本克梨和美国苹果"。林语堂从不掩饰他对西方文明的欣赏，也

---

① 林语堂：《林语堂散文经典全编》第二卷，九州图书出版社1997年版，第388页。

正是在这种"和而不同"的视域下，作家对西方文明的欣赏借鉴融汇成了一种更加自由、平等、快乐的精神境界。

　　（三）中西文化比较的眼光

　　自五四以来，国门大开，西方思潮涌入，关于中西文化的比较，就一直是众多知识分子争论的焦点。李欧梵曾指出："中国从五四到现在，一直局限于'非中即西''非西即中'的论调里。"①林语堂学贯中西，一生都致力于"对外国人讲中国文化，对中国人讲外国文化"②，更是为自己写下了"两脚踏东西文化，一心评宇宙文章"的对联。他对于中西文化的倾心并不仅仅表现在单纯地赞美中国文化或西方文化，也没有中西文化的二元对立认知，他对中西文化采用比较的眼光重新审视，试图重新整合中西文化的共通点，并取长补短，择善而从，重新整合中西的文化资源，以平等交流。

　　在林语堂的小品散文中，有大量关于中西文化比较的篇目，例如《谈中西文化》《谈中外的国民性》《写中西文之别》等等。其中，在《谈中西文化》中，林语堂谈道："西方主动，东方主静；西方主取，东方主守；西方主格物致知之理，东方主安心立身之道；互相调和，未尝无用。"③他将中西文化放在比较的眼光下重新审视与整合。在"和而不同"的视域下，这种中西文化比较整合的眼光更符合一种文化磨合的创作观。林语堂曾经畅想过中西文化交汇磨合的样子："我最喜欢在思想界的大陆上驰骋奔驰。我偶尔想到有一宗开心事，即是把两千年前的老子与美国福特氏（Henry Ford 汽车大王）拉在一个房间之内，让他们畅谈心曲，共同讨论货币的价值和人生的价

---

　　①　李欧梵：《徘徊在现代和后现代之间》，上海三联书店2000年版，第205页。

　　②　林继中：《林语堂"对外讲中"思想方法初论》，《福建论坛》（人文社会科学版）1997年第6期。

　　③　林语堂：《林语堂散文经典全编》第二卷，九州图书出版社1997年版，第260页。

值。"①作家一直存有对民族和国家的巨大责任感，亲身践行着中西文化融合的使命，努力做中西文化传播的使者。

二、"和而不同"的自由文化选择

（一）广泛的文化题材

在林语堂的小品散文创作中，我们总能感到有一种自由达观的感觉，作家对于日常生活广泛关注，将创作的触角伸向了生活的方方面面，几乎无所不包。取材从"苍蝇之微"到"宇宙之大"。在《无所不谈合集·序言》中，林语堂称："书中杂谈古今中外，山川人物，类多小品之作，即有意见，以深入浅出文调写来，不重理论，不涉玄虚，中有几篇议论文，是我思想重心所寄。当然也还是有一些阐发见解类的文章。"②作家在古今中外、天南海北之中，寻觅有所思有所感的思绪，都随性自由地表述出来，例如《谈螺丝钉》系列就是在柳夫人与朱先生的对话中，从一个小小的螺丝钉谈起，中华礼仪、中西文明，天南海北，旁征博引，包含了广泛的内容；《论握手》《论谈话》《论躺在床上》《坐在椅中》这类则属于由日常行为举动与习惯引发的思考题材；《元稹的酸豆腐》《从梁任公的腰说起》又是将闲谈的重点放在文化名人身上；《山居日记》《春日游杭记》将游玩景色与感悟作为内容；《我怎样买牙刷》《一张字条的写法》《今年大可买猪仔》《假定我是土匪》等文将一些通俗的日常琐事写进散文之中，这些文章选题虽然都十分细小，但都蕴含了作者独特的个性见解。

林语堂小品散文题材广泛，大到家国天下，小到喝茶娱乐，但这恰恰反映了作家在观察生活的过程中一直将自己的生命感悟熔铸进去，真切地感受日常生活中的美。这种广泛的题材无疑是在"和而不同"视域下，作家以一种更为包容的态度容纳了世间万物，也变得心

---

①　林语堂英文原著，王炎、谢绮霞、张振玉汉译：《林语堂自传》，《林语堂名著全集》第十卷，东北师范大学出版社1994年版，第31页。

②　林语堂：《林语堂散文经典全编》第四卷，九州图书出版社1997年版，第547页。

态愈发开阔，这些日常生活琐事中的独特体悟，更能展现出作家独特的自由达观的文化选择。

（二）灵动的文化结构

在林语堂的小品散文中，行文结构大多灵动自由，没有固定的格式或规律，散文内容传承了英国随笔中的浪漫主义精神，意在充分表达自己的精神状态，因而散文的形式也必须是在一种自由、灵动的框架下进行。林语堂一直提倡一种随性而谈的结构形式，将散文的创作看似朋友之间的对话一样，倾心交流。林语堂认为："八股有法，文章无法，文章有法，便成八股。"[①]提倡散文感性即兴，因而其散文的创作结构也是一篇又一篇的格式，千姿百态。

阅读林语堂的散文，我们发现各式各样的文体在作家的笔下都有所展现，论说体的有《论情》《论月亮与臭虫》，序跋体的有《〈大荒集〉序》《闲话开场》，对话体的有《谈劳伦斯》《谈螺丝钉》，游记体的有《春日游杭记》《瑞士风光》等。这些随性而起的散文结构反而赋予了散文更多自由主义的精神内核。

无论是形神皆散还是形散神不散，这些关于散文结构的讨论，其实归根到底都是讨论散文的核心价值。林语堂的小品散文是在看似松散多样的结构下，凝聚着作家的精神表达，虽然不追求形式上的完全统一或整齐性，但是内在节奏还是十分讲求逻辑的；虽然行文结构自由，却仍旧给读者一种十分清晰的感觉，松散但不凌乱，传递了一种自然、松动的美。例如《谈螺丝钉》就是在一种对话的结构下任意漫谈，由螺丝钉谈到西方文明再谈到中华礼仪等，在一种自由的文体框架下隐藏着清晰明了的价值表达。这也正说明了在"和而不同"的视域下，林语堂小品散文的创作中接纳了多元灵动的行文结构而最终展现出了自由达观的文化选择。

---

① 林语堂：《林语堂散文经典全编》第一卷，九州图书出版社1997年版，第201页。

（三）放逸的文学语言

在林语堂的散文创作之中，广泛的题材、自由的结构、放逸的语言都是相辅相成的。在作家的语言风格表达中，首先大多有着一种平和、亲近的自由之风，没有高深拗口的词语，通俗易懂的话语里传递着一种放逸洒脱的情感。但是这种语言的零散与通俗，并不是一种低级的趣味庸俗，而是化高深于简朴。这是一种不经意间亲切的语调，给人一种安静美的享受。例如，在《老北京的精神》一篇中："事实上所有古老的大城市都像宽厚的老祖母，她们向孩子们展示出一个让人难以探寻净尽的大世界，孩子们只是高高兴兴地在她们慈爱的怀抱里成长。"[①]林语堂用一种质朴有趣的语言精准地把握住老北京的精神。其次，林语堂的散文表达也偶尔会有一些文雅的古文、文言词汇，但是，相较于传统散文中大量的晦涩难懂的文言骈文，林语堂的散文还是在一种文白交杂的情况下进行了词语的转化，既注重了词语的精确性和文意高雅的情致性，又注重了语言表述的通俗性和趣味性。例如《论晴雯的头发》中："大抵而论，阮籍、嵇康之辈，必喜欢黛玉，喜欢晴雯；叔孙通二程之流，必喜欢宝钗，而兼喜欢袭人。"[②]语言描写文白交杂，既保持了对经典的文言的精确性，又表现了一种趣味性。接着与这两种情况都不太相同的是，林语堂的小品散文创作中有时也会出现一些粗鄙之话，不忌讳地使用俗语，使得散文更多了一丝放逸与潇洒，展现了作家的真性情。这无疑是在"和而不同"的视域下，作家在用广泛的题材、自由的结构、放逸的语言完成了自己的小品散文创作的文化选择。

三、"和而不同"的性灵文化情怀

（一）幽默的品格

早在1924年林语堂就在《晨报副刊》上发表了文章，第一次将

---

①　林语堂：《林语堂散文经典全编》第二卷，九州图书出版社1997年版，第196页。

②　林语堂：《林语堂散文经典全编》第一卷，九州图书出版社1997年版，第117页。

"humor"译作"幽默"并加以提倡。作为中国现代文学史上幽默的先驱，林语堂不仅是第一个将"幽默"引进中国文学史的作家，而且他也是"幽默"的身体力行实践者。首先，幽默无处不在。在林语堂的小品散文创作中，幽默是极其重要的一部分，不仅仅是文学创作与文学表达中的重点，更是人生的一部分，他在《论幽默》一文中指出："幽默是人生的一部分，所以一国的文化到了相当程度，必有幽默的文字出现。"①阅读林语堂的散文，这种幽默的色彩无处不在，例如《买鸟》一篇中，林语堂就花了大量笔墨描述自己日常的一天去买鸟的经历，生动有趣，幽默十足，而在途中与周围人的对话又给人一种忍俊不禁的幽默感。其次，幽默是一种生活态度。人生实苦，但对人生始终保持一种高度的乐观心境也是十分重要的，要学会一种豁达的人生态度，要以幽默乐观的品格对待生活和人生，从而把生活幽默化。在林语堂的散文中，我们时常能读出一种幽默而不刻意、不油滑的韵味，这韵味已经融入作家的生命体验之中。例如在《吸烟与教育》一篇中，讲到"吸烟者不必皆文人，而文人理应吸烟，此颠扑不破之至理名言，足与天地万古长存者也"②，用一种幽默的品格为吸烟这件事正名，也正是因为作家自己有吸烟的习惯，才迫不及待为自己的喜好辩解，读来幽默感十足。又有《我的戒烟》一篇，作家采用了幽默的方式审视自己戒烟的过程，把戒烟过程分为"生理上的奋斗"和"魂灵战斗"两个阶段，讲述自己戒烟过程中的痛苦，却"懦弱"地不敢拿出一根来享用，一种幽默感油然而生。

　　林语堂的幽默品格无疑是接受了来自中西文化的不同熏陶，他将多元的幽默观念熔铸进了散文创作之中，形成了自己的特色。在"和而不同"的视域下，这种幽默从林语堂引进中国到演变成一种带有作家个性标签的幽默品格，展现了作家对于多元文化的求同存异，最终

---

　　① 　林语堂：《林语堂散文经典全编》第二卷，九州图书出版社1997年版，第101页。

　　② 　林语堂：《林语堂散文经典全编》第一卷，九州图书出版社1997年版，第365页。

完成了作家对于性灵幽默文化情怀的生命体验。

（二）性灵的精神

关于性灵，追溯源头，老庄崇尚自由、自我时就传达了类似的观念，而最早的文字记录是在刘勰的《文心雕龙》中："惟人参之，性灵所钟，是谓三才；为五行之秀，实天地之心。"①明代"公安派"的袁宗道、袁宏道、袁中道三兄弟对性灵说加以发展深化，强调主观心灵在作家独立风格中的作用，要求"打破格套、取法自然"。近现代以来，周作人更是践行这种创作理念，并深刻地影响了林语堂的性灵散文创作。与此同时，西方关于性灵的表达就更丰富多彩了，无论是早期的人文主义还是西方浪漫主义、表现主义都表达了对于自我、性灵的追求。正是在古今中外的影响下，林语堂形成了属于自己的性灵论。林语堂自己曾经说过："一切艺术都必须有它的个性，而所谓的个性，无非就是作品中所显露的作者的性灵。"②林语堂笔下性灵的建构更多的是一种真情的表达与流露，坦诚地面对自己，表达自己，并展示一定的趣味性。

关于性灵精神，这无疑是林语堂小品散文创作的命脉。重新审视林语堂小品散文中的性灵观，我们首先看到了"真"，这是性灵的基本要义，以一种自然的方式阐释，真诚表达自己，将作家自己的真实与情感的真挚结合起来，同时对隐藏与收敛内心真实情感的不满，表示"真气煞人也"。其次是"情"，小品散文中展现了情致的聚合，是一种超政治、近人生的艺术表现，它以真挚的情感感染读者。最后是"趣"，在林语堂的性灵小品散文中，趣味也是不能忽视的，作家直面思想的真实，但也不是一味地陈述与袒露，而是一种带有趣味的性灵。例如在《新年恭喜》中，林语堂对新年放炮一事有着强烈的怀念，对可能会禁放炮一事颇有微词，文中描述："禁不禁由他，放不

---

① 转引自童庆炳：《"原道"说与"异质同构"说比较》，《〈文心雕龙〉三十说》，北京师范大学出版社2016年版，第58页。

② 林语堂：《生活的艺术》，北方文艺出版社1987年版，第189页。

放由我，这才是健全的国民……本年除夕，务必努力放炮，通宵达旦，热闹起来。如坐狱，本社愿为有力的援助。"①林语堂如此真诚袒露自己心中所想，无所畏惧，自如调侃，展现出幽默的趣味，可谓直抒性灵。

在"和而不同"的视域下，林语堂的性灵观在西方文明的现代招引与中国古老文化的呼唤下，真实坦然地面对心中所想，彰显个性，是一种不受束缚的情怀。他从不掩饰自己内心深处的想法，林语堂认为，人生的目的就是享受生活，虽然与那个民族危亡的时代下大多数知识分子将文学作为斗争的利器投入到国家战斗中的方式不同，但林语堂的小品散文试图用另一种纯文化的方式进行呐喊，主张文学的独立品格，这何尝不是一种求同存异的方式，其实也是一种和而不同。

（三）闲适的情趣

在林语堂的小品散文中，表现出的闲适的情趣比比皆是，这些闲适体现在对待生活的趣味心态上，无论是衣食住行，还是生活、娱乐、读书。《坐在椅中》大谈坐椅法的哲学，《论西装》风趣地畅谈服饰的不同带来的文化差异，《茶和交友》《酒令》《食品和药物》娓娓而谈茶道、饮酒、食品的独特用处和价值意义。作家在用一种贴近生活的方式传递一种轻松愉悦的情趣，让人感受真实生活的味道。

闲适还体现在一种旷达自适的乐观心态上。在《秋天的况味》中，别人眼中的秋天都是萧瑟、凄凉，但在林语堂笔下，秋天却多了一分成熟与魅力，是古老、纯熟的，诗人感到愉悦。同时，作家将旅行放在闲适生活的重要部分，在现实生活中醉心于这些自然山水，又将这份闲适熔铸进小品散文的创作之中，将旅行看作是一种人生的体验与享受，是一种接纳世间万物的最好方式。

在"和而不同"视域下审视林语堂笔下小品散文的闲适情趣，是在追求一种独特的文化情怀的表现。尽管小品散文创作的那个年代

---

①　林语堂：《林语堂散文经典全编》第三卷，九州图书出版社1997年版，第279页。

民族正处在危亡关头，然而生活依旧要继续，同样也需要一批知识分子跳脱出压抑痛苦的战争局面，用一种闲适放松的姿态抚慰大众的心灵。林语堂曾经说过："纵令这尘世是一个黑暗的地牢，但我们总得尽力使生活美满。"①林语堂始终把闲适的审美贯穿在创作之中，并用自在随心的方式将恬淡的心境、闲情逸致和浓浓的生活趣味书写下来。

阅读林语堂的小品散文，常常会有一种温和、中庸的感觉，并不是说平淡无奇，而是在闲适自由中能带给人一种更为柔性的力量，具体来说，这正是作家在"和而不同"视域之中，融合了更多的文化磨合的味道。不可否认，这是林语堂将自己的人性关怀熔铸进了散文的创作之中，从而传递出来的一种文化风度。在"和而不同"视域下，作家在个性与小品散文的创作中互相选择，达成了完美的融合状态，也成就了林语堂"和而不同"视域下的散文创作观。纵然散文需要有一种启人心智的作用，但一种陶冶情操的舒适闲适感也十分重要。

林语堂正是在"和而不同"视域下，站在文化磨合的角度审视生活的一切，感受来自生活的艺术，将对待人生与文化的超脱，放置在中西的文化视野、自由的文化选择与性灵的文化情怀下，建构出了一个更加丰富、飘逸的散文艺术空间。

第四节　"和而不同"视域中的梁遇春散文

说起散文大家，必想起周作人、林语堂等众家，而梁遇春在中国现代散文史上的存在，就像废名在《〈泪与笑〉序一》中所说的"将有一树好花开"，这表明梁遇春的散文只是"酝酿了一个好气势而已"②，这样的评价有为梁遇春遗憾的意味，毕竟在其短暂的二十六

---

① 林语堂：《生活的艺术》，北方文艺出版社1987年版，第29页。

② 废名：《〈泪与笑〉序一》，梁遇春《泪与笑》，开明书店出版社1934年版，第3页。

年的生命里，仅有的几十篇散文并不能使他在那个时代引起较大的关
注。于是，在文学史的视野中，梁遇春不算散文大家。确实，以其创
作数量来说，他称不上高产，但其散文所深藏的"和而不同"之精
神，所表现出的对"智性的越界"与"理性的诗味"，让人不得不认
识到，仅以既有的文学史评价与当下形成惯性的散文观，还不足以对
梁遇春的散文改观。他确实"将有一树好花开"，未来是有造诣潜力
的，可事实上，没有人能规定一个小说家、一个散文家或是一个诗人
的创作年限，他们在有限生命里的创作，其实已是对全部人生的思考
与创造，而决定创作价值的是创作者对自我与世界的回应，因而梁遇
春的散文在某种程度上已是"一树好花开"。

一

在不少版本的文学史中，梁遇春的散文归入了"小品文"一类。
对于小品文的界定，梁遇春自己曾说过："小品文是用轻松的文笔，
随随便便来谈人生，因为好像只是茶余饭后，炉旁床侧的随便谈话，
并没有俨然地排出冠冕堂皇的神气……"①在这里，小品文的特质在
于闲言漫语式的叙述模式，似乎与带有鲜明批判性、思辨性的杂文大
相径庭，可见小品文与杂文之间界限分明。但明显地，梁遇春的小品
文很大程度上富有杂文精神，并非一味地追求舒适闲淡的小品文风，
或者说在其文本中，随处可见的思辨、反驳、讽刺剥去了闲谈的外
衣，即使梁遇春并不特指现实中的某一事件或命题，却对现实、对人
生、对生命、对自我有着普遍性的认知和讨论。可贵的是，这种"普
遍性"并非人云亦云，在梁遇春的散文里，洋溢着智性的、哲学式的
思辨，用笔成熟老到，不似年轻人风花雪月，追求浪漫。在这个意义
上，就构成了一种奇特的张力，仿佛是用杂文的笔法写小品，却不显
冷硬。

在《寄给一个失恋人的信（一）》里，关于爱情之于过去、现

---

①　梁遇春：《〈小品文选〉序》，梁遇春译注《小品文选》，北新书局
1930年版，第1页。

在、未来的辨析，颇有庖丁解牛般的快感、锋利、流畅、有力。"我总觉得'既有今日，何必当初'这句话对'过去'未免太藐视了……从前是不会死的。就算形质上看不见，它的精神却还是一样地存在。'过去'也不至于烟消火灭般过去了；它总留了深刻的足迹……"散文假托"驭聪"之名写给一个失恋人，通过对"过去虚无"的反驳，肯定现在与过去之爱，克制而理性地表达出爱情的逝去不再是镜花水月般的消失，而是真实地存在着。这其实类似于自省式的独白，完全是一个年轻人对爱这个命题的思考，行文纯熟，又如一个年长者对青年人的规劝，他不执着于对具体事件的剖析与批判，而是将爱、生、死等宏大的命题哲学化，而非具象化。这是梁遇春的散文异于小品文和杂文之处，同时却拥有两者的特质，在这里必然经历了一个在文体内部磨合的过程，形成了独属梁遇春的文风。

　　除去对抽象命题的思考，在散文内部往往可以窥见相悖之处，即既有不同于同龄人成熟的言语表达方式，又有年轻人胆大、自由的想法；既有学术式的严肃与理性，又有孩童般的幽默与童稚。不得不说梁遇春的散文总是有一种新鲜的、矛盾的气质，而散文家本人也如同一个体内藏着老者的孩童。两者相异的特质融合在一起，产生了奇异的相融之感。《醉中梦话（一）》里分别对"笑"与"做文章同用力气"发表见解。前者以"笑"阐释"中庸"，"我们的人生态度是不进不退，既不高兴地笑，也不号啕地哭，总是这么呆着，是谓之曰'中庸'"，讽刺之意便现。在这里，梁遇春并非脱离现实，在批判传统之时并未忘记"在我们这个空气沉闷的国度里，触目都是贫乏同困痛，更要保持这笑声，来维持我们的精神……"可以看出，他并非将散文当作言个人之思的载体，也试图做出批判现实的努力。后者则直接辩驳胡适"做文章是要用力气的"一言，"这句话大概总是天经地义吧，可是我觉得这种话未免太正而不邪些"。梁遇春就此谈到写文章要自然，费九牛二虎之力所做之文反不如懒汉之作有风韵，而今白话文最缺的便是"风韵"。如此对于白话文与传统文化的反驳，可见梁遇春的散文并非"小品文"概念所能涵括，他与同时代的散文家一样，对传统、对当下、对文化有着清醒的认知。

　　还有值得讨论的一例便是《"还我头来"及其他》，其中的杂感及批判性直指现实，是作为青年人对青年人自己的剖析和讽刺，但究其根本，梁遇春身为书写者，并非将自己代入青年人这一群体，有趣的是，青年人对于他来说是他指，而非本指，一切皆是"他们"。"更使我赞美的是他们的态度，观察点总是大同小异——简直是全同无异。"这是梁遇春脱离了"青年人"的群体身份来对"青年人被斩首"的发声，青年人在所谓的最高学府却并不具备应有的独立与自由之精神。他们似乎流于话语的深奥、思想的统一，却不屑于平淡凡庸的表达，殊不知平淡凡庸至少是个人独立的发声，而不是"失掉了头"。"还我头来"一说中当然也涉及青年人的读书，这同古时名士才子出游一般，出游却摆名士架子和读书时一心出游都不算是乐事，偏离了读书本乐，出游也应乐的基本精神。总而言之，梁遇春对青年人的矫饰、浮躁和难以坚守读书人精神的一系列批评，以及喊出"还我头来"在当时的语境下无疑是振聋发聩的。这意味着梁遇春以散文为载体的思想与情感不仅仅囿于"泪与笑"般只抒己见的范畴，在一定程度上还是指向社会乃至思想批判的，颇具鲁迅的杂文精神。其散文虽然在文体上显出异质的特征，但这并不影响其在中国现代散文史上对散文的界定和评价，并不破坏散文整体呈现的和谐气象，换句话说，梁遇春散文呈现的是现代语境中众声喧哗同时也是众声交响及融合的一面。其中最重要的原因便在于其散文精神的把握，无论是小品文还是杂文，无论是锋利地批驳或是天真烂漫之言的流露，文体仅仅是形式的一个侧面，它不能包含也不能替代蕴藉其中的现代精神，这在整体上即是"和而不同"的一种表达。

　　梁遇春对小品文文体的超越，或者说小品文这一文体本身具有的局限性使得梁遇春的散文并不限于用单一的文体观去定义，他的散文有淋漓畅快的杂感，有不那么浪漫却克制的诗意，甚至还有中国古代笔记小说的话语留存。他以多元并包的形式和内容创造了独特的散文风格，其散文是"蕴藏于众多现当代文学名著中'磨合'生成的创造物，这种合金型的创造物才是最值得我们珍视的"①。梁遇春散文在现代语境下，回应了"西化"和"国粹"之间的两难抉择，于磨合中创造出他跨越时代的异语和独白。

二

"和而不同"不仅是在世界视野下文化观的概述与走向，同样将其放置在历史、经济等领域中仍有它鲜活的生命力。在"和而不同"文化观的趋势与现代中西交融的潜流下，"文化磨合"便是一条必经的通途。中国现代文学史上，文学内部或外部发生着不同层面上的接触与磨合，于文本之外形成了创作者们"和而不同"的生命观。他们在文本中将可见的一事或一物列入剖析的范围，即使语言、手法等形式迥异，情感、态度上有所偏重，但都奇妙地指向某一个普遍意义上的论题，如鲁迅和梁遇春便是一例。关于梁遇春，有论者曾提到过："实际上周作人、鲁迅、胡适、徐志摩都是他的文学引导者，他用秋心、驭聪等笔名写的散文大半发表在他们办的《语丝》、《骆驼草》、《新月上面》。"②值得一提的是，对于"火"的书写，将鲁迅的《死火》与梁遇春的《观火》作一比较，具有巨大的阐释空间。

《观火》的"火"，是处于现实情境下瞬息万变的火焰，它于火炉中熊熊燃烧，"我"与火形成"观"与"被观"的对应关系，在"我"看来，火是最可爱的东西，它让宇宙不再那么荒凉，这是火对人类最直观的感受，而火有万千形态，"我觉得火是最易点着轻梦的东西。我只要一走到火旁，立刻感到现实世界的重压——消失，自己浸在梦的空气之中了"。因火热烈、燃烧的属性上升到以火消弭现实世界的苦痛，将火作为意象毁灭非现实的一切，这是文学性的加工，并不少见，但值得注意的是，"我"对火的认知是糅合了西方对火崇拜的色彩的。从希腊哲学家芝诺的投火自杀，希腊神话中火神的形

---

①　李继凯：《"文化磨合思潮"与"大现代"中国文学》，《中国高校社会科学》2017年第5期。

②　吴福辉选编：《梁遇春散文》，浙江文艺出版社2001年版，第4页。

象，到意大利作家唐南遮的长篇小说《生命的火焰》，西方的火投射到"我"的精神园地中，与个体对火的感知形成了精神层面上的崇拜，"若使我们真有个来生，那么我只愿下世能够做一个波斯人，他们是真的智者，他们晓得拜火"。这不得不让人想起西方哲学中以火为世界起源的学说和普罗米修斯盗火的神话传说，另外，在漫长的与自然斗争的历史中，火让人从兽般地啃噬生肉、受野兽侵扰的境地中解脱出来，人们以火煮熟食物、驱赶野兽、照明、取暖……从人类的起源到人类社会的形成，以及神话、哲学等的构建，人与火的关系从未隔断，犹如婴儿与母体之间的那根脐带，火深藏在人类共同的记忆中，这是无论西方还是东方共有的对火的依赖情感。在《观火》中，梁遇春对火的崇拜更倾向于这种"依赖情感"，而火具有的毁灭和伤害的一面，是被有意识淡化的，否则"我"是不会"怨自己命坏……去观光一下"了。

而鲁迅的"死火"似乎有所不同：

> 上下四旁无不冰冷，青白。而一切青白冰上，却有红影无数，纠结如珊瑚网。我俯看脚下，有火焰在。
> 这是死火。有炎炎的形，但毫不摇动，全体冰结，像珊瑚枝；尖端还有凝固的黑烟，疑这才从火宅中出，所以枯焦。这样，映在冰的四壁，而且相互反映，化为无量数影，使这冰谷，成珊瑚色。①

如果说梁遇春的火是热烈的、灼烧的，让人沉醉其中，那么鲁迅笔下的"死火"并不具备这样的特质。"死火"从火宅出，意味着死火是痛苦之火，源于众苦充满的人间世界，它不热烈，更不变幻，让人惊异的是死火全体冰结，但因是梦中所记，"死火"失去了荒诞

① 鲁迅：《死火》，《鲁迅全集》第二卷，人民文学出版社2005年版，第200—202页。

性而得到了合法解释。"死火"的状态在逻辑上形成这样一个过程：冻结—温热—燃烧。因为"我"的温度，死火重燃。原本冰结的死火，在遇热之后陷入"冻灭"或"烧完"的两难抉择，但"死火"拥有主体能动意识，最终选择"冻灭不如烧尽"从而跳出了冰谷。这不同于人类学意义上的"火"，这里的"死火"更具现实世界的指向性，它历经了从死到生，从冻结到燃烧的过程。值得注意的是，让它就此燃烧的不是被另一团火点燃，而是因"我的温热"解除了冰结状态从而苏醒，这意味着"死火"的燃烧是自发性的，而当"死火"跳出冰谷后，"你们是再也遇不着死火了"，是否意味着"死火"的重燃注定走向"烧完"的结局？这让人想到生命的不可逆，人的出生是一次生命的唤醒，而一旦唤醒，脱离了母体，那就会不可避免地经历衰老直至死亡。对比梁遇春将"火"看作永恒的崇拜，在鲁迅这里，"死火"终究会热烈地燃尽，前者在人类的共同记忆中永不熄灭，后者则在个体的衰亡中一次次地消亡。在此似乎可以窥探他们各自精神世界的所向，但这无关乐观与悲观的区分，任何一种对立式的划分都隔绝了彼此交融的可能性，梁遇春的"拜火"和鲁迅的"死火"都以"火"开启其燃烧的意义，虽不同，但他们的"火"都与"人"相连，不再只是炉中之火，也不再是冰谷中被遗弃的"死火"。

　　任何一个普遍命题的建构，梁遇春往往能别出心裁，打破成规，显现出不同。天真与经验往往成反义，孩童因没有经验而天真，而成人往往因经验而失掉天真，梁遇春在《天真与经验》中区分了这一对概念："建立在理智上面的天真绝非无知的天真所可比拟的，从无知的天真走到这个超然物外的天真。这就全靠个人的生活艺术了。"孩童的天真因无知而显得可爱，但这种无知的天真是非常脆弱的，这同任何一个无经验的客观外物一样，经过外力的冲击便有崩塌的可能。后者那种坠入尘网后脱俗的天真，是充满个体达观，超然力量的人生境界，即"世路如今已惯，此心到处悠然"的洒脱之境，如同古已有之的陶潜、苏轼等名士，他们在其诗文中所表达便是相同的情怀。直至现代，这样的人生观并未消逝，而是在文学艺术的领域中复活了，梁遇春散文虽有西方小品文的痕迹，有五四以来白话文的言语方式，但人生境界与文化精神，早与前人有所呼应。可以说，梁遇春散文的不同，其实在某种意义上已是与传统磨合后形成和谐之境的另一种表达，但并不能将此看作是新瓶装旧酒式的替换，梁遇春与传统的磨合之间存在着对古典的改造。

　　"因此'小楼一夜听春雨'的快乐当面错过，从我指尖上滑走了。盛年时候好梦无多，到现在彩云已散，一片白茫茫，生活不着边际，如堕五里雾中，对于春雨的怅惘只好算作内中的一小节吧，可是仿佛这一点很可以代表我整个的悲哀情绪……"①

　　对古典的承继不是引用几句诗文便作算的，说春雨便说缠绵、惆怅、哀怨、伤悲的情感古已有之，阴雨的天气本来就创造了人易忧思的氛围，但同时也不乏"春夜喜雨"的诗篇，杜甫就作"好雨知时节，当春乃发生。随风潜入夜，润物细无声"来表达对春雨的赞美，认为春雨之好在于"润物无声"。梁遇春的这篇《春雨》，虽有怅惘之意，但更多的是人与雨之间的共情。人们的情感逻辑常常是：春雨—伤春，是由景及情的，相反地，"至于懂得人世哀怨的人们，黯淡的日子可说是他们唯一光荣的时光"。这种由情及景的阐释，恰恰表达了人之哀情的纾解是需哀景抒发的，也就是说哀情并非需要乐景转换心境，人们在悲哀的时候更需要符合当下心境的事物来达到共情，这是人们在情感活动中更有效的途径。梁遇春所认为的春雨之好不同于杜甫的"润物无声"，他们描写的对象和人生的情怀是不一致的，情与景的交互方式更是不同。虽都借"春雨"这一古典意象，梁遇春在行文之中也有浓郁的古典情思，那种对春雨的感怀是有相似之处，但梁遇春并非按照古典的情思化作自己的语言，他在古典与现代之间加入"我"的关照，在磨合差异的过程中形成个人与古典之间"和而不同"的再创造。

---

　　①　梁遇春：《春雨》，《泪与笑》，开明书店1934年版，第115页。

三

　　郁达夫曾在《中国新文学大系·散文二集》的导言中说道："像已故的散文作家梁遇春先生等，且已有人称之为中国的爱利亚了，即此一端，也可以想见得英国散文对我们的影响之大且深。"[①]爱利亚（今译作"伊利亚"）即兰姆，是梁遇春最为崇拜的英国散文家，梁遇春曾为他专门写过一篇《查理斯·兰姆评传》，其深受英国散文尤其是兰姆的影响。在翻译方面，梁遇春在20世纪二三十年代大量译介了英国小品文。由此看来，梁遇春的散文创作接受了英国小品文，同时保持古典的情味和现代白话的表达方式，可以说其散文是中西磨合的产物，也是"和而不同"文化观的见证。

　　略微浏览梁遇春的《春醪集》和《泪与笑》两部散文集，给人最直观的感受便是其散文中时时夹杂着西方小说家、散文家、诗人、哲学家的话语或观点，梁遇春多用来反驳或支撑自己的意见，主题也多与英国小品文普遍探讨的主题一致。如《人死观》《文学与人生》《醉中梦话》《天真与经验》等多篇散文，行文随意而至，多有反语，直率又坦然。《文学与人生》单看题目似乎不过是老生常谈，实际上对"文学与人生"这一文学理论的老命题，梁遇春认为"文学同人生中间永久有一层不可穿破的隔膜"。借用康拉德的话说，大概就是将文学看作是一面反映人生最好的镜子的说法，太过将文学的功能夸大了，文学的创造不过是人类动作的一部分，若使文学家不完全承认别的更明显的动作的地位，他的著作便没有价值。我们将古今中外的文学杰作看作是人类智慧的结晶，是闪耀于人类历史长河中的，但是将视野放置在人类各种努力的总和中，文学无非是叙述人的精神经验。由此说来，梁遇春认为文学叙述的是人生的一部分，同时，当文学去表现人生时，绝对避免不了主观的牵制，即使侧重客观描绘的写实主义也是如此，"文学这面镜子是凸凹靠不住的，而不能把人生丝

---

　　①　鲁迅等著，刘运峰编：《1917—1927：中国新文学大系导言集》，天津人民出版社2009年版，第137页。

毫不苟地反照在上面"。无疑，这是就文学功用论所谈到的立论不足的一些问题，当然就与人生的关系而言，梁遇春认为文学"是一层薄雾，盖着人生，叫人看起不会太失望了"。即使文学在方方面面叙述了人生的无数可能，由文学得知人生的悲喜和经验，但实际上，文学与人生不是照镜子式的反映，我们只是从这面无数文学家所构建的镜面中而感知他人的人生。

此外，梁遇春的散文时时可见英国小品文风趣幽默的语言痕迹，像是用玩笑话来叙说一本正经的道理。《猫狗》一篇说自己怕猫怕狗，一例一条地摆明自己为何怕猫狗的原因，直率又天真。"西洋人爱狗已经是不对了，他们还有一句俗语'若使你爱我，请也爱我的狗罢'（Love me，Love my dog.），这真是岂有此理。"这样因怕狗而说西洋人爱狗不对，无疑是小孩子脾性了，但《浮士德》中撒旦走进浮士德书房时化作一条狗，却成为"我"加倍爱念这部诗剧的原因，令人啼笑皆非。梁遇春的稚气在其他散文中可抓住一些细节，却远不如这篇《猫狗》来得深刻。而对猫的惧怕，更多的是来源于中西方文化中对猫的共同书写，爱·伦坡的《黑猫》、女巫变猫的外国鬼怪故事、中国善迷人心灵的狐狸猫，都赋予了猫这一生物的神秘和诡异，让人不得不对猫产生惧怕，用文中的话总结梁遇春对猫狗的态度就是："狗只能咬你的身体，猫却会蚕食你的灵魂。"对于猫狗和由此衍生的比喻和想象，一方面源于传统固有的认知，另一方面西方文化的输入也有着重要的意义。梁遇春更将猫狗的属性来比喻城市，"上海是一条狗"，"北平却是一只猫"，可见其顽童般的游戏心理。

英国散文的特点之一，在于在普通生活提取经验，梁遇春也善于在散文中运用这一点，不同的是，他更能在其中找到返璞归真般的诗意。这点在《天真与经验》那篇散文中阐述最充分，即以洗涤俗虑后的赤子之心重新看待人世污浊的万事万物，却仍保持天真的眼睛。初读《救火夫》的时候，让人想起鲁迅的一篇《一件小事》，两者同样使人疑惑。简单说来，梁遇春写救火夫，鲁迅写车夫，都是赞美生活中令人感动的平凡人物，他们都褪去了以往书写中犀利的辩驳，而是显现出一份纯真的温情，返回到最本真的人性中。"在席卷一切的大火中奔走，在快陷下的屋梁上攀援，不顾死生，争为先登的救火夫们安得不打动我们的心弦。他们具有坚定不拔的目的，他们一心一意想营救难中的人们……"这与《一件小事》里的车夫高大形象的描述并无二致："我这时突然感到一种异样的感觉，觉得他满身灰尘的后影，刹时高大了，而且愈走愈大，须仰视才见。"若是单单看此一篇散文而对作家毫无了解，是无法理解作家散文风格突变的原因的，鲁迅和梁遇春在《一件小事》与《救火夫》形成一致，或许就是"可见确然吃了知识的果，还是可以在乐园里逍遥到老"。换句话说，梁遇春与鲁迅，同样保持着孩童般的天真与纯粹。而诗意并不是在高处，梁遇春在平凡生活中寻找的诗意，其实无处不在。再如《谈"流浪汉"》，同他之前的《人死观》一样，梁遇春不讲人生观而讲人死观，在这里他谈流浪汉而不谈绅士，相比绅士，"他们的行为是胡涂的，他们的心肠是好的。他们是大个顽皮小孩，可是也带了小孩的天真。他们脑里存了不少奇奇怪怪的幻想，满脸春风，老是笑眯眯的，一些机心也没有……"他赤裸、勇敢，在文学中是被处处赞颂的对象，值得注意的是，流浪汉的天真是《天真与经验》所表达的经验的天真，流浪汉便是"我"的理想所在。

梁遇春为数不多的两本散文集，尚是大半杯未喝进去的春醪，散文家醉中做出的许多好梦，最后便成了陶醉人生后留下的影子，美梦幻灭后的泪与笑。其散文中杂文的笔法和精神，平凡中见温情的诗意，回应了古典的情思及英国小品文的文风，经历了与现代，与传统，与西方不同层面上的磨合。在此意义上，梁遇春的散文内部涌动着现代与传统、传统与西方、西方与中国现代相互磨合直至融合的潜流，在中国现代散文史上，现代散文的生成几乎都历经了这样一个过程。梁遇春的散文便是这一过程的创造物，其创作记录着现代散文内部及外部建构的历史，见证了现代散文家对当下精神世界的书写与传承。

第七章

"和而不同"与中国当代散文研究案例分析

　　中国当代散文无疑与政治环境有着密切的关联，甚至在很长一段时期内多元化的散文创作格局受到意识形态的影响而趋于同质化、模式化。自从改革开放后，相对宽松的文化环境为中国当代散文创作的发展提供了契机，从而使新时期乃至新世纪文学都呈现出和而不同、百花齐放的理想形态。本章从多种角度考察"和而不同"观念在中国当代散文中的渗透与延展。著名散文作家孙犁晚年对其散文创作与散文理论间的探寻，彰显出其散文美学内涵、逻辑结构与"和而不同"的内在关联。同时，本章将研究视域投射至台湾当代散文的发展中，集中研析台湾当代女性散文所具有的价值新旨趣和史学新品质所显示出来的多元化、多样化的发展格局，它突破了以往散文创作的狭窄单一局面，并且对大陆20世纪90年代后散文中兴局面的形成产生了重要的影响。最后，本章还聚焦于20世纪中国文学"寻根"现象及其审美取向。第三节内容虽没有直接展开散文文本分析，但可将此理解为一种从宏观思潮观照散文的视角，这样的总体视角，对散文研究有着非常独特的启示性价值。

第一节 "和而不同"：孙犁散文美学的内涵和逻辑结构

孙犁之所以在晚年成了一位"真正的散文大师"①，与他一生都是创作与理论、评论并重，晚年很好地实现了散文创作与散文理论探讨的良性互动不无关系。孙犁关于散文美学的论述，深深植根于自己痛切的人生经历和生命体验，为自己半个世纪的散文创作实践所孕育，在研究了中国古代、现代散文的经验和规律的基础上，提炼了司马迁、嵇康、柳宗元、欧阳修、鲁迅散文的精华，从而具有十分丰富的内涵。

一

从孙犁晚年对中国古代、现代散文作家作品的研究和评述看，他是认同传统的"大散文"观的。他晚年所写的《晚华集》《曲终集》等十部散文集除了记事、写人、抒情、记游文字，还有序跋、书简、读书记、书衣文录、评论、杂谈等形式。他在《关于散文创作的答问》一文中，指出："散文是我们祖国主要的文学遗产，古代作家的主要著作，也是散文。""散文的大部分，都是应用文，一生之中，练习的机会是很多的。"②这就表明：孙犁在观察和研究散文的时候，襟怀和视野是十分宽阔的，是以实际人生为大背景的，是不囿于单纯的文学意识的。这一视野的可贵之处在于：它的取得，使孙犁在进行散文创作和散文理论研究之时，避免了单纯就文体论文体之弊，而将散文写作活动与实际人生从根本上打通，站在人生整体、时代与历史文化的制高点上。散文创作要"质胜于文"，正是他坚持"大散文"观，即以人的整个实际生存为依据的广义散文观，所必然会有的一种审美价值取向。那么，在散文问题上，孙犁是否不具备自觉的文学意识，将文学散文与一般的"文章"混为一谈呢？则又不然。

我们看到，孙犁在认同广义散文观念的同时，又十分强调散文

---

① 黄伟经：《文学路上六十年：老作家黄秋耘访谈录》，广东教育出版社1999年版，第124页。

② 孙犁：《远道集》，山东画报出版社1999年版，第135页。

作为文学体裁的艺术与审美特点，而他对于这一问题的论述，又是以通常所谓的"狭义散文"为其着眼点的。孙犁有一个十分新颖的见解：小说、诗歌、报告文学都可以多产，"惟独散文这一体，不能多产……外国情况，所知甚少，中国历代散文名家，所作均属寥寥。即以韩柳欧苏而论，他们的文集中，按广义的散文算，还常常敌不过他们所写的诗词。在散文中，又搀杂着很大一部分碑文、墓志之类的应酬文字"①。显然，在此，他又是以"狭义散文"即文学散文的眼光看问题的。他发现："历史上，很少有职业的散文作家……所以，我们的课本上，散文部分，翻来覆去，就是那么几篇。"②文学散文眼光的贯彻，必将使作家们所写的一般性应酬文字、学术性文字淡出孙犁这里所说的"散文"范畴。正是在这一前提下，孙犁深入地考察、研究了中国散文写作的主要美学特征，揭示了这一文体的实质。他深刻地指出："散文不能多产，是这一文体的性质决定的。第一，散文在内容上要实；第二，散文在文字上要简。"在此，"题材难遇"是最主要的原因："所有散文，都是作家的亲身遭遇，亲身感受，亲身见闻。这些内容，是不能凭空设想，随意捏造的。散文题材是主观或客观的实体。不是每天每月，都能遇到，可以进行创作的。一生一世，所遇也有限。更何况有所遇，无所感发，也写不成散文。"③按上述标准看，鲁迅一生所写的散文，就是《朝花夕拾》集所收十篇，及收入杂文集的《记念刘和珍君》《为了忘却的记念》《阿金》等很少几篇；孙犁晚年所写的狭义散文，其数量约占《耕堂劫后十种》总篇数的五分之一。

　　或问：孙犁的广义散文即"大散文"观，岂不与上述看法相悖吗？

　　答曰：看似抵牾分张，实则两虑而一致。

---

① 孙犁：《陋巷集》，山东画报出版社1999年版，第227页。
② 孙犁：《陋巷集》，山东画报出版社1999年版，第57页。
③ 孙犁：《陋巷集》，山东画报出版社1999年版，第228—229页。

众所周知，在各种文体之间，在文学体裁与日常应用性的文章体裁之间，都存在着模糊性、过渡性、交叉性，会出现亦彼亦此、难分彼此的状况。对于散文这一文体大类来说，情况更是这样。如前所述，散文的大部分是应用文，就这部分散文而论，写起来可以不具备文学性，同样也可以具备文学性——问题的焦点在于作者的艺术修养的有无高下，看其能否将某些应用文写成"美文"。对于这样一些尚有待于在写作实践中去判定其是否具备文学性的应用性文字，与其将其逐出散文领域毋宁将它纳入散文的版图。为孙犁激赏的《出师表》《陈情表》《泷冈阡表》，其文体不就是古人章奏之一体的"表"吗？而脍炙人口的司马迁《报任安书》，不也是作为应用文的书信吗？可见，以灵活、宽泛而又包容的态度看待散文，认同一种"大散文"观，是符合中国散文史的实际的；这样做，为文学散文的兴盛，预留了广阔的地盘。如果某些应用性的散文篇章，写得毫无文学意味，那它们就没有拿到文学散文的"入场券"。在此，表面上的标准是宽容、流动的，内骨子的标准却马虎不得。这正是中国人在对待散文文体时，所体现的一种传统性的人文智慧。

　　有的散文理论家认为"表现自我"是散文的文体特质，有的人狭隘地将抒情散文等同于狭义散文。孙犁指出："现在只承认一种所谓抒情散文，其余都被看作杂文，不被重视。哪里有那么多情抒呢？于是无情而强抒，散文又一变为长篇抒情诗。"①这就有力地批评了那种一味强调散文要"表现自我"和狭隘地突出散文的抒情特征，要"净化散文"的观点。

　　那么，孙犁心目中的狭义散文到底是什么样的散文呢？

　　概括言之，他心目中的"狭义散文"，就是他在《散文的虚与实》一文中论述"散文不能多产"时，所说的以"亲身遭遇，亲身感受，亲身见闻"为题材的散文。不言而喻，这类强调亲身经历的散文，可以是记人、记事、写景的，也可以是抒情的，其内涵比单一的

---

　　① 孙犁：《澹定集》，山东画报出版社1999年版，第57页。

抒情要广泛得多。同时，三个"亲身"的强调，分明将叙事的因素包括了进去，这便使狭义散文的根基变成了复合性的、可生发性的，不让抒情一途独专其美。如此看来，孙犁也是讲"狭义散文"的，但他对这一概念的理解要比当代一些散文理论宽阔得多。"狭"而能"广"，正是"狭义散文"沟通、烛照与统摄"广义散文"的内在机制。

　　总括起来说，认同"大散文"观，可以极大地开拓散文领域，开凿实际人生通向文学散文的宽阔通道，消除人为地设置的文体障碍，同时，为应用性文字向文学散文的跨越预留了地盘。另外，划分出狭义散文，便于突出散文的塔尖，有助于集中地概括文学散文的审美特质，从而，如上所说，对广义散文进行烛照、渗透与统摄。"万物负阴而抱阳"，狭义散文与广义散文的关系，亦当如是观。

二

　　孙犁用对中国散文审美创造规律的总结与阐发，激活了他对散文的整体研究，并以之为轴心，建构了自己独具特色的散文理论框架。

　　1982年，孙犁在《〈孙犁散文选〉序》中指出，散文的"道理"有三："一、要质胜于文"，"二、要有真情，要写真象"，"三、文字、文章要自然"。[①]1983年，孙犁在《关于散文创作的答问》中强调："应该从历史上，找出散文创作成败得失的一些规律。"他简要分析了散文史上千古传诵的"三表"（《出师表》《陈情表》《泷冈阡表》），指出："从我们熟读的一些古代或近代的散文看，凡是长时期被人称诵的名篇，都是感情真实，文字朴实之作"，"就散文的规律而言，真诚与朴实，正如水土之于花木，是个根本，不能改变"。[②]同样的意思，在同篇中他又以"感情的真挚和文字的朴素无华"来表述。1984年，他在书信中说，"我以为中国散文之规律

---

　　①　孙犁：《孙犁选集·理论》，陕西师范大学出版社2003年版，第463页。

　　②　孙犁：《孙犁选集·理论》，陕西师范大学出版社2003年版，第207—208页。

有二"，"一曰感发"，"二曰含蓄"。①1985年，孙犁在一篇评论中，强调"所谓用现实主义的精神写散文，就是用实事求是的精神与文章。实事，就是现实；求是，就是现实主义"②。1986年，他在文学书简中指出："中国散文写作的主要点，是避虚就实，情理兼备。"作为对"避虚就实"的补充，他说"当然也常常是虚实结合的"，如《兰亭序》，但"空灵的散文，也是因为它的内容实质，才得以存在"③。1992年，孙犁在致《美文》主编贾平凹的信中说："我仍以为，所谓美，在于朴素自然。以文章而论，则当重视真情实感语法修辞。"④以上，是我们对孙犁有关散文创作规律论述的摘要。可以看出，孙犁对散文创作规律问题的看法，前后并无实质性的变化，只是随着时间的推移，他的观点在美学理论的论域下，显得更加趋于严整、深刻。笔者在反复梳理、归纳、整合孙犁有关论述的基础上，初步勾勒了其散文美学理论的逻辑框架：

总的创作原则：现实主义。

美学理想或境界：自然（包括情理兼备）。

襟怀：所见者大要有时代形象和时代感觉。

中心范畴：真情实感。

语言美质：朴实、含蓄、简练。

基本功：语法修辞、取材者微、细节的真实。

以上所列各项，在整体逻辑框架中，分属不同的层次，而又相互勾连、渗透，浑然有机，构成一体。本节所要论述的，是作为孙犁散文美学的逻辑基点和中心范畴之"真情实感"。

如上所述，孙犁是将"真情实感"置于散文创作规律的首要位置的。这是作为对文学作品的基本要求——"真实性"这一美学范

---

① 孙犁：《孙犁选集·理论》，陕西师范大学出版社2003年版，第214页。
② 孙犁：《陋巷集》，山东画报出版社1999年版，第275页。
③ 孙犁：《孙犁选集·理论》，陕西师范大学出版社2003年版，第217页。
④ 孙犁：《曲终集》，山东画报出版社1999年版，第456页。

畴——在散文文体上的具体体现。一般而言，小说、戏剧将人物形象的塑造，诗歌将意象、意境的营造提到了文体的首位，这方面的成就往往成为对它们进行审美创造衡量的尺度。散文文体的情况有所不同，正如孙犁所说，它与其他文学形式相比，有其"更直接的现实性"①。这一点，使散文丧失了如同小说、诗歌、戏剧那样可以自由地展开艺术想象（虚构），运用更多的艺术技巧的可能和空间。在这种情况下，将对一切文学体裁普遍适用的美学要求——"真实性"浓缩简化为"真情实感"用于散文，既与小说、诗歌的"形象""典型""意象""意境"有所区别，又将散文的日常性、应用性提升到了艺术与审美的层次。总之，散文文体的日常性、单纯性，决定了其美学尺度不可能像小说、诗歌的美学尺度那样多变与复杂。在小说，无论是其理论或实践，它的生活真实与艺术真实之关系，一直很难把握。而不能虚构，使散文避免了这层繁难。面对一篇散文，有社会经验的读者，不难凭直觉判断其有无真情实感。因之，将"真情实感"作散文基本的审美特质和要求，可谓顺理成章，固当如此。

不过，我们还应看到问题的另一面，孙犁提出的上述命题，其内涵却是异常丰富、深邃的。

为何要标举"真情实感"？归纳孙犁的说法，一是为了"取信"于读者，二是为了感动读者。历史一再证明，内容虚假的散文，是没有读者的。孙犁指出，文章能取信于当世，方能取信于后代。"文章要感人肺腑，出于肺腑之言，才能感动别人的肺腑。言不由衷，读者自然会认为你是欺骗。读者和作者一样，都具备人的良知良能，不会是阿斗。你有几分真诚，读者就会感受到几分真诚，丝毫作不得假。"②这就从文学接受的角度，讲清了"真情实感"于散文的重要性。

与上述命题相关联的另一问题是：散文在题材上要实。孙犁指

---

① 孙犁：《远道集》，山东画报出版社1999年版，第134页。
② 孙犁：《远道集》，山东画报出版社1999年版，第132页。

出："我……以为散文还应该写得实一些。即取材要实，表现手法也要实。就是写实际的事情，用实际的笔墨。"①"散文要眼见为实……处处有根据。"②他将"中国散文写作"最主要之点，归结为"避虚就实"③。这样，就使"真情实感'有了着落。孙犁的这一命题，具有现实针对性。1949年至今，散文领域，一直存在着"凭空设想""随意捏造"的作品。

那么，怎样才算写出了"真情实感"呢？孙犁指出："所谓感情真实，就是如实地写出作者当时的身份、处境、思想、心情，以及与外界事物的关系。"④这就为读者对散文的阅读感受提供了一条理性的参考尺度。孙犁举《陈情表》的例子说："李密当时的处境，尤其困难，如果他不说真情实话，能够瞒过司马氏的耳目？"⑤正因为《陈情表》坦诚地写出了作者的复杂处境、尴尬身份、矛盾痛苦的思想与心情，以及与家庭、政局的关系，感人至深，才使这篇散文成为千古名篇。

在孙犁看来，"真情实感"并不是一个纯理论（文艺学、美学）问题，而更主要的是关乎政治文化制度、社会实践和个体生存的问题。他强调："文字是很敏感的东西，其涉及个人利害，他人利害，远远超过语言。作者执笔，不只考虑当前，而且考虑今后，不只考虑自己，而且考虑周围，困惑重重，叫他写出真实情感是很难的。"⑥他从历史上看到人类社会剧烈的矛盾冲突，以及文人并不理想的生存环境，痛切地认识到说真话之难，屡屡为之感叹唏嘘。他又指出："司马迁的《报任安书》，因为是私人信件，并非公开流布的文字，所以他才说了那么多真心话，才成为千古绝唱。嵇康的《与山巨源绝

---

① 孙犁：《无为集》，山东画报出版社1999年版，第255页。
② 孙犁：《尺泽集》，山东画报出版社1999年版，第138页。
③ 孙犁：《陋巷集》，山东画报出版社1999年版，第228页。
④ 孙犁：《孙犁选集·理论》，陕西师范大学出版社2003年版，第207页。
⑤ 孙犁：《孙犁选集·理论》，陕西师范大学出版社2003年版，第207页。
⑥ 孙犁：《孙犁选集·理论》，陕西师范大学出版社2003年版，第208页。

交书》，也说了些真心话，透露了出去，就招来了大祸害。有鉴于此，致使文人执笔，左顾右盼，自然也有其不得已的地方。"①谈到日记这一形式时，孙犁指出："（它）最能保存时代生活真貌，及作者真实情感……但是，人们也都知道，这种文字，以其是直接的实录，亲身的记载，带着个人感情，亦最易招惹是非，成为灾祸根源。古今抄家，最注意者即为日记与书信。记事者一怕触犯朝廷，二怕得罪私人。"②孙犁晚年在散文中如实叙写了亲身经历的一些人事，尽管下笔时注意分寸，竟也得罪了若干朋友。按道理讲，一位作家将他一生中心灵最受震撼的事件，最受感动的事情、场景写下来，这既是他应有的创作冲动，又是读者的殷切期望。但是，由于种种主客观原因，这方面的作品在历史上的数量并不太多。常见的情况是，不少散文作家执笔为文时，往往颇费思量，自觉不自觉地挑选那些与是非、利害关系不甚大的题材写。说透了，这种做法，是作家在安全需要与自我实现需要这两种不同层次的需要之间寻找平衡点。在这种情况下，固然散文作品也可能写出"真情实感"，但从个体的生存整体看，此种"真情实感"毕竟是经过过滤的，残缺不全的。

社会环境、生存条件包括文坛状况是客观存在，不以人的意志为转移的。文学理论家、美学家在探讨文学各大文体的理论和美学理论时，不应该孤立地就文体谈文体。除了客观条件，散文作家要在作品中写出"真情实感"，还与自身的思想意识、人格修养和创作用心有关，这是主观上的前提。作家如果以追名逐利为务，将创作看作进身之阶，那么，他只能追风逐潮，写出内容虚假的散文。在这方面，孙犁律己甚严，他有一段夫子自道："我为人愚执好直感实言，虽吃过好多苦头，十年动乱中，且因此几至于死然终不知悔。"③

有论者认为，"'真情实感'说到底只是作家职业道德的伦理

---

① 孙犁：《孙犁选集·理论》，陕西师范大学出版社2003年版，第208页。

② 孙犁：《秀露集》，山东画报出版社1999年版，第223页。

③ 孙犁：《远道集》，山东画报出版社1999年版，第196页。

规范，而非审美规范"，赞同用"真实性"替代"真情实感"而作为散文的本质特征之一。①"真情实感"只是"伦理规范"而非"审美规范"的论断，似有不妥。因为，我们所说的"真情实感"，并非普通人日常形态的"真情实感"，而是与散文作者、作家，与散文创作的审美过程，与作为文学文本的散文作品相联系的"真情实感"。它在创作主体与社会现实（题材）建立审美关系的过程中产生，在不知不觉中实现了由日常形态向艺术形态和美感形态的升华。我们能因为它里面包含着伦理观念，就要把它逐出"审美"的大门吗？"美与善连"（孙犁语），人的意识的各种成分构成一个整体，人为地将某些美学观念完全与伦理规范截然划分，痛快倒是痛快，可惜解释不了创作的实际问题。关键在于，作家、艺术家与普通人的心理机制有别，他们的审美意识与伦理意识之间，在更高的程度上是相互交织、相互渗透、潜移默化、难分难解的。人格与文格之间，除了相互统一的一面，如孙犁所说，还有相互提高的一面。古代散文名篇不必说，我们能说鲁迅的《为了忘却的记念》、朱自清的《背影》所表现的"真情实感"，不正表征了一种美学尺度，显示了散文文体基本的审美特质吗？

三

如上所述，散文文体由于其本身的日常性、应用性、写实性所限制，它无法像小说、诗歌、戏剧那样更为全面地体现艺术的本质（如艺术虚构、想象的自由驰骋，多种艺术方法、技巧包括愈出愈奇的艺术方法与技巧的运用），也不可能在诸如形象、典型的塑造，人的内心世界的刻画与揭示，意象和意境的营造，戏剧冲突的描写等方面与别的文体媲美。也就是说，散文的日常性、应用性、写实性与艺术的假定性、超越性发生了背离，它只能在受到相当大的限制与"剥夺"

---

① 参见楼肇明：《序：沙盘·平面图和当代散文研究的整体性思维》，梁向阳《当代散文流变研究》，中国社会科学出版社2007年版，第3—6页。

（如艺术虚构的权利基本上被"剥夺"）的情况下，在艺术与审美上另辟蹊径。这样，就像上文已经论证过的，像孙犁所反复揭示的："真情实感"成了文学散文这一文体最基本的艺术与美学特质。这才是散文在艺术和美学上的主要目标。这符合王国维在《人间词话》中说的散文"易学而难工"的道理。既然像小说、诗歌、戏剧所凭借的不少审美之途被堵塞了，散文文体似乎被注定了只能通过"真情实感"和文字这两条途径进入艺术与审美之畛域。学者陈平原有见及此，曾指出："散文应该立足的是文字，不是情感与想像。"①

细究起来，各体文体对文学语言运用的取径和要求是区别不小的。诗的语言要求高度精练、富于节奏感，长于"比兴"和"取象"；小说语言，涉及人物对话和叙述语言，复杂得多；戏剧语言，则除了附加的说明文字，全是人物对话，舞台表演性决定了它在更高的程度上必须更为符合人物身份、性格和剧情，并与动作融为一体。适应着这种不同的取径和需要，人们创立了诗学、小说叙事学、戏剧理论等专门学科，使之成为一种学问。中国古代文论作为一门学科，对散文语言的运用，多有探讨，可惜往往比较零碎、琐细，多限于字、句的技巧性分析，缺乏整体性的提炼、统摄，从而很难上升到美学理论的高度。在散文语言研究方面，与同时代的其他散文作家相比，孙犁得天独厚，具有相当的综合优势：一，他从小对语言敏感，包括对家人、老师的语言和京剧唱词都很敏感；二，私淑鲁迅，在思想、情感、文字上，都有所师承；三，创作上基本以小说和散文为两大主要文体，而其小说无论长、中、短篇，都是"散文化小说"，这积淀为全面、深厚的艺术素养，特别是散文写作的基本功，包括记事、写人的技能和语言功力；四，中晚年阅读了大量的中国文史古籍，受到了古代汉语的深度熏陶；五，晚途专攻散文一体，歌哭、献身于斯，饱蘸着生命的汁液，写出了异彩纷呈的十部散文集子，同时

① 陈平原：《散文的四个问题》，江力、琼虎主编《中国散文论坛——散文名家之讲演、评析及作品》，北京大学出版社2003年版，第67页。

钻研中国古代散文名家的生平、思想、作品，深味其文字，并且研读了中国古代文论若干名著，从中获益匪浅；六，一生分心于美学理论的学习与探究，具有较浓厚的美学意识。再加上他晚年生活安定，得享遐龄，有在这方面探讨的兴趣，遂使他在散文语言研究的某些方面，比起一些古代散文家、文论家，并不逊色多少。

在这方面，孙犁的中心论点是：散文的文字要"朴实"。以"朴实"的要求为最根本、最重要，与之并列的是"含蓄"与"简练"。在散文文体的第二个美学特征的方位上，这三个方面，又构成了一个相互生发、渗透、补充的整体。以下，我们依次论述这三个要点。

第一，朴实。如上文所述，孙犁将文字朴实视为散文的规律之一。他曾指出："我写文章从来不选择华丽的词，如果光选华丽的词，就过犹不及。炉火纯青，就是去掉烟气，只有火。这需要阅历，要写得自然。"①其实，"朴"是道家道论和审美论的一个重要范畴，是"道"的一种属性，其含义与"质""素""天""真""淡""无为"相近相通。所谓文字朴实，就是发自内心，本色自然，蔑弃雕饰浮夸。孙犁的气质近于道家，受道家哲学、美学的影响较深。他以诚临文，明乎创作要表现真情实感，决不能颠倒宾主，以辞藻华丽为务："一心去寻找漂亮的形容词句，只追求俏皮华丽，堆砌起来，结果把要表现的事物蒙蔽、埋葬了。"②孙犁洞悉华丽辞藻对事物的本真（"质""朴""神"）之遮蔽作用。这正是他深邃的审美目光的表现。《庄子》说："既雕既琢，复归于朴。"元好问也有"豪华落尽见真淳"的名句。实际上，文字朴实是以"真情实感"为前提的，而"真情实感"又须以朴实的文字来表达。在谈到散文语言的重要性时，他指明："……当然语言文字也与作者的真情实感紧紧相关。"③这就说明：对于孙犁所

---

① 孙犁：《尺泽集》，山东画报出版社1999年版，第137页。
② 孙犁：《孙犁文集·文艺理论》，百花文艺出版社2002年版，第35页。
③ 孙犁：《远道集》，山东画报出版社1999年版，第137—138页。

提炼和反复推阐的散文美学的这两大要点而言，一失而俱失，相得而益彰。孙犁强调，文字的朴实，"是文学作品的一种美的素质"①，他所举的例子，是司马迁、班固和韩柳的散文。

第二，含蓄。如果说文学作为艺术在艺术和审美构成上应该具有含蓄的特征，那么散文文体由其自身的日常性、应用性所可能带来的过分清楚与直白则需要在文字运用上格外注意含蓄，以便通过这一必要而且可能的途径来消解和提升，从而获得文学的艺术特性。孙犁曾将"感发"与"含蓄"作为散文的两个规律。"所谓感发，即作者心中有所郁结，无可告语，遇有景物，触而发之，形成文字。韩柳欧苏之散文名作，无不如此。"②这说的实为"真情实感"问题，情郁于中，感发于外，归于真实。"朴"有本真、内敛之义，故而，"含蓄"与"朴实"相需为用，在审美取向上是一致的。关于"含蓄"，孙犁说："人有所欲言，然碍于环境，多不能畅所欲言；或能畅所欲言，作者愿所谈有哲理，能启发。故历来散文，多尚含蓄，不能一语道破，一揭到底。"③"散文如果描写过细，表露无余，便于读者领会，能畅作者之所言，但一览之后，没有回味的余地，这在任何艺术都不是善法。"④显然，标举"含蓄"，孙犁正是为了坚持散文的艺术和审美特质的，是为了指向"贵玄远，求其神韵"⑤的审美境界的。

第三，简练。孙犁曾指出："我国文学一贯提倡短小，以简练为贵，这是我们祖国文学很好的传统。"⑥"文学艺术的主要标志，就是用最少的字，使你笔下的人物和生活，情意和状态，返璞归真给

---

① 孙犁：《老荒集》，山东画报出版社1999年版，第82页。
② 孙犁：《孙犁选集·理论》，陕西师范大学出版社2003年版，第214页。
③ 孙犁：《孙犁选集·理论》，陕西师范大学出版社2003年版，第214页。
④ 孙犁：《孙犁选集·理论》，陕西师范大学出版社2003年版，第 214—215页。
⑤ 孙犁：《孙犁选集·理论》，陕西师范大学出版社2003年版，第97页。
⑥ 孙犁：《孙犁文集·文艺理论》，百花文艺出版社2002年版，第372页。

人以天然的感觉。"①在他看来，正是文体自身的性质，决定了"散文对文字的要求也高"，要求它在文字上"讲究漂亮"，②要求作家具备行文简练的艺术功力。孙犁将"文字简净，叙述明快，结构也不拖拉"视为"散文的基本功夫"③，其中后两点从表达方式和结构着眼，但实质上都无不与"文字简净"相关，是其实际展开。为求简练，孙犁提出要将语言看作"黄金之锻"，千锤百炼。实现文字简练的途径主要有：力戒"描写过细，表露无余"；叙事"以简要为主"，不要节外生枝；游记"要眼见为实，文献引用不要太多"；"要对口语加番洗炼的功夫。好像淘米，洗去泥沙；好像炼钢，取出精华"，"洗去那些不确实、紊乱的成分"④；"抒情也要有所控制"⑤；考证文字，"需要简明、具体"，"并读着有兴味"⑥。文字上做到"简练"了，散文在形体必显得"短小"。孙犁曾将"形体要求短小"作为中国散文的文体特点之一。可见，散文的文体特征与审美特征，是相需为用，相互支撑的。

　　朴实、含蓄、简练，孙犁对散文文字所要求的这三个方面，是通于"真情实感"这一大前提的，是以他崇尚的"自然"这一美学境界为指归的，是三位一体、难分难解的；不过，三者之中，实又以"朴实"为基点。孙犁的这些论述，包蕴着浓郁的审美意识，如他说："文字的简练朴实，是文学作品的一种美的素质，不是文学作品的一种形式。"⑦

　　散文作家要做到文字的朴实、含蓄、简洁，必须在文字运用方面具备扎实的基本功。在这方面孙犁有两点看法，值得注意。一，

---

① 孙犁：《陋巷集》，山东画报出版社1999年版，第264页。
② 孙犁：《陋巷集》，山东画报出版社1999年版，第229页。
③ 孙犁：《陋巷集》，山东画报出版社1999年版，第278页。
④ 孙犁：《孙犁文集·文艺理论》，百花文艺出版社2002年版，第69页。
⑤ 孙犁：《远道集》，山东画报出版社1999年版，第207页。
⑥ 孙犁著，刘宗武编：《芸斋书简续编》，大象出版社2004年版，第72页。
⑦ 孙犁：《老荒集》，山东画报出版社1999年版，第82页。

讲究修辞语法。他指出："以文章而论，则当重视真情实感修辞语法。"①"语言是一种艺术除去自然的素质，它还要求修辞。"②不言而喻，"修辞语法"正是获得文字表现能力的手段。孙犁强调："有词不一定有诚，而只有真诚，才能使辞感动听者，达到修辞的目的。"③他深知，修辞学作为一门学问，只能从古今中外的名著中去体会学习。他十分赞赏欧阳修的散文："在文章的最关键处，他常常变换语法，使他的文章和道理，给人留下新鲜深刻的印象。"④孙犁的散文名篇，适应文章中的具体场所和语境，出色地运用了比喻、排比、婉转等修辞手法，强化了文字的表现力。二，重视细节真实。孙犁严肃地批评一位朋友为他所写的记事文多有细节失实之处："艺术所重，为真实。真实所存，在细节。无细节之真实，即无整体之真实。"⑤细节描写的真实性，为现实主义小说家普遍重视，是现实主义创作方法的题中应有之意。但散文为其直接写实即不能虚构的性质所决定，不可能也无必要塑造典型环境中的典型，这样，它退而求其次，讲究细节真实。将细节描写的重要性（关乎整体真实）与真情实感在散文美学中加以突出地强调，正是孙犁在散文理论研究领域的独特贡献。他总结了传记写作的特点，曾将"大节与细节并重"作为一大原则。

与细节描写并立而又相互交织的另一命题是："最好多写人不经心的小事，避免人所共知的大事。"⑥在此，关键在于"人不经心"这四个字。人不经心我经心，捕捉、选择习见的小事，从中开掘开思想意义，发现和提炼艺术意味，这正是散文作家应该具备的眼光。他多次强调上述命题，如说："最好是多记些无关重要的小事，从中表

① 孙犁：《曲终集》，山东画报出版社1999年版，第456页。
② 孙犁：《陋巷集》，山东画报出版社1999年版，第205页。
③ 孙犁：《老荒集》，山东画报出版社1999年版，第46页。
④ 孙犁：《孙犁选集·理论》，陕西师范大学出版社2003年版，第441页。
⑤ 孙犁：《如云集》，山东画报出版社1999年版，第199页。
⑥ 孙犁：《无为集》，山东画报出版社1999年版，第251页。

现出他为人做事的个性来。"①通过记小事来表现人物的个性，乃至反映时代风云、习尚。正像孙犁所说，司马迁、嵇康、柳宗元、欧阳修"主要的经验，是所见者大，而取材者微。微并非微不足道，而是具体而微的事物"②。他的上述命题，将艺术"以小见大"的特性，具体、明确、恰当地落实于散文文体。在散文创作中，娴熟地表现出这一功力，其实是很难的。他在《谈美》一文中，指出："艺术家的特异功能，不在于反映，而在于创造。不在于揭示众口之所称为美者、善者，是在能于事物隐微之处，人所经常见到而不注意之处，再现美、善；于复杂、矛盾的性格中，提炼美、善。"③可见，发现事物的"隐微之处"，并对之进行艺术开掘、审美观照，是艺术家的"特异功能"，而由于散文文体受到了"取材要实"等限制，在这一审美构成和审美机制上自然应更加强调。进一步说，善于发现和阐释"事物隐微之处"，正是道家哲学和美学的优势，孙犁擅长于此，一个重要成因是受到了道德哲学和美学的深深沾溉。

在散文美学境界的取向上，孙犁标举"自然"。这是一个整体性的美学追求，统摄、涵盖了散文创作的各个环节，包括作家的艺术素质、创作用心，文本的审美构成和美学效果。"取材要实"，写"亲身经历，亲眼所见思想所及，情感所系"，不然"就会不自然"④；文字要自然，"出于真诚"⑤；技巧以"顺应自然为主导"，"如果游离于艺术的自然行进之外，只是作为吸引读者的一种手段，其价值就很有限了"⑥；叙述上，"应求自然"⑦。上文曾提到孙犁的基本美学命题：所谓美，在于朴素自然。究其实，这是受了中国传统的道

---

① 孙犁：《无为集》，山东画报出版社1999年版，第260页。
② 孙犁：《远道集》，山东画报出版社1999年版，第136页。
③ 孙犁：《孙犁选集·理论》，陕西师范大学出版社2003年版，第96页。
④ 孙犁：《远道集》，山东画报出版社1999年版第138页。
⑤ 孙犁：《陌巷集》，山东画报出版社1999年版，第205页。
⑥ 孙犁：《陌巷集》，山东画报出版社1999年版，第190页。
⑦ 孙犁：《老荒集》，山东画报出版社1999年版，第238页。

家崇尚自然的美学观深度熏陶和滋养的结果。诚然，在巨大的历史变革面前，中国作家的审美早已发生了现代转型，现代主义和后现代主义观念和手法已经在中国现当代文学创作中有所体现。在散文领域，也有所谓"新潮散文"的出现，并有相应的理论探索。但有几点，似须注意：其一，正如学者楼肇明指出的，"散文文体的持续性和稳定性要高于其他文类"，它对自身传统的反叛不像其他文类"那么强烈和激烈"，"多半是一种累积和叠加、创新和回溯"，呈阶梯性前进。[①]因此，孙犁侧重于站在文学史的高度，更多地从古代散文总结中国散文美学，并非没有现实意义。西方的、现代性的散文创作经验，总得与中国的东西相融合。如果说，孙犁晚年的散文美学，缺乏应有的开放性，这倒是事实。这与他中晚年对国外的散文创作没有较多接触有关。其二，一些理论家谈创作，制造"主义"，牵强附会，玄奥莫测；一些作家谈创作，不能从实际出发。这种情况决定了，探寻在散文美学的建树方面迥出众流者，似乎只有属望孙犁这位在散文创作上获得了大师级成就，又在理论探索上深有素养、久有志趣，且能实现创作与理论的良性互动的散文大家。众声喧哗是好事，但需要冷静、沉淀、审辨。其三，孙犁的散文美学，有他对众多分支体裁如杂文、报告文学、传记、游记写作要点深入把握的支撑，故而显得根基牢固，毫无空泛之弊。他对中国古代散文各种体制的写作要点，均下过一番钻研的工夫，并参照古代名家的论述，含英咀华作为创作和研究的修养。他明确要求，散文作者"首先应该涉猎中国散文的丰富遗产，知道有多少体制，明白各种体制的作用，各类文章的写特要点"[②]。他对传记一体写作要领的论述，尤其精辟、深刻，许多观点发人之所未发，整体性极强。其要点是"四并重"（记言记行、大节细节、优点缺点、客观主观并重）和"五忌"（恩怨感情用事、用无

---

① 楼肇明：《〈世界散文经典〉序》，王钟陵主编《二十世纪中国文学史文论精华·散文卷》，河北教育出版社2000年版，第404页。
② 孙犁：《远道集》，山东画报出版社1999年版，第139页。

根材料、轻易给活人立传、作者直接表态、用文学手法）。①还有游记，他提出游记之作"不在其游，而在其思"的命题。②真可谓：无所不窥，用力甚勤，惨淡经营。

总之，孙犁晚年的散文美学，内容丰富深邃，造诣很深，在当代文学史上，异彩纷呈，引人注目。它既被包容于作家整体的美学理论中，又具备自身潜在的、较完整的逻辑结构。它以"真情实感"为逻辑基点和中心范畴，以"真情实感"和"文字朴实"为两大主干，以语法修辞，细节真实和写"人不经心的小事"为艺术和审美的基本功，以各分支体裁的写作要领为依托，以"自然"为审美取向和美学境界之追求，以现实主义为总体的创作原则，从而构成一个浑然天成的有机整体。

第二节　"和而不同"：台湾女性散文的诗学建构

20世纪八九十年代，台湾女性散文创作相继涌现出"三毛热""罗兰热"和"龙卷风"等现象。一些优秀作家如琦君、张晓风和简媜的散文，则频频入选中国大陆大、中学校教材，引起了人们广泛的关注。尤其是简媜等女性作家以"创格"的名义创作的散文，文质兼胜，为20世纪中国的散文现代化实践提供了优秀范本。

台湾女性散文在文学史上最有价值和意义的，是它在思想价值上呈现出的新旨趣以及在现代散文诗学建构方面呈现出来的新的品质。这些价值新旨趣和诗学新品质显示出来的多元化、多样化的发展格局，突破了以往散文创作的狭窄单一局面，对中国大陆20世纪90年代后散文中兴局面的形成颇有影响，对当前中国散文现代化的实践也颇有借鉴意义。同时，它也是对"和而不同"这一中国文化传统与思想

---

① 　参见孙犁：《孙犁选集·理论》，陕西师范大学出版社2003年版，第231—234页。

② 　孙犁：《老荒集》，山东画报出版社1999年版，第133页。

资源的承续与延展。

一、乡愁·宗教·伦理：女性散文的价值旨趣

台湾女性散文的审美创造，经历了由乡愁言说到性别抗争的主题演变轨迹。书写乡愁的散文是台湾女性散文创作的起点。这里要探究的是，以此为起点的台湾女性散文与传统散文比较，显示出哪些新的素质？这些"乡愁"散文创作在文学史上的意义与价值有多大？与虚构叙事相比，女性散文呈现出哪些新的价值旨趣？遍览台湾地区诸多女性散文文本，笔者认为，这些价值新旨趣体现在以下诸端。

第一，厚重的乡愁与"经验"的性别经验。中国文学的乡愁书写，可谓汗牛充栋，但在苏雪林、琦君、林海音、张秀亚等第一代台湾女性作家的散文里，因为独特的历史变迁和漂泊境遇，家国与乡土情怀交相渗透，乡愁书写多了份民族的忧患意识；因为女性生活的历史经验和女性的立场，这种乡愁书写中又多了份性别省思的内涵。像琦君的《髻》等，本来是思乡怀人的文章，却包含了旧社会一切女人悲切的命运酸辛！这里的乡愁具有了比之一般的乡愁书写更厚重的历史文化内涵。又如，对于琦君等台湾一大批乡愁文学的书写者来说，乡愁书写还更多包含对"乡"之代表的农业文明传统价值观念沦丧的深深叹息！在社会现代化、城市化的过程中，"乡"已经极大地萎缩，"乡"所承载的价值也经受严峻的考量。在《下雨天，真好》《浮生半日闲》等散文里，琦君对于"乡"所代表的价值，如它的亲情、宁静淡泊的生活态度的沦丧就传达出一种深刻的忧虑。从此意义上讲，这种乡愁具有深刻的现实意味，其体现出的价值观念对于有农村经验的现代人来讲是颇有旨趣的：是守望田野，还是如同走向城市的身体一样，接受其价值观念呢？对于正在经历现代化洗礼的现代人，这是一个绝对的两难命题。所以，笔者认为与传统散文创作相比，台湾女性散文的乡愁书写的意义和价值，其原因首先在于，它已经超越了传统的乡愁书写，把家国情怀、乡土情怀和个体的价值与尊严紧紧结合在一起，突破了女性散文个人化的狭窄格局，有了更为厚重的内涵。

能够展现台湾女性散文创作重要成就的女性书写主题的散文，则从历史、文化传统和女性日常生活经验入手，深入思考了女人的尊严、价值和生命意义，质疑了由男性中心体制所建构的历史记忆、道德记忆、文化记忆和性别意识，展现出全新的现代意识。如张晓风的《也是水湄》，对于体制给予女性的各种规范表现出厌烦的心理，对于女性超越这种体制的飞翔能力（压在箱底的羽衣）做了深刻的反思；简媜的《哭泣的坛》、龙应台的《查某人的情书》等，则对父权中心文化观念下女性的困惑、所受的伤害做了深入的剖解，具有浓烈的文化批判色彩。尤其是简媜的《母者》，对女人、女性及其性别本身的吊诡性生命与命运经验的书写，让我们看到了女性欲哭无泪的美丽、感伤与宿命，呈现出了女性散文特有的思想光辉。陈香梅"要做一等女人"的论述，简媜散文的"和谐的自我伦理"建构的思想，则把女性主义的性别批判中心引向了女性自身完善的新思路。"一个无法在自身之内拥有连续和谐的人，不能算幸福！"这种价值导向，就把注重外在性别秩序批判的女性主义，引向了自身和谐伦理的建构之途。这种写作导向反映出女性书写的内在高度和价值旨趣。

在现代的文明世界里，两性秩序得到全球化的制度支持。随着社会的进步，妇女受教育的普及，女性个体独立性的日益增强，现代和谐两性关系的经验日益成为一种普遍的女性人生经验。作为直接展现个性和思想的文体，简媜以及台湾一些女性作家的散文创作，以女性自身独特的社会历史经验、性别经验与体验的深切，再现了这种女性正在"经验"的经验，将女性书写的这种主题引向了深入。如简媜从自身性别出发构建的和谐的自我伦理思想（如《哭泣的坛》），张晓风以女性情爱经验为基准对两性和谐性别经验的想象（如《地毯的那一端》《一个女人的爱情观》），席慕蓉基于道德关怀出发的对目前性别秩序的认同（如《槭树下的家》《夫妻》等），就是女性主义出现后被遮蔽，然而又是实实在在的事实存在。对它们的书写，标志着一种更加理性的宽容的女性写作姿态的出现：反驳了虚构的弑父、杀夫、情欲书写和标榜"豪爽"的性别分离主义倾向，以中国式女性书写和建构和谐的性别伦理思想，开拓出了女性写作的新路子。这是《女儿红》以来现代女性书写的一个新向度，显示出女性文学丰富的价值向度。

第二，宗教情致。从第一代女性作家琦君以降直至20世纪80年代后的简媜散文创作，那份缘于世俗情感的、超越宗教信条的爱、人道主义的价值取向，那份由女性感知经验和思维方式决定的温婉情怀，那份对女性人生的宗教观照，构成了台湾女性散文独特的品质。也许，最能表现台湾女性散文创作价值旨趣的，就是女性散文作家那些具有宗教气息的散文了。

作为一个女性作家，琦君的散文有源于基督教的博爱观念、母亲和外祖父身上的佛教慈悲情怀、老师夏承焘的道家的超然物外的精神特质。徐学对此肯定地说："她（琦君）不是哲学家，也没有系统地阐述她的人生观，在从童年到青年的成长期中，她受到过中国传统道德的熏陶，也刻下了佛家、基督教'爱'的哲学的印记，无论她所接受的这些思想是进步或落后的，在她只是一种信仰，其作用只是用来支持一种人生态度和价值立场，维系一种对人性完美发展的可能性的经久不渝的期望和信心。我们若果不以斤斤计较的方式追究她的思想根源，而以整个身心进入她的散文世界，就能更充分地感受和领略她散文中美的意境，看到她怎样把大半生饱经忧患得来的生活体验，——化成笔下的仁爱和智慧。"①

在琦君散文里，我们发现了另一种情致，宗教可以"用来支持一种人生态度和价值立场，维系一种对人性完美发展的可能性的经久不渝的期望和信心"。像《眼泪与珍珠》中，母亲忍受苦难的方式颇似基督徒，慈悲情怀类同菩萨。"想起母亲一生饱经忧患，可是她总是默默地带着含泪的微笑。在我印象中，母亲的笑容美的犹如清晨带露的玫瑰，在家庭中散布淡淡的芳香，在我心田中植下热爱人生的种

① 徐学：《以爱心洞悉忧患人生——浅谈琦君散文》，《台港文学选刊》1988年第4期。

子。从没一句怨毒的言辞出诸她的双唇，从没一天，她卸下照顾家人的沉重担子。她外表看似柔弱，但无论怎样的颠沛流离、艰难拂逆，她都担当了。当人们享受着由于她的牺牲、忍让所赐予的安适幸福时，她却悄无一语地离开了人间。她始终无怨无艾，因为她心中有一粒珍珠。正如牡蛎，把光泽的珍珠贡献人间，自己却牺牲了生命。"母亲隐忍着、牺牲着，仿佛一个修行的宗教徒，泪水与饱经忧患使她变得温和、宽容、淳厚和善良。母亲身上带有宗教情致的人生态度，成了琦君散文里最为感人的因素之一。

简媜大学毕业后有一段到山上佛寺生活的日子。在那些日子里，她体会到了山不是山、水不是水，而水月镜花、山川物色，都包含了一种宇宙社会秩序性的妙旨。简媜从僧人的生活中体会到，他们的生命已经与道并存，情寄山水，山水就是宇宙；感受到了他们超然物外的、豁朗达观的人生态度；领悟到了自我生命淬炼的方式，以及人生洁净圆润境界的追求中包含的价值与意义："我于是懂，燕子要住的地方，不是土壤丰厚、柳丝韧长的什么南方，南方只是人类的方向而已。燕子的家乡，应该是在那一块和平宁静、春阳处处的心灵净土上。那也是人类渴望寻觅的国度，只是人类不如燕儿更勤居于此。"

佛理的众生观念、普度思想，往往包含自我牺牲的否定性内涵。比如所谓修行，那是以自我生命的苦行为旨归的，但简媜散文却将这种观念相对化、辩证化，并把它们理解成一种生活实践的方式。如在《醒石》《红尘亲切》《水月》里，她阐释了苦与乐之间的对立与辩证内涵，以及它们对自我与道德重建的积极意义。又如在《只缘身在此山中》中，许多"出家人"，如吉姊、秀美、梅觉、依空法师、弘一师兄等，他们的修行、寻理的方式给现代人每每带来生命与生活的启迪："我开始体会，寺院中所谓'行、住、坐、卧'，不仅只是恪守的规矩，它更是生活的实践；无一不是出自衷心。发而为行，行如止水之风；为住，住似苍翠古松；为坐，坐如暮鼓晨钟；为卧，卧如无箭之弓。"寺院中包含着拒绝现代异化的新的价值和信仰，所以，简媜奔到寺院，并为其折服。

简媜散文思想的魅力，就源于这种来自佛理的生命哲学。如她用禅机体悟现代爱情、人生与生命的《无缘缘》等散文，就直达宗教的超脱原旨，给人一种面对生命的智慧灵思。这类散文已经超越了情感感性散文的浅层表述，以一种哲思般的理性顿悟，为女性感性散文增加了思想的光芒，即为女性散文那种表面的感性诉说注入了理性的精神。进一步说，在山川万物中体悟人生与宇宙至理的宗教情致，使简媜散文空灵淡远，幽深玄渺；而以天人合一、物我相通的宗教观念来看取人生与宇宙社会秩序，则使简媜散文呈现出一种淡泊澄观的美。

台湾那样一个现代化程度相当高的地区，为什么宗教很是盛行？台湾女性散文的宗教旨趣为什么如此强烈？依据大概在这里：当人们在物质上安顿下来以后，精神上的坚守成了人之为人的一种追求。这种追求，现代名利场中得不到，而在宗教这个关乎生命、人生命运的世界里却能够找到。于是，这类散文就发达起来了。可以说，正是这种思潮为以感性文写作见长的女性散文注入了新血，也为现代散文创作增加了价值新旨趣。

第三，新现代伦理思想。与琦君等台湾女性作家不一样，林文月散文的最大特色就是源自女性经验的亲情书写。像《父亲》《给母亲梳头发》《我的舅舅》《给儿子的信——拟〈傅雷家书〉》等，展现的情致令人感动。与此相关，《生日礼物》则以新的现代人伦关系的书写显示出独特的思想魅力：作者以现代知识女性作为人母的切身经历和经验，书写了与传统伦理观念截然对立的平等而互相尊重、给予与接受并举、相互依赖又相互帮助的朋友似的现代母子伦理关系。相对于传统伦理（对父母要忠、要孝，要有一种感恩心理，父母对孩子具有绝对的生杀予夺的权力），《生日礼物》张扬的这种新的现代伦理显示出现代理性的进步。正如一个孩子从依赖于父母到走向独立和自由，伦理只有保证了这种走向，才有实际的价值意义。在台湾女性散文作家中，琦君、张晓风、三毛、简媜、席慕蓉与应平书等，大多张扬了这种新伦理，反映出知识女性的全新价值旨趣。这样，从乡愁言说到性别抗争，从宗教情致到现代伦理思想的张扬，台湾女性散文创作在思想主题上，是别有旨趣的。这些旨趣不仅与中国大陆"十七年"的散文相异，在今天的意义上，它仍然具有特别现实的意义。

台湾女性散文为什么会体现出这种丰富而特异的价值旨趣呢？

首先，这与中国台湾这个地区独特、开放的文化品格有关系。尽管它的文化根系在中原，但是近代以来特殊复杂的历史境遇和它本身的地域文化因素，还使它具有了不同于大陆的异质的具有开放品质的新因素。这些连同台湾创造的自己的"成功故事"以及它背后的新的价值理念，如典型的个人奋斗精神、文明转型的经验，就使它具有了新的气度。

其次，对西方的依赖与对西方文化的引进、试验，使台湾文学具有了先锋的性质。也许，它是一个文学的特区、试验场，为大陆文学提供了许多新鲜的、可资借鉴的经验。像台湾通俗文学、现代派文学、乡土文学等的发展经验，就为大陆文学提供了新的参照体系。它"船小好调头"，一些文学新手法、思想和表现技巧能轻易地铺开实验。

更深层次的原因还在于，台湾迈向现代化的社会实践，赋予了人们较新的现代意识，提供给人们强烈的现代感受。那种消费性格主导的后现代环境的人和事，是别一种视界，别一种滋味，作为展现其面貌、捕捉心象的文学，相对于传统的文学更具当代感、现代品质以及创新品质。基于此，有些学者认为："相较而言，大陆散文的艺术创新意识不及台湾，所以在采用隐语叙述等方面起步较晚，敢于尝试的作家也不是很多。"①这尽管是在诗学建构角度说的，但在思想价值旨趣上，情况恐怕也是如此。

二、"创格"：散文诗学的建构

在台湾女性散文作家中，对于现代散文诗学建构最有贡献的是简媜。在其前辈琦君、张秀亚、张晓风等基础上，她为散文创造了新

---

① 陈剑晖：《中国现当代散文的诗学建构》，江西高校出版社2004年版，第179页。

的审美。她说："散文在中国是一个大宗，经过千百年的发展，它的可塑性非常强。它既可以如长江大河，洋洋数万字，自成一个完整的散文世界，也可以是小品文只寥寥二三百字。它可长可短，可重可轻，千变万化。……经过不同的作家文体上不断的实验、改变，台湾的散文在发展中渐渐吸收了诗、小说的质素。这是现在的一种新趋势。""我觉得有时更重要的是把故事说完整，而说完整有时无法用散文的平面描述来完成，总希望立体一点，而要立体，甚至有些感情必须要让读者透过文字的激荡、摩擦去感受出来，那么就要有情节的设计在里面。有情节才能让这一事件立体起来。而当它立体起来的时候，文字才可以形成一种对立面，形成一种对比的感觉，才有可能摩擦，读者才比较能够透过这样一种搜寻的过程获得阅读的感受。"[①]这是简媜的两段文字，它揭示、说明了现代散文诗学建构以及散文现代化的新动向，即突破过去小品文的格局，以及平铺直叙和平面描述的框架，构建一种立体化的能够传达现代人复杂感受和体验的散文诗学的趋势。

　　简媜这里的"长江大河，洋洋数万字""散文在发展中渐渐吸收了诗、小说的质素""感情必须要让读者透过文字的激荡、摩擦去感受出来"，以及突破"散文的平面描述"的"创格"尝试，改变了我们关于散文美学的传统看法。像她的《渔父》《母者》《四月裂帛——写给幻灭》《烟波蓝》《贴身暗影》等，与琦君《下雨天，真好》《眼泪与珍珠》《方寸田园》比较，审美差异是如此之大，以至于我们不敢相信自己的审美感受。像《渔父》这样描写人伦亲情的散文，《母者》这样写女性吊诡命运的散文，《四月裂帛——写给幻灭》这样写刻骨铭心的爱情体验和感知的散文，就不是短小精悍、"内容要精，形式要美"的散文文本规范所能概括的。它们篇幅的增大、"感情必须要让读者透过文字的激荡、摩擦去感受出来"以及要

---

　　① 简媜：《类型化·模糊化·私语化》，《台港文学选刊》2002年第8期。

让文字立体起来的"创格"尝试，为现代散文带来了真正意义上的新的审美。

突破"散文的平面描述"，把小说情节因素吸收到散文创作中，这在简媜的《只缘身在此山中》就存在，在《四月裂帛——写给幻灭》里更明显。相恋了七年的情人最后一次相约，作者对情节作了"散化"处理：先表白作者自己的心情感受，从最后一次见面的约会感受写起，然后回味这个无法容纳到婚姻躯壳中的爱情故事，结尾表现对对方死去以后的感受、思念。这就真是一篇散文了，尽管它有上万字的大篇幅。在散文中，隐隐约约的情节穿插，似乎是无头无脑的书信的引用，与交错几段诗歌的内在主旨似的隐语交织，加上那种倒置式的结构，使散文显得相当立体，也极有跨文体写作的特性。简媜在现代散文诗学建构的路上，已经走得很远。

叙述者"我"被内在化、复杂化，散文具有了平静的、冷寂的、客观化的叙述抒情基调。过去的散文创作中，创作主体"我"大多是作者自己，散文写作便被当成作者自身的表情、言说与论证。于是，"我"仅仅是单面的个体，失去了作为一个人的丰富性、复杂性，一种热情、主观的情感宣泄成为这种散文的套路。像朱自清的名作《背影》、冰心的《寄小读者》等，都是如此。因此，这种散文特别容易被单线的、表面化的叙述占据。简媜却对此进行了改造。一方面，她的散文创作中的叙述者能够审视内在的复杂性，传达出一些散文作者不敢呈现的"我"的腐朽忤逆的意识；另一方面，她又把第三人称的叙述引进散文创作中，以全知视角叙述，甚至第一、第三人称交错使用，扩大散文的叙述视角。如也是写人伦至情的《渔父》，真正地把父女这一人类最原始情感的原始味榨了出来。这里面的原因就在于作者能够深入自己内心，反复书写心目中父亲形象的多样性。那个有严重夫权意识的大男人父亲，那个爱酗酒的粗暴的父亲，那个叫"我"剥臭袜子、"我"诅咒他死去的父亲，那个给"我"酸梅汤、叫"我"读书的父亲，那个叫"我"爱恨交织的父亲竟然是同一个人。能够写出如此多样化的人性，恐怕是这篇散文深刻与伟大的原因之一。又如《母者》，写作家见到的三个母亲。"我"是一个叙述视角，"她"（三个母亲）是一个叙述视角，散文第一、第三人称交织，写尽了女人吊诡的生命和命运经验。

在这些散文中，最引人注目的还是这些散文平静的、冷寂的、客观化的叙述抒情基调。它改造了过往感性散文主观的情感宣泄的套路，在现代散文文体建构上迈出了具有决定性作用的关键一步。如《四月裂帛——写给幻灭》《贴身暗影》和《雪夜，无尽的阅读》等散文，在此意义上成了新散文的经典文本。首先是以描写取代叙述，或者尽量缩小、挤压叙述的成分，让描写成为散文的主要表达方法。琦君等女性作家的散文，叙述回忆中的情致，叙述占了很大的成分，并以叙述的清晰、简练作为散文美学追求的主要标志，但是，现代散文却有了新的审美高度——感受、体验的描摹及存在的思索成了主要的审美追求。也许，现代人的感受、体验无法叙述，却可以描摹，是现代散文作家进行这种艺术改造的重要原因。简媜散文成功地实现了这种转型。如《贴身暗影》《母者》等，描写的成分明显多于叙述的成分，她不再简单叙述女性的人生经历、命运，而是描述女性日常生活、生命与命运的吊诡性经验，叙述变成了偶尔的穿插。

另外，繁复、诡异的意象和语言修辞，改变了过去散文语言那种朴实而缺乏张力、直接明了而缺乏含蓄的弱点。过去那种简单朴实的语言很难表现现代人复杂微妙的真实生存感受和体验，因此，以繁复、诡异的意象拼凑和语言修辞来表现现代人复杂的生存感受和体验的书写方式便被简媜所借用。如《母者》中，蝙蝠、黑云、浓雾、寺院、蝉鸣等多个意象的选用，就相当艺术地表现了女人的生命经验。《四月裂帛——写给幻灭》则以空城、归舟、裂帛、苦茗等多个意象，展现出对一段七年情感的复杂感受。这些作品之所以能够引起读者生理和心理的不舒服感，就因为其真实地传达了现代人充满荒诞、无奈的感受和体验，这在简媜散文创作中频频出现。这已经迥异于传统散文的语言和意境以及表达方式，显示出现代散文新的审美境界。

散文现代化需要有人探索，简媜显然是台湾女性散文现代化的标志性人物之一。总体上看，经过"创格"的简媜散文，成功实现了散文审美的现代转化，为现代散文艺术的革新、散文美学的建构开辟了新路。

20世纪70年代后，以余光中为代表的一些散文作家以"知性"作旗帜，剪掉散文滥情的"辫子"，对五四以来的散文观做出了重新审视，提出"求真不忘求美，说理如在抒情的艺术"的散文美学观，散文中"普遍追求意蕴深远、风骨奇高的理性之美"[①]，克服了对散文美学的褊狭理解，把散文引导到以艺术为本位、以审美价值为重心的散文历史观和本体观上。在此影响下，台湾女性散文创作主题也从情感领域向更广阔的社会生活领域突进。如台湾80年代女性哲理散文，就是针对抒情散文之路日益变窄的现象和"观物角度的调整"的需要而面世的。简媜的散文诗学建构更多地侧重于表现，这种知性美的追求则具有散文本体观的意义。

随着女性主义思想的渗透，女作家对女性自身的历史生活经验和现实境遇的思考，使其创作跳出了单纯抒情的框架，增加了形而上思考的知性因素，以知性为特征的新的散文就出现了。在当今的女性散文中，批判、抗争意识明显增强，论证、说明、争辩因素成了文体的主导倾向，散文的思辨气息强了，理性的内涵丰富了。如果说20世纪50年代以降的乡愁散文包含更多的抒情成分的话，那么现代女性散文则包含更多的理性成分。这是台湾女性散文创作深化的标志，也是她们对现代散文美学建构做出的重要贡献之一。

台湾不少优秀女性散文作家也构建了属于自己的文体。如琦君的回忆性叙事文体、罗兰的"哲理小语体"、林文月的"拟古体"和节制凝练的文体，张晓风秀丽豪放兼备的文体，简媜"创格"的现代散文文体以及龙应台的新杂文体。它们共同显示出女性散文创作对现代散文审美建构所做出的积极努力。

台湾女性散文在取得重要突破的同时，也有不尽如人意之处。例

[①] 郑明娳：《现代散文现象论》，大安出版社1992年版，第45页。

如，女性散文创作总是具有某种女性个体的精神人格特征，如细腻、温婉，偏于柔丽，注重细节，却缺乏宏观整体的把握，看重实用而较少高妙的形而上探索。继承冰心传统自琦君以降的台湾女性散文大多具有这种特色。另外，女性散文作家以书写浪漫抒情散文见长。这是她们在文体方面的独特贡献，但是也形成了滥情的通病。台湾女性散文理论批评家郑明娳说："尤其是情趣小品，已经成为1949年之后台湾散文界的正流，由于编辑方针及市场导向等诸种因素，女性散文家优美柔丽的文句、温婉绵邈的情感，成为一般读者诉求的主要对象。台湾地区崛起的重要女性散文家，包括在大陆时期已经开始写作的苏雪林、琦君、胡品清、张秀亚，以及在台湾开始写作的张晓风、蒋云等人。这类作家可以琦君为代表。……她的散文值得重视的是，她那文化贵族的魅力，加以感受敏锐、文字圆熟，剖析家常琐事亦能深得三昧。但是仍不免情滥于文、文不胜质，这实也是中国自冰心以降女性作家感性散文一贯的通病。"①事实正是这样，一些女性作家因为善写情而沉溺于情，也因为缺乏思想而显得文不胜质。对于情感缺乏理性的审视，文句偏重优美柔丽，导致的结果就是写出来的散文肉多骨少，疲软乏力。创新意识柔弱也是一个问题。简媜的同路人太少。如林文月的现代散文探索，主要体现在文体和以节制为特征的审美追求上，在语言修辞上，对现代散文的结构和叙述探索不够。像《作品》，叙述自己的一个梦境，表现一种人生感悟，显然是一个简单的寓言结构。叙述人"我"与潜在文本的"我"有了分离，有可能作出更多的探索，但作者为了追求散文的清楚明白，最终还是放弃了进一步的探索。一些片言只语似的人生哲理感悟，一些简单道理的推论，使诗学建构有所缺失。又如龙应台散文，透过一种讲故事的方式，"将她在欧美社会生活过的公民经验，拿来和台湾市井小民的本土经验作沟通，为民间社会……搭起了一座桥，把那些当年台湾社会亟需

---

　　①　郑明娳：《中国现代散文刍论》，《现代散文纵横论》，长安出版社2005年版，第13页。

的、崭新的理念价值和形式，通过她的故事、人物，传达出来"①。龙应台的散文尽管以其"龙卷风"魅力而广受欢迎，但散文诗性探索还是不足，跟余光中、杨牧、林耀德等人的散文相比，这种缺失令人遗憾。

三、"小""大"之辨：散文诗学建构的另一种表现

中外散文史上，散文文体一直比其他文体短小，从千把字到数千字。但是，我们如何看待简媜的那些"创格"散文的尝试？如何看待"小××散文""大××散文"等一系列说辞？散文文体与"小""大"有关系吗？

无论从了解散文思潮、散文发展的趋向还是从现代散文诗学建构的角度来说，这都是一些需要认真检视的散文现象，需要审慎对待。

首先，对于这样一些发问，我们应该审慎而辩证地对待，不应该把问题绝对化。像"大散文"概念及其文体的出现，是人们对散文文体特征认识自觉的产物。"大散文"具有恢宏的气象，能表现复杂而深远的主题，相对于那些拘囿于个人内心情感的、私人化的散文作品，它拓展了散文创作的新路径。但是，"大文化散文"未能像闲适小品那样来得亲切、自然、轻松、可人，最终没有占据90年代以来中国散文的主导地位，那些带点闲适情调的小散文反而代表了当今散文创作重要的审美倾向及其价值追求。在一个任何"大"都可以制造出来的时代，体制短小的、说点真话的、独抒性灵的小散文大量涌现，更受人欢迎。"大"在这里显然没有什么绝对的意义，而"小"也并不意味着境界小。小桥流水自是一种美，"小"有什么不好？"大"而空有什么好？因此，这里的"小""大"，并不是散文创作的框框，只是昭示了艺术创新的无限可能性。"小"与"大"必定与散文文体有关联，但是，它又不是绝对的。散文当然可"大"可"小"，这主要依据表现内容的需要而定。而且我们知道，审美具有

---

① 杨泽：《天真侠女龙应台——走过野火时代》，龙应台《野火集》，文汇出版社2005年版，第5页。

二重性，正如小有小的好处、大有大的妙处一样，笔者认为，这里的"小""大"只是体现了台湾女性散文创作求新求变、追求审美多样化的趋势，不能将它复杂化和绝对化。

其次，深入研究散文思潮的动向，切忌以偏概全。与前一个问题相关的是，"小"就更容易流行，就是媚俗吗？[①]商业化社会思潮导致文学阅读审美水平的下降，就会使散文往"小"变革吗？这也需要重新观察分析。好多时候，一种文学形式的发展繁荣，并非完全如有些论者所言，是主流意识和社会思潮的直接产物。如台湾女性散文创作，因为抗拒商业社会的精神堕落，所以才有作家的精神守望，才有注重精神的文学的产生，而非仅仅是媚俗。通常我们认为的具有俗文学特征的台湾女性散文的"热"现象，也真实地反映了这种情况。

以"三毛热""罗兰热""简媜现象"和"龙卷风"为代表的台湾女性散文创作，能够热起来，各有各的原因。

三毛散文代表了当代文化走向个性、走向世俗生活的倾向，带着点反叛的意味，带着点异国情调，以浪迹天涯的人生姿态吸引了无数读者。三毛与她的前辈务实的作风相比，多了份散漫；与她的前辈的坚守相比，多了份随意、任性、叛逆，因而才"热"起来。

《罗兰小语》的内在结构是在现代资本主义挤压下找到一些抗拒这种价值观的新价值，即用中国传统儒道哲学的"偷得浮生半日闲"的人生态度抗拒资本主义因物质的追逐而导致的精神价值目标丧失的人生困境。如果说资本主义及其商品社会正在制造一种世俗的生活、精神氛围的话，那么罗兰的散文并没有迎合这种"俗"，反而以其传统价值的坚守显示出一种"雅"的品质，并由此受到读者喜爱而流行。

龙应台《野火集》《美丽的权利》等则以现代思想和权利意识为准则，考量现代社会生活及其种种现象，进而做出反省、思考。这种

---

① 参见陈剑晖：《论90年代的中国散文现象》，《文艺评论》1998年第2期。

散文显示出龙应台散文特定的意义深度，也揭示出它之所以能够风行的原因。

简媜是台湾女性散文创作中的高蹈派，以一段佛寺生活开启了散文创作体验人生、感悟人生的新路向，并以一个艺术探险者的姿态，开拓了台湾女性散文的新境界，在大陆颇有影响。

透析这些散文"热"现象，我们发现其内在动机并非是媚俗，反而是抗击世俗的，并由此获得了读者青睐。看来，一种东西能够"热"起来，不代表就是媚俗。如果我们以"媚俗"观之，明显是低估了作家的内在良知，对于那些行文高蹈的作家也是冤枉的。

商业社会崇尚务实，推崇物欲，熙熙攘攘皆为名利，但是人却有闲适的欲望、要求，因此那些闲适之作才备受人们关注，也因此，那些闲适散文才流行起来。正如在大一统、规范、集体声音之下，那些写个人的、私人的作品反受人们欢迎一样。有时社会思潮会深刻影响审美走向，但这种影响也往往是逆向的。就作家创作来说，尽管他总想让自己作品畅销一些，影响力大一些，但其作品不一定都是媚俗，抗击世俗的作家反而多一些。因此，如果说台湾女性散文中的"小""大"之辨是其求新求变、追求审美多样化的表现及其散文诗学建构的努力的话，那么，她们基于抗击世俗的写作，则显示了她们独特的精神追求。那些具有独特价值旨趣的台湾女性散文创作，就是这种精神追求的表现。

第三节 "和而不同"：论20世纪中国文学的"寻根"现象与审美取向

纵观20世纪以来的中国文学，可以发现这种寻找民族文化之根的"寻根"现象并不是一个孤立的、偶尔才出现的文学运动，在不同时期的作家创作中均有明显体现，尤其是20世纪30年代的京派文学和80年代的寻根文学中。"在文学作品中反复出现的人类的基本行为、精神现象以及人类关于周围世界的概念"①被称为母题，因此，我们完全有理由把"寻根"作为一个母题，并通过对"寻根"母题的研究来揭示反复出现的"寻根"现象的文学史意义。

一、"寻根"母题：人类普遍存在的精神现象

从"母题"的角度研究文学创作，是19世纪以来文化心理学和文化人类学发展的一项重要成果，母题作为文学创作中的永恒主题，不仅在同一时期不同作家的作品中普遍出现，而且在不同时代的作品中也会反复出现，它是人类历史中共有的精神资源。"理解文学史上某种母题现象必须沉潜于该母题的各种变体中去寻找这一母题系统赖以存在与更生的内在机制。"②既然母题为人类所共有，以原型为主要内容的人类集体无意识与之有着相通之处，那么集体无意识为我们提供了寻找母题中各种变体精神实质的途径。

德国浪漫诗人诺瓦里斯声称，哲学原本就是怀着一种乡愁的冲动到处去寻找家园。可见，对家园遗失后的寻找不仅为中国人所特有，也是人类普遍具有的精神现象。西方虽然没有像中国一样有着非常强烈的家族观念，但有着类似乡土的精神家园，那就是宗教和神话。从世界文学宝库中我们可以发现很多作品都在讲述对失去乐土的寻找，这种现象可追溯到弥尔顿的《失乐园》《复乐园》，或者更早的希腊神话故事中的"俄狄浦斯情结"。对失去乐土的寻找，其实就是"寻根"母题的变体，与寻找精神家园的实质是一致的。尤其是到了近现代，西方物质文明的发展，不仅使人们离开现实的家园成为常态，而且出现了诸如人性扭曲、压抑空虚、美德沦丧等种种因精神家园丧失而出现的社会问题。所以，卢梭率先提出的"返回自然"的口号，得到了许多思想家、艺术家和作家的回应。卢梭的同胞高更是一位充满传奇色彩的画家，他向往着原始粗朴的自然世界，远离巴黎来到南太

---

① 乐黛云：《中西比较文学教程》，高等教育出版社1988年版，第189页。

② 谭桂林：《长篇小说与文化母题》，湖南师范大学出版社2002年版，第3页。

平洋的一个小岛与土著同居共处，在原始的毛利人部落中追寻自己心中理想的艺术王国；被称为"湖畔诗人"的华兹华斯、柯勒律治和骚塞等英国诗人，远离喧嚣的城市，隐居静谧的湖畔，在诗中抒写原始古朴的自然景色，把情感寄托在对中世纪式的乡村生活的赞美中。

在近现代西方文学中，此类倾向的作品可谓屡见不鲜，他们反对现代文明社会中的机器化大生产对人的精神所造成的机械化和荒芜感，要求回到尚未开化的田园社会。所以海德格尔呼吁人们在仰望天空的同时不要忘记了大地，他引用荷尔德林的名句"充满劳绩，然而人诗意地栖居在这片大地上"，认为"诗意的栖居"是人类唯一能够回返故乡的路，只有回返本源，人与自然才能和谐相处。所以，只要有文明的冲突，就会出现复归故土的"寻根"现象，艺术家们通过对乡村中自然景物的描绘和原始文化的发掘来批判现代文明、追寻理想家园。

中国是一个有着悠久农耕文明历史的古老国度，每一个中国人对土地、对家园都怀着尤为深厚的依恋之情。对国人来说，故土不仅仅是生养成长的所在，更是寻求心灵慰藉的家园。这种原乡情结可以说是沉潜在每一个中国人心灵深处的集体无意识，无论这一现象在何时何地以何种面目出现，它始终与回归故土、寻找精神家园的旨归互为表里。现代文明给生活带来便利的同时也带来了社会制度的变革、文化形态的碰撞以及价值观念的冲突等。对安土重迁的中国人来说，现代文明并没有给他们带来一种认同感和归属意识，反倒是使人们的生活变得动荡不安，甚至漂泊流离。在这种物质和精神的"无家"状态下，人们只靠重组记忆回归家园故土，在对传统文化的"寻根"中寻求慰藉。所以"寻根"母题中的家园书写不是单纯的出于对故土的眷顾，而是人们在现实中心理失衡后的精神补救。但是，我们应该清楚的是，作家回归的故土并不具有现实意义上的所指，而更多是一种精神意义上的价值定位与指向。其实，不仅作家们笔下的故土是虚幻的，其他远离家乡的人也一样把它作为精神的寄托。正因为只能在精神上回到故乡，原乡情结才成为美丽的缺憾，成为永恒的文学命题，被作家们不断抒写。

二、"寻根"思潮：文化重构与回归精神家园

以往的研究者认为京派文学延续了20世纪20年代乡土文学的创作风格，于是把它归入由鲁迅命名的乡土文学系列，其实二者的创作风格差异明显。王任叔、许钦文、蹇先艾、王鲁彦、台静农等乡土作家是在启蒙主义思想的指导下，用现实主义表现手法描写乡土的落后，对乡土社会持一种批判与拒绝的态度；而京派作家们尽管也怀有对故乡种种落后的失望情绪，但更多的是对乡土进行诗意地展现，温情脉脉地追怀遥远的乡村生活，其中夹杂着温柔感伤的怀旧与抒情。可见，京派文学与以鲁迅为代表的乡土文学可谓风格迥异，倒是和20世纪80年代的寻根文学有着更多的相同之处。

只要对京派作家和寻根文学作家们的生活经历进行考察，就可明白为什么刻骨铭心的乡村经验是他们始终无法释怀的创作情怀。寓居北京的京派文人大多在青年时代才来到都市，在开始新的人生之前，他们已经在家乡度过了自己的童年和少年时期，然而一个人的文化心理和个性形成的关键时期就是童年时代。尽管他们中有一些人并不完全了解西方现代文明，但普遍是在新文化思想的熏陶下成长并步入文坛的，他们离开家乡来到京城，很大程度上因为北京是新文化的发源地。京派作家的记忆停留在前现代的乡土文化，而都市已然是现代文化的代言，这种时间和空间的反差正是他们产生反现代性倾向的主要原因。沈从文的情感历程很具典型性，他生活在北京但始终以"乡下人"自居，究其原因至少有两个：一是异乡人的身份感促使他产生了浓烈的思乡之情，二是都市文化的消极因素使他不停地追忆湘西淳朴自然的乡村世界。在都市体验和乡土记忆的对抗与交融中，沈从文一改憧憬现代文明的初衷，返回故土、皈依乡村成为其创作的主要倾向。对于北京来说，京派作家几乎都是外乡人，尽管他们各自的文化背景不同，并且他们的成长历程和知识结构也有着很大的差异，但正因为他们在思想情感、面临处境以及文化取向上相通，他们的创作形态和文化姿态才会表现出高度的一致。

京派作家的乡土生活经历的文化背景与20世纪80年代寻根文学作家有相似之处。寻根文学的创作主体是知青作家，作为"归来"作家，都是从十年"文革"进入新时期的，而且都有着在乡村生活劳动的经历，然后返回城市。尽管知青作家与"右派"作家身份有明显不同，但是有一点是确切的，即："'知青作家'和'复出'作家一样，特殊的，与国家社会政治密切关联的生活经历，使他们觉得表现自身的生活道路具有重要的价值。"[①]尤其是当社会政治体制的变革和西方社会思潮的传入，促使他们对曾经拥有的崇高理想萌生质疑，感受到了城市的冷漠和文化的隔膜后，自然会萌生一种怀旧情绪，他们回到或者在虚构中回到插队所在的乡村，通过描述地域风情来抚慰返城后遭受的拒斥，用皈依乡村的田园怡情来疗治城市文明的精神施虐。

综上所述，可以看出京派作家和寻根文学作家都把曾经生活过的乡土作为情感的庇护所，在信仰危机和精神困顿时，不约而同地用温情的笔触抒写对过往乡村体验的回忆，最终踏上了个人返乡的精神之旅。然而，如果仅仅是出于抚慰个人精神创伤的心态，那么京派文学和寻根文学也不会在20世纪中国文学史上留下如此让人们热切关注的印迹。返乡，其实质是回归传统生活方式，寻根就是重新找回文化母题，京派作家和寻根文学作家的目标就是以现代性的视角重构传统文化图景，用文化的重构来设计民族未来走向。京派文人担忧民族文化即将被现代西方文明湮没，提出并实践了自己重构传统文化的理想，在创作中以乡村叙事来传达重建文化乡土的意向。废名唯美思想的渗透，沈从文人性美的阐扬，汪曾祺自然风貌的书写等，无不包含着作家个人的乡村生活体验和中华民族传统的伦理道德要求。因此，京派作家皈依传统的倾向与世界范围内的反现代性思潮相比，有着本民族乡土文化意识和传统审美情趣两方面的独特性。

京派文学以艺术审美文化观与左翼文学的政治文化以及海派文

---

① 洪子诚：《中国当代文学史》，北京大学出版社1999年版，第268页。

学的商业文化相颉颃。也正因为京派作家们主张文学应具有独立品格，反对文学依附于政治，也避免文学世俗化，于是就被认为是不关心现实，对祖国和民族的前途命运"漠视"。这种评价显然是有失公允的，只要翻开他们的创作，即可看到这群有着独立审美情趣的作家们，并没有放弃作为有社会责任感的知识分子所承担的重任。正如沈从文所说："我们实需要一种美和爱的新的宗教，来煽起更年青一辈做人的热诚，激发其生命的抽象搜寻，对人类明日未来向上合理的一切设计，都能产生一种崇高庄严感情。国家民族的重造问题，方不至于成为具文，为空话。"①所以，笔者认为京派作家并不像左翼批评家所批评的那样，完全逃离现实或者超越在时代之上，而是对内忧外患、灾祸频繁的现实社会有所忧思，是探索民族精神及文化重建道路的先行者，体现了知识分子作为社会脊梁的责任心和使命感，只不过他们是用文学创作来实践其文化理想，而不是谋求社会制度的变革。

寻根作家们就更不用说了，他们发表的一系列"寻根宣言"不外乎一个指向，即探寻民族文化之根、重树民族文化精神，有着明显的忧国忧民情怀。寻根作家之所以把民族文化的重构作为创作旨归，其中知识分子的社会担当意识是主体因素，民族文化所面临的危机也是一个很重要的客观因素。有论者就认为："'寻根'，正是在东西方文化、现代文明与古老传统的比较、碰撞所产生的惶惑、痛苦中所作出的反应与采取的对策的一种。"②后"文革"时期，中国文化思想领域逐步开放，带来的直接结果是西方现代文化和现代主义思潮大量涌入，其规模不亚于20世纪初期对国外思想的引进，给封闭了四十多年的中国文学艺术界造成强烈的震撼和冲击。

西方物质文明被国人推崇备至，西方现代文化在国内被不加辨析地接受宣传，在西化之风大行其道时，民族传统文化被贬得一钱不

---

① 沈从文：《沈从文文集》第十一卷，花城出版社、三联书店香港分店1984年版，第379页。

② 洪子诚：《作家的姿态与自我意识》，陕西人民教育出版社1991年版，第58页。

值，成为落后愚昧的代名词，显然这是一种舍本逐末的行为。在"被现代化"的进程中以迷失本民族传统作为代价，这种现象激起了部分知识分子的民族主义情感，他们把对社会和文化的忧思通过适当的创作方式传达出来。而"寻根"就是在东西方文明、传统与现代碰撞的文化背景下，作家们把他们刻骨铭心的乡村生活体验与博大精深的传统文化相联系，把皈依乡土、寻找民族传统文化作为应对异质文明冲击的策略。因此，可以认为，京派文学和寻根文学的作品是作家们面对西方思潮与本土资源激烈碰撞时，出于强烈的社会责任感发出的重构民族传统文化的呼声，是"寻根"母题在不同历史时期的文学表现形态。

三、和而不同：文化心态与审美价值取向

通过上文的分析，我们认为20世纪30年代的京派文学和80年代的寻根文学是"寻根"母题在不同语境下出现的文学形态。然而有个奇怪的现象是：京派文学在诞生了近一个世纪后，呈现出历久弥新的奇特现象，在读者群和学界研究中热度不减；与之相较，寻根文学在80年代中期备受关注后就烟消云散，如今也仅在文学史上才可见些轻微印记。为什么这两个同属"寻根"思潮的文学流派在文学史上的评价以及社会反响会出现如此之大的反差呢？这应该是一个很值得探究的文学现象。

一部作品的生命力很大程度上取决于作品本身所具有的魅力，而这又与创作主体的文化心态密切相关。文化是一个极大的命题，然而颇有意味的是，京派文学和寻根文学的作家们所言说的文化并非包罗万象、广博复繁，而是带有较为单纯的民间色彩的。其中原因，除了文化本身的概念难以界定外，还应与他们对待文化的态度有关。无边的文化概念不是我们讨论"寻根"现象应深究的话题，而是看"寻根"作家在创作中为什么要表现文化以及用什么来表现他们所理解的文化。只有对"寻根"思潮的特征准确把握后，才能真正看清"寻根"现象的实质，才能拥有据此进行比较的范畴。一个显而易见的创作倾向是，"寻根"作家们之所以选择民间，是因为相对都市文明来

说，民间更能代表民族的传统文化。那么是不是所有的"寻根"作家们，都以同一种心态来对待传统文化呢？其实并不尽然。

京派作家，离开家园故土来到北平，显然是出于对来自西方的现代文明的向往。在现代性的强大冲击之下，本土的传统文化以及传统的价值体系正在逐渐丧失，这种情形也不能不引起对民族传统有着深厚感情的知识分子的忧虑。在目睹了生活的残酷和社会的落后之后，在对现代性的憧憬中来到都市且感受到都市文明的弊端后，京派文人们虽然身处其中，情感上却与都市格格不入。于是很多京派文人都一直以"乡下人"自谓，通过追忆故土的乡情民俗，表现出皈依传统文化的倾向。因此，京派作家创作中鲜明的民间色彩，其意并不在于简单地复归传统乡土生活，而是在怀旧中挖掘传统文化的精华，在传统文化和现代文明相互作用下建构新的现代民族文化的未来。

如果说京派文人的创作是为了表达知识分子的一种文化重构理念，希望用文学去重建民族文化传统，那么20世纪80年代的寻根文学作家们却恰好相反。后者的着眼点更多是在文学，即把传统文化当成文学走向世界的推动力和载体。阿城的一段话应该代表了全体寻根文学作家的心声："中国文学尚没有建立在一个广泛深厚的文化开掘之中。没有一个强大的、独特的文化限制，大约是不好达到文学先进水平这种自由的，同样，也是与世界文化对不起话的。"①在拉美作家马尔克斯摘得诺贝尔文学奖桂冠的刺激下，寻根文学作家们也在思考中国文学的未来走向，他们借鉴了拉美文学成功走向世界的经验，认为中国文学也应该有本民族文化的内涵。于是他们把文化当作解决创作中存在的实际问题的一剂药方，在疗治文学病症的同时，也有通过发掘传统文化中的精华来重振民族文化的良好愿望。

对于重建人类文化的未来，京派作家与寻根文学作家表现出一种不同寻常的默契，把地域风俗的描绘与人文心态的展示融为一体，

---

① 阿城：《文化制约人类》，路文彬主编《中国当代文学史料文论选（1949—2000）》，中国文联出版社2006年版，第413页。

成为作家们共同的追求。然而，出于以上两种不同的创作心态，"寻根"作家们创作中的文化也呈现出两种各有侧重的书写体系。京派作家们自觉将笔触深入到对纯朴人性的发掘、对人性真善美的展示中，可见对人道主义的自觉弘扬、追求人性的永久价值成为京派作家的共识。在京派作家们看来，不管是封建专制还是现代文明，都是非人性和非人道的，因此为了展示人性的纯美，在题材取舍上势必偏重于乡村，并在道德价值取向上走向民间。回到魂牵梦绕的故土并书写纯朴的乡野文化，对乡村美好人性的崇尚以及对现代文明侵袭下人性丧失的忧虑，成为京派文学作品与其他乡土文学作品不同的突出特征。京派作家们之所以把人性的自由和美好作为创作的核心内容，是因为他们始终把人性美作为人类文明最完美的特征，作为传统文化最精髓部分的体现，是文化重构中的最重要组成部分，也是民族新生的希望。

与京派文学从人性美的角度重构民族文明不同的是，寻根文学作家并不着力于提倡人的自身修养以提高民族素质，也无意于宣扬传统伦理道德以弘扬民族精神，而是寻找所谓的已经"失落的文化"。他们把不为正统文化所重视的边缘文化和少数民族文化作为自己的创作之根，将之视为民族文化重生的希望。在这种创作思想的指引下，寻根文学作家不约而同地选择地域文化，尤其是把一些远古蛮荒之地的奇风异俗和神话传说作为民族文化之根。寻根文学作家的这种热衷于奇闻逸事的叙述确实能吸引某些读者的眼球，尤其是满足了文化差异较大的西方读者的猎奇心理。但如果一味地搜寻民间奇闻逸事，介绍偏僻原始的民风民俗，可能会剑走偏锋使创作陷入歧途。原始风俗并不能对中国传统文化进行全面表现，也就更谈不上发扬民族文化的精髓，因为一种有生命力的文化不是故步自封、停滞不前，而是与时俱进，能以广博的胸襟容纳其他文明成果。

作家的文化心态和审美价值取向，不仅与时代氛围有关，而且与创作主体的文化内涵密切相关。京派作家普遍有着深厚的传统文化积淀，深知一个民族的文化内涵不仅是物质的，更主要体现在人的精神方面。于是，京派作家所寻找的传统文化之根不是器物形态的，而是民族精神的重建，从民间发掘一种刚性血气以重塑民族精神。正是在京派作家身体力行的实践和倡导下，才形成了自20世纪30年代以来的以探索传统文化重构为主要价值取向的作家群。

相对于京派作家来说，寻根文学作家的传统文化的根基就显得有些欠缺了。80年代高举"寻根"大旗的知青作家，他们是"生在新中国，长在红旗下"的一代，从小接受的是革命理想，不像京派文人那样自幼就在传统文化氛围下熏陶成长。这些"50后"的作家们只有在到农村插队后，才接受到传统气息相对浓厚的乡村文化的影响，而且他们所认可的传统文化就是他们在农村耳闻目睹的民间古老的乡村习俗，因此对传统文化的接受和理解并不像京派文人那么深入。在回到城市后，知青作家们在文学创作和人生道路上都面临着理想与现实的矛盾，陌生的城市生活和隔阂的城市文化让他们感到一种被时代抛弃的失落感。重回乡村、寻找民间"失落的文化"，不仅是他们摆脱尴尬创作处境的一条出路，而且成为他们立身处世的价值体现。这种急功近利心态造成了80年代起则轰轰烈烈、落则烟消云散的寻根文学现象。当社会承认了他们存在的价值，文坛也对他们青睐有加后，达到了预期目标的寻根文学作家也就失去了创作的原动力，成为了新时期的文坛绝唱。

相对来说，京派作家们有较少的功利心态，他们的创作显得从容大度，很少有寻根文学的张扬和批判。对献媚于商业的海派文学的批判，反衬出京派文人执着于艺术审美的精神品质；对主导时代潮流的左翼文学的反思，又显示出京派文人自觉游离主流政治文化的独立意识。正是这种卓尔不群的姿态，才使京派文学成为中国现代文坛的别样景致。只要存在着文化冲突，就面临着本土文化重构的问题，京派作家在寻找民族文化之"根"时所讴歌的人性美立足于对民族品质的塑造，而这一问题不仅在当时，可以说只要有民族存在，就会成为有责任心的知识分子应该思考的重要问题。这也是为什么京派文学能在将近一个世纪后的今天仍然具有魅力的根本原因。

席勒说过："人永远被束缚在整体的一个孤零零的小碎片上，

人自己也只好把自己造就成一个碎片。"①也就是说，如果我们把思维目标固定在某一个事物或者现象上，那么我们的思想也就永远成为一个碎片；但如果我们的思维对一个不断发展、变化着的整体加以观照，那最终会超越这个整体。既然如此，我们就不应该把"寻根"当作一个孤立的现象来看待，而且"寻根"也不是文学史上的一个碎片。文学史上每次"寻根"运动的发动和高涨，实际上都在昭示着人们在焦虑和困惑中寻找出路的努力，同时也展示了知识分子为自觉承担探索人类生存和发展的职责而进行的一次次精神寻根之旅。

------

① 弗里德里希·席勒著，冯至、范大灿译：《审美教育书简》，北京大学出版社1985年版，第30页。

后 记

　　散文作为一种文体，是人类文学史上最早演化形成的文学体式之一。世界公认，中国是有着悠久历史的文明古国，也是文学大国，尤其是散文大国。在其波澜壮阔的历史长河中，散文是游弋其中的文化精灵，记载着中华文化的珍贵记忆和璀璨星辰。从中国古代散文的卜辞铭文、史传论文、杂文论说、奏疏信札、古文八股到中国新文学融通了古今中外文化资源与文学范式所化成的现代散文文体，中国散文有着几千年的发展历程，也必然蕴蓄着深厚的历史文化内涵。而"和而不同"作为中国重要的文化传统与思想资源，不仅为中国散文文论思想的形成与发展提供了理论资源，也激发了散文作家文体意识的自觉与主体意识的建构。

　　就散文文体本身而言，其有别于其他文学体裁的最为突出的特质便是其鲜明的主体性特征，追求个性化、多样化的文学表达，同时又包罗万象、无所顾忌，是最为贴近写作主体的文学体裁，因此散文内在的价值追求与"和而不同"的文论观念在某种程度上是不谋而合的。所谓的"和同之辨"，源于春秋之时士人对"和"与"同"两个概念的辨析与开掘，孔子后又从伦理层面对此进行了探讨，"和而不同"理论资源无疑有着更为宏阔的扩展性。无论是自然之道、治世之道、君子之道、学术之道，还是文学之道，都能从"和而不同"中求得其思想指南与价值导向。现代中国文化，是"古今中外化成现代"的"大现代"文化，"和而不同"思想理论就更具现实意义及未来意义。无论是"百花齐放，百家争鸣"的科学文化方针，还是"一国两制"的政治制度创新，都一脉相承于我国"和而不同"这一古老的哲学智慧。

有鉴于此，本研究命题试图从"和而不同"的视角来观照中国古代散文与"大现代"散文的理论观念与创作实践的演进及发展，发掘其中所创造、创化着的"和而不同"的文化"影因"。遗憾的是，由于时间紧迫以及视野的局限，面对浩如烟海的散文世界，我们的考察与探究也只能以点带面，并且难免会有挂一漏万之处。但本书无疑是从"和而不同"角度探寻中国传统文化观念与中国文学（尤其是散文）间紧密互动、相辅相成关系的一次有益尝试，并在一定程度上凸显出中国传统思想文化资源的现代传承与价值呈现。

本书就时期大致分为上编"和而不同"与中国古代散文、下编"和而不同"与"大现代"中国散文两部分。在此感谢参与本书撰写的所有作者！本书总体设计和统稿由李继凯、任竞泽和马杰负责；引言由李继凯执笔；上编各章节由张翼驰（第一章）、任竞泽（第二章）、师雅惠（第三章）、杨新平（第四章）等撰写完成；下编也由多人完成：第五章各节分别由陈剑晖（第一节）、梁向阳与梁爽（第二节）、王贵禄（第三节）、马杰（第四节）等撰写完成；第六章主要由李继凯与胡冬汶（第一节）、张积玉与张智辉（第二节）、黄一晨（第三节）、白若凡（第四节）等合作完成；第七章由阎庆生（第一节），程国君（第二节）以及赵学勇、田文兵（第三节）等撰写完成；后记由李继凯、马杰执笔。

在此还要特别衷心感谢陈剑晖教授的约稿和督促，感谢本书责编以及出版社同人的精心编校！

2019年12月